ZHAN

战 之 春

有爱的青春陪伴者

退役中单想打职业

3

闭目繁华 著

广东旅游出版社
中国·广州

图书在版编目（CIP）数据

退役中单想打职业. 3 / 闭目繁华著. -- 广州：广东旅游出版社, 2024.12
ISBN 978-7-5570-3293-7

Ⅰ.①退… Ⅱ.①闭… Ⅲ.①长篇小说－中国－当代 Ⅳ.①I247.5

中国国家版本馆CIP数据核字(2024)第077097号

退役中单想打职业.3

TUI YI ZHONG DAN XIANG DA ZHI YE. 3

闭目繁华 / 著

◎出版人：刘志松　◎总策划：苏瑶　◎责任编辑：何方　◎责任技编：冼志良
◎责任校对：李瑞苑　◎策划：张磊　◎设计：Insect 姜苗　◎图片绘制：崇喵 秃头大白鹅 毛球君

出版发行：广东旅游出版社
地　址：广东省广州市荔湾区沙面北街71号
邮　编：510130
电　话：020-87347732　020-87348887（销售热线）
印　刷：长沙鸿发印务实业有限公司
地　址：长沙黄花工业园三号
邮　编：410137
开　本：889毫米×1194毫米　1/32
印　张：10
字　数：348千字
版　次：2024年12月第1版
印　次：2024年12月第1次
定　价：45.80元

版权所有·侵权必究

如本图书印装质量出现问题，请与印刷公司联系调换。联系电话：020-87808715-321

前言

本文基于网络游戏《英雄联盟》创作，在网络连载于 2017 年 7 月～2018 年 2 月，文中所有比赛赛制、英雄阵容、战术分析，均以 S7（第 7 赛季）～S8（第 8 赛季）期间的游戏资料作为参考标准。后续官方对比赛赛制和英雄机制等进行了一些更改，所以某些情节会与当前游戏版本情况不符，一切以当时的资料为准。

游戏《英雄联盟》介绍：

《英雄联盟》是一款风靡全球的十人对战游戏，因为其英文名为"League of Legends"，缩写为"LOL"。

主要游戏术语介绍：

上单（Top）：《英雄联盟》的对战地图分为三条线路，在最上面一条线进行对战的人被称为上单，每个位置的名称既可以指玩家位置，也可以指英雄位置。

打野（Jungle）：《英雄联盟》的对战地图分为三条线路，三条线路以外被称为野区，野区里面放置了一些野怪，不在线上对战升级，而以打野怪升级，随后去线上帮忙的人被称为打野。

中单（Mid）：《英雄联盟》的对战地图分为三条线路，在中间一条线进行对战的人被称为中单。

ADC：Attack Damage Carry，普通攻击持续输出核心的简称，一般与辅助一起在三条线路的最下面一条线路进行对战。

辅助（Sup）：一般在下路辅助 ADC 进行对战。

AP：Ability Power，法术伤害、技能伤害。

平 A：普通攻击。

兵线：《英雄联盟》的对战地图分为三条线路，每一条线路上每隔一段时间会出现几个小兵，从基地水晶往各路进攻，小兵所在的位置被称为兵线。

带线：击败某一条路上敌方的小兵，让己方的小兵可以在线上走得更远，被称为带线。

分带：分别带线。

游走：离开原本所在的位置，去其他位置帮忙。

GANK：抓人，一个或者几个人一起，对对方进行偷袭、包抄、围杀等。

回城 / 按 B：B 键为《英雄联盟》默认的回城键，经过 8 秒的吟唱可以回到泉水里补充血蓝与装备。

发育：暂时不与敌方英雄发生战斗，用补兵或者击败野怪的方式获得金钱，再用金钱购买装备达到提升英雄属性的效果。

召唤师技能介绍[1]：

幽灵疾步（疾步）：在 10 秒里，你的英雄可以无视单位的碰撞体积并且获得 24% ～ 48%（基于英雄等级）移动速度加成。幽灵疾步会在参与击杀后延长其持续时间。冷却时间：210 秒。

治疗术（治疗）：为你和目标友军英雄回复 95 ～ 345（取决于英雄等级）生命值，并为你和目标友军英雄提供 30% 移动速度加成，持续 1 秒。若目标近期已受到过其他治疗术的影响，则治疗术对目标产生的治疗效果减半。冷却时间：240 秒。

屏障（盾）：为你的英雄套上护盾，吸收 115 ～ 455（取决于英雄等级）伤害，持续 2 秒。冷却时间：180 秒。

虚弱（虚弱）：虚弱目标敌方英雄，降低其 30% 的移动速度，并使其造成的伤害减少 40%，持续 3 秒。冷却时间：210 秒。

传送（TP）：在引导 4 秒后，将英雄传送到友方建筑物、小兵或守卫旁边，

---

[1] 引用自《英雄联盟》官方技能介绍。

然后提供一个移动速度加成。冷却时间为240~420秒，取决于英雄等级。

闪现（闪现）：使英雄朝着你的指针所停的区域瞬间传送一小段距离。冷却时间：300秒。

净化（净化）：移除身上的所有限制效果（压制效果和击飞效果除外）和召唤师技能的减益效果，并且若在接下来的3秒里再次被施加限制效果时，新效果的持续时间会减少65%。冷却时间：210秒。

引燃（点燃）：引燃是对单体敌方目标施放的持续性伤害技能，在5秒的持续时间里造成70~410（取决于英雄等级）真实伤害，获得目标的视野，并减少目标所受的治疗和回复效果。冷却时间：180秒。

惩戒（惩戒）：对目标史诗野怪、大型野怪、中型野怪或敌方小兵造成390~1000（取决于英雄等级）真实伤害。在用在野怪身上时，回复一部分最大生命值。冷却时间：15秒。

风筝：一种打法战术，通常运用于攻击距离较远的英雄对战攻击距离近的英雄。

双C：APC、ADC；魔法输出位，物理输出位。

F6：六只小怪。

《英雄联盟》相关赛事介绍：

S系列赛：英雄联盟全球总决赛系列赛，S指season，也就是赛季。

LPL：League of Legends Pro League，中国大陆最高级别英雄联盟赛事，分为春季赛与夏季赛，常规赛采用积分循环赛制，而季后赛则是淘汰赛制，是中国大陆赛区通往全球总决赛的唯一渠道。

LCK：League of Legends Champions Korea，英雄联盟在韩国地区的顶级联赛，由CJ E&M旗下节目On Game Net主办，所以早年也有称韩国地区的比赛为OGN比赛的说法。

LMS：League of Legends Master Series，英雄联盟在港澳台赛区的顶级联赛。2020赛季的LMS与东南亚职业联赛（LST）合并为全新的PCS联赛，自此LMS联赛成为历史。

LCS：League of Legends Championship Series，英雄联盟在欧洲和北美赛区的顶级联赛，又分为北美（NA）赛区与欧洲（EU）赛区，2019赛季欧洲赛区独立于LCS举办了全新的欧洲顶级联赛LEC，EU与NA之分成为历史。

MSI：Mid-Season Invitational，英雄联盟季中冠军赛，每个赛区春季赛冠军获得参加资格。

LSPL：英雄联盟甲级职业联赛，曾经作为国内战队进入LPL的唯一渠道，2017年被LDL所取代。

LDL：LOL Development League，英雄联盟发展联赛。

德玛西亚杯：Demacia Cup，为了加深职业联赛与非职业联赛的碰撞而举办的比赛，参赛队伍从LPL、LDL、TGA（城市英雄争霸赛）、LCL（高校联赛）中选拔出来。

目录

第一章
磨刀 001

第二章
我失误了 029

第三章
你有和世界第一对战的勇气吗？ 056

第四章
被磨平的锐气 086

第五章
双刃剑 108

第六章
磨合 124

第七章
老友相聚 153

目录

第八章
战之春 169

第九章
钟晨鸣,欢迎回来 192

第十章
踩在浪花上 207

第十一章
在巅峰相遇 236

第十二章
全力以赴 259

番外
加冕 280

第一章·磨刀

今年的冬天有些冷,转会期的消息一直没有平静下来,钟晨鸣的转会消息也是备受关注。

许多人都在好奇,MW 新来的这个美女经理到底懂不懂管理战队,买新人来直接首发,也不知道哪里来的自信。

甚至有人在网上哀号,觉得 MW 要完。

而 MW 战队的新任经理可可此时正坐在酒店大堂,看着手机,等着队员们出门。

她手机上不是电视剧或者游戏,而是不停跳出的对话。

她正在跟几个管理层谈转会期的事情,虽然队员们跟她都身在韩国,她却依旧得处理战队的事情。

现在的阵容是临时阵容,MW 换了中上,而且一个第一次打职业,一个看起来也不强,一直没什么成绩,加上 ADC 不稳定,管理层的心都是悬着的。

钟晨鸣算是可可力荐才进的战队,管理层也是看他排位赛战绩稳定才让他试试,现在他们说的是找个替补中单,还是要做两手准备,万一钟晨鸣训练赛表现得不行,有个替补中单也是好事。

其实关键的是,这次他们的赞助商为了让战队活过来,拨了一笔钱,按照引进明星选手的预算来给他们拨的,他们买了个替补上单,又买了个青训的中单,这笔钱看起来就跟没动一样,也就是说,他们还可以买个明星选手过来。

【买独孤吧。】有人在群里面开起了玩笑。

有人回道:【你怎么不说买个 NGG?】

之前那人说话了:【那不就成 NGG 了,就 NGG 改了个名字而已,没意思。】

可可打断他们瞎扯: 【预言家那边谈得怎么样?】

【不好说。】负责预言家的人说道。

可可：【那就再看看。】

【Sniper（狙击手）还谈吗？】又有人问。

正好钟晨鸣跟Master（大师）说笑着从电梯出来，可可看了他们一眼，打了几个字：【先观望着，打完训练赛再看。】

有人提醒：【Sniper有点抢手，我怕打完训练赛就跟别人谈好了，NGG那边好像也有换中单的意思。】

可可又重复了一遍：【打完训练赛。】

刚才的人又道：【一个没上过场的中单你以为他真的行？】

有人打字附和：【Sniper保险，大赛经验足。】

还有人道：【听说这个18以前是你战队的人？】

可可放下了手机，向钟晨鸣跟Master招招手："就等你们两个了，你们两个是在楼上做什么？"

钟晨鸣道："冯神说外面冷，让我换衣服。"说着，还给可可看看领口露出的毛衣。

可可又看了眼Master，看到同款衣领愣了下，不过也没说什么，让他们出门，车已经等着了。

车上，可可跟他们交代了一下这次试训的情况，第一天就打LA，教练组也会参与这次试训，如果训练的过程中有什么问题，要及时跟教练组沟通。

队员们稀稀拉拉地应了，应得最大声，看起来最兴奋的竟然是疯子，从表情都能看得出他有多期待这次的集训。

到了LA基地，教练先让大家熟悉了半个小时电脑，活动活动手指，进行热身准备，也是等LA那边准备好。

MW的主教练Tristan（特里斯坦）转了一圈，来到钟晨鸣身后，关心道："第一把就是对线Kiel（基尔），怎么样，有信心吗？"

其他人都有过比赛经验，除了疯子跟田螺，其他人还有国际赛经验，就只有钟晨鸣没有上过赛场，Tristan自然也比较关心钟晨鸣。

钟晨鸣在排位中不止一次遇到过Kiel，跟Kiel对线打得如何，他还是很清楚的。

"你稳住就行。"Tristan道，"你的实力跟Kiel对线是没有问题的，不过比赛不是排位赛，你多注意一下对面的动向，这点空气经验充分，听空气跟冯野的指挥，不要上头，基本没什么问题。"

钟晨鸣："好，知道了。"

Tristan 拍拍他的肩："好好打。"

Tristan 是去年来的 MW，今年也没打算走，新来的管理层跟老板都比较认可他。作为教练，Tristan 时刻都关注着队员的情况，转会期的时候他也有关注，钟晨鸣的入队，也是他看过各种数据之后同意的。

钟晨鸣的实力，他自然知道，平时的排位赛排名之类的他都会很关注，最近钟晨鸣每把排位赛的数据他也有看过，知道自家这个队员玩得很好，在排位赛的时候就跟 Kiel 对线过，单杀制胜都很正常，但那是排位赛，比赛上就不一定了。

能两次打到王者，实力肯定是有的，就看比赛发挥了，有些人排位赛厉害，比赛的时候能直接降两个段位，打成钻石选手的水平，现在 Tristan 怕的就是这个。

如果钟晨鸣比赛的时候能稳住，他有信心将他培养成一个顶级中单。

钟晨鸣点了点头，Tristan 看他没怎么紧张，说的话也像是听进去了，就又去看看其他队员的情况。

不多时，LA 那边说准备好了，可以开始，房间建好，几个人快速进了房间，这次默认不禁止英雄，让他们自己拿想拿的阵容。

对面中单拿了沙皇，Tristan 问钟晨鸣："你想玩什么？跟他刷线？"

"卡萨丁吧。"钟晨鸣道。

"你确定？"Tristan 看着电脑画面，卡萨丁前期要被沙皇压制到哭。

"没问题，卡萨丁这版本很强。"钟晨鸣说道。

"那行。"Tristan 还是提醒道，"前期漏点兵都没事，别死。"

空气在旁边听着，插嘴道："你相信一下我们中单啊。"

Tristan 笑了，看空气："行行行，这把你指挥，多照顾照顾新人。"

"放心放心。"空气看着电脑，一边点符文一边说着，"就算我不照顾，我们冯哥也会照顾他。"

被叫作"冯哥"的 Master 连个眼神都没给他，努力维持着自己的高冷人设。

开局双方都没有用什么特别的套路，试探了一下，又安安静静各自回了线上跟野区。

Master 打完 Buff（增益效果），问了一句钟晨鸣："中路？"

卡萨丁六级之前打沙皇很难受，沙皇手长，卡萨丁六级之前没有位移还是个近战，手太短了，沙皇很好消耗卡萨丁。

等到了六级，卡萨丁就有了位移技能，以及新改版的符文"法力流系带"，可以使用技能返还法力值，卡萨丁就约等于可以无限施放大招。

卡萨丁的大招跟带伤害的闪现差不多，是个位移技能，本来几秒就能好，不过法力消耗却是以翻倍来计算，之前使用大招还要考虑一下控蓝的问题，现在有了这个符文，根本不用考虑控蓝，直接无限用大就是。

前期卡萨丁只能苟且偷兵，能补到一个算一个，补不到拉倒，经常要用自己的血线来换取补兵的机会，还要小心翼翼不要让自己莫名其妙死了。

这样中路的兵线总体来说是往钟晨鸣这边推的，也就是说 Kiel 的站位比较靠前，可以来抓，Master 问的也是自己能不能来抓。

"别来。"钟晨鸣说道，"我跟他和平发育。"

Master 看了一眼他中路，本来还想说什么，但张口就变成了："好。"

收完另外一个 Buff，Master 没有急着搞事，而是去了中路，象征性抓了一下 Kiel。

钟晨鸣看着他突然出现，扔了两个技能又准备走，问他："你干吗？"

Master："帮你缓解一下压力。"

钟晨鸣笑了："那你先别走啊，帮我清完这拨兵再走。"

于是都要走到河道的 Master 又回过头来，帮钟晨鸣清了一拨兵，还只把兵打残血，尾刀让给钟晨鸣，让钟晨鸣拿小兵的钱。

空气看不下去了，问他："你在做什么？"

Master："帮中路啊。"

"中路需要你帮？"

Master 说得理直气壮："你没看他都被压了？"

"他一个卡萨丁六级之前被压不正常？对面是 Kiel，你在做什么梦？去抓有用？"空气对这个打野感到莫名其妙，一开始就梦游，这可不是一个好节奏。

上单 Glock（格洛克）此时出来打圆场："照顾一下新人嘛。对面是 Kiel，多照顾一下中路也可以，至少不让 Kiel 发育得这么顺利。"

空气说完就算完，也没跟 Master 多说，直接开始布置战术："上路还是下路？"

"下路。"Master 做出选择来。钟晨鸣拿的不是前期强势的中单，从中路打开局面肯定不行，而上路 Glock 打法很稳健，拿的也是肉上单，下路无疑是最好的选择。

空气观察了一下几路的情况，说道："正好他们打野可能来下路，你过来蹲。"

Master看了一圈，说道："我去野区抓他。"

空气："我给你做眼，小心，中路能支援？"

去对面野区抓人，最重要的就是边路的支援，特别是中路，如果钟晨鸣不能及时支援，还是别去抓比较好。

钟晨鸣道："不能支援。"

空气稍一考虑，说道："我跟你一起。"

他们前期准备做得可以，猜到了对面打野的位置，空气猜了一下对面眼位，成功在对面野区抓到打野，Master去杀人，空气在后面接应，两个人杀完人顺利从野区溜走，也就付出了两个闪现的代价。

但是赚了！

前期就能取得击杀，就算技能全交，那也是赚的。

"可以可以。"空气美滋滋地回到线上继续对线，还跟Master说，"可以继续来下路。"

Master道："你没闪现，不好抓。"

空气："我没闪现，所以你要来蹲一下。"

Master："你自己玩，我去下中路。"

钟晨鸣立刻道："别来，杀不了。"

Master："帮你清兵。"

空气："……"

Master："下路做好眼，你没闪现别被抓。"

空气："……"

Master还没走到中路，下路突然传来击杀消息，空气被杀了。这次不是被抓死的，是线上对拼没打过，被对面辅助跟ADC抓到机会带走。

电脑屏幕是灰白的，空气看了眼旁边一言不发的田螺，又按了下TAB（制表键），确定田螺治疗的图标还亮着，没说什么，而是喊Master："冯哥！"

大概是换个称呼就有效了，Master立刻回道："下一轮。"

钟晨鸣也委婉地表达了下自己的感受："你可以不用来中路，我能发育。"

Master："嗯。"

钟晨鸣想了想，还是直说了："你过来分了我经验。"

Master："……"

空气在旁边笑得不行："都跟你说了别去中路。"

过了半分钟，Master才回道："我怕他不适应。"

"他要是拿个强势点的还好。"空气道，"拿个卡萨丁，对面还是个沙皇，如果对面杀心不重，你有机会抓死对面？"

Master："……"

是的，不能。

Master 只好老老实实地去帮下路打开局面，空气被杀了一次，线上凩了很多，跟田螺在塔下补兵，勉强算是能发育。

对面打野或许是记仇，被野辅弄死了一次就要打回来，也来到了下路，开打就是 3V3（3 对战 3）。

此刻开局已经十来分钟，双方都过了六级有了大招，钟晨鸣看形势不对就开始往下路走，而 Glock 跟对面上单都直接传送去了下路，这个时候打起来，谁支援得快谁赢！

两个上单几乎同时落地，钟晨鸣赶路也走了一半，但这个时候，胜负已经见分晓了。

LA 的 ADC 在敌人的虎视眈眈之下打出成吨输出，先杀空气再收 Master，田螺一个人灰溜溜跑掉，Glock 落地就收掉对面 ADC 人头，不过在对面其他人的追击下，勉强逃到塔下得以脱身。

钟晨鸣看没机会了，继续回到中路，空气安慰大家："没事，不算很亏，他们 AD 是个大人头。"

大人头就是连续拿的人头比较多，击杀之后会有赏金，不过大家都知道，空气这是强行安慰了，再是大人头，二换一也是不划算的。

这轮下路团战似乎奠定了这局的走向，他们本来想从下路打开突破口，下路却突然就崩了，完全救不起来。

原本还想去下路的钟晨鸣放弃了这个想法，下路都崩成这样了，没有去的意义，还不如让对面把下塔推了让田螺可以安心发育。

下塔没了，ADC 能安心发育的前提是他中路能稳住，可以去下路支援，所以他现在要做的就是在中路打出优势来。

到了六级，卡萨丁打沙皇终于好受了一点，钟晨鸣也开始在中路跟 Kiel 打得有来有回，没有继续被 Kiel 压。

这个时间段，打比赛已经不讲究线上了，都是做好视野抱团行动，也就到了小规模团战的时候。

团战的重点是一塔跟龙，钟晨鸣选择了去上路，空气也做出抉择，放弃下塔，象征性守了一下，让钟晨鸣跟 Master 去上路抓对面上塔，拿上塔，比谁推塔快。

Kiel 也去了下路，沙皇有推塔加成，这下怎么拼，都是 LA 那边推塔快了，没了一塔，就只能拼团战了。

下一轮团战的爆发契机是大龙视野，Master 抓到对面 ADC，觉得可以攻击，结果对面支援太快，对面 ADC 不但没死，还在全队的保护下顽强输出，钟晨鸣找机会切了 ADC，结果自己这边的人都死完了，就一个残血的空气在跑。

钟晨鸣回头再收辅助人头，然后闪现逃跑，勉强打了个二换三出来，但是这把看起来已经走远了。

又一轮团战，MW 没有打赢 LA，Tristan 过来说："可以了，退吧。"

这样的劣势，已经打不赢了，他们第一次磨合，对面是已经磨合过一次比赛的 LA，后期肯定打不过——韩国的比赛比中国早进行一个月左右。

"抱歉。"钟晨鸣喝了口水，看向 Tristan，"我能去抽根烟吗？"

Tristan 道："去吧。"

Master 侧头看了钟晨鸣一眼，没说话，钟晨鸣也没看到 Master 的表情，出了训练室。

等钟晨鸣走了，空气小声问 Master："你怕他打不了首发？"

Master 没说话，点了点头。

空气点了两下鼠标，说道："你应该信任他一点。"

Master 点开战绩的数据来看，钟晨鸣的输出是他们这边最高的，其次是 Glock。他沉默了一会儿，说道："嗯。"

等钟晨鸣从外面回来，下一把也开始了。Tristan 跟钟晨鸣说道："别紧张，只是训练赛，没关系的，放松点打。"

刚才每个队员的表现他都看在眼里，Master 急切地想帮中路，空气的指挥，田螺的失误，Glock 亮眼地水掉 ADC 逃跑，还有钟晨鸣的表现。

除了这些，他还注意到钟晨鸣捏鼠标的手指收得很紧，像是要把鼠标捏碎一样。他知道，这个孩子第一次打比赛很紧张，这种紧张影响了发挥。

这把卡萨丁钟晨鸣打得太稳了，完全没有往常排位赛里面刀尖舔血的刺客风格，他更像是一个发育中等待机会的团队型中单。

不应该是这样。

钟晨鸣应该打出来的风格是他主动去寻找战机，而不是稳妥发育。

"拿个强势点的中单。"Tristan 告诉钟晨鸣。

跟钟晨鸣这边说完，Tristan 转头就去了 Master 那里，跟 Master 说道："18 紧张我还能理解，你这么紧张干什么？"

Master:"……"

Tristan:"说话。"

Master:"18 挺厉害的,我觉得把他帮起来可以赢。"

Tristan:"说真话。"

Master:"我怕你们看不到他的厉害。"

Tristan 忍不住笑了:"你一天是在想些什么?我是干什么的?"

疯子坐在 Master 旁边,正在打韩服排位,闻言插了句嘴:"老父亲。"

Tristan 转头就给了疯子后脑勺一巴掌,说道:"好好打你的排位。"

疯子缩了缩脖子,继续打排位,然后 Tristan 又跟 Master 说:"知道你俩关系好,打游戏的时候还是认真来。"

Master 点了点头。

Tristan 想了想,又低声补充了一句:"果然还是不能围绕下路打。"

疯子也听到了,他在旁边笑了两声,探头看了一眼 Master 的游戏屏幕,一副了然的样子,又继续回头打自己的排位。

Tristan 这意思很明显了,他们下路不行,跟 LA 比弱了太多,不能围绕下路来打,这不是看不起队员,只是实事求是。

疯子又插了一句:"那围绕中单来打吧。"

Tristan 想了想,看着对面的打野龙女,做出部署:"冯哥,拿出你的蜘蛛来,教对面龙女做人。"

现在是轮到田螺选英雄,他问了句:"蜘蛛?"

"嗯。"Master 点头。

最后的一个位置是留给钟晨鸣的,不仅算是照顾他这个新人选手,也是因为中单这版本可以玩的英雄较多,不会有禁两个就没有英雄玩的情况。

对面的 Kiel 好像玩沙皇上瘾了,又拿了沙皇,Tristan 问钟晨鸣:"你想玩什么?"

"佐伊。"钟晨鸣说得十分干脆。

最后一个位置的空气锁定了佐伊。

Tristan 走到钟晨鸣旁边,拍拍他肩膀:"放松小伙子,训练赛而已,没什么大问题。"

钟晨鸣笑了笑:"好,教练放心。"

Tristan 做了最后的战术布置:"这把去他们野区,让他们龙女不能出现在比赛上。"

"好好好。"大家随随便便应了两句,龙女这个赛季还是可以玩的,他们也就当教练说说而已，反正也是惯常的战前动员了。

界面加载结束，比赛开始！

"走，反野。"游戏一开，空气立刻开始指挥，"看我不把他们给安排得明明白白的。"

Glock听得好笑："你下路别到时候崩了。"

"兄弟你不能这样说。"空气说着，看到对面立刻喊了一声，"来！"

钟晨鸣秒学E技能，一个彩色的催眠气泡穿墙而过，啪叽一下掉落在对面龙女身上，龙女被催眠，MW这边立刻一股脑技能扔上去，龙女残血，对面辅助立刻给了ADC虚弱，ADC也交了治疗，堪堪保住龙女，让龙女丝血交出闪现来。

这一轮LA就很伤了，龙女没闪现，下路没有虚弱跟治疗，按照正常情况，下路会稳定被压，龙女的这个Buff也不用要了，就是送给Master的。

打完Buff，Master没有急着去线上抓人，而是开始往自己家的上半野区走去。

龙女这个英雄，前期就是个刷子，没什么好的留人技能，就是刷野很快，标准的草食性英雄，刷起来装备好了，打团以及反蹲很有用。

他打了对面的Buff，为了减少自己的损失，龙女肯定去刷他野区的Buff去了，按照他对LA打野的了解，这个人玩草食性打野，路过野区不把野怪刷完绝对不舍得离开，就是一个字，贪。

Master连自己的另外一个Buff都不刷了，直接去了上半野区。钟晨鸣在中路没动，还是正常对线，用来迷惑敌人，让对面不知道Master已经去找龙女了。

在野区并没有找多久，Master直接就在三狼处找到了龙女。看到龙女露出头的一瞬间，空气惊讶了一句："这是在把比赛当排位赛打了吗？这样玩就不怕崩？"

钟晨鸣立刻动了，往自家上半野区移动，堵住了龙女的退路。

"胆子是真的肥。"疯子打完了一把，在看他们训练赛，此刻在旁边吐槽，"闪现都没有就敢这样反野的吗？"

一般情况下，闪现都没有了，跑过来反野，怎么都是打完Buff就赶紧跑，不然被抓到跑都跑不了，结果这个打野打完Buff不仅没跑，还在敌方野区刷得飞起。

这其实是心理上的博弈了，你觉得我刷完了就走，我就是不走，反正你

-009-

没有在上半野区,那你上半野区就是我的了,结果 Master 自家的 Buff 都不刷,就要去抓他。

钟晨鸣的佐伊赶来堵了龙女的退路,Master 的蜘蛛拿到一血,第一个人头拿到了,Master 也就丝毫不客气,你的野区,是我的了!

龙女一个搅屎棍英雄,前期被杀,就是被蜘蛛压着打。

Master 杀了人,又刷完野正在回城,看到小地图上中路好像要出事,就移到中路去看了一眼。

中路的钟晨鸣跟 Kiel 突然对拼了起来。

其实也不是对拼,就是钟晨鸣突然用 E 技能睡到了 Kiel,打了 Kiel 一套,Kiel 大概是被打得血性上来了,突然就回头直接借沙兵位移到了钟晨鸣脸上。

佐伊只有一套伤害,前期的技能CD(冷却时间)还不算很短,打持续伤害,还真打不过沙皇。

钟晨鸣吃了两下伤害走出了沙兵的范围,他却没有急着后退,而是回头A(普通攻击)了一下小兵。

那个小兵头上顶着彩色的泡泡,钟晨鸣这一下正好把小兵打死了,掉落了一个召唤师技能下来,点燃!

钟晨鸣回头捡技能,这是佐伊的 W 技能,可以捡召唤师技能来用,Kiel 也能看到,他肯定是不想让钟晨鸣捡的,立刻在召唤师技能所在的地方召唤沙兵。

对于沙兵的出现,钟晨鸣毫不在意,还是走了过去,Kiel 再次放出一个沙兵,快要走到点燃旁边,佐伊手中突然扔出一个光球来,不过不是扔向 Kiel 的方向,而是扔向了河道。

沙皇立刻警惕起来,向后退去。

佐伊走到了点燃上面,沙皇卡了个小兵的位置,停住脚步,反手指挥沙兵用手中的长矛刺向佐伊。

彩色的光弹突然返回,就在快要到达距离佐伊最远位置的时候,佐伊的身影突然消失,又出现在沙皇面前——佐伊闪现到了沙皇面前!

啪叽!

光弹直接拍到了沙皇脸上,钟晨鸣本来还想补上一个点燃,却发现他根本不用了,这个光弹的伤害加上他使用召唤师技能所产生的飞弹伤害,还有被动的平 A 加成,直接杀了半血的沙皇!

钟晨鸣:"……"

伤害这么可怕的吗?

光弹因为佐伊的闪现，又可以到达新的位置，光弹飞行的最终位置是以佐伊在哪儿来决定的，而光弹飞行越久，伤害就越高，每一个光弹都可以选择两次方向，可以让光弹中路折返。

钟晨鸣就是半路让这个光弹折返了，飞行轨迹正好是一个钝角三角形，刚刚好绕过了 Kiel 特意卡的小兵，打到了 Kiel 的身上。

其实 Kiel 也是有走位的，但钟晨鸣预判了一下，加之 Kiel 的血线也不是很吓人，他还有保命技能，然而这个保命技能都没交，他就被杀了。

毕竟是新英雄，佐伊的伤害也不好计算，Kiel 还是大意了。

"可以可以。"空气连连赞叹，"感觉这把有希望了。"

Glock 也道："我躺好了，带我飞。"

钟晨鸣笑了笑："意外意外。"

"意外都能单杀 Kiel，牛啊。"田螺此时说了一句。

钟晨鸣也没多说，倒是 Master 说道："下路稳住。"

就在对面下路交了两个召唤师技能的情况下，他们下路还是没有优势，甚至可以算得上是被压着打，刚才田螺还差点被杀了，交了双招才活下来，这下下路谁都不敢掉以轻心。

钟晨鸣清了兵线回城补充状态又上线，Master 已经去对面野区找事了。

对面中单死了，少了一个支援，龙女现在又打不过他，自然对面野区就是他做主了。

这次龙女学聪明了，好像是知道自己会被反野，在野区做了视野，这才敢刷自己的野区。

Master 自己的 Buff 都不刷了，直接去龙女的野区，没找到人就把对面的野刷了，龙女刷了一圈，发现自己的野区真的是被偷得连根毛都没有了。

或许蜘蛛这个不叫偷，而是光明正大地刷，毕竟龙女要是跟蜘蛛碰到，只有等死的份。

"下路吧。"看 Master 把对面野区反成这样，他们也准备带节奏，对面下路正好压线，可以抓，或者不叫抓，而是找突破口，毕竟就算抓不死对面，他们也准备推个下塔什么的。

Master 先去下路，LA 的辅助为了保护 ADC 主动卖掉自己，掩护了 ADC 的撤退，钟晨鸣随后赶到，隔墙一个 E 技能"催眠气泡"，正好就打到了退回塔下的 ADC。

Master 见辅助主动卖掉，管都没管，直接去追 ADC，眼看着进塔了杀不掉了，没想到这个天外飞来的气泡突然就困住了 ADC。

佐伊气泡的穿墙机制真让人防不胜防，这个穿墙机制不是仅仅气泡可以穿墙这么简单，而是气泡在墙里面飞行的距离不会计算，只会计算穿墙时间，也就是再厚的墙气泡都能穿过去，穿过去之后还会飞行它应该飞行的距离，就跟有个人站在墙里面放技能一样，所以放好了就能达到出其不意的效果。

看到对面 ADC 被催眠，Master 立刻就上了，钟晨鸣也放出 Q 技能，接上大招补充伤害，而空气跟田螺击杀了对面辅助，也跟了过来。

没有兵线，Master 直接抗塔杀 ADC，ADC 被打醒之后立刻回头反打，他只有一丝血，但也想把 Master 换掉。

Master 杀完 ADC，被塔打了两下，还有两百血，这点血他走出塔的范围肯定会死，但他是蜘蛛，是一个可以飞天的英雄。

Master 按下 E 技能，一根蛛丝将蜘蛛高高吊起，防御塔自然也打不到他。

此刻 MW 这边，Master 用十分冷静的语气重复："接我接我接我。"

"来了来了来了！"空气点着屏幕，蜘蛛的悬空时间只有两秒，他感觉自己怎么走都赶不及蜘蛛掉下来之前帮他抗塔，塔只打一个人，他帮 Master 扛了，Master 落下来塔就不会打他。

"来不及了。"

钟晨鸣话音刚落，只见空气啪叽一下闪现到了塔里面，帮 Master 扛了塔。

"出来出来出来。"空气跟复读机一样快速念叨。

"行了。"Master 走出了塔的攻击范围，空气也紧随其后走了出来。

这时田螺将兵线推了过来，四个人开始推下塔。

LA 看下塔不保，选择了推上塔，Glock 十分稳健，一看到他们有转上趋势，立刻弃塔不要，不过毕竟是 MW 这边先动手，他也知道 LA 很大很可能会转上，一早就打算溜了，现在溜起来也十分迅捷。

拿了一塔一血，人头 3:0，大优势，连 Glock 都高兴了一把："难道能赢？"

"你这么没自信的吗？"空气吐槽他这句话，"你觉得我们赢不了？"

"我一开始还以为会被吊起来打。"Glock 实话实说，他们跟 LA 的差距还是有的，这个差距还不是一点半点，短时间内肯定是追不上的，所以他一早就做好了被吊打的准备，没想到还能有个大优势开局。

"现在还早。"Master 给他们泼了盆冷水，"不到对面投降就不算赢。"

LA 突然犟了起来，开局的时候 LA 看起来有些散漫，此刻突然变得严谨，控制视野安心发育，Master 找了几次机会，都让对面躲过去了，接下来十分钟,竟然没有一次击杀产生。

LA在避战,因为他们知道打不赢。

而MW就得主动寻找进攻的机会,将获得的优势扩大,在跟LA团战必赢的时候主动求战。

整场游戏的转折点就在这个时候产生,在避战十分钟之后,MW的人都开始疲软,而LA就在这个时候主动出击,包夹了上路带线的Glock。

上路已经被推掉,Glock带线太深入,LA提前在MW的野区做了眼,此刻直接传送包抄Glock,让Glock无路可逃。

"上路能不能走掉?"空气问道。

Glock立刻给出答复:"不能,救我。"

"赶不到了,争取为你报仇吧。"空气看了一眼大家的距离,如此道。

Master:"在路上,能拖多久拖多久。"

Glock尽力躲着技能拖时间,嘴里喊着:"快点!"

钟晨鸣比Master先到,他笑了笑,接话道:"来了。"

一个催眠气泡穿墙而过,落在Glock刚刚倒下的尸体面前。

Glock:"……"

这个催眠气泡没有打到一个人,LA绕过气泡,安全撤退。

LA从开打到结束都做好了十足的规划,怎么杀怎么撤退都计算好了,就赶在他们支援到位之前杀完人就跑,拿回一点优势就好,然后再慢慢打回来。

Master赶过来留人也来不及了,只得转而去对面野区绕了一圈,做了一圈眼,这个时间点他也不敢太深入,此刻已经过了对线期,对面时刻都会抱团行动,他一个人肯定是会出事的。

做完了龙圈的眼,空气又提出战略来:"大龙逼团。"

Glock道:"等我复活,有TP(传送)。"

"好。"空气说着,已经去了大龙附近清理视野。

LA那边有所察觉,也往大龙这边走。

如果开团,这将是一个机会!

钟晨鸣在后面看着,已经在找角度看能不能催眠对面一个人,他看到空气往前走了一步,似乎想开,空气也指挥着:"找机会开,Glock你能不能传送?"

"能能能。"

钟晨鸣正想跟上,结果空气又退了回来,钟晨鸣也跟着后退几步,既然不开，那他就找机会消耗。

结果空气突然一个闪现就上了！

钟晨鸣此时跟上就慢了点，空气看队友没有跟这么快，开完就想退回来，结果钟晨鸣一个 R 技能就闪现到了对面脸上。

空气："……"

钟晨鸣："……"

Glock 的传送还没落地，就看到他们这一通操作，忍不住吐槽："你们这是打路人局呢？"

结果他刚落地就被控到，一套伤害打脸上，直接被杀了，队友没有一个人跟。

Glock："……"

Master："你们问题很大。"

Glock："你们在干吗？"

钟晨鸣："我没技能跟了。"

Master："我是蜘蛛。"

空气："我也没技能了……其实我想喊你取消，说得慢了。"

田螺："你们要我一个 ADC 冲前面？"

疯子在旁边看得直拍教练大腿："你确定这样的队伍能行？"

Tristan 在旁边表情严肃，拿着小本本记他们这把的问题，最先是空气忍不住笑了："我真不想说我们是一个队的。"

Glock："哇，我队友呢，我就没有感受过队友的存在。"

Master："……"

田螺："你们就逗吧。"

钟晨鸣也跟着笑："如果有录像，肯定要上最瞎操作排行榜。"

"好好打啊兄弟们，要输了。"笑完了空气也提醒大家，这把的优势就这样差不多没了。

钟晨鸣道："我感觉已经输了。"

拖着拖着，他们就打不赢 LA 了，他们才刚刚开始磨合，就算没有这样乱七八糟的配合，打后期那也是比不过 LA 的，毕竟后期打的就是团队配合和 C 位的输出能力。

等到对面团灭他们，Tristan 让他们投降直接退游戏，然后继续下一把。

"好惨。"疯子在旁边说着，"明明前期都大优势了。"

钟晨鸣闻言笑道："打 LA，不到胜利，都不是大优势。"

疯子一想也是，那些年被翻过的盘都还历历在目，LA 这个战队前期后期都能打，后期比前期厉害，他们要赢 LA，就只有在前期赢才有希望。

"这把怎么办？"选英雄的时候，空气转头寻求教练的意见。

"随便打打。"Tristan 也看出他们的问题来了，"练练感觉吧。"

配合也不是一朝一夕能练成的，只能慢慢来了。

一下午几个人都是在被虐中度过的。吃过晚饭，教练让他们休息休息，打打排位放松放松，LA 那边也不能一直跟他们打训练赛，他们也是要个人训练的。

这次排位打的韩服，他们十分自觉地两两组队双排，钟晨鸣选择了跟空气双排，他跟 Master 的配合肯定没问题，但是跟队伍里其他人的配合还有点问题。

而 Master 选择了跟 Glock 双排，疯子就跟田螺走一路。

这个晚上训练室里就充满了"等我啊""你在干吗"之类的声音，也是十分欢乐，虽然有些不是初次双排，但打起来还是配合有问题，只能加强沟通，还约定了什么情况下前进什么情况下后退，什么时候能上。

比如 Glock 就跟 Master 说："如果对面敢过河，我就会杀他，不过需要你在，你不在我不杀。"

空气跟钟晨鸣配合得还好，田螺跟疯子的下路却看起来糟糕很多，不过疯子打游戏的时候莫名其妙有耐心，他今晚上说得最多的话估计就是"我先上，你跟上，我跟你说上，肯定就是要上的，你做好准备"，或者是"你安心输出，我保护你"。

可可处理完战队的一些琐事，进训练室看训练情况，看训练室气氛还挺好，就问教练情况如何。

Tristan 说道："需要磨合。"

可可："新人表现？"

Tristan："有个人能力，还不知道适不适合队伍。"

可可点了点头，Tristan 又补充了句："Sniper 并不一定表现得比 18 好，个人能力 18 应该跟 Sniper 不相上下。"

"我懂了。"可可想了想，放软了语气，"麻烦您在管理群里面说一下这句话可以吗？"

Tristan 稍微一想就明白了，笑道："当然可以。"

结束了一天的训练，MW 的人都坐上来接他们的客车回了酒店。钟晨鸣先去洗了澡，Master 跟疯子出去找吃的，他也问了钟晨鸣，但是钟晨鸣想休息，Master 也就不勉强。

钟晨鸣洗完澡，躺在床上回想着今天的训练赛，就在快要睡着时，他听到了开门的声音，应该是 Master 回来了，他也没醒。

突然一双冰凉的手探进了钟晨鸣的被窝，Master 脱掉外套，带着一身寒意躲进了钟晨鸣被窝里，钟晨鸣被冰得立刻就醒了。

钟晨鸣冷得一个激灵，问他："你在干吗？"

"冷。"Master 把自己的手从钟晨鸣脖子拿了出来，换成塞他怀里，"你被窝暖和。"

"我就不冷了吗？"钟晨鸣嫌弃地让了一半被子给 Master，"冷就自己去洗澡。"

Master 不干："洗澡更冷。"

"那你就在我这里躺着了吗？"钟晨鸣问他，他们是标间，两张单人床。

Master："躺一会儿，暖和了去洗澡。"

钟晨鸣："你就不嫌挤？"

Master："不嫌挤。"

钟晨鸣："……我嫌挤。"

Master 道："让我躺十分钟，我去洗澡。"

钟晨鸣："……"

跟着钟晨鸣挤着躺了一会儿，Master 爬起来去洗澡。这点都过了钟晨鸣平时的睡觉时间，Master 一走，钟晨鸣又迷迷糊糊要睡着了。

睡意蒙眬之间，钟晨鸣感到有人钻进了自己被窝，他的潜意识告诉他这个房间里只有 Master，他就往旁边挪了挪。

之前他住 Master 家的时候，两个人就是睡的跟现在差不多的单人床，此刻 Master 跟他一起睡，他甚至有种自己还在 Master 家里的错觉，下意识就让了位置。

第二天钟晨鸣是被热醒的，Master 在他旁边睡得香甜，丝毫没有感受到他俩被窝里都能孵蛋的温度。

钟晨鸣也没叫醒 Master，轻轻地将 Master 搭在自己身上的手臂拿开，然后坐起来拿起床头柜上的手机，打开视频网站看之前 LA 打 KeSPA 的比赛。这个比赛算是韩国的德杯，就是他们举行得比国内早了一个月，所以他们来的时候，KeSPA 杯是已经打完了的，LA 已经磨合过了一个比赛。

钟晨鸣看比赛并不是要寻找LA的破绽什么的,他仅仅是看看LA的套路,毕竟他们两个战队是不同赛区,要想在正式比赛上交手,还得两个战队都有机会进全明星,还得分到一起才能交手,所以他们研究的不应该是如何击败LA,而是如何利用LA来磨炼自己的套路。

一把还没看完,Master就顶着一头乱发醒了过来,凑过头来看钟晨鸣的手机屏幕。看到是LA的比赛,他打了个哈欠,又睡了过去。

看Master完全没睡饱的样子,钟晨鸣把被子拉过来,盖住了Master露在外面的胳膊跟肩膀,又盯着Master看了一会儿,这才继续看比赛。

今天训练赛约到的是韩国联赛LCK的中下流队伍,空气休息,换上了疯子。

经过了昨天乱七八糟的团战,今天大家都稍微配合得好点了,至少没有出现落地被杀的情况。第一把Master势如破竹,大家感觉还没怎么打,Master就把对面打输了,对面打出了GG(Good Game,引申为投降的意思)。

"有点猛啊。"不打游戏的疯子又开始开玩笑,"今天你是吃药了吗?"

Master笑了笑:"心情好。"

疯子看他这个笑看得一愣一愣的,转头问田螺:"他在对我笑?"

田螺看他:"你以为冯哥不会笑吗?"

疯子不是第一次看到Master笑,这个人虽然挺高冷的,但也不是没有表情的高冷,该笑的时候还是会笑。他想了想,说道:"你不觉得这个笑很奇怪?"

田螺丝毫没有听懂疯子的话外之音,说道:"不奇怪啊。"

疯子:"……行吧,为什么我突然想我女朋友了。"

田螺:"闭嘴。"

空气在旁边打排位也附和了一句:"闭嘴。"

Tristan正好走过来:"禁止秀恩爱啊,这屋里除了你都是单身。"

可可一边在笔记本电脑上敲着字,一边抬头说道:"不一样的人可是要被孤立的。"

疯子只得屈服:"好好好,不提不提。"

正好场间休息,疯子说不提,空气却突然来了兴趣:"你跟你女朋友谈几年了?"

疯子也不忌讳,说道:"六年。"

所有人震惊。

Glock 好奇道:"你们几岁开始谈的啊?"

疯子转而说其他:"你们这么在意我的女朋友的吗?来来来,我跟你们讲我女朋友。我女朋友比我小半岁,高中的时候就是班花,现在在闵行理工学院读书,她不仅成绩好对我还特别好,做的饭贼好吃,我每次去看她她都不要礼物还送我一大堆,我这一身行头都是女朋友……"

空气听不下去了:"够了够了,知道你有女朋友了行了。"

Glock 转头看 Tristan:"教练我拒绝跟这个人做队友!"

另外几个人纷纷附和,钟晨鸣看他们开玩笑,也跟着说了两句,这整个一个人生赢家啊,太给人压力了。

可可打字的动作一顿,抬头说道:"看吧,我就说会被孤立的。"

吵吵闹闹中休息时间也过去了,又开始了训练。这次是 Master 的指挥,这也是空气的意思,指挥重心从他身上转移到 Master 身上,毕竟疯子训练赛的表现也挺好的,以后应该会上场,他不在,总是要人指挥的。

实际上 MW 的指挥有一半都在 Master 身上,他们是前期 Master 指挥,空气辅助,中期再转交到空气身上,做出大方向的决策来。

毕竟前期要打野来带节奏,而后期就要做团战拿龙之类大方向的抉择。

今天的训练赛就打得比昨天好多了,不仅是对手不同,更因为经过了昨天毫无默契的一天,今天大家都稍微找到点节奏了,不再是各打各的。

毕竟是训练赛,不光是对练,两个队伍还进行了一些战术试验,研究这个赛季的新战术,一些搭配套路也在摸索,今天倒是比昨天用了更长时间,晚上也用了一半时间来打训练赛。

打完之后大家都挺累的,在训练赛开始之前他们已经打了几把排位赛,教练也就没让他们继续打排位赛训练了,可可就说带他们一起去吃烤肉。

烤肉店是他们的翻译介绍的,说不错,就是有点贵。然后他们就体验了一把韩国吃肉的价格,正想说大家分担点,结果可可直接豪气买单。

空气问道:"原来我们经理是有钱人吗?"

可可十分淡定:"你以为是我的钱吗?"

这下大家立刻懂了,纷纷问能不能再来两盘肉,可可就随他们去了。

烤肉店里挺温暖的,不过外面只有两三摄氏度,冷得不行。

吃完烤肉回去酒店也挺晚了。Master 搓了搓自己被暖气温暖的手,舒了口气说先去洗澡,钟晨鸣就拿手机看今天的训练赛进行复盘,这是他找教练要的,准备没事的时候就自己研究一下。

Master 洗完澡又缩进了钟晨鸣的被窝,钟晨鸣看他一眼:"你自己没床吗?"

Master:"冷。"

钟晨鸣:"……"

Master:"我躺一会儿。"

钟晨鸣洗完澡本来想去睡 Master 那张床的,结果还没走过去就被 Master 拉着手臂拖到床上。

钟晨鸣挣扎了一下,发现自己竟然奈何不了 Master,Master 看起来像个有社交障碍的游戏宅,没想到他还有肌肉!

第二天又约的 LA,依旧被虐,偶尔全局爆炸,偶尔前期优势,但后期不管怎么都打不赢,但看起来比之前好点了,至少不会莫名其妙减员,不过还是不知道默契在哪里。

"我觉得这样不行。"过了一天,还没开始训练可可就跟他们这么说道,"我觉得我们需要抗压训练。"

Glock 表示:"我们现在还不够抗压吗?"

训练赛就没赢过 LA 好吗!

"还不够。"可可说,"等你们跟比 LA 更强大的战队打过之后,你们就可以战胜 LA 了。"

疯子在旁边吐槽道:"这什么逻辑?"

钟晨鸣倒是听出了点什么:"你约到了 UKW?"

可可笑开了:"是的!加油吧!"

疯子看空气:"真的能行吗?"

空气:"……加油吧。"

训练赛开始前,大家看起来都没啥精神,一副注定被虐的丧气模样,等到了真正开始,大家一扫之前丧气的样子,全都打起了精神来。

这次上的是疯子,疯子直接说道:"中野联动?"

Tristan 在后面说着:"中野联动。"

他们这两天发现,也就拿前期强势能带节奏的中野能玩,如果拿后期阵容是完全没法玩,因为根本就不会有后期。

看到对面的阵容,这次钟晨鸣拿了岩雀,而 Master 拿了螳螂。

一想到对面是 UKW,这次世界赛的冠军队伍,大家都认真起来,打起了十二分精神,如果不知道情况的人走进他们训练室,或许还会有他们在进行什么生死大赛的错觉。

"开局来中路,杀他一次。"钟晨鸣看着屏幕,认真计算着这局的可能性。

"二级就来?"Master问他。

"对。"钟晨鸣说着,"可能杀不死,逼出闪现下次再来,放心我会放线。"

Master:"好。"

游戏开始,Master直接红Buff开局,打完Buff就来了中路,这次果然没打败对方,但是逼出了对面的闪现。

过了两分钟,疯子突然"嘿嘿嘿"几声:"我来了,18做好准备!"

钟晨鸣:"河道有眼。"

疯子:"有眼又如何?"

这次疯子配合Master跟钟晨鸣,直接塔下强杀,杀完疯子还觉得不够:"等两分钟,我再来一次。"

就在对面中单闪现即将好的时候,疯子跟Glock还有Master都来了中路,就是要把对面中路击溃!

打完就开始推中塔,十来分钟就把对面中塔给推了,这种情况下,他们上下路两座塔虽然也被磨了一些血量,但好歹是没掉。

而田螺也在疯子的唠叨中,不耐烦地回城买装备,把下路让了出去,又在对面推塔一半的时候上线,配合回来的疯子守住了下塔。

而上路,Glock可是有传送的,推完塔传送去上,根本不慌。

疯子回线之后跟钟晨鸣交流:"你觉得他还会死几次?"

这个死几次自然是说的对面中单了,钟晨鸣说道:"死不了了,塔没了,他会十分小心。"

"那我们去抓打野吧。"疯子说着,他之前在对面野区留下的视野已经看到了打野的踪迹,"来来来。"

这次都不用Master了,他们两个就打死了对面打野,对面中单开局太劣势了,根本无法来野区帮忙,野区的视野被疯子掌控着,中单踏进来就等于在说:"快来抓我,我想死。"

中野都有了优势,还是大优势,自然要把这个优势扩大去边路。

钟晨鸣选择了去上路,他觉得有必要改变上赛季的思维了。上赛季因为ADC统治游戏,使得每个队伍都得围绕下路来打,转线也更侧重于下路,而这个赛季不是,现在的情况来看,每条路都可以作为制胜点,甚至打野也能。

这是一个每个位置都能表现自己的版本,如果转换思想,换成从上路打开突破口也未尝不可。

不过转线值得注意的一点是小龙跟峡谷先锋的问题，转上路容易掉小龙，转下路容易掉峡谷先锋。不过他们这把刷的水龙，打了之后增加非战斗状态下的血蓝回复速度，属于锦上添花那一类型，争夺性不是很强。

钟晨鸣跟 Master 转了上路，帮上路推塔，UKW 去拿了龙，Master 转头就跟着钟晨鸣去打了峡谷先锋。

峡谷先锋打了之后会在龙坑里留下一个先锋之眼，先锋之眼放出来就是一个会帮忙推塔的峡谷先锋，带在身上可以加快回城。

Master 捡了峡谷先锋，看了一眼局势，快速回城补充状态，去了下路。

虽然没有小龙了，但他现在的目标可不是小龙，既然是打前期，就是要快速推塔。

UKW 的下半野区视野完全在疯子的掌控之中，Master 在野区抓到了对面想去拿蓝的中单，对面中单打野都在，钟晨鸣立刻施放大招支援，疯子也及时赶到，收掉了打野中单的人头。

对面下路见中单打野都被杀死，立刻后退，防止被包夹，田螺推兵线到下塔，点掉一塔，Master 放出峡谷先锋，继续拆二塔。

没有了中野的 UKW 完全无法守塔，只能看着二塔被推，推完二塔 MW 这边并不打算后退，在峡谷先锋的掩护下直接上了高地。

推掉高地塔，对面复活的中野已经赶了过来，MW 立即选择了撤退。

这样的大优势，UKW 并没有投降，而是选择了稳健发育，然而无奈优劣差距太大，他们根本就没地方发育。

带线被抓，野区在 MW 的控制之下，他们除了守塔并没有其他可以做的。偏偏很快上二塔跟中二塔都被带掉，他们只能守高地，不过等 MW 打完大龙，他们高地也守不住了。

UKW 完完整整跟他们打完了这一把，一直到水晶爆炸。

"UKW 很迷惑啊。"疯子这样跟教练讨论着，"这把他们全部都在梦游吧。"

"大概是觉得我们不值得认真应对？"Glock 加入讨论。

可可在旁边看着训练赛，也觉得这不是 UKW 的水平："估计知道我们跟 LA 打训练赛从来没赢过，跟我们训练当作放松了。"

空气问她："你怎么约到的？"

"我问他们想体验一下不一样的虐菜快感吗？"可可笑着说。

估计她也不好说，空气没再问，看来可可约到 UKW 也不容易，对面的态度都不太认真，也说明了对这次训练赛的不重视。

下一把训练赛开始，MW这边依旧认真，这次UKW那边明显也认真了一些，至少没有让Master再抓到这么多机会。

这一把UKW赢了，认真起来的UKW还是有点可怕，不过也正是这样，才能让他们的训练赛更加有效果。

打了一下午，钟晨鸣看着战绩，突然有了疑问："是我的错觉吗？感觉UKW也没有那么强。"

"不是你的错觉。"Tristan道，"UKW确实有点问题。"

疯子也说："感觉他们没有LA强啊。"

可可在旁边道："这次KeSPA杯的冠军就是LA。"

空气说："我以为他们是运气，没想到这个赛季的UKW是真的不行。"

可可给他们泼了盆冷水："UKW不行你们都打不过，抓紧训练吧，别到时候在德杯翻车。"

这下几个人就不开玩笑了，训练起来。钟晨鸣还在看战绩，其实这一下午他们也不是打不赢UKW，毕竟第一局就教UKW做人了，后面也是有输有赢，不过是输多赢少。

他们前期特别顺的时候还是能赢的，跟UKW打后期是一点赢的可能都没有，他们现在只能打前期。

看了一会儿，Glock喊钟晨鸣双排，钟晨鸣也就关了战绩，Tristan又过来说："你这几天练练玛尔扎哈。"

钟晨鸣点了点头。玛尔扎哈在新赛季的表现也很亮眼，特别是跟打野配合起来，抓人一抓一个准，用得好就是无敌中野。

给队员们布置了训练任务，Tristan又拿着本子去跟副教练商量情况。这几天的训练赛让他们也看出了战队的问题，同样也看到了战队的优点，可以由此制订下一步的训练计划。

他们讨论着讨论着就笑了起来，又跟可可说了几句话，可可也笑了，点点头，加入了他们的讨论。

接下来两天，他们又约到了两个中流战队。现在他们打起来跟之前就不一样了，之前是一盘散沙，看着就跟打排位赛一样，现在都试训这么多天了，好歹也有了些配合。

Tristan给他们制订的目标是练好中野联动。

这几天Tristan也发现了，Master跟18这两个人，中野联动特别默契，就像已经做了很久的队友一样，而且 18 的表现的确让人眼前一亮。

许多人从高分段路人开始打职业，很不适应比赛的节奏，比赛表现往往不太厉害，要么不够自信，太过小心谨慎，打不出排位赛时候的输出，要么太过激进跟队友脱节，变成提款机。

有些人适应不了比赛节奏就废了，有的人打了一两年职业可以慢慢适应赛场情况，成长成一个队伍的固定制胜位，不管怎样，都是会有一段适应期的，极少出现一开始打职业就能展现出自己制胜能力的人。

这个 18 就是极少出现的那一类人，确实一开始跟团队配合有问题，但是没有出现莫名其妙的情况，他十分清楚这里是比赛不是排位赛，也十分清楚自己应该做什么。

这个应该做什么不是排位赛里面应该做什么，而是比赛里面应该做什么。不过平时看 18 没事就拿着手机看比赛，他们也觉得这是很正常的一件事。何况听可可说了，18 还做过教练，做教练的时候带领的队伍还取得了不错的成绩，看来他们真的是捡到个宝了。

他们的中野没有问题，甚至短短几天就奠定了他们核心制胜点的位置，自然制订的战术就是围绕中野来了。

正好这个赛季又是一个快节奏的赛季，中野可以打得很凶，带动节奏完全没问题。

既然围绕着中野来打，他们也会针对性地练其他人跟中野的配合，反正他们的中野配合完全没有问题，有问题他俩自己商量着就能解决。

这种针对性训练一开始还有点问题，依旧是配合上的问题，他们打两支中流队伍都出了些状况，前两把被虐得有些惨，十几分钟就不得不投降。

不过后面也是慢慢找到了感觉，打得有来有回，甚至对面一不注意还要虐回去。

照常一天的训练赛结束之后，教练拉着大家开小会，给大家复盘比较重要的几局，然后问大家的想法。

疯子最先说道："我觉得还可以啊，慢慢熟起来了。"

空气也道："中野磨合得不错。"

Glock 说："我觉得还行吧。"

Master："可以。"

钟晨鸣："还需要磨合。"

田螺："……好像没我什么事儿。"

疯子又接了过去："你稳住就行，我保你，安心补兵等出山！"

田螺："哦……"

疯子继续道："这样说起来，我觉得我们这个打法有点单一了。我们是不是应该开发多体系？现在是中野体系，然后可以开发一个围绕下路打的四保一体系，或者快速推塔拿龙的体系，上赛季的岩雀体系还能用吧，18 的岩雀还不错……"

Tristan："教练给你，你来？"

疯子立刻闭嘴，片刻后又小声说："单体系容易被针对……"

空气道："还是先把中野体系练好吧。"

Glock 说："还是有点各打各的，你们能不能管我一下，每次前期我都感觉这个游戏只有我一个人。"

田螺小声吐槽："你一个单人路觉得只有自己一个人有什么问题吗？我一个双人路都觉得只有我一个人。"

疯子："这是战略需求战略需求，先让中路肥起来，才能支援边路对不对？"

田螺："……哦。"

听他们说了一会儿，Tristan 打断他们"热烈"的讨论，说道："明天就是最后一天集训了，既然大家都感觉不错，那我们就继续跟 LA 打训练赛，可以吗？"

疯子立刻举双手双脚赞成："好啊！这次我要虐回来！"

Glock："希望这次不会被虐得这么惨。"

田螺吐槽："我们说不可以就不打了吗？"

可可在旁边道："当然不可能。"

钟晨鸣也有些期待，最后一天正好是检验他们试训成果的时候，看看他们这一个星期的成长如何。

可可告诉了他们最后一天的安排，下午跟 LA 打训练赛，半夜的飞机回国，打完训练赛就坐车去机场。

为了节约时间，他们最后一天中午就开始了跟 LA 的训练赛，LA 那边这次没有上主力，上了两个替补选手，还有一个青训。

"应该不会被虐得太惨吧？"空气看着对面的阵容，觉得今天可能会好点了。

Tristan 照着他脑袋来了一下："还没开始打就想着被虐，你能不能行？"

空气缩了缩脖子，干咳一声："会赢的会赢，我们中野体系无敌。"

就在教练跟队长的吵闹声中，最后一天的训练赛开始了。

先上场的是空气，他们拿了前期阵容。一开局，空气就道："抓死对面中单！"

钟晨鸣一眼就看到了对面中单的身份："不是 Kiel。"

Master 倒是知道对面的情况，他说道："是 LA 的青训队员。"

Glock 想了想："应该是试训的青训，估计玩得也不错，有机会进主队那种。"

疯子没上场也在旁边说："我觉得你能吊打他。"

钟晨鸣笑了笑："不一定。"

开局，钟晨鸣跟对面中单主动换了一拨血，对面第一轮就亏了，后面补刀都不太好补，虽然没被单杀，但短短几分钟，就被压了十来刀。

这个时候 Master 看到了机会，他摸到了对面打野的动向，知道大概率是抓下路，不会在中路蹲他，他直接就来了中路。

他们的中野体系，就是将钟晨鸣养起来，养成一个老大，然后让钟晨鸣去带动其他路。

"我来了。"Master 说着，他拿的皇子，一杆军旗从天而降，直直插向对面中单的身后，断他退路。

对面中单见势不妙交出闪现，Master 的皇子还在半空中，立刻一个闪现交出，EQ 闪（连招）击飞对面中单！

皇子使用 EQ 位移，EQ 路上的敌对英雄会被击飞，而这次对面闪出了他的 EQ 范围，他半空中闪现，依旧把这个击飞效果带了过去，击飞了对面中单！

"厉害！"疯子在旁边看着，他这个时候也不一个人孤独地打排位赛了，而是全程观战，此刻看到这个操作，完全不吝惜自己的赞美，"我冯哥就是厉害。"

可可在旁边笑着说："什么时候成了你冯哥了？"

疯子也随口接道："那行，18 的冯哥，中野无敌！"

游戏里，在皇子击飞对面中单之后，钟晨鸣的佐伊立刻跟上伤害，一套带走了对面中单，拿下一血！

空气在下路跟对面对着线，完全没有看中路啥情况，此刻还不忘嘚瑟："怎么样，我就说对面会被你吊打吧。"

钟晨鸣道："是我冯哥厉害，跟我没关系。"

疯子听到这句话十分欣慰："看，我就说是 18 的冯哥吧。"

前期中野就取得了优势，在 Master 敏锐的嗅觉下，提前察觉到了对面打野会去下路，提醒空气跟田螺，使得下路两人也能全身而退。

"对面的这个青训有问题啊。"疯子在旁边吃着超市里买的小鱼干跟 Tristan 讨论，"跟 Kiel 差了不是一点半点，他们怎么会想到提拔这样的人来一队？"

Tristan 说道："你关心别人的战队那么多干什么？"

疯子道："我博爱。"

可可在旁边看着，说道："例行试训吧，分数到了，估计排位赛比较猛，来试训紧张了一点。"

Tristan 却说："刚才这一套，就算是 Kiel 本人来，也活不下来。"

疯子想了想，放下小鱼干，问 Tristan："Master 是知道对面会闪现，所以预判闪，还是看对面闪现接上的闪现？"

皇子 EQ 时在空中的时间不到一秒，如果是看到对面闪现再接上闪现的，这个反应很是恐怖的。

Tristan 摇了摇头："不知道，你问他自己。"

这个青训中单在赛场上跟钟晨鸣差距还是有点大，一开始就被压，抓死之后就开始畏首畏尾，只敢小心刷兵，完全没有一点锐气。

打了半局，就算青训中单再怎么小心，也被抓死了三次，除了第一次，还有一次是拿蓝回来，以及被空气跟 Master、钟晨鸣三人越塔强杀。

"好惨。"看到青训中单躺在地上无助的样子，疯子忍不住说道，"同样是新人，这个也太菜了吧，18 跟他的差距真不是一点半点。"

Tristan 说道："这才是正常的新手中单的表现，我们家 18……"

"什么？"疯子看着教练，等着他说下去。

Tristan 摇了摇头，没继续说，就笑了笑。

疯子看他两眼，明白了什么，也没有再继续追问。

连赛场都没上，给予新人太多的赞美并不是一件好事，有些事情他们知道就好，不用说出来。

这一把 LA 那边溃败得十分迅速，甚至大龙都还没出来，擅长后期的 LA 就打出了"GG"。

下一把 LA 那边好了一点，中单没有死得那么惨了，却依旧没有熬到他们觉得可以打后期的时候，在 MW 这边推上高地之时，LA 那边打出了"GG"。

这把之后，开局的时间变久了很多，LA 那边一直有个人没进来，MW 这边就一边等一边讨论着上局的情况，说得最多的肯定就是那个青训中单了，这局青训中单虽然没有上一局惨,但也就是死了八次跟死了七次的差别而已。

片刻后 Tristan 过来说:"LA 那边要换人。"

这也在情理当中,估计那个小中单都被他们打蒙了,心态崩了怎么打都没用,不如让他休息一下。

那边换人用了几分钟,等人齐了,MW 这边却发现青训小中单没被换下去,而是两个替补被换了。

Glock 好奇问道:"Kiel 不上?"

可可说:"Kiel 拍广告去了,不知道什么时候回来。"

"好吧。"这下不能跟 Kiel 打,MW 这边的人不得不说还是有点失望的,最后一天他们还想一雪前耻,可惜没给他们机会。

换了两个替补下去,他们打得就没之前轻松了,不过他们打的中野,对面中单实在是不行,给了他们很好的突破口,总的来说还是打得很顺,就算成功让 LA 拖到了后期,由于他们中单前期就被打废了,后期也不是那么难打。

又打了两把,MW 这边也换人了,空气换下来,让疯子上。

他们不是战略换人,完全就是疯子在旁边看着手痒,迫不及待地想打两把,空气跟教练商量之后就让他上了。

疯子跟田螺的磨合还不错,或者说只要不需要围绕他们的 ADC 打,他都能跟 ADC 磨合得不错,毕竟只需要保护 ADC 发育,伺机游走就好,并不需要他们下路优势,如果要下路优势,还是需要很高的默契度。

空气跟田螺也磨合了半年,两个人算是配合得还不错,空气清楚田螺的一些习惯,知道怎么跟田螺配合比较好,不过他们下路还是打不出优势来,还是常年抗压。

疯子就不同了,他是只要田螺能发育就行,至于下路能不能打穿对面,这并不是他需要关心的事,他更关心怎么把中路抓起来。

两个人风格的不同,在训练赛里也会影响整个比赛。

空气在的时候,下路发育比较平稳,而疯子在的时候,钟晨鸣起来得更迅速,毕竟疯子只要有机会就往中路跑,而空气会优先保证田螺的安全。

两个人自然是有利有弊,但是在他们现在的体系下,无疑疯子更适合,疯子上场之后,LA 那边突然就感受到了压力。

疯子不仅喜欢去中路抓人,他对视野的理解也跟别人有些不一样,不管优势劣势,他总是在一些很奇怪的地方放眼,偏偏这些眼常常能起到关键的作用。

前期，疯子放的眼更倾向于侵略性的视野，也就是放在好进攻对面野区的位置，这也让 Master 反野更加方便。

他们既然中路能打出优势来，后续的事情肯定就是反野了，在对面野区打起来，他们中单又不敢来支援，自然是他们优势。

"来来来。"按照往常一样的套路，疯子前期就入侵了对面的野区，带着 Master 要进行一场虐杀。

钟晨鸣则是他们入侵野区的底气："来不了，被我压着，不敢来。"

这句话的意思就是让他们放心入侵野区，对面中单肯定不敢来支援。

Glock 看了一眼他们的位置，问道："上一把也是在这里抓死的，他们还会来？"

疯子十分自信："放心，至少还要吃一次亏才会长记性。"

接着，LA 的打野就出现在了他们的视野范围内，疯子跟 Master 立刻扑了上去，把 LA 打野撕了个片甲不留。

田螺在下路哀号："我要死了要死了你们管一下我——"

疯子十分淡定："放心，死不了，他们马上就退了。"

这句话还没说完，对面下路就退了，田螺交了双招在塔下瑟瑟发抖，对面却不敢再追了。

疯子跟 Master 杀完人就可以来下路支援，他们现在不走，等会儿怕是两个人都走不了了，所以放弃了塔杀田螺，选择了稳健。

空气在旁边看着，他跟疯子不一样，看别人打游戏也在旁边说个不停，看大家这么开心，他只是跟着笑，偶尔跟 Tristan 说一两句话。

看到大家越玩越高兴，Tristan 突然跟空气说道："放心，换辅助只是战略需要，你是队长。"

空气摇了摇头，笑着："疯子比我厉害，他更适合现在的队伍。"

可可就在旁边，他们的对话虽然小声，但她也听到了。她道："你是经验丰富的老将，我们不会放弃你，你别想太多。"

空气笑道："没事，如果是为了 MW 的成绩，我不介意打替补。"

空气的笑容是豁达的，他打了这么多年了，打过保级赛也打过世界赛，取得过荣耀也经历过失意，要说遗憾，那也只有一个，那就是没有拿到过世界冠军。

可是他已经老了，当初黄金年华的时候没有拿到过世界冠军，现在的可能性也不那么大了，对于自己的未来，他早就想得很清楚。

第二章 · 我失误了

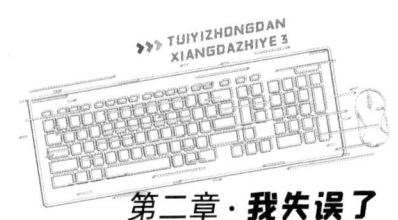

打了半下午训练赛，可可发现距离去机场还有一段时间，不过大家看起来都挺疲惫了，训练赛的强度还是挺大的，对面 Kiel 虽然没在，但是打着也不轻松。

他们也不是一直赢的，有时候被对面拖到了后期，也会出现打不赢的情况，不过打前期他们基本是没问题。

等他们打完，可可招呼大家："先不打了，休息一会儿，等会儿带你们去喝参鸡汤，喝完准备去机场。"

一听到吃，大家都高兴起来，气氛也活跃了不少。刚开始聊天，钟晨鸣突然说道："等等。"

Master 转头看他："怎么了？"

可可也看过去。

钟晨鸣道："Kiel 上线了。"

田螺有些崩溃："你们还要打吗？"

可可开始拿手机："我问问 LA 那边。"

空气站起来揉揉田螺的肩膀："不打败有 Kiel 的 LA 你甘心吗？"

田螺喉咙动了动，似乎想说什么又没说出来。等可可那边来了确定的消息，说可以继续打训练赛，Kiel 会上场，大家都重新回到座位上之后，田螺才低声说了一句："反正又赢不了。"

疯子凑过去问钟晨鸣："你怎么有 Kiel 好友的？"

Glock 说道："昨天排到了，估计看这个名字眼熟，就加了好友。"

这两天 Glock 都在跟钟晨鸣双排，他知道好友的事情也很正常。

疯子点了点头，看 Tristan，Tristan 还没说话，空气开口了："你上。"

疯子也就上了游戏，空气站在田螺身后，看他们打。

很快打训练赛的人都进了房间,这次是完全体的 LA,每个人都是首发成员,疯子跟他们开玩笑:"压力大不大?"

Glock 道:"反正都被虐习惯了,没有压力。"

田螺说:"我压力很大。"

疯子说道:"别尿,我保护你。"

田螺无奈道:"你说的话要是能算数,Kiel 怕是一级就要被单杀。"

Glock 突然道:"你这么看不起我们 18 的吗?"

田螺:"什么意思?"

Glock 并没有说什么意思,只不过兵线刚刚上线,中路突然就传来击杀消息,18 击杀了 Kiel!

随后一只狮子狗闪现扑出来,一爪挠掉了还剩几滴血的钟晨鸣。

田螺震惊:"兄弟,你不用这么急着给我证明的。"

钟晨鸣:"我失误了。"

田螺:"……"

钟晨鸣:"好像不失误还是会死。"

田螺:"你今天吃了什么药了吗?"

Glock 说道:"是因为昨天排位单杀了几次 Kiel 吧,突然就有信心了。"

钟晨鸣笑道:"对对,我觉得我比赛上也可以单杀他。"

Master 接着说道:"你太激进了,我提醒了你狮子狗来了。"

钟晨鸣说道:"想杀。"

等钟晨鸣上线,两个人突然又拼了起来,这次是 Kiel 拼赢了,然后被慢了一步赶来的 Master 收掉了人头。

Master:"……让你等我一下。"

钟晨鸣:"我失误了你知道吗?这次是真的失误了。"

Master:"……"

田螺在旁边听得云里雾里:"冯哥你什么时候让他等一下了?"

这两个人连信号都没打吧!

疯子说道:"他俩有自己的沟通体系,跟我们不同,别想着理解。"

钟晨鸣倒是给他解释了:"他没有直接过来,去打了个河蟹,意思就是等他打完河蟹来中路抓。"

田螺:"这什么狗屁沟通方式?"

Glock 也赞同道:"这什么狗屁沟通方式?"

疯子:"……"

钟晨鸣跟 Kiel 两个人一人单杀一次，又一人被打野收掉一次，好像终于长记性了，开始了稳妥发育。疯子照旧来中路照顾 Kiel，想要抓崩中路让钟晨鸣可以游走带节奏。

不过 Kiel 跟之前的青训中单可不同，疯子跑来中路抓，愣是没把 Kiel 给抓死，因为 LA 那边也是 Kiel 主导，对面打野十分照顾中路，不仅没抓死 Kiel，还碰到了对面打野，疯子差点就交待在了中路。

"Kiel 就是 Kiel。"疯子回家补充状态，还在想刚才死里逃生的事。

"可怕。"Glock 也道，"你们等等，我来中路抓。"

疯子心有戚戚焉："朋友小心。"

Glock 说完这句话没有半分钟，就从上路来到了中路，一边走一边说着："我过来了，我绕后，我从塔后面出来，跟上跟上跟上——捆住了！"

屏幕上，Glock 的大树还没走出野区，他的大招已经席卷了中路，奔腾着的树根如同翻滚的巨龙在泥土里咆哮，覆盖了半个中路卷向 Kiel。

之前疯子来抓的时候 Kiel 交掉了闪现，此刻避无可避，被树根缠绕住，随后大树立刻贴身缠了过来，再次捆住 Kiel。

钟晨鸣跟 Master 立刻跟上伤害，将 Kiel 秒杀在塔下，LA 的打野狮子狗在旁边看了看，觉得自己救不了，去还容易死，也就放弃了。

疯子看到这个操作，对 Glock 的看法也有了改变，只觉得眼前一亮："大 G 兄弟，可以的。"

Glock 谦虚道："基本操作基本操作。"

疯子又道："不如再多来几次这种基本操作？"

Glock 笑道："我争取吧。"

这一轮把 Kiel 抓死之后，他们还拆了中塔，这下 Kiel 就不太好受了，疯子则是立刻用自己的眼点亮了对面野区，只要有机会，他就一定会将眼做到敌方的身体里！

"野区有机会。"做完眼，疯子还嘿嘿笑着，"来来来。"

钟晨鸣："还是先管管下路吧。"

下路有点惨，田螺快被压了三十刀，这也不全是田螺的问题，还因为疯子游走的时间太长了点。

此刻田螺感动得快要哭出来："快来下啊！"

突然一个紫色的传送螺旋光圈亮起，Glock 说道："来了！"

疯子刚走到河道，此时立刻"施放大招留人"，Master 也跟在后面，而钟晨鸣刚走了一半，Glock 的传送落地，他差不多就到！

对面下路被抓一轮,简直是大节奏,LA 看起来有些崩,但他们却没有一个人敢说这一把赢定了。

Glock 突然问了一句:"你们说会被翻吗?"

田螺不太确定地说:"应该……不会吧?"

这句话说完,接下来的十分钟,他们什么好处都没捞着,LA 的人突然变谨慎,一点机会都没给他们。

Glock:"我觉得这个剧本很眼熟。"

疯子:"……不样的预感。"

钟晨鸣笑了:"这把我看过,马上上路就会被抓。"

Glock 看着草丛里突然冒出的一个人:"……"

钟晨鸣:"我在后面。"

Glock:"这次我是大树,他们打我要打一年!"

这次的剧本跟之前又不一样了,Glock 变得"肉"了,坚持到了队友的到来,钟晨鸣救下了 Glock,Master 收掉了对面上单的人头,不过随后 LA 的 ADC 赶到,配合辅助跟 Kiel 一顿极限操作拿下三杀,MW 的中上野全都被 ADC 收下。

LA 之所以强,不仅是因为他们有一个 Kiel,而是他们的其他位置同样可以制胜。

虽然前期他们限制住了 Kiel 的发育,但是 ADC 在下路打得顺风顺水,这个时候 ADC 已经可以出山了,这一次又收下三个人头,装备突然就变得十分华丽。

疯子:"刚刚谁说的会被翻?"

Glock 道:"不知道啊。"

一把打完,疯子叹了口气:"还是没赢。"

Tristan 安慰他:"好歹比之前打得好了。"

疯子道:"我会找机会赢回来的。"

可可说着:"时间差不多了,再不走没时间吃饭。"

疯子还是心有不甘:"我总觉得可以赢,就还差一点。"

Tristan 道:"那就世界赛的时候赢回来吧。"

疯子看着电脑屏幕,笑了笑,打起精神来:"好!"

训练室里的人都笑开了,空气笑着收拾鼠标键盘,念叨着:"一群笨蛋。"

疯子捶他一拳:"骂谁笨蛋呢?"

空气立刻道:"我笨蛋。"

钟晨鸣也看了一会儿电脑屏幕，才站起来收拾东西。Master 说道："你看起来很开心？"

"是啊。"钟晨鸣回答道，"好久没有打过这么舒服的一局了。"

Glock 问他："不是输了？"

钟晨鸣摇了摇头："Kiel 玩得很好，跟他对线很好玩。"

他们是晚上的飞机回国，到浦东机场九点多，应该是比较疲惫的时间，不过职业选手的作息时间都比较谜，这个时候大家都还精神抖擞，除了两个人，钟晨鸣跟 Master。

钟晨鸣的作息时间在职业选手里面绝对算是奇葩那一类，甚至会让人发出"你真的是职业选手吗？睡这么早"这种感叹来。

Master 跟他一个房间，也受到了影响，更何况这两天 Master 还强行要跟钟晨鸣睡一张床，不知不觉作息就开始同步了。

在飞机上的时候钟晨鸣就觉得累了，跟 Master 头靠头睡了一会儿，下飞机被冷风一吹，这下冻清醒了。他看着走前面的 Master 也冷得不行，抬手将羽绒服的帽子给 Master 戴了上去。

Master 下意识捂住帽子，结果摸到钟晨鸣的手有些冷，主动亮出自己衣兜："来来。"

钟晨鸣："干吗？"

Master："手伸进来。"

后面还有人要下飞机，钟晨鸣也没多说，伸了只手进去。

Tristan 走在他们后面，看他们这个互动，哼了一声。

空气听到了，回头看了一眼，看到两人这样暖手，当即要掺和一下："有这么冷吗？自己没兜吗？来，Master，另外个兜让给我。"

Master 言简意赅："滚。"

空气："辱骂队长，教练快扣他工资！"

钟晨鸣笑道："以权谋私，教练快扣队长工资！"

Tristan："经理，他们骚扰教练，该怎么罚？"

可可："罚他们请你吃一个月食堂。"

食堂又不要钱，这下大家都跟着笑。

等回到基地还不算很晚，不过打了一下午训练赛又赶路回国，挺疲惫了，也没人继续去训练，精神差的就回宿舍睡觉，精神好的还约着人去撸串。

Master 跟钟晨鸣是浪不动了，就回到宿舍补觉。第二天钟晨鸣刚起来，就看到 Master 翻着手机说道:"可可说今天没训练赛,让我们自由安排,你要出去玩吗？"

钟晨鸣反问他:"你直播时间都播完了？"

Master:"……"

钟晨鸣悲悯地看着他:"补直播时间吧,兄弟。"

他们整个队欠下的直播时间都不少,在韩国集训的时候就没有直播,少了这一个星期,这个月剩下的时间怕是要天天都在直播中度过了。

等两人看了几场比赛,终于感受到饿意吃了饭去训练室,发现训练室里也是哀号一片。空气一脸惨淡:"可可真的是奸商啊,说什么给我们时间自由安排,不就是说你们直播时间还差得多,快滚去直播吗？"

疯子在旁边看着电视剧,向空气投以同情的目光:"恐怖。"

疯子是没有直播任务的,转会名单都没公布,他是想播就播,不想播就不播,不过为了转会名单保密的事情,他也没有选择开播,毕竟一直播,他在哪儿就完全暴露了,就算不开摄像头,训练室的声音观众也是能听到的。

空气这才注意到疯子穿了一身骚气的长风衣,还抓了头发,一脸不可思议:"你这是要去相亲吗？"

疯子嘿嘿嘿笑得一脸傻样:"我女朋友过来找我,等会儿就出去。"

空气把昨天 Master 送他的字原封不动送给了疯子:"滚。"

疯子还在傻笑:"嘿嘿嘿。"

空气:"……"

一集电视剧还没看完,疯子接了个电话,立刻欢天喜地地出了门,知道的知道他是去见女朋友,不知道的还以为他是中了几百万。

空气一脸嫌弃地看着他离开,一回头就看到钟晨鸣在看 Master 打游戏,瞬间觉得自己又被伤了眼睛,一脸愤恨地回头直播。

等等,他为什么要觉得伤眼睛？

一向心大的空气并没有去深究这个问题,他还有一百多个小时的直播要补,简直是要了他的老命了！

Master 今天没开摄像头,理由是没洗头。一个星期的高强度训练赛也把钟晨鸣打伤了,他觉得自己需要休息一下,就没有玩游戏,转而看 Master 玩。

Master 打了一下午直播,表现勇猛,不过也是把把都躺输,一下午就没赢过。

终于 Master 受不了自己这个排到队友的运气了,将键盘一扔,喊钟晨鸣:

"走,出去玩。"

钟晨鸣开着电视剧,在旁边昏昏欲睡,Master突然说话把他惊醒了,他问:"去哪儿玩?"

Master道:"去看电影吧,最近有部电影挺火的。"

钟晨鸣:"什么电影?"

Master翻了翻手机:"这个。"

钟晨鸣:"动画片?"

Master:"动画片也经典,你看公司。"

钟晨鸣:"那去看吧。"

临走时,钟晨鸣还问了问其他几个人要不要一起去看电影。空气看着电脑犹豫半晌,咬牙切齿说道:"不去,我爱直播,直播使我快乐!"

田螺也摇了摇头:"你们去吧,我不想去。"

而Glock就简单多了,他根本没听到。钟晨鸣又问了一遍,看他认真打游戏,也没再问,而是跟空气打了声招呼,就跟Master出了门。

附近的商场就有个电影院,坐车十分钟就到了,Master懒得开车,他俩就打了个车过去,在电影院门口还没进去,就看到有个熟人也往这边走过来。

那个熟人身旁还跟了个娇小的妹子。

钟晨鸣看到这两个人,跟Master说道:"人生赢家。"

Master不置可否地点了点头:"嗯。"

迎面走来的是疯子,旁边的妹子估计就是他女朋友了。疯子明显也看到了他们,低头跟妹子说了两句话,妹子笑了笑,向他们招手。

四人在电影院门口相遇,疯子给他们介绍了一下身旁的妹子,果然就是他女朋友。

妹子叫谢晗,跟他们说是过来看疯子。个子娇小,长相甜美,看起来小小的,很是可爱。

钟晨鸣开了个玩笑:"你女朋友成年了吗?这么可爱的。"

妹子神秘兮兮地笑了笑,问他:"你多大?"

钟晨鸣还没回答,疯子就说道:"他十八,账号就叫'18'。"

谢晗露出了然的神情,视线在他跟Master身上转了转,突然笑道:"叫姐姐。"

钟晨鸣:"你看起来最多十六岁?"

谢晗摇了摇头:"我比你大,你要看身份证吗?"

看着眼前的谢晗,皮肤粉嫩双眼清澈,钟晨鸣怎么看怎么觉得她未成年,不相信道:"真的吗?"

"真的,我都……"

疯子一把将自己女朋友拉了回来:"电影要开始了。"

谢晗立刻就不争了,跟钟晨鸣他们道再见。钟晨鸣向她挥了挥手,回头问 Master:"你相信她比我大吗?"

Master 跟他往前走,他们的电影也要开始了:"相信。"

钟晨鸣:"比我大还这样……"

Master 说道:"化妆术。"

钟晨鸣不再说了:"好吧。"

等到了电影入场,四个人又在门口相遇了,他们买的是同一场电影。

"你们也来看动画片吗?"钟晨鸣问他们。他没谈过恋爱,自己的想象中情侣约会应该看点其他的片子,比如爱情片什么的。

"听说很好看。"这次是谢晗回答,"很经典啊,全年龄向的。"

"这样吗?"这么多人都说好,钟晨鸣又多了些期待。

进场之后,他们的座位倒是离得不远,现在是工作日,这个时间点来看电影的也不多,位置空了一大半。

电影没多久就开始了,开场是一段音乐,还挺好听,钟晨鸣瞬间就提起了兴趣。

主人公是一个小孩,追逐着他的梦想,家里人却不支持他的梦想,他一度要跟家人决裂。

到了这里,钟晨鸣突然发现这个故事有点不对头,一开始不是一个追逐梦想的故事吗?怎么转而去讲亲情了?

不过后面的情节引人入胜,他也就没有再去想这个电影到底想表达什么的问题,而是看了进去。

看到故事后半段,家人态度转变,说出过往,钟晨鸣突然想到了自己的过去。

对于他辍学打职业,父母一开始也不支持他。

虽然他的现实没有那么多的戏剧性,但总体经历却跟主角差不了多少。

主角虽然跟家人和解了,但是他……

钟晨鸣坐在电影院里,努力不让自己哭出来,一个大男人,在电影院哭出来太扯了。

他眨了眨眼睛,下意识去看 Master,想看看 Master 有没有注意到自己快流眼泪了,结果一转头,发现 Master 已经哭得眼睛都红了。

钟晨鸣："……"

Master 看他转头,低声说道:"纸巾有吗?"

钟晨鸣正好带了,摸出一包纸巾给他。

看着 Master 哭,钟晨鸣那点眼泪都被惊讶了回去。电影剩下的时间里,钟晨鸣过两分钟就忍不住去看看 Master,就算是他,也没有想哭得这么惨的,Master 泪点有这么低的吗?

到了电影散场,他们又跟疯子还有谢晗在门口相遇,他们这边 Master 眼眶是红的,而疯子那边,谢晗眼睛是红的。

钟晨鸣跟疯子对视一眼,疯子先开了口:"一起去吃饭吧。"

钟晨鸣:"你们准备去吃什么?"

最后,四人坐在了海底捞里面。谢晗已经缓过来了,她看着 Master,笑道:"人设崩了崩了,比赛的时候这么高冷,原来这么爱哭。"

Master 十分淡定,完全不觉得这有什么:"我又没有立人设,哪来的人设崩了。"

谢晗道:"你的粉丝都在说你是'高岭之花',哈哈哈,不知道有粉丝看到你这样子会是什么反应。"

钟晨鸣在旁边听着,此刻说道:"我相信你不是未成年了。"

谢晗笑着:"现在信了吧,快叫姐姐。"

"你也玩 LOL 吗?"钟晨鸣问她,他总觉得这种可爱的小姐姐应该喜欢玩换装游戏之类的。

"玩啊。"谢晗语气骄傲,"我已经白金了!自己打的!"

疯子道:"玩辅助躺的,我教的她。"

谢晗补充:"其实我才玩了半年。他想打职业嘛,我总要去了解一下他所追寻的是什么,还挺好玩的。"

疯子说:"然后我就成了随时待命的辅助老师。"

钟晨鸣看着这两人,只觉得他俩感情真的好,看来疯子说的六年的感情一点都不假,这种有人相知相伴的状态,还真的很容易让人羡慕。

Master 递给他一罐饮料,说道:"羡慕吗?"

钟晨鸣摇了摇头。

Master 又道:"你想谈恋爱吗?"

钟晨鸣:"……我现在能接触到的妹子就只有可可。"

Master:"嗯。"

钟晨鸣:"嗯什么?"

Master:"没事,可以吃了。"

谢晗突然说道:"你们感情真好啊。"

钟晨鸣没反应过来:"什么?"

谢晗笑道:"听说MW的新中野是睡过一张床的感情,今天看来果然是。"

钟晨鸣:"……"

Master:"你知道得太多了。"

谢晗大笑起来:"关系好也是好事,我男朋友就拜托你们照顾啦,请带这个菜鸡拿个冠军回来。"

钟晨鸣:"我争取吧。"

Master:"太菜,带不动。"

疯子:"你们够了啊,给我留点面子行不行!"

钟晨鸣也跟着笑了起来。

等吃完饭疯子就跟着自己的小女朋友走了,看他们离开的方向,钟晨鸣说:"我抽根烟就回去吧。"

Master看着他,欲言又止,最后还是没有说,钟晨鸣看他表情倒是知道他想说什么。

Master跟他熟了之后,虽然没有说,但一直对他抽烟这件事有意见,他也就道:"我今天才抽了三根。"

"你抽吧。"Master道,"抽烟不好。"

钟晨鸣点点头:"早睡早起都行,就这个,戒不了。"

"你可以试试。"Master说,"你不试试怎么知道自己戒不掉?"

钟晨鸣沉默了一会儿,说道:"你知道吗?抽烟的时候我觉得我能单杀所有中单,它能让我注意力集中。"

"那是你习惯了,你不抽就会发现其实不用抽烟,你的注意力也能集中。"

钟晨鸣没有继续说话,Master也不再勉强。

抽了一半,钟晨鸣就把烟摁灭了,跟Master说:"回去吧。"

Master点点头,跟他一起打车回基地。

路上两人的气氛有点沉默,不过他俩平时也不会有太多的话,此刻也不显得有什么问题,就是Master一直看他,好像有话要说。

出租车到了基地,下车之后钟晨鸣跟Master说:"我没介意。"

Master笑了笑:"那就好。"

钟晨鸣又道:"我想试试戒烟。"

Master猛然侧头看他。

钟晨鸣道:"确实对身体不好,我还想活长一点。"

"我监督你。"Master立刻道。

钟晨鸣道:"行啊,不过等打完德杯,我怕影响状态。"

Master忍不住说道:"你其实就是说着玩吧。"

钟晨鸣反驳:"不不不,现在这个东西对我影响很大,现在不能戒,万一德杯淘汰赛都过不了,这多没面子。"

Master:"我主导。"

钟晨鸣:"算了算了,我尽量少抽就是,总得要个适应时间,突然不抽了,万一有个戒断反应怎么办?"

Master:"你在说什么离谱的话?"

转会期还没结束,最终名单也没有确定,所以这几天他们都没有训练赛,倒是真的如空气所说,被可可压榨着补直播时间。

这两天战队里又来了新成员,从MW的青训里过来了两个人,据说是上赛季就有试训过,表现得不错,现在就让他们进入了主队。

来的是一个上单跟一个辅助,两个都还是小孩子,上单十七岁辅助十六岁,辅助连上场年龄都没有达到。

"过完年就满十七岁了。"可可这样解释着,"所以先让他过来跟队。"

Tristan道:"你们带带他们,两个都还不错,就是没有什么实战经验。"

"三个辅助吗?"田螺看着新来的小孩,"我是不是应该感到很幸福?"

空气开玩笑说着:"都是你的后宫,要谁随便挑。"

田螺连忙说道:"不敢不敢,以后还要拜托辅助大佬照顾我。"

说着,他还去看了看疯子的反应,发现疯子没什么反应,好像有没有辅助进队疯子都不介意一样。

新来的小孩跟钟晨鸣就有点不一样,钟晨鸣是一过来就混熟了,毕竟这边他熟人不少,这两个小孩就安安静静的,上单基本不怎么说话,闷头打游戏,辅助倒是活泼一点,偶尔问他们一些问题。

两个小孩都还没取自己比赛的账号,现在都是叫他们真名,上单叫"陶康",辅助叫"程志文"。

最先跟程志文混熟的是疯子,他好像十分喜欢这个小孩,没事就跟小孩说话,还跟程志文分享自己的辅助心得。两个辅助交流起来毫无障碍,空气没多久也加入了他们,三个辅助已经就下路的套路讨论得热火朝天。

而陶康那边就有点不一样了，Glock 好像不是很想跟他接触，陶康也十分害羞，两个人根本没有交集，倒是钟晨鸣还有 Master 偶尔跟陶康说话还熟了一些。

有了两个小孩还不算完，就在转会期结束的前一天，他们战队又来了一个人。

这个人他们都还认识，是一个小战队的 ADC 孟天成，这个战队今年退出了 LPL，没想到可可把他们战队的人给挖过来了。

虽然是小战队，却是有名的 ADC，有着"孤儿院院长"之称，如果不是这个人的能力，小战队怕是早就没有了 LPL 名额，很多人都说是他稳住了自己战队的 LPL 名额。

孟天成来的时候大家都惊讶了一把，田螺也变了脸色，他的首发位置是保不住了。

自己的表现如何田螺还是很清楚的，看到孟天成，他竟然没有很难过，只是觉得这一天终于是来了。

孟天成性格开朗，倒是很好说话，没两天就跟大家混熟了，跟小辅助程志文相处也不错，甚至陶康都会主动跟他说话。

孟天成来的第二天转会期结束，各大战队也公布了最终名单。

NGG 不出意外人员没有什么太大的变动，只是多了两名替补队员。

UNG 人员变动也不是很大，换了教练，BNO 没有变动。

到了 MW 这里，就让所有人吃惊了，五神的离开是早有苗头，但不管是孟天成还是 Glock，或者说是钟晨鸣的加入，都让关注的人着实吃惊了一把。

孟天成还好说，之前的战队从 LPL 离开，有梦想的人肯定是要寻找新战队的，正好 MW 的 ADC 有问题，他去 MW 也很合适。而 Glock 之前在 UNG 虽然是替补，但偶尔上场的几次表现都可圈可点，没想到他会离开 UNG，很多人都以为 Glock 会一直熬到首发的位置。

而 18 就更吃瓜群众觉得莫名其妙了，这个人之前不是在 BNO 战队吗？怎么突然就去了 MW？

对于 18 去 MW 的消息，一天之内网上出现的猜测能有几十种。

在网上各种喜闻乐见，看好与不看好中，休息了几天的 MW 终于开始了训练赛。

第一天他们约到的是 BNO，德杯赛程也出来了，他们跟 BNO 八强之前都不会有交集，所以放心地打起了训练赛来。

BNO 的人钟晨鸣认识，毕竟他之前跟着主队试训过，进去之后小安还

主动跟钟晨鸣打招呼：【兄弟，好久不见。】

钟晨鸣打下一句：【好久不见。】

小安又打字道：【没想到你真的就成了首发，可以的啊。】

钟晨鸣一行字还没打完，疯子已经跳了出来：【朋友你好啊，你是不是特别想念我们中单？放心，我们是不会还给你们的。】

小安：【……】

屏幕前的他就快一口老血吐出来了好嘛！

钟晨鸣也就换了一行字发出去：【他开玩笑的，别介意。手下留情啊。】

小安：【放心。】

结果这个手下留情，就真的"手下留情"了，一分钟来三次中路，十分给钟晨鸣牌面。

不过 Master 也是常年住在中路，肯定是不会让小安捞到什么便宜的。

这次训练赛他们主要是练兵，上的阵容是上单 Glock、中单钟晨鸣、打野 Master、辅助疯子、ADC 孟天成。

两个青训队员没有参与这次试训，因为教练考虑的是首先练一练跟孟天成的配合，不知道这位明星 ADC 在他们战队发挥会怎样。

按照之前的打法，他们是围绕中野来打，孟天成会被一个人放在下路发育，一开始教练就跟孟天成说明了这点，他们是围绕中野来打的，需要他先适应一下下路的节奏。

之前孟天成在自己队，因为是核心制胜点，资源什么的不用说都是他的，团队首先考虑的也是他的发育情况，所有人都为他服务，基本上打的都是四保一，他也值得自己的队友这么做。

换到了 MW，战术变成了中野联动，ADC 不太受照顾，教练怕他不适应，前期做了很多工作，也得到了孟天成听团队安排的答复。

有了这个答复，教练也算是放宽了心，让他们随意发挥。

到了赛场上，其他人都跟之前一样，疯子放孟天成一个人在下路发育，自己跑去中路跟对面野区玩，孟天成也没有表达不满，完全展现出了选手的心态，一切听战队安排。

第一把，钟晨鸣被照顾得很惨，不仅对面打野跟不知道有其他路一样蹲在中路，就连辅助也没事就去去，所以疯子去中路倒是显得正常了，下路常年是两个 ADC 对线。BNO 的 ADC 也不弱，孟天成跟他打了个五五开，算是和平发育。

没多久，中路的玩耍就有了结果，还是 BNO 那边配合默契，毕竟都磨合了几个赛季了，他们不管是上单跟辅助的配合，还是打野跟辅助的配合，都跟一个人在操作一样，没有半点脱节的地方。

相反 MW 这边的配合就要差一点了，除了中野，就连疯子跟他们的默契都比不上对面。

出了游戏，小安又开始打字：【我算是知道你为什么要去 MW 了。】

钟晨鸣：【？】

小安：【要是有这么一个打野，我也去 MW。】

钟晨鸣：【……】

Glock 打字问他：【你觉得我们打野很好吗？】

小安：【对啊，也就比我差点，可惜我跟 18 相性不合，不然我可舍不得他离开。】

Master：【不卖。】

小安：【还是这么没意思。】

钟晨鸣侧头问 Master："你跟他很熟吗？"

Master 立刻道："不熟。"

空气在旁边说道："看谁先控制谁野区的交情。"

没有训练赛可以继续打排位赛训练，陶康跟程志文都在打排位赛，田螺也在打，也就空气没打，而是在旁边看他们打训练赛。

空气作为 MW 最老的选手，他不打排位赛也没人说他，甚至教练一边看着大家的训练赛也会一边跟空气商量商量。空气经验丰富，在很多事情上的见解也不错，队里的大事小事空气都能说得上话，大家也会听他的，如果不是经常说着"跑火车"，估计就成了队宝了。

钟晨鸣听了空气说的话，立刻反应过来这两个人是有仇啊，这次小安还抢了 Master 的全明星，如果不是小安，去的就是 Master 了，看来 Master 不喜欢小安也正常。

Master 看空气这么说，莫名其妙地解释了一句："没有，关系挺好的，就是赛场上碰见他有点烦。"

两个都是进攻型打野，小安甚至打得比 Master 还要激进，这样看来，小安肯定给 Master 找过不少的麻烦，Master 看到小安会觉得烦也是一件很正常的事情了。

"这把我帮你，你去控制小安的野区。"

钟晨鸣这样说着，疯子也来了兴趣："冯哥我看好你啊，快去，有

18Buff 加成，你是无敌的！"

孟天成看着他们讨论，突然发现自己插不上话，私下里他可以跟队友们打成一片，上了赛场，他突然发现，还是没有自己的一个位置。

看着大家热烈讨论起来怎么去控制小安的野区，连一把排位赛刚好结束的程志文都加入了讨论行列，孟天成突然笑了笑，说道："你们这么宠 18 的吗？"

空气立刻照顾他："来来来，一起照顾，以后开发新战术。"

孟天成："什么？"

钟晨鸣这边还在讨论着，Tristan 过来跟孟天成说道："现在是中野，以后还会试试不同的制胜点，这只是暂时的战术而已，是我们商量出来的整个阶段比较好实施的战术。"

空气点了点头："我们中野太牛了，没办法，只有这个战术可以赢。"

孟天成笑了笑，看着 18 跟 Master："我懂了。"

"我还是比较相信你的。"空气说道，"你可是我跟教练选的。"

这时候田螺往这边看了一眼，看着自己的战绩，还有灰白的屏幕，咬紧了牙。

程志文突然过去问田螺："哥，双排吗？"

田螺看他一眼，点点头："排。"

第一把 MW 这边发现有配合没默契，这样还是不行，但默契这种东西，真不是一朝一夕就能培养成的。

BNO 就是一个例子，他们队友打了一年，这次人员都没有变动，默契早就练出来了，单个的 BNO 队员也有个人能力，配合有默契。

默契在比赛中可以达到 "1+1>2" 的效果，他们这边跟 BNO 比起来就是一盘散沙，完全没得打。

何况 BNO 还不是某两个人有默契，他们是全部队员都有默契，任何两个人提出来都不输给钟晨鸣跟 Master 的配合。

"从之前的比赛我就能看出来。"开始选英雄的时候，疯子说着，"他们那是五个人都睡一张床的默契。"

"能不能正经点。"Glock 道，"听得我都不能好好打游戏了。"

孟天成跟他们开玩笑："你也可以跟打野睡两天，估计默契就有了。"

疯子立刻说道："我怕被 Master 的粉丝打死。"

他们这边说着话，Tristan 强行打断，给他们分析 BNO 的情况："BNO

的中单肯定会被压制,这也是小安会来中路抓的原因,他清楚他们队的情况,他就跟你们开个玩笑,别当真了。"

钟晨鸣笑道:"知道。"

Master也说道:"我知道他肯定要抓中路,无论什么原因,所以我才在中路蹲守着。"

疯子补充:"就算他不抓中路,你还是蹲在中路的。"

"长期守着中路就是你的责任啊。"Glock跟着说。

Tristan:"我们现在的核心主导是你们两个,套路单一,很容易受到针对,现在他们就是针对的我们中路,正好我们需要练练在这种针对下如何保证中路的发育。"

钟晨鸣道:"帮我做好视野,我可能杀不了对面,但是平稳发育没问题。"

"边路的支援也很重要。"Tristan说,"视野还是主要针对中路,做保护性视野,你们也别盲信18,要是对面打野上单过来强推,他也守不住塔。"

"懂的。"疯子道。

Glock也道:"我会准备好支援。"

说着,游戏要开始了。Tristan又单独跟孟天成道:"天成,你就先适应一下,下路稳住发育就好,我们现在练习打前期。"

孟天成的账号就叫"TianCheng",Tristan这么叫不是为了显得亲密,只是喊账号而已,而孟天成因为是第一次跟他们打训练赛,所以Tristan也会特别照顾一下,多跟他说一些情况。

孟天成笑道:"知道,放心!"

他的笑容很有感染力,属于那种一看就特别可爱特别真诚的笑容,虽然他的长相只能算得上周正,但这样的笑容却给他加了不少分,让他有了不少的粉丝。

从一个队伍的核心主导变成了等待躺赢的混子,Tristan看他没有表现出任何不满,看起来很接受自己的新定位,内心也松了一口气。看来孟天成很好相处,不需要他去谈心什么的,也是一件好事,省去了很多麻烦。

战队的队员都还挺小的,就怕出现心理问题,这个可是直接影响到比赛的临场发挥,在一些极端情况下还会让战队遭到损失。所以现在招队员,心态也成了一个衡量的标准。

Tristan跟孟天成单独说完,游戏也加载完毕。

这把对面依旧死抓中路,BNO也是在做针对性训练,本来训练赛就是不同风格的碰撞，MW 是前期风格，他们就要锻炼怎么把前期风格的队伍前期就捶烂，或者怎么样拖到后期去。

现在他们就觉得可以把 MW 在前期就捶烂，于是针对着 MW 的制胜点来攻击。

钟晨鸣就是他们的核心主导，打死了就可以赢。

至于下路的孟天成，他们也不是没有考虑过，毕竟 MW 这次买个明星选手来估计也不是放着的，肯定还是要让明星选手发挥出他应该有的价值来。

不过孟天成他们也打过，还做了一个赛季的对手，他们并不足为惧，至少他们的后期绝对不会让天成有输出的机会，他们的 ADC 也不会比天成弱。

这一把一开始钟晨鸣就闻到了熟悉的味道，知道小安肯定蹲守在旁边，不过他这次拿的不是激进的英雄，而是玛尔扎哈，这也是之前教练让他练的英雄。这个英雄的刷兵能力还可以，在塔下安心发育是没问题的，大招是硬控，让对面越塔也不是那么好越的。

既然小安在旁边嘛，钟晨鸣就执行了誓不过河的方针，小安十分自信地选了个盲僧，这个打野钟晨鸣可是很熟悉的，应该说所有玩英雄联盟的玩家对这个英雄都很熟悉，可以说是国服人气最高的打野，也是标准的前期"节奏大师"型打野。

反正不过河你就抓不死我，钟晨鸣对这点十分自信，只要瞎子没六级，他不过河就不会给瞎子机会。

"我想去把他野区控制住。"Master 这样说着。他拿的皇子，如果野区抓到瞎子，瞎子还真不一定打得赢。

"去。"钟晨鸣直接道，"你要能找到瞎子，我就能保证对面这个佐伊帮不了你。"

BNO 的中单用的佐伊，钟晨鸣有自信用个人实力碾压这个佐伊，佐伊的技能在他面前跟废的没什么两样。

"我就在你后面等着你。"疯子也道，"现在视野做不进去，反正我肯定能比对面辅助先支援。"

队友都这么说了，Master 立刻就怀揣着队友的希望踏进了对面野区。

要抓对面打野，必须要猜到对面的打野路线才行，他们前期并没有把视野做到 BNO 野区去，疯子是想做的，被佐伊一个光弹封路，对面都在野区站着了，大有你来做视野试试的意思，疯子也没有头铁到一定要去放眼，毕竟做个视野丢条命实在是划不来。

那小安的位置，就只有让 Master 自己猜了，按照常规打野路线小安现在会在哪儿，如果不是常规开野又会是在哪儿。

这个 Master 想了十秒钟不到，就走向了对面的 F6 处。

小安肯定会想着前期就抓钟晨鸣，那么就是红 Buff 开局最适合，打完红会一边刷 F6 一边看中路有没有机会，毕竟 F6 是距离中路最近，也是最好支援的一个野怪所在的地方。

Master 直接去了 F6，没有看到小安的身影，他直觉有点不对头，一边秉承着雁过拔毛的原则，打着小安野区的 F6，一边跟钟晨鸣说："看看我的 F6。"

果不其然，钟晨鸣刚走过去，就看到一个蒙眼和尚正在打 F6 处的几只火鸡。

钟晨鸣立刻就放技能骚扰，小安回头就是一个 Q 技能天音波打过去，钟晨鸣走位躲掉，继续回头跟瞎子周旋。

在瞎子身上，钟晨鸣看到了 W 技能所提供的盾的效果，这是瞎子刷野时的惯用技能，W 可以给自己一个吸收伤害的盾，还可以增加自己的吸血能力。

而瞎子的 W 同时也是一个位移技能，可以用来位移到友方英雄身上，既然瞎子 Q 技能空了，W 技能也用来刷野了，那么只要瞎子不交闪现过来，就是没有办法接近他的，所以他可以放心风筝。

其实现在并不是一个风筝的好时机，他这个位置已经离防御塔太远，只要 BNO 的中单过来，他就很容易死。

但是钟晨鸣并没有退。

疯子已经离开了下路，往中路走过来，下路的对线并不紧张，孟天成也打出信号，让中路小心行事，他看到对面的佐伊已经消失在了视野当中，肯定是来找钟晨鸣了。

看到钟晨鸣还是没有反应，继续跟小安周旋，孟天成忍不住提醒："佐伊来了，你快走。"

"没事。"钟晨鸣淡定说了一句，"Master。"

"继续演。"Master 这样说道。

"嗯。"钟晨鸣为了演得逼真一点，还在河道草丛插了个眼，一下就插出刚走进草丛的佐伊。

小安突然交出闪现来，玛尔扎哈的被动技能是：在一定时间里没有受到任何伤害或控制，就会获得 90% 伤害减免并免疫控制效果，这个效果在承受了伤害或格挡了一次控制效果后还会残留 0.25 秒。

所以佐伊不能直接用自己的催眠气泡催眠到玛尔扎哈，必须得先破盾才能，这也是钟晨鸣自信佐伊的技能在他面前约等于无的原因，而小安这个举动是想把玛尔扎哈的盾给打破，给佐伊创造睡眠机会。

钟晨鸣立刻交出闪现，他早就提防着小安过来，按照小安的暴脾气，他知道小安不能忍自己这么风筝他，肯定会闪现，钟晨鸣也准备好，只要小安交闪，他就交闪。

佐伊的催眠气泡也落到了地上，他们两个的配合就是瞎子破盾，佐伊接上催眠气泡。

现在还是前期，一般人也不会被摸一下就交闪现，毕竟伤害在那里，不一定能打死他，结果他们都没料到钟晨鸣这么果断，一碰到就交闪现，佐伊的催眠气泡也落了个空，在地上摊开形成了一个圆形的彩色星空图案，地上的星空还在闪烁流转，很是好看，但谁踩进去，也会在短暂的延迟之后被催眠。

既然钟晨鸣闪现跑了，小安便没有继续追。交了闪现，那么接下来肯定就是继续抓钟晨鸣了，玛尔扎哈又没有位移，闪现都交了不抓他抓谁？

他们在野区逗留得太久了，疯子不见了，Master 也不见了，这是一个很危险的信号，一击不中，立刻撤退才是硬道理。

但是钟晨鸣却回头继续打小安，玛尔扎哈是个远程，瞎子是个近战，只要瞎子摸不到他，那瞎子就得被他点。

此时在 BNO 那边，小安"咦"了一声，说道："头这么铁的吗？"

他话还没说完，手指就跟不受控制一样，按下了 Q 技能，中了！于是他又按了一下 Q，屏幕里的瞎子"嗖"地就往钟晨鸣的身上飞过去。

突然一杆军旗插在钟晨鸣身后，一柄长枪破空而来，德玛西亚杯皇子足下踏着金色的光点而来，长枪越过军旗，挑起一脚飞踢到钟晨鸣身上的瞎子。

EQ 闪！

瞎子刚刚才交了闪现，此刻被挑飞没有闪现用来逃跑，不过 BNO 的中单早就走到了跟他距离不太远的位置，可支援帮助小安逃跑。

被皇子长枪挑飞在空中，又被长枪拍了两下，钟晨鸣也接上技能，原本瞎子打 F6 又跟玛尔扎哈周旋血量就不满，这样一套血线就快见底。

被击飞刚刚落地，瞎子就一个 W 技能往佐伊身上跑过去，他身上出现了一个圆圆的盾，而在这个圆盾之上，包裹着一圈紫黑色的如同霉菌一样的圆球斑点，那圆球里还有带着斑点的紫色光带在流转，像是一只只小虫子在噬咬着瞎子。

那是玛尔扎哈的 E 技能煞星幻象，是一个持续伤害技能。

-047-

看着煞星幻象附着在自己的身上，小安感到了一阵绝望，他怕是要交待在这里了。

不出所料，盾被煞星幻象吞噬，就在那么最后几滴血的比拼中，煞星幻象赢了！

Master 的皇子手持长枪往钟晨鸣身前一站，替钟晨鸣挡掉了佐伊射过来的光弹，看着瞎子的血条慢慢消失。

闪现交了，不杀你杀谁？

前期就被带了这么大的一个节奏，小安十分难受，连带着自己中单也在线上很烦，毕竟第一个人头被钟晨鸣拿到了。

而疯子在河道走了一圈，还没走到中路就打完了，他没有任何收获，又慢慢回了下路。

BNO 的下路好像并没有支援的想法，看到疯子不在，压制了孟天成，让孟天成漏了一两个兵，孟天成握着鼠标的手指慢慢收紧，他要打回来！

过了片刻，疯子看小安的瞎子再一次出现在视野当中，没有在自家的下半野区，觉得此刻去对面野区做眼会是一个机会，立刻离开下路往河道走去。

离开前，他还跟一个即将离家远游的老父亲一样，嘱咐道："你一个人待会儿小心别让他们抓到了，这个线是没有问题的，现在他们塔杀你也很困难，如果觉得有哪里不对就说一声，我立刻回来，记得要提前说。"

疯子还没说完，孟天成就快速回答："知道了。"

其实说是这么说，疯子话说完都快走进对面野区了，说了跟没说一样，孟天成继续对着线，疯子刚踏进对面野区一步，孟天成突然说道："回来！"

他这一声喊得又短又急，疯子吓了一跳，立刻往回走，切过去一看，发现对面要越塔杀孟天成，这是看到他离开下路，想找个机会快速打击。

疯子说道："别急，我在路上。"

这个时候，Master 刷了一轮下半野区的野，并没有往下路走去，他距离孟天成的距离比疯子还远，正好中路有机会，他优先选择了中路。

小安估计上一次被教训得不够惨，又来中路搞事了，他没闪现，还敢来中路搞事，像是不知道钟晨鸣蹲在中路一样，钟晨鸣肯定也要给他一点教训尝尝，让他知道 MW 的中路不是那么好抓的，过来抓是要付出生命的代价的。

这次中路打了个有来有回，谁都没死，上次杀瞎子钟晨鸣这边可是用了两个闪现，说起来谁也没比谁差多少，BNO 那边佐伊倒还多他们一个闪现。

他们中路是一番和平友好地交流，下路也是一番和平友好地交流。

下路疯子及时回来，阻止了对面越塔，孟天成交了闪现丝血逃生，疯子得赶到让对面不敢继续追丝血的 ADC。

看了一眼下路的情况，疯子开始讲课了："你刚才应该控着兵线不让进塔，之前的线是没有问题的。是不是我离开之后你一直没有推线，所以让对面兵线进塔了？其实你养一养兵线就好，兵线没有进塔他们不敢塔杀你，你小心一点不会有事。"

孟天成："好的。"

疯子："不要嫌我话多，我们初次配合，自然是要多交流交流的。你也不用话这么少，如果对我有什么要求也可以说出来，我们以后就是队友了，希望能发展成'上下铺的默契'，哦，不要误会太多，我有女朋友的，我只是觉得我们队的默契太不够了，如果能再有一对'上下铺的默契'组合，肯定能吊打 BNO。"

孟天成："嗯。"

疯子："你双招都没了，我暂时不会游走了，你小心……"

孟天成："放心。"

Glock 跟 BNO 的上单在单机独战，此刻听着一直在发笑。

疯子的语气是温和而有耐心的，就跟知心大哥哥一样和善带着包容力，仿佛不管做了什么，犯了什么失误都能原谅对方，只要按照疯子所说的改正过来就好。

上一把还好，疯子说的话还不是很多，语气也很正常，虽然疯子一打起游戏来就跟老妈子差不多，但也是一个正常的老妈子。这一把疯子突然就变成了"唐僧模式"，虽然语气温和，但这个温和是一成不变的，就跟有个语音程序软件在说话一样，就是这个语音程序软件编辑得比较好，可以切换成有耐心的语气。

钟晨鸣也听得想笑，曾几何时，在他跟疯子都待过的 LTG 战队，他试训跟疯子成为队友时，疯子就是这个语气。

如同春风般的谆谆教导，一丝不苟细到发丝的指挥方式。

"疯子你这是咋了？"钟晨鸣问了一句，他也没问得太明白，免得新队友会有不好的想法。

疯子回道："怎么了吗？"

钟晨鸣听他这个语气有点不正常，反应过来，怕是疯子自己都不知道自己的语气有多唐僧，说的话有多无聊，也就笑了笑，没继续说——这个人原来不知道他自己语气转变的吗？看来变成唐僧模式也不是他故意的。

打着打着，疯子又开始念叨："抱歉啊，我们刚刚成为队友，可能配合得不是很好，我知道以前在队里你是核心位置，大家都会围绕着你来打，现在你可能有些不适应，没事我会帮着你适应。"

孟天成笑道："好。"

在旁边听着的空气都看不下去了，跟Tristan小声吐槽："我们新AD的脾气很好啊。"

Tristan也看着疯子："他什么个情况？"

空气摇了摇头："不知道，我都不知道发生了什么。"

Master被疯子念叨得有些受不了了："我可以屏蔽这个辅助吗？"

"可以啊。"Tristan道，"你试试。"

Master："……"

哦，他们不是用耳机交流的，没法屏蔽。

Master干脆道："闭嘴。"

疯子："心态要放好，不然游戏很容易输。"

Master："……"

不过被Master怼了一次，疯子还是稍微变正常了一点，接下来他看对面辅助走了，他也跟着要离开，并且又一次用老父亲心态叮嘱着孟天成，让孟天成一个人在下路小心，有什么事提前叫他。

孟天成说道："放心，我一个人在——快回来！"

刚走开两步疯子立刻往回走，还抽空给中路打了个信号，提醒钟晨鸣下路辅助不见，去中路了，然后看向对面ADC。

对面ADC有机会杀，疯子明白孟天成的意思，既然都回来了，他立刻就过去帮孟天成限制对面ADC，到了嘴边的肉不能不吃掉。

对面ADC是会玩的，之前看疯子离开所以想压制，他装备比孟天成好一点点，因为压了孟天成刀，所以对拼起来他是占上风的，何况孟天成两个召唤师技能都还在CD中，这些他都算着，就算杀不了孟天成，也能压一轮血线让他补兵变得难受。

当然，他也随时观察着疯子的动向，看到疯子回来，他也选择了后退，边退边打。

因为BNO的ADC反应迅速，疯子并没有找到最好的机会击杀ADC，只是强行换了血，而中路的钟晨鸣也退了，对面辅助去中路也什么都没抓到。

计算了一下辅助还有打野的距离，以及对面上单的TP时间，疯子直接道：

-050-

"越塔。"

这次他倒是说得言简意赅，半点不见温和的样子。

孟天成回头清兵线，想让兵线进塔，这样越塔强杀比较保险。疯子直接道："直接来。"

疯子顶塔让孟天成强杀，卡着最后一丝血线出塔，愣是没让对面ADC给换掉，看得孟天成有些蒙,这样的伤害计算……真的是自己计算的伤害吗？这是巧合吧？

孟天成忍不住道："风险太高了，别这样打。"

疯子："等兵线进塔就没机会了。"

孟天成："不杀也没事的。"

疯子："不是你要杀的？"

孟天成愣了一下，组织了片刻语言才说："我……我只是觉得有机会，你不上也可以。"

疯子："好的。"

正好回城，孟天成想了半天，又侧头看了看疯子，解释道："我们第一次打配合，沟通好像有点问题，打完训练赛双排吧？"

疯子答应得十分爽快："好，你在下路小心。"

孟天成这次往后退了一步，看着兵线，没有再说话。

这一把前期中路打得有来有回，钟晨鸣并没有太多的机会带起节奏，不过同样，对面中野也没有带起节奏来，基本算是谁都没有优势，是个均势局。

游戏越往后期走，ADC的作用就越大，他们前期没有搞出什么花样儿来，只能看后期了，也就是看两个队ADC的操作，以及看哪个队能更先切死ADC。

虽然只是一把训练赛，但双方的人都打得很是认真。

到了这个阶段，之前总是笑着的孟天成突然就不笑了，或者说在他跟疯子沟通完之后，表情就变得严肃了一点，一言不发，全神贯注在游戏上。

这一把孟天成打得比之前认真许多，甚至拿出了自己打升降级赛时候的心态来。

他一直都知道，虽然在自己的队里，他的表现很出色，但是拿到强队面前，自己根本不算什么，顶多跟强队ADC算是五五开，大陆又是盛产ADC的地方，他这一阶段是天才ADC，可能过半年就会被取代，所以不得不拿出态度来想让管理层看到。

然而，就算孟天成如何想主导，如何想在后期利用个人能力战胜 BNO，他们终还是不敌 BNO。BNO 的配合都快称得上天衣无缝，虽然阵容弱了点，后期不太好打，但 MW 这边的配合很成问题，只要给 BNO 抓到一点机会，MW 就完全没有打赢团战的机会。

一把打完，孟天成坐在椅子上发了会儿呆。

疯子拍拍他的肩："别想太多。"

孟天成愣了一下，又露出了平时的笑容来："我没事。"

Tristan 走过来，拿着小本本，上面记录着他刚才看出来的问题，跟他们说道："你们这一把打得比上一把还散。"

钟晨鸣察觉到了，但他不太好意思说，也没开口，就等着 Tristan 继续说接下来的问题。

疯子点点头，也认同了 Tristan 的话："确实，感觉都在打自己的。"

Master 道："所以你能不能别说话了？"

疯子："我怎么了吗？"

Master："就是这个语气。"

疯子："我语气有什么问题吗？"

Master："你觉得没问题？"

疯子伸手一拉孟天成："天成，你觉得我的语气有没有问题？！"

Tristan 大喝一声："闭嘴！"

训练室里安静了两秒，孟天成最先开口，想要缓解一下气氛："大家别吵架，和平商量，有问题现在找出来是好事，下一把解决了就好。"

疯子跟 Master 齐齐看向孟天成，随后又对视一眼，疯子突然道："行吧，我语气有问题，让空气跟田螺上吧，我跟天成去双排。"

孟天成蒙了一下："什么？"

"空气跟田螺比较有默契，你忍心拆散他们吗？"疯子看他。

孟天成："……打哪个区？"

突然被喊到名字的田螺比孟天成更蒙，感觉自己莫名其妙就被拉来打训练赛了，不是说跟新队友磨合一下吗？

田螺就在这样的愣怔中快速结束了一把排位，又被推上了训练赛 ADC 的位置。空气看着他们有点无奈，上了游戏也没说什么，还是按照之前的打法中规中矩打着训练赛。

后面的训练赛突然就顺畅了，甚至还赢了两次 BNO，都是在前期把 BNO 打崩，或者 BNO 选了个后期实在是不能打的阵容，给了他们机会。

等打完训练赛，田螺才意识到什么，小声问空气："新 AD 是不是有什么问题？"

空气跟田螺认识半年了，又一起走下路，算是挺熟的，也没避讳，就说道："他不太服从训练赛安排，疯子做思想工作去了。"

"有吗？"田螺虽然一直在打自己的排位，但也听到那边和乐融融的样子，除了 Master 跟疯子的口角，他没有再听出什么内容来。

"你刚在打排位没看到，第二把打得很乱，如果不是他，前期应该结束了才对。"空气说道，"第二把训练赛开局中野大优势，小安过来送人头，但是孟天成把疯子按死在了下路。"

空气作为一名老将，经历得也挺多了，孟天成这种小把戏他还是能看出来，一开始孟天成就没有想着好好待在下路，不然基本的控线他不可能不知道，还是给了对面机会，这就是很大一个问题了。

不仅这一次，后面疯子一有离开下路的想法，孟天成就会强行卖破绽，让疯子回来保他，或者帮他杀人。

这种心态空气也是理解的，毕竟是从众星捧月的状态突然到了不被人重视的状态，心理落差肯定是有的，想要表现自己也是肯定的，但想要表现自己就好好表现，直接跟教练说也行，偷偷摸摸搞内讧就很是问题了。

孟天成的能力是有的，至于以后会如何，还是要看疯子跟他谈得怎样，相信孟天成也是一个懂事的人。

他们这边打了一下午训练赛，疯子也就跟孟天成"谈"了一下午心。

疯子并没有跟孟天成谈人生谈理想，只是给孟天成展示了一下自己的辅助能力，全方位地展示，从保护型辅助到游走型辅助，以及入侵开团打穿下路型辅助，他都玩了一遍给孟天成看。

不仅如此，疯子还开启了自己的各种 AD 适配模式，照顾得孟天成十分舒服，一下午竟然还拿了两次五杀。这并不是一个 ADC 强势的版本，能拿两次五杀十分厉害了，当然，这个厉害离不开疯子妈妈怀抱一般的辅助。

每个 ADC 的梦想不过是拥有一个超级厉害的辅助，可以带他杀穿下路，可以带他游走推塔，就算下路打不赢也可以去其他路游走带节奏让他躺着赢，还可以帮他拿蓝拿红，可以带他畅游召唤师峡谷，看星星看月亮，谈人生谈理想……

反正这一下午双排之后，孟天成对自己未来的这个辅助是心服口服，并且十分乐意跟他一起打游戏，不管是比赛还是排位，都想跟他打。

而 Master 跟疯子转头就和好了，疯子看他们打完训练赛，就嘿嘿嘿笑着问战绩如何，有没有帮他教训小安。

Master 看他："你跟他有仇？为什么要帮你教训？"

疯子一把揽过钟晨鸣的肩膀："他不是要针对你们家 18 吗？哇，这么针对，帮 18 教训他就是帮我教训，这个有什么问题。"

说着他又一把揽过 Master，突然发现 Master 太高了，他得踮起脚才能揽住，干脆就放开了，还把钟晨鸣往 Master 那边一塞："你俩怎么平时动手动脚看起来就没问题，我做起来怎么就怪怪的？"

不过他也没纠结这个问题，跟着两人往食堂走，说道："小安那个活宝，以为 18 就是好针对的吗？有你在有这么好抓？他知道死蹲中路抓，难道你就不知道死蹲中路养了？明明就是抓人的方式不对，他们玩中野节奏，肯定是玩不过我们的。"

钟晨鸣已经陷入了分析状态："我们打后期也打不赢他们，如果德杯遇到了，有点悬。"

Master 道："还有几天时间，还有机会。"

疯子豪迈道："直接前期弄死他们，让他们没有后期！"

几个人交谈的声音消失在走廊，孟天成看着他们离开，眼里露出点羡慕来，然后跟 Tristan 去吃了饭，还来了一番心理谈话。

第二天，孟天成又回到了训练赛 ADC 的位置上，依旧是和疯子走下路。这次他就十分服从安排了，既然教练让他待在下路发育，他就苟在下路发育。

不过他在下路打惯了压别人的局，突然让他苟住，他还有点不适应，但有疯子妈妈式的指导，他也慢慢习惯下来。

打完训练赛，钟晨鸣跟教练商量了一下战队的情况，他是核心制胜位，所以他想建议的事，由他来说最好。

钟晨鸣跟教练谈的是将核心转移到下路的事情，不是完全转移到下路，而是打双核心阵容。

单核心阵容注定了是走不远的，太容易被针对了，双核心或者三核心不容易被针对，可以更好地变换队伍的阵容，让敌方猜不到他们的打法。

Tristan 犹豫了一下，本想拒绝，又想到他眼前的这个人之前也做过教练，而且所带领的战队还取得了不错的成绩，就没有直接拒绝，而是询问了一下钟晨鸣的想法。

钟晨鸣道："我们之前打单核心是因为下路有点问题，但现在孟天成个

-054-

人能力不错，打双核心应该没问题，而且让他一下从核心主导变成发育型AD，他很不适应，虽然没说，但看起来很焦虑，双核心可以帮他缓解一下，而且他也有主导队伍的能力。"

"现在才练没有什么问题吗？"教练 Tristan 也担忧这个，现在才开始练新的打法，会不会太晚了点？

钟晨鸣笑了笑："德杯，不就是用来翻车的吗？"

"有道理。"Tristan 笑开了，拍拍钟晨鸣的背，"小伙子有前途，退役以后可以来教练组。"

钟晨鸣道："那等我打不动职业再说吧。"

既然决定了练新打法，Tristan 实施起来也十分迅速，再一次打训练赛之前，直接拉他们去战术分析室开了个小会，总结了一下中下双核心的打法特点，然后给他们看了一些案例视频。

看完之后，就迎来了新一天的训练赛。

可可没事的时候都会在基地看他们训练，训练赛也会跟进，有些训练赛也是她去约的，今天可可就告诉他们，约到了一个会让他们十分惊喜的战队。

Glock 好奇道："什么战队？"

田螺说："不会是 NGG 吧？"

可可笑道："猜对了。"

第三章·你有和世界第一对战的勇气吗？

Master 下意识地看向钟晨鸣。

钟晨鸣察觉到他的目光，偏头问道："你这么看着我干吗？"

"你不是很喜欢 NGG ？" Master 问道。

钟晨鸣看他："所以这跟和他们打训练赛有什么关系吗？"

Master 想了想，还真没什么关系，打个训练赛跟喜欢哪个战队也没什么影响，如果是比赛可能还会有点心理波动什么的，不过这种心理波动一向是正面的，比如喜欢他们所以一定要把他们打爆，然后战斗力加倍提升。

倒是听到他们说话的疯子过来说道："你别手下留情啊兄弟。"

钟晨鸣笑了："我为什么要手下留情，他们又不会给我钱。"

疯子道："我觉得你对 Miracle 的反应很奇怪，我怕他影响你发挥。"

钟晨鸣说道："你一天都在想些什么东西？不如想想怎么赢比赛。"

疯子嘿嘿笑了："你发挥正常就能赢。"

钟晨鸣不解。

现在依旧是疯子跟他们打训练赛，空气的状态稳定，跟队友的配合问题也不大，而且空气是一名老将了，所以战队现在在重点训练疯子，至于另外一名辅助小将程志文，这种训练赛他暂时还不会上，等德杯之后才会有历练机会，毕竟德杯只有几天了，现在让没有大赛经验的程志文上，风险太大。

第一把 NGG 上的也是替补选手，打野换了新来的替补，其他人倒是没换，依旧是老样子。

NGG 的阵容也挺稳定的，但他们的目标是世界第一，这次没有击败 UKW 是他们的一大遗憾，输了比赛，那么团队一定是哪里出了问题，所以 NGG 换人也是在寻找继续变强的方法，就是不知道效果如何。

对于 NGG 的中单，钟晨鸣还从未交过手，这位选手是晨光离开 NGG

之后才加入的，虽然之前就在 NGG 青训待着，但两个人基本没什么交集，在晨光退役之后，这个中单都没有直接被提拔到主队，而是还在青训打了一年，所以晨光也没机会和这个新中单在游戏里碰到。

这次他倒是想看看这个新中单如何，如果他对上这位中单选手，会有怎样的结果。

对于这次训练赛钟晨鸣迫不及待，在等训练赛正式开始前，他想要跟对面中单对线的期待感已经全表现在了脸上。

疯子忍不住吐槽："你这么期待碰上 Miracle 的吗？你不是有他好友？没事拉他去双排啊。"

钟晨鸣："什么东西？"

"我说你这么喜欢 Miracle，怎么不去找他双排，其实我还看见你没事的时候 OB（观战）Miracle。"疯子说着。

钟晨鸣跟疯子怼了两句，没有继续说关于 Miracle 的话题，而是看着电脑屏幕做着最后的准备。

英雄选择结束，游戏开始。

钟晨鸣选的玛尔扎哈，对面拿的沙皇，两个都是版本强势英雄，而 Master 拿的挖掘机，NGG 打野用的猪妹。

NGG 的核心制胜点在下路，虽然中野的实力也不差，但总的来说还是围绕着下路来打，比较偏中后期的风格。不过这对于 NGG 来说并不是绝对的，他们的中单也能在需要他的关键时刻站出来，前期不是经常打，但也能玩，不过这次上的是替补打野，就不知道情况如何了。

开局，钟晨鸣的玛尔扎哈打沙皇，如果没有人来 GANK，两边都不容易被单杀，基本就是互相刷刷兵的节奏，两边都没什么动作，最多你消耗我一点血，我消耗你一点血，两个人都还是挺谨慎的。

这一把比赛看起来钟晨鸣比较尿，玛尔扎哈是一个定位为刺客的英雄，但钟晨鸣一直都在避战，他要打的是中野联动，这个英雄跟打野配合起来比较厉害，但是要六级有大招之后，钟晨鸣在等 Master 给他创造机会。

下路就有点难受了，下路 MW 这边是牛头加烬，NGG 那边是泽拉斯加女枪，NGG 那个下路还有个称呼，无敌 poke（使用远距离的技能进行消耗的玩法）下路。

这个版本有了个符文叫作"奥术彗星"，也就是技能只要打中对面，就会触发一个彗星砸向敌方英雄，消耗型的英雄就这样崛起了。

poke 自然是手越长的英雄越厉害，隔着一个屏幕外打人的话，一不注意就会被打中，而泽拉斯就是这么一个英雄，技能基本都能飞一个屏幕那么远。

孟天成被打得很难受，有一种自己完全发挥不了的感觉，被 NGG 下路消耗得哭都哭不出来，靠着牛头的被动回血勉强稳住。

Glock 跟对面拼了回家之后，看了眼各路情况，视角切到下路，看到下路血线，忍不住说道："你们下路这么惨的吗？"

"对啊。"疯子开始了，"快来帮忙！"

Glock："哇，你都需要我了，那我就传送……上线了。"

孟天成不解。

疯子："滚。"

他还以为是传送来帮忙。

不过现在这个点，Glock 传送下来作用还真不大，杀不了对面不说，还影响了自己的发育，不如传送回上路优先保证自己的发育。

钟晨鸣说道："稳一下，我六级来下。"

Master："疯子来野区。"

孟天成忍不住喊了一声："哥。"

疯子："……我走了他连兵都补不了。"

Master："那就让他少补点兵，过来！"

疯子看看自家 ADC，无奈地离开了，孟天成犹犹豫豫小声问道："不是说好打双核心吗？"

"不然你以为 18 为什么拿玛尔扎哈？"Glock 说着。玛尔扎哈前期节奏不错，但是后期伤害不太够，而且容易被针对，出个水银弯刀玛尔扎哈废一半，所以队友的能力很重要，至少要伤害跟得上，可以及时补充玛尔扎哈的伤害。

孟天成没再说什么，默默往后退了一步，结果疯子一走，Miracle 也走了。

对面最厉害的消耗英雄离开，孟天成总算得到了喘息的机会，连忙找机会补兵。

结果独孤两个技能，孟天成又不得不往后退。

在 ADC 的个人能力上，他也清楚地知道，自己还是跟独孤有着很大的差距。

就算一对一对线，孟天成依旧被独孤压刀，这点大家都没说什么，孟天成其实觉得内心不安，他退回塔下，然后转头看了看队友的表情动作，发现大家都没对他有不满，这才松了一口气，继续跟独孤对线。

而 Master 跟疯子离开，在对面野区抓到了对面的新手打野，Miracle 随后赶到，打了一个 2V2（2 对 2），交换一番技能，对面打野残血闪现逃生。

Master 走位躲掉 Miracle 两个技能，泽拉斯这个英雄，技能被躲掉基本就没啥用了，Miracle 经验丰富，知道不能恋战，直接就走了，要是等疯子牛头的技能好了，他可是想走都走不了了，所以赶快溜了为妙。

Master 收了原本属于对面打野的野怪，然后又慢慢去刷另外一个 NGG 野区的野怪。

Miracle 离开之后，NGG 那边也觉得对 Master 无可奈何，放弃了自己的这一边野区，让 Master 去刷。Miracle 继续对线，疯子也回到下路，他时刻注意着 Miracle，只要 Miracle 出现一点动静，他就能立马反应过来。

等 Master 刷了一圈野区，准备往下走的时候，突然看到中路沙皇打得有点激进。

或许是觉得钟晨鸣是一个新人选手，还是第一次上战场，肯定会有些畏手畏脚的，所以沙皇稳健了一会儿之后，就开始试探着激进起来，到了六级，更是想尝试着单杀钟晨鸣。

Master 立刻就来了中路："杀他？"

钟晨鸣："眼在我们红 Buff 外面的草丛。"

Master："好。"

Master 绕过视野，直接从沙皇的后面绕了过去，钟晨鸣猛然闪现大招，将沙皇摁在地上。

玛尔扎哈的大招"冥府之握"——压制一名英雄 2.5 秒，在压制期间持续造成伤害，在被压制的英雄附近会形成一个能量场，踏进的敌方单位也会受到伤害。

这个压制，就等于定身，无法移动，只有水银弯刀可解压制，算是 LOL 里面的最强控制技能。

被压制住的沙皇动弹不得，眼睁睁看着自己血线往下掉，既然压制如此猛，如果伤害再高那就是无敌了，所以这个时候玛尔扎哈的一套爆发其实是并不够秒杀沙皇的，需要有人补充伤害。

就在玛尔扎哈闪现的同时，一个挖掘机从沙皇身后的小路上走了出来，然后张开爪牙咬向沙皇，就在这 2.5 秒之内，沙皇被击杀。

猪妹之前被 Master 在野区压制，在沙皇刚刚死亡之后才赶过来，看了看，还是决定帮中单清线，反正钟晨鸣跟 Master 把兵线推过去了，他不收他们中单也收不到啊！

Master 在中路杀了人，然后又慢悠悠地去了上路。

中单死了，下路的独孤跟 Miracle 也开始谨慎起来，没有继续打得激进，给了孟天成发育的机会，他赶紧发育，然后担忧地看向小地图上自己其他队友所在的地方。

其实他很想问问，刚才说好的六级来下呢？

想了许久，连兵都漏了两个，他还是没有问出来，而是继续补兵。

这次 Master 出现在上路，下路的独孤跟 Miracle 直接凶狠地打了一局，想要将 MW 的下路击杀。

疯子抗压的经验十分丰富，之前他辅助的就是需要仔细指导的婴儿型 ADC，现在保人也做得行云流水，竟然有了点大师风范。

他直接顶开了 Miracle 的泽拉斯，又捶起施放大招的独孤，打断独孤大招。

孟天成本来被泽拉斯的 E 技能晕眩到，然后 Miracle 接上其他技能，独孤因为距离太远，平 A 不到，直接就施放大招扫射，孟天成的烬本来血线就不满，这样一套直接残血。

就在泽拉斯举手即将打出第二个技能的时候，被疯子的牛头顶走强行打断，而女枪刚刚开始扫射没多久，就被牛头捶了起来，让他们的后续伤害都没打出来，不然孟天成必死无疑。

晕眩结束后，孟天成立刻往后退，疯子看了他一眼，没有说什么，用平 A 打出铃铛来晕眩住女枪，自己也开始撤退。

等孟天成回城之后，疯子才说："不要尿。"

孟天成："……嗯。"

刚才确实可以反击，他只要走位好一点，可以躲过 Miracle 的两个技能，然后反击。

或者他直接在后面施放大招也行，但对面是独孤加 Miracle，他看着自己血量，第一反应就是他得走，他肯定杀不了对面。

NGG 的下路，在 LPL 甚至是世界联赛中，都能给敌人造成极大的阴影，孟天成跟 NGG 打了不知道多少次比赛，每次遇上对面下路都会不知道怎么打，甚至只希望自己不被单杀就好，这已经成为他的最低要求。

真的太难打了，Miracle 经验老到，独孤操作跟反应还有伤害计算都可以算得上是完美，而且线上打得极其激进，一不注意就会被单杀。

在 LPL 赛场上，不少下路组合都被这两个人打哭过，通常游戏还没进行到二十分钟，NGG 就通关了下路。

"你不要怕。"疯子其实也看出来孟天成对对面有点怂，出言安慰，"其实 NGG 没什么可怕的，你要把对面看成小战队来打，自信一点兄弟。"

孟天成："嗯。"

虽然这样答应，但是他真正跟对面对上线，还是激进不起来啊！他其实想上去打的，手怎么这么不听使唤呢！

这个时候，感觉到自己好像突破不了这个心理障碍，孟天成往日阳光的笑都挂不住了，看起来有点像是在哭，这时候他终于小心翼翼问出来了："说好的……来下路呢？"

他们这个打野一直在中路，偶尔去一次上路，完全没有来下路好吗？！

Master 这时好像才想起来还有下路这件事："哦，忘记了。"

钟晨鸣道："我没闪没大，下来没用。"

孟天成其实还想问有闪有大的时候怎么不来，一想钟晨鸣的闪现大招都用来杀人了，每次大招对面必死一个人，好像不来也没事。

疯子说："没机会。Miracle 的眼已经控制了河道，我视野做不出去，每次去的时候就会被 Miracle 看到，做眼太危险。"

孟天成"嗯"了一声，这就很清楚了，河道都是眼，Master 没有机会来下路，来也抓不到，Miracle 经验老到，十分机警，一有风吹草动，即使是河道的眼没看到人，他就会跟独孤一起开始后退。

"对面下路……"Glock 犹豫着说道，"让独孤这么发育，有问题吧？"

Master 按下 TAB 看了一眼自己队友的技能，Glock 的传送还没好，而对面上单的传送是跟 Glock 一起交的，所以对面上单的传送也还没好。

"你传送好了就攻击。"Master 还没说话，钟晨鸣就说了，"我传送也快好了，直接传送下路，疯子注意留人。"

是的，既然从河道过去没有机会，那他们就要传送强开了。

孟天成都快哭出来："快来啊。"

现在上中野在 Master 的游走之下已经被带了起来，对面打野死了两次，中单死了一次，上单死一次，虽然 Master 也死了一次，但跟对面被击杀的次数比起来，这已经不算什么。

其实 Master 也有自己的打算，他直接去下路肯定打不赢，Miracle 跟独孤的个人能力太强，而且配合也默契，如果对面打野也在，他们下路打三对三肯定打不赢。

而现在，对面上中野都处于劣势，打野猪妹更是快被他废掉，现在去下路，只要没有太大失误，肯定能打赢。

不管是孟天成，还是其他位置的打野跟上单，只要跟 NGG 的人有过几次交手，对于他们的下路都会有所忌惮，甚至在计算敌我战力的时候，都会不自觉地将对面下路两个人考虑成三个人。

这是对 NGG 实力最大的肯定，也是他们应该获得的肯定，这绝对不是厌，在他们看来，只是正常的思考方式。

现在有了优势，可以带下路节奏了，钟晨鸣说传送就传送，传送一好，直接说了一个字："演！"

得到信号，疯子立刻去卖破绽，强行接了 Miracle 技能，独孤离开过来点疯子，钟晨鸣直接传送下去。

就在传送的光线亮起来的那一秒，疯子开启大招，解除控制，直接捶向 Miracle。

他计算着对面的召唤师技能，Miracle 没有闪现，独孤有闪现，所以要开的不是 ADC 独孤，而是辅助 Miracle！

消耗型组合就怕强开型组合，这也是疯子会拿牛头的原因，牛头就是一个强开型辅助，而且控制稳定，可保人可留人，大招还可以免疫伤害以及解除控制，已经位于辅助第一梯队十分长的时间。

强开让 Miracle 十分难受，独孤直接施放大招扫射，让孟天成不能上前，想要救下 Miracle，但 MW 这边并不需要孟天成打伤害！

Master 的挖掘机从 NGG 的野区而来，他是一路真眼插过来的，真眼可以照出敌方的隐形单位，可以让假眼失效，所以他确定自己走的都是 NGG 的视野盲区，并且还从视野盲区绕到 NGG 塔后面的野区。

其实他也不想这么绕的，但是疯子之前这么说，河道想也不用想，肯定有眼，河道不能走，就只能走对面野区，强行扛塔过来抓人了。

钟晨鸣传送，对面上单预言家传送，Glock 也交出传送，下路突然就亮起了三个漂亮的传送光线来。

Master 一过来就顶起 Miracle，打了一套伤害，此时钟晨鸣传送落地，看了一眼 Miracle，没有管他，直接闪现大招，压制住了独孤。

Master 这个时候的伤害已经很高了，配合牛头以及孟天成走出女枪扫射范围之后，超远距离开出的大招击杀了 Miracle，随后就将目标转向了独孤。

看到 Miracle 死了，孟天成智商终于上线，立刻将大招的瞄准目标对准了被钟晨鸣禁锢的独孤，配合 Master 打伤害。

由于预言家是看到钟晨鸣传送才传送的，所以他下来得比钟晨鸣晚了一步，而 Glock 早就做好了传送准备，就算预言家不传送他也会传送下路强行攻击一番，这个时候比预言家还早落地片刻，但是 Glock 没有轻举妄动，而是站在了预言家传送光线的旁边。

预言家一看下路已经打完了，完全没有可以打的机会，他去大概就是送死，立刻取消传送，准备去推 MW 的上塔。

独孤在压制之下被斩杀，钟晨鸣没有跟队友一起推下塔，而是选择了回中路守线，下路这么多人，根本不需要他就能拿下一血塔，他现在不回去，可是要亏兵线的。

不过这个一血塔刚推了一半，NGG 那边突然打了两个字出来："GG。"

看到这两个字，MW 这边齐齐蒙了一下，这样是认输吗？这真的是认输吗？这样就认输了？

"退吧。"Tristan 在他们身后说道，"NGG 那边说这把打不了了，下一把。"

此时除了钟晨鸣，大家头上都是问号，其中疯子的疑问最大，其他人还跟 NGG 打过训练赛，他之前的 LTG 战队不知道什么原因，一次都没跟 NGG 约到过，所以对于这次的认输也是最不解的。

疯子边吐槽边疑问道："他们这是什么鬼？不是 NGG 吗？这么快就打出 GG 了，对得起他们的队名吗？"

"你对 NGG 是有什么误解？"空气在旁边吐槽回去，"你以为他们名字叫'NO GG'，训练赛的时候就真的不会打 GG 了？"

"不是。"疯子觉得十分不解，"也不是不打吧，但这么快是怎么回事，明显还有得打啊！"

Glock 也道："独孤的发育并没有问题，其实他们后期可以打一打。"

Master 倒是没什么疑问，反正又不是只打这一场，而且前期他们的配合也还不错，算是对前些天训练赛成果的验收，这一把训练赛的效果其实已经达到了，只是之前说的双核心没打出来。

"没什么好打的了吧。"跟空气一起看比赛的程志文突然出声，这几天他跟战队的人熟稔了许多，也敢开口说话了，特别是跟空气讨论比赛情况，"他们应该意识到自己犯了很大的一个错误，然后这个错误是致命的，所以选择了结束这把比赛。"

辅助需要的是大局观，要观察全局，甚至能够分担一部分教练的职责，所以最近打训练赛，程志文多半也会来看看，跟不上场的疯子或者空气讨论这一局的战况，然后做一些分析。

这一把 NGG 犯的最大错误他们都能看出来，中野都被 MW 玩崩了，前期打野跟中单都出现了问题,崩得太厉害。"

钟晨鸣回想了一下 NGG 基地的情况,不自觉露出一个微笑来:"NGG 的教练现在肯定在喷人。"

Tristan 看他一眼,说道:"你也看过小道消息吗?不过小道消息都是真的,那个东西喷人从不嘴软。"

说着 Tristan 的表情看起来对 NGG 的队员十分同情,还带着点"还好跟 NGG 教练不是同事"的幸灾乐祸。

钟晨鸣看向 Tristan,眼里关于回忆的光慢慢消散,只剩下笑意:"Miracle 肯定在旁边冷嘲热讽。"

Master 忍不住问了句:"你怎么这么清楚 NGG 的情况?"

"我是 NGG 粉丝,肯定多关注一下。"钟晨鸣直接就将疯子说他的话拿来用了,听起来还真的没问题。

Master 是晨光粉丝,自然也是 NGG 粉丝,还是一个关注了 NGG 多年的老粉丝,虽然进了 MW 之后就不太表现出自己是 NGG 粉丝来,但还是有关注 NGG 的情况。

"Miracle 不是脾气很好吗?"Master 问道,"我跟他也认识很久了,怎么会冷嘲热讽?"

钟晨鸣:"你跟他认识很久了都不知道他嘴毒?"

Master 回想了一下,摇摇头:"我记得他像个学生一样,不对,应该是像坐办公室那种精英男,话不多,但都很精辟,对人也很有礼貌……嘴毒?"

钟晨鸣意味深长地看着他:"等你跟他再熟点你就知道了。"

疯子过来插了句话,说道:"小 18 你很清楚 Miracle 的性格嘛。"

钟晨鸣还是直接用疯子说的话:"跟他双排过几次,你跟他双排几次就懂了。"

疯子:"算了,我怕他拉黑我。"

空气说道:"你也知道自己话多吗?"

Glock 在旁边听得哭笑不得:"你们好意思说对方吗?"

疯子和空气:"兄弟你觉得你话就很少吗?"

在队员们"和善友好"的交流之后,新一把训练赛再次开始。

这次 NGG 吸取了教训,让 MW 这边二十分钟打出了 GG,NGG 放弃了上中的发育,直接用下路带节奏,上中野都来下路为下路打开突破口,打了 MW 一个措手不及,完全没有反应过来,也就没有做好应对。

独孤一起来,装备碾压,在Miracle的帮助下,简直是势如破竹,在这个ADC并不强势的版本里,硬是从下路打开局面,强行碾压MW。

"好惨。"这次Tristan直接这样说,"你们被压得也太厉害了吧。"

钟晨鸣也很无奈:"我还没做什么事情,独孤就起来了。"

Tristan点点头:"确实有点快,这把下路问题有点大。"

Glock开始自首:"我被预言家压住了,不好支援,我也有'锅',还需要练。"

"嗯。"Tristan道,"等训练赛打完你跟陶康多练练对线,他对线还不错。"

Glock答道:"好,我跟他说一下。"

Tristan道:"我去跟他说,继续打训练赛吧。这把下路注意一点,18你要选个可以快速支援的,Glock你看看能不能拿到慎。"

慎是支援型上单,大招是传送到队员所在的位置并且给队友一个盾,可以说是实打实的支援型上单。

这次开场选英雄,他们先拿了ADC跟中单,接下来Tristan的意思是选上单,然后问Glock要玩什么。

Glock从开局就在思考着什么,这一把NGG秒抢了慎,Tristan也说道:"慎已经被对面拿了,你看看拿什么英雄好限制……算了好同步支援吧。"

Glock突然抬眼看向屏幕,目光落在了一个白发女人的图标上,他问Tristan:"教练,我可以玩卡密尔吗?"

"什么?"Tristan觉得自己有点听错了。

"卡密尔可以的。"疯子在旁边说道,"很好打慎吧,就是你卡密尔没问题吗?"

跟Glock打了不少训练赛了,甚至还跟Glock双排过一段时间,疯子就没看过他玩除了肉上单以外的英雄,怎么突然就想玩个输出型上单了?

卡密尔是一个刺客型上单,主要作用是留C位切C位,这个版本的表现也还不错,但是Glock从来都是稳健得跟防御塔一样,这个人玩刺客真的没问题?

Tristan也问道:"你确定?"

Glock直接说:"我觉得可以。"

"那就卡密尔。"Tristan说,"试试。"

孟天成皱了下眉:"别……别乱玩?"

"训练赛试试新套路也可以,卡密尔打慎也好打。"疯子这样说。他不是信任Glock,只是训练赛嘛,总是要多做一些尝试,万一就搞出什么惊天

-065-

地泣鬼神的套路来了呢？那也是有可能的嘛。

现在是钟晨鸣选英雄，看到他们讨论完了，钟晨鸣就锁定了卡密尔。

既然都选了卡密尔，他们也就要针对自己的上单来做些事了，现在选英雄还没结束，所以也就只能是嘴上做些事，疯子就说道："你行不行啊，不行说一声，我们直接换线。"

钟晨鸣也道："我跟你换也可以，我打慎可以压爆他。"

疯子又接道："那你觉得他走中路就不会被压爆吗？打慎都打不了，还来什么中路？"

Master 说："我会多来照顾上路的。"

孟天成想了想，接了一句："嗯……稳住别浪？少补兵没关系，等我后期起来……看独孤主导？"

这话一出来，MW 的训练赛立刻响起了一片笑声，孟天成也跟着笑了，就 Glock 是哭笑不得："还是不是队友了？能不能给点信任！"

空气插了句嘴："不能。"

等游戏加载完毕，笑声立刻就消失了，他们的表情虽然算不上严肃，肯定也不会是继续开玩笑的表情，上一把被虐得可惨，这次就算赢不了，也不能再那么惨了，得加倍认真地打才行。

钟晨鸣这次拿了佐伊，开局就一套技能将对面的卡萨丁打残，奠定了自己中路的优势。Master 在旁边找了找机会，发现 NGG 的中单这次十分谨慎，估计也是第一局的时候被抓怕了，这次被佐伊压了，死活都不出塔，几乎要跟防御塔融合到一起，将稳健发挥到了极致。

Master 也就将注意力转移到了下路，上路……还是让 Glock 自己玩吧，看他的卡密尔能玩出什么花儿来，下路的独孤跟 Miracle 去限制一下，让他们不能发育起来比较好。

给上路打了个"小心行事"的信号，让 Glock 小心被抓，Master 就往下路去了，他在对面的野区游了一圈，大概猜到了 NGG 打野的位置，是往上路去了，所以他才会放心往下路走。

Master 在下路看了看，还没抓到机会，就看到小地图上 NGG 打野的图标出现在了上路，而 Glock 的血线已经半血以下，Master 立刻切过去看了看情况。

Glock 的血线不行，预言家的血线就更低，只有一丝血皮了，然后被 Glock 干脆利索地闪现收掉。

"First Blood（第一滴血）！"

MW 这边的所有人都不解。

"怎么回事？"就算疯子在对着线，也忍不住说一句，"单杀预言家？"

钟晨鸣也道："厉害。"

"可以啊兄弟。"孟天成一边小心翼翼补兵，一边说话，"漂亮！单杀预言家，厉害！"

"要死了要死了要死了！救我救我救我！"换到 Glock 这边，就是一片哀号，他闪现杀了预言家，结果就被 NGG 的打野追着跑，还好 NGG 的打野用的猪妹，要是用个螳螂什么的，他怕是直接就立地成佛了。

疯子叹气："你都单杀了预言家，能不能帅一点？"

他话刚说出来，就看到顶着一百多血，血条几乎见底的白发女人卡密尔，从身上的装甲之中发射出两道钢索来，钢索抓住了墙壁，然后女人借着钢索灵巧地一跃，跃到了墙上，又从墙上利用钢索跃到了另一边的地上。

这是卡密尔的 E 技能"钩索"，即位移技能，追击或者逃跑都很好用，而且位移距离极其远，比两个闪现都远。

猪妹看卡密尔逃走，没有再追，这可是交闪现都追不上的距离，只好自己离开，去寻找新的 GANK 机会。

就这样顶着血皮，Glock 的卡密尔顺利逃脱，逃跑完他还不忘问疯子："看看看，哥帅不帅！帅不帅！"

疯子："……"

孟天成："帅帅帅！"

疯子："你别号就帅上天，闭嘴。"

Glock："你先闭嘴。"

Master："都闭嘴。"

Master 在下路转了一圈没有收获，正在不爽，听着这个吵架内容直接怼了上去："下路自己玩。"

孟天成："兄弟等等！"

疯子："下次再见。"

过了几分钟，猪妹又去了上路，他也知道，卡密尔发育起来会让他们很难受，直接就想把卡密尔抓崩。

看到猪妹的动向，而 Glock 打得实在是激进，他闪现也还没好，看到跑不掉，钟晨鸣立刻往上路走："兄弟，撑一下！"

"嗯……"

Glock 没有说话，就一个不明不白的"嗯"字，钟晨鸣也听不出他是撑得住还是撑不住。

钟晨鸣一边走一边注意着小地图，在上路与自己的视角上切来切去，切到上路是为了观察上路的情况，切自己的视角是防止自己路上错过什么东西，就在这样频繁的切换过程中，他切到上路突然就没有切回来了。

白发的"青钢影"卡密尔高高跃起，一道蓝色的冰索从她脚下划过，落到地上炸裂成一个浅蓝色的减速场，这道冰索如果投射到卡密尔的身上，那将冻结住卡密尔，然而卡密尔不仅没跑，还直接回头就给了慎一个大招。

卡密尔猛然落下，如同猛虎落地一般砸向慎，蓝色的光线突然升起，一道道光线连接成为一个六边形的区域，将慎限制在了这个区域里面，让他无法逃脱。

卡密尔的大招——"海克斯的最后通牒"：她暂时变得无法被选取，并且跳向一个敌方英雄，将该英雄锁定在一个区域内无法逃出，其他敌对英雄将会被震开，除非卡密尔自己走出这个区域，在这个区域内，卡密尔的普通攻击会对敌人造成额外的魔法伤害。

这个大招所说的"让该英雄无法逃出这个区域"，是无论对方用闪现，还是用自己的位移技能，还是用双脚走，都无法离开，除非能将卡密尔给推出这个区域，否则对方就出不去，是一个让人很无奈的限制性技能。

当然，只会限制选定的英雄出去，不会妨碍敌方或者友方的英雄进来。

同样跑过来的猪妹被弹到了六边形之外，她还想切进去但自己位移技能已经用过，只得慢慢走过去，慎的控制技能就是他的嘲讽（一段时间内强制被嘲讽的目标对释放嘲讽的目标使用普通攻击），嘲讽已经使用，只能尝试着跟卡密尔对砍。

卡密尔单杀他一次，装备本来就好了很多，慎装备没起来，卡密尔切他就跟砍瓜切菜一样，一点不费力。

之前慎想让卡密尔交技能之后猪妹来 GANK，他跟卡密尔打不过，被卡密尔打了一截血线，这下猪妹是来 GANK，但是大招被躲，他被限制在卡密尔大招里面，打不过又逃不了，眼看着就要被两刀切死。

而猪妹此刻只能走过来，挥动着自己的锁链向前一甩，卡密尔一个灵性走位，猪妹技能空了。

这就很尴尬了，她要是能在慎死之前打出自己 E 技能的被动来，或许还能救一救，但她技能一空，也没有打出来。

慎尴尬地死在了上路，猪妹觉得要为自己的兄弟报仇啊，她的大招跟

W 技能都空了，不然慎也不会被反杀，必须得报仇！

就在慎死了之后她终于打出了被动，将卡密尔冻在原地，然后挥舞着自己的寒冰锁链，上去平砍，符文加上猪妹技能初始伤害，这个伤害还是能看的，卡密尔原本就在跟慎对拼之中打到了半血以下，现在又被猪妹打了一套，就剩下四分之一血，看起来岌岌可危。

卡密尔却不慌不忙，在冰冻效果结束之后，这位双腿是圆规的白发女士挥动着脚上的利刃，砍了猪妹两刀，猪妹突然发现，这伤害怎么这么高的？

猪妹没有后续伤害，卡密尔还有个适应性护盾，可以帮她抵挡一下伤害，猪妹突然发现自己现在十分尴尬，她好像就要被这个卡密尔给弄死了。

这个时候钟晨鸣刚刚走了大半段路程，一见这个情况，立刻往猪妹后方走去，防止猪妹打不过逃跑。猪妹见势不妙想跑，她 Q 技能也好了，在"骑着野猪一头撞向卡密尔"与"骑着野猪一个俯冲逃跑"之中，她想了想，还是选择了逃跑。

"菜。"这个字是疯子说的，他很明显也在关注上路的情况。

果不其然，残血卡密尔身上的铠甲直接射出两道钢索抓住墙壁，钢索一收，卡密尔借着钢索的力量跃向墙壁，圆规一般的双足在墙上轻轻一点，又跳向逃跑的猪妹，那双如同利刃的双足往猪妹身上一踢，猪妹被晕眩，卡密尔两脚就把残血猪妹给砍死。

双杀！

"对面这是在干吗？"疯子说，"不把上单当人看了？"

二打一被杀了两个，他们当这是在打排位赛吗？

Glock 想了想，帮预言家说了一句话："估计是没适应过来，他们之前组织出去玩了，可能玩过头了。"

孟天成笑了起来："这个理由也行吗？"

Glock 说："肯定可以的。"

"打野是有点菜。"钟晨鸣一个人头没收到，白走了一趟，还少收了两个兵，不过他现在没有任何怨言，能看到这样精彩的操作还是可以的。

"但是你的细节操作厉害啊。"孟天成丝毫不吝啬自己夸奖的词语，猛吹 Glock，估计想把 Glock 夸上天，"你这个细节，细节走位大招躲大招，牛啊，而且你真的是冷静得可怕，如果是我，对面打野来了，我肯定就想跑了，兄弟你竟然回头就反打，看来我以后要抱你大腿了，带我飞兄弟，我躺好了。"

Glock 被夸得都有点不好意思，一边买着装备一边说道："没有，我不厉害，还是预言家厉害，我就觉得可以反打，去试试而已。"

疯子："真的？"

Glock："嗯……好吧，其实我就觉得可以杀，本来就很好打，只要躲过猪妹大招，预言家这么脆，肯定能杀的，倒是猪妹能杀掉之前没考虑，她自己来送的。我就想杀预言家，他也太浪了，有点看不起我吧，上一把我被他压得太惨了，这一把我就想着打回来。"

"你这个心态……"

钟晨鸣还没说完，孟天成就打断说道："成功复仇了，兄弟是不是很爽？"

Glock："还、还好吧，没觉得爽，就觉得不应该被他压这么惨的，如果我不用那个英雄的话，换一个英雄我也能压回来。"

"可以可以。"Master 也是不吝啬自己的赞美，"继续加油，你上路我怕是不用管了。"

疯子此时提醒："NGG 估计要换路了。"

Glock 也说道："我也觉得，我去下路吗？"

"可以，我们主动换。"疯子说着，"你来下路打，我们去上路。"

"我没 TP。"Glock 道。

疯子："走过来啊！你想杀预言家就不想杀独孤了？你还是不是上单了？"

每一个上单的梦想，线上打崩对面上单，打野来一个杀一个，打野跟中单来了直接双杀，打团一对五，开局杀 AD。

一个不想杀 AD 的上单不是一个好上单，更何况对面的 ADC 还是现在的世界第一 AD 独孤。

"好吧。"Glock 声音听起来有点无奈，"我来了。"

Master 此时说了一句："好好说话，别飘。"

疯子："这个战队只有我们冯哥有这个资本。"

Master："滚。"

疯子："哈哈哈哈哈！"

Glock 倒是说话正常了一点，之前他好像对预言家有什么个人看法，或者实在是不适应大家都表扬他，说话的底气都没了，平时还跟疯子开开玩笑怼来怼去，现在搞得跟个软绵绵的没脾气的布娃娃一样，被 Master 怼了倒是突然中气十足说了一句："看我秒杀独孤！"

他刚刚走到下路，立刻就上了。

"你没大招别上！"疯子的提醒刚说出口，立刻换了一句，"卖卖卖。"

Glock 不解。

Master："膨胀了。"

钟晨鸣："你在干什么？在用精神力留人吗？"

Glock："……"

屏幕里的卡密尔被围殴致死，疯子跟孟天成根本没上。

疯子："可怜。"

孟天成："兄弟，是辅助不让我上的。"

Glock："对不起我膨胀了。"

疯子："你怕是忘记自己没大招了。"

Glock："你怎么知道？"

Master："我都听到你疯狂按键盘的声音，是按的 R 键吧。"

Glock："我下次一定杀他。"

Master："加油。"

钟晨鸣："加油。"

疯子："加油。"

孟天成："我相信你！"

Glock 换了一个语气："老子等会儿一定回来报仇！"

这次除了 Master，其他人齐声说："你可以的！"

Glock 在下路惨死，独孤跟 Miracle 回城，疯子跟孟天成也跟着回城，再次回线上，疯子跟孟天成去了上路，跟 Glock 进行换线，果不其然，对面的独孤跟 Miracle 也去了上路。

"抓到了换线，还行。"疯子说，"大 G，你有 TP 我们来上路打。"

钟晨鸣接了句："报仇。"

Glock 立刻来了战意："好！"

等 Glock 传送好，跟 Master 沟通了一下，直接传送去上路，对面也是早有准备，上路打了四对四。估计上一局受了刺激，Glock 这次谁都看不见，他的视线里就只有独孤一个人，反正不管怎么样，团战打得输还是赢，他只要切死这个人，他就赢了！

Glock 手里的卡密尔装备不差，看好时机用 E 技能钢索切入后排，直接大招将独孤罩在了大招里面，其他所有人都被弹开！

就杀独孤！杀 ADC！

Glock 手速飞快，开启适应性护盾，直接跟独孤对砍。

独孤知道自己无处可避，站着跟 Glock 对战，他自己是走不出去的，此时只能期望队友来保护他。

ADC 从来都是一个皮脆肉薄伤害高的远程，最怕的就是被近身，卡密尔这种大招更是直接让他连操作空间都没有了，不管怎么走，他能活动的范围就这么大，真的秀不了操作啊！

Miracle 见卡密尔切独孤，立刻回援，他们的核心输出就是独孤，一场团战中如果独孤被切死那这场团差不多就输了，预言家的慎也是立刻开启大招，给独孤一个盾保护独孤。

他们后方打得起劲，看起来 Glock 就要被围殴，但这不是 Glock 一个人的战场，他还有兄弟！

Master 跟孟天成还有疯子都紧随其后，NGG 为了掩护独孤阵型开始后撤，他们就反扑而上！

上路打得如此激烈，钟晨鸣跟 NGG 的中单肯定也是要去支援一下的，两个人都没带传送，只能靠双脚走来到上路，等到了的时候，这场团战差不多已经打完了。

在 MW 其他队友的反扑下，延缓了 Glock 被集中火力攻击死亡的时间，就在这个延缓的时间内，他成功切死了独孤，随后倒在了独孤脚下。

Glock："我做到了！"

"你喊得这么激动干什么？"疯子吐槽。

Glock 笑了起来："没事，感觉这把很好玩，打得真乱，等会儿肯定被教练骂死。"

孟天成安慰他："没事，大 G 哥，你表现得这么勇猛，等会儿肯定会被夸。"

Glock 还在笑着，看着他的电脑屏幕上死亡的卡密尔，笑意却没有达到眼底，连嘴角的弧度都有些僵硬了。

"希望吧。"

这把训练赛也没打出什么结果来，一轮团战 NGG 那边灭了 MW，却优先打出了 GG。

这次 MW 这边就明白这个"GG"是什么意思了，就是说这把已经没有可以打的了，他们对跟 MW 打后期没兴趣，这一把就到此为止就好了。

赛后分析，Tristan 其他人都没说，直接将 Glock 提出来："你在打什么？"

孟天成看看 Tristan 的脸色又看看 Glock 的反应，一秒钟后说道："大 G 哥这次打得不错啊，有什么问题吗？"

"前面是可以，单杀预言家，上路一打二杀两个，但是后期你在做什么？单杀预言家上头膨胀了，你这什么心态？"Tristan 语气有点急了，虽然是个训练赛，但谁也不希望自己的队员打训练赛不认真，毕竟每一局训练赛都是在为以后正式的比赛做准备。

"还好吧，有膨胀吗？"孟天成想为 Glock 说话，又不太想让 Tristan 反感，说话的语气都弱了几分。

Glock 也知道自己的问题，他没有看 Tristan，而是看向旁边的电脑，说道："估计是被压抑久了。"

"嗯？"旁边低头看他们这局数据，正在进行分析的副教练抬起头来，副教练想了想，点开一个文档，推了推自己鼻梁上的眼镜，用公式化的声音念着文档上的内容，"Glock，周阅，UNG 替补上单，春季赛上场三次，夏季赛上场十次，在世界赛中上场五次，使用上单英雄'大树'三次、'大虫子'两次，打法稳健，主要发育跟支援，是团队最为稳健的一环，虽然出场次数不多，却有上路防御塔之称，本次世界赛中，参团率达到 90%，承受的场均伤害……"

Tristan 看着副教练念了一会儿，种种数据都说明，Glock 的主玩英雄是肉上单，他甚至在赛场上连纳尔这种肉中有输出的都没玩过。

Tristan 说道："你其实不喜欢玩肉。"

Glock 摇了摇头："没有，我听教练的，教练让我玩什么就是什么。"

Tristan："好好说话！"

旁边的孟天成被 Tristan 突然的大嗓门震得抖了一抖，也不给 Glock 说好话了。他没想到这个平时和和气气的教练生气起来也是如此可怕，虽然 Tristan 并没有露出特别可怕的表情来，甚至脸上都没有太多的情绪，但就是这种冷静的生气最让人害怕。

Glock 倒是没什么感觉，他之前可是 NGG 的人，在 NGG 教练的手上都能活到 UNG 又来到 MW，对于教练发脾气早就习惯了，此刻主动承认了自己的错误："我输出上单玩得确实不好，下次我会注意不玩输出上单，我太容易上头了，抱歉。"

空气在旁边补充了一句："你不会用输出上单打团，线上的表现倒是很不错。"

程志文犹豫了一下，空气点了点头，程志文才开口说："你被他们煽动了。"

战队的几人都看向疯子,疯子一脸无辜:"怪我吗?"

Tristan:"以后比赛少说两句。"

疯子看向 Master:"是他先说 Glock 的。"

"锅"甩到 Master 身上,Master 倒是一脸淡定:"嗯,Glock 心态还需要加强。"

Glock:"哦。"

Tristan"嘶"了一声:"你还很皮对吧?"

Glock 一副死猪不怕开水烫的样子:"没有啊,确实是我的问题,我会注意不乱玩了。"

Tristan 揉了揉额头:"都滚回去继续打训练赛。"

钟晨鸣听着他们说话,听着听着就走神了。Master 都开始进房间了,看到钟晨鸣还在发呆,提醒他:"开始了。"

"嗯?哦。"钟晨鸣回过神来,进了游戏房间,看着 NGG 的人,又有点走神。

Master 在游戏里面打字:【你在想什么?】

看到游戏里的对话框亮起来,钟晨鸣好像有点期待一样,点开了对话框,看到是 Master 的消息,不知道为何,露出了一点点失望的情绪,不过心情看起来突然就变好了很多。

Master 一直看着他,这是一种很奇怪的心情,好像是原本在期待着什么,期待而来的不是自己原本所期待的东西,却因为来到的东西获得了新一份的感动。

钟晨鸣转头看 Master:"就在我旁边有必要打字吗?"

Master 又在游戏里打字:【你心情好像不是很好,因为 Glock 的事吗?】

钟晨鸣:"你干吗?"

Master:【我说不出口,打字好像顺畅一点。】

钟晨鸣终于笑了,说道:"无聊。"

Master 继续在游戏里打字:【Glock 没有自信,他卡密尔玩得挺好的,但是他总觉得自己玩不了。】

钟晨鸣:"大概是吧。"

Master:【所以我上一把这么说是为了让他有自信一点。】

钟晨鸣:"可能方法不对。"

Master 的对话框继续跳出字来:【我觉得是对的,没问题,是 Glock 自

己的问题。】

钟晨鸣想了想:"好像也是。"

疯子还在想着游戏的事,听钟晨鸣说了半天,没听全不说,还没听出他到底在说什么,此刻还是问道:"你在干吗?说什么东西?"

钟晨鸣笑了笑:"没事,碰到一个傻子。"

疯子:"哦。"

Master 嘴角也扬起一个弧度来,丝毫没有因为"傻子"这两个字有什么不满。

新一把训练赛开始,这一把气氛就沉默多了,疯子没有过多地开玩笑,说话都少了不少,Glock 也恢复了稳健的样子,继续好好打他的稳健上单,后面倒是没有出什么特别莫名其妙的问题,但 Tristan 总觉得后面大家都没打出什么特别的风格来,跟之前的训练赛差不多,一点有用的信息都没有。

后面几把训练赛也都是中规中矩,没有特别的突破点,也没有特别的被突破的地方,没有暴露出太多的缺点,优点也没有继续精进,好像大家突然就没有提高的点了一样。

等打到最后两把训练赛,队里面的气氛稍微活跃了一点,由孟天成的试探性表扬开始,疯子也跟他们开了两句玩笑,队里面的气氛才重新回暖,连突然变成另外一个 Master 的 Glock 都露出了点笑意来。

训练赛打完,大家都去吃东西,空气跟 Tristan 讨论今天的训练赛:"Glock 怕是有点问题。"

Tristan 却道:"没事,他自己会想着提高。不知道为什么他不肯玩肉上单,但只要他想赢比赛,总有一天会玩。"

空气:"这样吗?"

Tristan:"他想赢。"

空气说道:"希望他能早点想通吧。"

吃完东西,大家又开始了例行打排位赛的时间。钟晨鸣被孟天成拉着双排,钟晨鸣也就同意了,他们两个不用开直播正好,而空气跟 Master 都肩负着直播的重任,两个人都各自双排去打国服。

这个赛季开始之后,突然有了个新规定,那就是职业选手直播的时候不能打韩服。

原因有多方面的说法,一种是大批国人涌向了韩服,影响了韩服玩家的游戏体验,毕竟在自己服务器玩打自己国家的文字,队友还看不懂,只能英

-075-

文来沟通，这确实挺烦躁的。

还有的说法是国服玩家流失，职业选手都去打韩服，让国服的竞技水平下降，连中低端玩家都不想打国服，跑去韩服了，这下国服的玩家减少，皮肤卖不出去，影响了运营商赚钱，所以出了这么个规定。

不管怎么说，拳头总公司那边是不会再给国服的选手发放韩服的超级账号，超级账号是全英雄全皮肤，一去就能玩，现在要玩韩服就只有用自己的账号。

至于韩服账号的问题，俱乐部肯定是不愁的，他们有的是办法弄到一批韩国账号，用来私底下训练，反正不在直播的时候打就没事，在直播的时候打就怕有人多事举报，毕竟拳头那边禁止账号交易。

钟晨鸣跟孟天成双排打韩服，打得十分刺激，而在他们身边打国服的空气田螺就开始唉声叹气。

"什么时候能让我赢一把啊？"这是空气。

"我的队友总是跟敌方队友相差五个段位。"这是田螺。

"根本没有游戏体验。"空气又说道。

"我要杀多少个才能赢？"田螺又道。

钟晨鸣就坐在 Master 旁边，他一把打完，看大家都在唉声叹气，就 Master 一脸冷漠，重新恢复了那副高冷的样子，一句话都不说，就好奇地问道："你打得很顺吗？我看他们都要被打哭了，你这是连胜了？"

Master 这个时候才吐出两个字来："连跪。"

"那你这是什么表情？"钟晨鸣看着他，"连跪你就这个表情，如果连胜那是什么表情？"

空气一边连跪还一边不忘吐槽："他连胜也是这个表情，你没观察过吗？"

钟晨鸣："不啊，他之前还是挺欢乐的。"

疯子一针见血："你没发现吗？他就在你面前欢乐，跟我说话的时候，每隔三句话怼我一次。"

Glock 插嘴道："那是你欠怼啊。"

疯子："我欠怼？老哥，我那是太喜欢说实话了，就比如现在，你敢不敢来跟我双排玩上单卡密尔？"

钟晨鸣也道："你真的很欠收拾。"

疯子耸耸肩："做人总要面对自己真实的一面，不要逃避是不是？"

Glock："来啊，谁怕谁！"

疯子："你看，我就说，做人总是要面对自己不敢面对的一面，即使自己内心有多不爽，战胜了你不喜欢的一面，你才能进步……不过我好像没有什么弱点，也没有不敢……算了，来双排吧。"

疯子给大家灌了一碗热乎乎的鸡汤，就风风火火跟着 Glock 双排去了，完全不管自己的其他队友想些啥。

双排第一把，他还高高兴兴地觉得自己抱了个大腿，十分开心："兄弟，卡密尔，对就是卡密尔，快点打穿对面，让我尝尝抱大腿的滋味，哇，终于可以躺赢了，好爽啊。"

Glock 说道："我提醒你，我不会打团。"

疯子丝毫不为所动："没事没事，我会打团，我教你打，我什么位置都会。"

后来的实践证明，他确实什么位置都会，什么位置的理论知识都会，都能说出个一二三四来，到了战场上，那一二三四根本不管用，战场是瞬息万变的，一个微小的细节都有可能影响着整场游戏的输赢，疯子的一二三四只能归到笼统的团战上面，根本决定不了细微的改变。

跟疯子打了两三把，Glock 立刻放弃了，转而说："我还是自己单排吧。"

钟晨鸣之前打得有点累，孟天成说去上厕所，他就准备休息十分钟，此时就听到了他们的声音，他决定关心一下自己的队友，问道："你们怎么了？"

Glock："瞎指挥。"

疯子有点衰："第一次被人这么说，但确实是瞎指挥。"

钟晨鸣好奇地问："你不是挺会带节奏的吗？"

疯子："当我把自己当成卡密尔的时候，我就发现不知道怎么玩了，我还是安心打辅助吧。"

钟晨鸣："……"

看来这位说指挥卡密尔打团战，是把自己当成卡密尔设身处地地想，如果自己是卡密尔会怎么做，然后发现自己确实对卡密尔的理解不够，指挥不了。

这种情况也很正常，有些人玩一个位置玩得很好，能有王者水平，让他换一个位置玩，不仅水平要掉两个段位，还可能连原本的大局观都没有了，开始瞎说起来，看来疯子就是出现了这种情况。

疯子："我爱辅助，辅助使我快乐。"

钟晨鸣："加油。"

休息了一会儿,孟天成回来了,钟晨鸣继续跟他双排,前几把打得有些累,这时候再开游戏,钟晨鸣突然就有点想抽烟提提神。

之前他对烟这种东西还没什么感觉,此时突然一想,脑中关于烟的渴望立刻被唤醒了。

这就跟大半夜本身不觉得饿,但是一看到什么红烧肉、小龙虾的照片,立刻觉得自己饿得快死了是一个道理。

何况吃东西还跟抽烟不一样,抽烟是会成瘾的,心理上、身体上都会成瘾。

钟晨鸣伸手在自己衣服兜里摸了摸,又想起他跟Master说了要戒烟,用眼睛瞄了一眼Master,见Master依旧面无表情地打着排位,没有看他这边,想着要不要出去抽一根。

之前他说了打完德杯戒烟,Master就让他现在开始少抽点烟,他也在尽量少抽,从一开始的一天半包减少成了一天四根,今天的四根已经抽完了,不过自己现在多抽一根,Master应该不知道吧?

应该没事的,钟晨鸣想着。

抱着这种心理,钟晨鸣跟孟天成打了声招呼:"我也去上个厕所。"

孟天成没注意他的小心思,说道:"好,我等你。"

钟晨鸣又偷偷看了看Master,Master正在专心打游戏,没有注意他,他就小心翼翼地溜了,溜去阳台抽完一根烟回来,发现Master打完一把游戏,正坐在椅子上看战绩。

钟晨鸣十分淡定地坐下来。他进来之前就闻了闻自己身上的烟味,并不浓,跟只抽了四根是一个味道,没什么区别,Master这种不抽烟的人肯定分辨不出来的,肯定。

见他回来,Master却突然转过头来看着钟晨鸣:"你抽烟了?"

钟晨鸣十分自然地说道:"没有,我就去上了个厕所。"

Master:"上厕所要这么久?"

钟晨鸣道:"是啊,上大,今天还没上过。"

Master点点头:"嗯。"

钟晨鸣心里松了一口气,觉得自己蒙混过去了,刚想拉孟天成双排,Master的声音又响了起来:"烟盒给我。"

钟晨鸣刚放下去的心又提了起来,突然紧张:"干什么?"

Master道:"看看你今天抽了多少根。"

钟晨鸣:"算了吧,别了,没什么好看的。"

Master:"很心虚吗?"

钟晨鸣："没，没有，你看。"

结果钟晨鸣交出烟盒，Master 看了一眼，就说出了钟晨鸣今天抽烟多少："五根。"

孟天成在旁边听着，其他人都在打游戏，根本没有注意他们队友在干什么，就孟天成一个人在等钟晨鸣双排，将他们的对话全都听在了耳朵里，此刻说道："不用管这么严吧？一根而已。"

钟晨鸣赶紧道："对对对对，一根而已，不是什么大不了的事。"

Master 微低着头，看起来好像有些失落，不过很快就重新看向钟晨鸣："你别这样，是为你好。"

钟晨鸣被他这个态度弄得有些不知所措，小心翼翼地说："你……你别在意啊。"

Master："没有……没事。"

钟晨鸣忍不住爆了句粗口："你这样搞得我很慌，我是做了什么特别可怕的事情吗？我不就多抽了根烟吗，你这是要干吗？"

Master 看着他："真的没事，你继续打排位吧，我出去买点东西。"

钟晨鸣："快去快去，我明天少抽一根行不行？"

等 Master 走了，孟天成才小声说道："他也是为你好。"

钟晨鸣："我知道是为我好，但是他这个态度，也太奇怪了吧。"

孟天成想了想："大概是真的很关心你吧，冯哥挺喜欢你的。"

说完他又觉得自己用词不妥，补充了一句："当然，是很正常的欣赏，你别想歪。"

钟晨鸣说道："来来来，双排。"

孟天成："你开啊，你都拉我进房间十分钟了。"

钟晨鸣："哦哦哦。"

Master 买完东西回来，钟晨鸣已经在床上躺着准备睡觉了。听到开门的声音，钟晨鸣放下手机。他每天晚上都会看会儿训练赛复盘或者其他视频来加深一下一天的训练成果，算是睡前晚课。此时看到 Master 回来，他就问了一句："你不是去买东西了吗？"

Master 点头："嗯。"

钟晨鸣突然好奇起来："你买什么了？"

Master："没什么……你能戒烟吗？"

钟晨鸣："我明天不抽行不行？"

Master："行。"

第二天钟晨鸣就没抽烟，第三天，他看了看 Master，觉得自己说的"明天不抽"目标已经达成，想抽又有点厌，选择了小心翼翼地去阳台偷偷摸摸抽烟，这次 Master 没说什么，就是有点无奈。

钟晨鸣都以为 Master 不会管了。结果在他再一次想去阳台的时候，Master 突然转头按住了他，递给他一个东西。

钟晨鸣低头一看，薄荷糖？

"帮我吃了。"Master 说道。

钟晨鸣收了，想了想，直接吃了，没有继续去阳台。

Master 还问了句："好吃吗？"

钟晨鸣其实不太喜欢薄荷糖的味道，不过还是说道："还行。"

Master："那就好。"

等下次钟晨鸣又起身偷偷摸摸去阳台的时候，Master 又拿出一颗糖，钟晨鸣这次说道："算了吧。"

Master 看着钟晨鸣，发现他确实想抽烟，还是同意了。

钟晨鸣拿着烟站在阳台。训练室十分暖和，钟晨鸣一般就穿着一件薄外套，出去的时候还顺走了 Master 的外套，结果在太阳底下抽烟还是冷得瑟瑟发抖。

强行抽完了一根烟，钟晨鸣抖着回去了，一回到训练室就感觉自己活了过来，但是 Master 的外套是暂时不想还了，还是多穿会儿吧。

Master 看他一眼，也没说什么。他们打了一会儿排位，可可突然来问："大家都洗头了没？没洗头快回去洗，等会儿拍定妆照。"

定妆照就是比赛的时候用来展示的头像照，其实可可昨天就说了，结果今天还是有一大堆没洗头的，其中包括钟晨鸣。

洗了头的疯子转头问可可："新队服出来了吗？怎么没看到？"

可可说道："等会儿发给你们，怕你们穿两天就不能拿去拍定妆照了。"

疯子："有这么可怕的吗？"

可可旁边的一个小姑娘语带沧桑："有。"

这个小姑娘就是拍定妆照的负责人，看来经历得也是不少了。

过了两个小时，他们就看到了即将伴随他们一个赛季的新队服——白绿相间，像极了高中时的校服上贴满了赞助商标。

空气看着新队服沉默了两秒。

Glock 笑了两声。

疯子:"你们上赛季不还是黑绿色的,绿色只有几小块?这赛季是要干吗?"

Master则是言简意赅的一个字:"丑。"

可可过来看着他们:"老板说你们上赛季队服太好看了,所以成绩不好,这赛季就选了最丑的一个方案。"

疯子笑道:"队服丑了成绩就好了吗?"

可可点点头。

大家都看向Master。Master已经换好了衣服,看着大家的目光,有点莫名其妙:"什么?"

"长得帅的人穿什么都好看。"疯子摇了摇头,"怕了怕了。"

Glock在旁边跟着起哄:"让Master一个人拍吧,我们就不拍了。"

可可看着他们:"快滚去化妆。"

他们也知道这一劫肯定是逃不过的,一个个都在化妆师的指挥下坐好,任由化妆师在他们脸上涂来抹去。

其实选手的定妆照也没有什么特别需要化妆的,就是上个粉底画个眉形,职业选手经常熬夜,通常皮肤都不好,上个粉底修饰一下会让他们皮肤显得不那么糟糕,也不是要弄得多帅,能见人就成。

钟晨鸣一是年轻,二是除了抽烟这点,平时还挺注重养生的,他皮肤还挺好。化妆师一边化妆一边夸了半天钟晨鸣的皮肤,然后随便给他抹了抹,又嘀咕了一句:"皮肤好就是随便抹抹就可以了,羡慕羡慕。"

化完了妆,化妆师给钟晨鸣吹了个头发,然后满意地走向了Master。

还没开始,化妆师又开始嘀咕:"这个就是仗着自己长得好看随便弄弄的情况了。"

刚开始涂粉底,化妆师就问Master:"冯哥你都冒痘痘了,最近是不是有点上火,还是注意一下,别浪费了自己的脸。"

Master:"嗯。"

等搞完了一整套,平时熬夜打游戏的少年们突然就变了个样,看起来人模狗样的,颜值简直提升了两个等级。

钟晨鸣已经拿着手机看了一会儿昨天的训练赛视频,不过这个训练赛视频他也看得不太安静,Master老是跟他说话,说的也是一些无关紧要的事情,终于钟晨鸣忍无可忍,抬头看Master:"让我安静看会儿行不行。"

"……嗯。"Master看着钟晨鸣,隐隐有点期待,结果钟晨鸣说完话,得到确认就又低头看手机了,Master瞬间又失落下去。

他今天这么帅，就没人发现吗？

他发现，对于钟晨鸣会不会跟妹子谈恋爱影响比赛这件事，他一点都不担心，钟晨鸣天天跟他在一起，一心只想打好比赛，根本就不会看妹子。

Master坐在钟晨鸣旁边，探头去看他手机，跟他一起看比赛，然后开口跟钟晨鸣讨论比赛的问题。这次钟晨鸣终于不烦他了，他也就高高兴兴跟钟晨鸣说了下去。跟合拍的人一起追逐游戏的胜利真是一件快乐的事，这种快乐，比之前单枪匹马闯荡召唤师峡谷的快乐更加让他兴奋。

在摄像师的指挥下，队员们挨个上去拍定妆照。这个也没什么技术含量，就表现一下自己，要么摆个很酷的造型，要么摆个很可爱的造型，但有的人不管怎样都领会不了摄像师的意思，拍定妆照都能折腾半天。

最快拍完的是钟晨鸣跟Master，他俩拍完就坐旁边，又开始看训练视频。

这个时候，他们还没看见可可拿着手机，一顿狂拍队员们的定妆照花絮，拍着拍着就把目标转移到了钟晨鸣跟Master身上。

可可拿着手机，光明正大地拍，拍了半天发现自家中野完全没有抬头看她的趋势，仿佛根本不知道她在拍摄。

可可也笑了笑，有些无奈。自家中野感情看起来好，其实就是游戏上合拍吧，她拍的这种东西，以后不要给他们造成困扰才好。

拍完定妆照回去，大家继续打排位赛，今天因为定妆照的原因，训练赛被推得有点晚，可可就拉着把椅子坐到钟晨鸣跟Master之间，看钟晨鸣打游戏。

等钟晨鸣打完，可可看了看Master，因为等会儿就是训练赛没有直播，就小声跟钟晨鸣商量："18，接下来我们可能会放一些宣传图，先给你们看看。"

钟晨鸣点点头，他还没排进去，就点了取消，偏头看了看可可的手机。

可可手指在手机上划拉，给钟晨鸣看了今天拍的几张图，有几张不是她拍的，是摄影师拍的，她拍的还好，摄影师拍那几张，从构图到光影都很好看，有一种青春唯美的感觉。

照片里钟晨鸣手里拿着手机，侧头看着Master笑着说话，而Master嘴角微微翘起，微笑着听他说话。

这样的照片有几张，角度一样，就Master跟钟晨鸣的表情动作有微小的差异。

钟晨鸣看了十秒钟，突然说道："果然很丑。"

可可蒙了下:"啊?"

钟晨鸣指着照片:"这个队服是真的丑,我们没有被雷蛇、魔爪赞助吧,为什么对这个配色念念不忘?"

雷蛇,一个使用之后家里会闪耀出万丈绿色光芒的外设品牌,倒是真的和他们的队服有异曲同工之妙。

而魔爪,就是黑绿色包装饮品的代表。

可可:"……"

钟晨鸣又喊Master:"冯野,你来看这个队服,是不是丑得可怕。"

Master游戏正进行到激烈的阶段,没有立刻转头,打完激烈的团战就转了过来,看着照片,视线微微一顿,随后看向钟晨鸣。

钟晨鸣还在说着:"好难看啊,真的好难看啊,我可以以后拒绝出镜吗?"

可可:"……"

钟晨鸣:"能不能换套队服重新拍过?我看Master穿挺好看的啊,我穿怎么就这么难看。"

可可:"……你长得丑。"

钟晨鸣不解。

可可:"比Master丑。"

Master默默说了一句:"我觉得他比较好看,我喜欢他那种脸型。"

可可:"……"

钟晨鸣打开摄像头看了看,也还好吧,不算很丑啊,收拾一下说不定还有妹子会来加微信。

经历了半年的网吧到战队的宅生活,钟晨鸣基本没怎么出门,原本脏兮兮的黑色皮肤早就白回来了,虽然比不上Master这种几年宅着打游戏的,但好歹也是普通人的水平。

这半年钟晨鸣不仅白了,皮肤都好了不知道多少,长得白皮肤好颜值能上升几个等级,加之原本的五官就不难看,收拾一下后,眉清目秀温温和和的,还是挺讨人好感的。

不过但凡长得不是十分有特点,皮肤好点白点,剪个适合的发型好好收拾收拾,没有勾腰驼背之类的恶习,大概都能算得上"眉清目秀"这四个字,所以钟晨鸣还是不算出众。

可可最后精挑细选了一下,考虑到钟晨鸣对队服的抗拒,可可大手一挥,干脆不放他的正面照了,营业嘛,随便发发就是,就放了两张钟晨鸣的照片,

-083-

然后又放了一些别的。

这两张都没有给正脸，就是透过人群的抓拍，钟晨鸣还被站他前面的人挡了半张脸，另外的格子就给了战队的其他人，还特地放了一张下路一起看手机的照片，获得粉丝评论："下路这是在打麻将吗？还多了一个在等输了换上去？"

MW下路，两个ADC，三个辅助，这打麻将都多了一个人，开黑倒是刚刚好。

晚上打完训练赛，回到房间，Master占了厕所洗澡，钟晨鸣本来想回顾一下训练赛，突然想到可可白天说的事情，就去看了一眼MW的官博，也发现了可可没有用之前给他们看的图，想到可能是考虑了他们的想法，没有放那张他觉得很丑的图。

突然他又想到NGG今天应该也会放定妆照出来，就摸去NGG官博看了看。

NGG的官博也放了定妆照的花絮出来，钟晨鸣一张张看过去，看到NGG的队服也是一样丑，突然就有点高兴。看着看着，钟晨鸣脸上的笑容却渐渐变味了。

他收好手机，站起来，拿了烟盒、打火机跟羽绒服去阳台，给自己点了一根烟，看着基地外面的灯火思考人生。

等Master洗完澡出来，没看到钟晨鸣，往阳台方向看了一眼，就看到他在外面抽烟。

Master穿着睡衣拉开阳台的门，问他："你不冷吗？"

上海最近降温了，还有冷风吹，Master一出来就被冻了个哆嗦，而Master看到阳台上的烟灰缸还有一个烟蒂，也知道钟晨鸣怕是在外面待了有一段时间了。

"你不冷吗？"钟晨鸣听到他的声音，转过头来露出一个笑容，"你还穿着睡衣，进去吧。"

钟晨鸣把剩下的半根烟摁灭，进去脱羽绒服准备去洗澡。

Master观察着钟晨鸣的表情，想了想，没有提醒钟晨鸣少抽烟的事，而是十分自觉地躺进了被窝。

钟晨鸣今天还没有总结一天的训练赛，就躺床上看今天几把比较重要的团战。等他看完了，突然又打开微博看了一眼。

MW的官博上，穿着白绿色队服的人正在跟Master说话，他的比赛账号是"18",名字却是"钟晨鸣"。

钟晨鸣闭上了眼睛,片刻后突然开口说道:"冯野,你有怀疑过世界的真实吗?"

Master 立刻就回答了:"你在想些什么?"

钟晨鸣想了想,沉默片刻,换了个话题:"你还没睡?"

"快睡着了,你不说话我就睡着了。"Master 说道。

钟晨鸣说道:"那你继续睡。"

Master 简简单单地"嗯"了一声,过了一会儿却突然开了口:"我小时候也想过这一种问题,我们会不会是外星人养着玩的,或者一切都是假的,除了自己,其他东西都是有人建造的……就跟《楚门的世界》那样,你是受了什么刺激?"

钟晨鸣随便找了个理由:"看了一个小故事,跟《楚门的世界》差不多。"

Master 笑了起来:"你现在才开始怀疑世界吗?我小时候无聊会胡思乱想,后来就不想了。"

钟晨鸣问他:"为什么?"

Master 翻了个身,窗外的路灯光透进来,让房间里也有了微弱的光亮,Master 正好可以看到钟晨鸣的侧脸,在冷色的光线下,钟晨鸣的侧脸看起来却很温柔。

"后来我不是不想了,而是想通了。"Master 的声音在夜色里听起来温柔了不少,带着安抚人心的力量,"不管是真实还是虚假,我都要努力活着,至少在世界真的崩塌之前,这所有的一切对于我来说,都是真的。"

听完 Master 的话,钟晨鸣又跟他聊了两句,这次很快就睡着了,后面两人没有再谈"人生哲学"的问题。Master 说得没错,在发现这个世界是虚假的之前,他好好过好新的人生就是了。

第四章·被磨平的锐气

拍完定妆照没两天，德杯就开始了。

这次德玛西亚杯参加的有高校联赛的队伍，也有之前 LSPL 与 LDL 合并之后的队伍，城市战队的队伍也会有。

前面几天是 LDL 跟高校联赛的队伍打，MW 的比赛要等到 30 号才开始，到时候会迎战一个晋升上来的队伍。

这几天他们就该打训练赛打训练赛，该打排位赛打排位赛，一切如常。

钟晨鸣去看了眼赛程，在这些战队名字里面看到了一个熟悉的名字，XH 战队，即瞎嗨战队。

瞎嗨之前就打了 LDL，TD 解散了，他们来打德杯也是正常的。

瞎嗨跟他们不一样，要从第一天的选拔赛开始打起，选拔赛的赛制是 BO3（三局两胜制），输了直接出局，一共八个名额，打到最后的八个队就可以获得线下的德玛西亚杯参赛资格。

出于对瞎嗨的兴趣，钟晨鸣这两天也关注了一下瞎嗨的比赛，第一把打得很容易，直接 2:0 击败对手晋级。

这天钟晨鸣正在看比赛，疯子路过，正好看到他的屏幕，停下脚步看了两眼，好奇道："这是德杯？"

"对啊。"钟晨鸣说道。

疯子把椅子拉过来跟他一起看："这个队看起来还挺强。"

钟晨鸣道："还可以吧，比以前强了很多。"

疯子问道："你认识吗？"

钟晨鸣："以前打过，哦，不是我，是我认识的人。"

正好可可来训练赛晃悠，钟晨鸣向可可招了招手："可可姐，过来看比赛。"

"什么比赛？"可可走过来，"德杯吗？"

钟晨鸣道："现在是瞎嗨的比赛。"

Master 也说道："瞎嗨这个战队越来越有趣了。"

可可露出感兴趣的表情来："瞎嗨？"

Master 问道："你没看德杯的赛程吗？"

可可很直接："看了，没太注意 LDL 的队伍，就看了看 LPL 的几支。"

她随便顺了把椅子过来，也坐在钟晨鸣身后看比赛。疯子好奇道："怎么你们都知道这个瞎嗨？"

钟晨鸣想了想，想给疯子解释，又看看可可。

"没事。"可可道，"我以前的队伍跟他们打过，跟他们关系还挺好的，看到他们进德杯很开心。"

疯子："以前？"

Master 说道："你以为她是空降第一次做经理吗？"

疯子没有追问，他不知道之前是什么情况，看他们的表情好像并不是一件值得开心的事，只说："懂了。"

瞎嗨的比赛结束，钟晨鸣看了一眼他们的赛程，突然笑了起来："瞎嗨他们后天打 DSK。"

可可这下更加来了兴趣，好奇地问："DSK 的首发阵容是什么？"

钟晨鸣说道："还不知道，后天才知道。"

可可笑了笑："那我后天再过来看比赛，记得提醒我。"

等可可走了，疯子也散了，继续去打他的排位赛，钟晨鸣就跟 Master 讨论："你觉得瞎嗨比之前强了多少？"

Master 道："看不太出来，对面太菜，不过他们这个水平，感觉 DSK 可能会有点悬。"

"突然很感兴趣，我设个闹钟，明天看比赛。"钟晨鸣设好了闹钟，就继续打排位赛。

到了晚上，可可突然告诉他们约到了瞎嗨打训练赛，搞得大家都有点蒙，瞎嗨是个什么战队？城市联赛的吗？怎么会跟城市联赛的人打训练赛？

Tristan 给他们解惑："打两把热热身，NGG 他们会晚点。"

好吧，这是又约到 NGG 了。

Tristan 拍了拍陶康跟程志文的后背："等会儿打瞎嗨你们两个上。"

他们这就懂了，原来还是要锻炼一下两个新人，让新人突然去打强队可能会不适应，正在用小队伍给他们铺路呢。

这次的阵容上除了 Master，上的全是新人。上单陶康，打野 Master，中单钟晨鸣，ADC 孟天成，辅助程志文。

看得出来瞎嗨那边对这次训练机会很是珍惜，很早就开始等着他们，他们进训练赛房间的时候瞎嗨的人都齐了，只等他们说开始。

"我感受到了期待。"疯子虽然没有上场，但也在旁边观战，此时说，"他们好郑重啊。"

钟晨鸣："应该是压力有点大。"

孟天成笑了笑："换我压力也大。"

没多久训练赛就开始了，瞎嗨那边很认真严谨地选了阵容，MW 这边带着两个小将，就比较随意，Tristan 还考虑了一下两个小将的英雄池，让他们选英雄的时候阵容配合一下两个小将的英雄。

程志文还好，基本的辅助都会，陶康的英雄池就要浅一点，比较喜欢玩剑姬、青钢影、刀妹这类半肉战士型英雄，由于其他两个不太好上场，Tristan 让他拿了青钢影。

看到青钢影，Master 就选了猪妹主动承担起了开团扛伤害的责任，程志文选了牛头用来补充开团跟团控。

钟晨鸣看着阵容犹豫了一下，拿了瑞兹，孟天成拿了轮子妈，这一把就这样开始了。

开打之前，程志文还问了句："我们这个阵容会不会伤害不够？"

孟天成道："放心，对面就是个城市联赛的队伍而已。"

就这样，对面城市联赛的队伍就把他们摁在地板上摩擦了一局。

从开打到结束，旁观的几个人全程保持着十分惊讶的表情，张大的嘴巴都可以塞俩鸡蛋。

赛后 Tristan 一脸无法直视的表情跟他们分析："你们……18 三级被抓就算了，下路怎么被连着抓了两次，陶康打不过就发育，猥琐懂不懂？"

"他们节奏好好。"程志文说道。

"团队配合得也好。"陶康接着说。

这一把总结起来，就是下路被针对，孟天成被抓死两次，钟晨鸣中路倒是能发育，Master 跟他也带了两次节奏，但是……他们带的节奏抓死的人，没有队友送得快。

他俩的队友一点都没把对面的队伍看在眼里，直接被教做人，他们两个其实也有点轻敌了。瞎嗨战队也是钟晨鸣熟悉的老对手了，他还在用以前的想法去衡量瞎嗨，前期打得毕竟慢，没想到对面的进攻太猛，完全不给他们慢慢发育的机会。

"挺强的啊。"可可在旁边开了个玩笑，"你们别看不起他们，我觉得这次他们进德杯八强都有可能。"

孟天成："不会的吧？"

可可道："我只是说可能。"

下一把大家都认真了点，这一把总算是把局面拉了回来，陶康跟程志文也渐渐跟上了队伍的脚步，第一把两人完全就是梦游状态，比他们打排位赛的状态都还不如，感觉他们有点慌又有点看不起对手。

瞎嗨第一把也打得很紧张，第二把就放松了点，到了第三把，大家都放开了打，也算是打得挺欢乐的一局。

打完三把训练赛，跟瞎嗨的训练赛就结束了，休息了一会儿就打 NGG，这次陶康被换了下来，保留了程志文。

孟天成跟他的新辅助交流："打独孤跟 Miracle，你压力大不大？"

程志文实话实说："我们是不是不要被通关就可以了？"

孟天成道："差不多，稳住就行，等中野主导。"

程志文抓了抓头发，好像想说什么，又没有说。

这一把程志文下路不仅没有稳，还打得十分激进，对线就抢二上去压制对方，拿到下路优势又想杀对面。

孟天成赶紧喊他："小兄弟别别别，打不赢！"

程志文立刻就上了："跟上，能打！"

孟天成觉得自己不能卖队友，也上了，结果打了个一换二，杀掉独孤，Miracle 拿了两个人头。

孟天成："我就跟你说了不能……"

程志文语气兴奋："赚了！"

孟天成不解：兄弟我们不是一换二？

一整把程志文都在强行赚，最后强行赚完 Tristan 就让他们打出了"GG"，然后换疯子上。

程志文也没什么怨言，打之前他就知道是让他来体验两把的，体验完了还是要换这次德杯要出战的人上来打。虽然他已经来了一队，但距离上场应该还有很长的时间，他知道他还有很长的路要走，需要很多历练。

NGG 那边就不一样了，他们第一把就是上的替补，跟 MW 这边打了个四六开，大概是觉得再练练就是五五开了，替补选手就继续上场。

Glock 这次没有跟预言家对线，对线的是一个替补选手，他好像打得有点烦，又问出了上一次的问题："我能不能玩青钢影？"

之前他跟对面替补上单就是均势发育，或者说他跟谁都是均势发育，唯一除了玩青钢影那一把。

Tristan 看他一眼，点头："玩。"

疯子在旁边调侃道："你的青钢影？那不是打团零作用？"

Glock 十分自信："我的青钢影不需要打团，因为没有打团期。"

"这么自信的吗？"疯子跟他吹起来。

Tristan 在 Glock 身后拍了拍他的背："别被影响情绪，按照你自己的想法打。"

教练都这么说话了，疯子也没有继续跟 Glock 说话，自己安安静静去看阵容，计划这把要怎么打。

上次 Glock 用青钢影把预言家给打爆了，这一把他用青钢影却没有打爆 NGG 替补上单，这个替补上单看起来比他都稳，被单杀了一次就稳如防御塔，宁愿不补兵也不过河。

大概是因为一个房间的关系，疯子十分关注 Glock 这一把的情况，没事就看看上路打得如何了，看来看去，就开始点评："上路这个人怎么比我大 G 哥还稳。"

Glock："我竟然听不出你是在讽刺我，还是在表扬我。"

疯子说道："表扬啊，我对大 G 哥可是十分敬仰的。"

Glock："你滚吧。"

疯子："大 G 哥，我准备抛弃我的 ADC 来上路，你准备好了吗？"

孟天成："……"

Master："等我刷完这个 Buff 就来上路。"

他们这是准备从上路打开突破口了，卡着下路回城的时间点，野辅去上路抓一拨人。

孟天成："我怎么办？"

Master："猥琐。"

疯子："等兵线过来，视野没做出去，现在过河道很危险，我去上路抓完兵线就过来了，放心。"

孟天成："……好吧。"

这一次他们去上路强行抓死了对面上单，Glock 就说道："我起飞了。"

说完他就塔杀了对面上单，然后被打野抓死。

"哈哈哈哈！"杀完人 Glock 就笑了起来，十分开心，连自己死了都不在意。

中期到了打团期，Glock 这次的青钢影比上次就好了很多，知道进退有度，不会跟之前一样不切死 ADC 不回头，这一把打到最后，竟然是 Glock 伤害最高，主导全场。

打完了他还跟队友讨论："这个替补上单不行啊，跟预言家比差远了。"

"预言家也打不了多少年了吧。"孟天成回道，"他们也要培养上单了。"

Glock 含糊回应道："唔，大概是吧。"

打完这把他似乎对伤害型上单又没有了想法，看着阵容说自己可以拿大树或者奥恩，这两个都是典型的肉盾型上单，跟打伤害一点都不搭边那种。

Tristan："你可以玩青钢影。"

阵容适合，他们默认不禁英雄，对面也没拿青钢影，Glock 完全可以继续玩。

"算了吧，欺负新人没意思。"Glock 说着，自己拿了奥恩锁定了，还说道，"这个很强啊，沸羊羊。"

奥恩是一个长着羊角的英雄，因为全身红色，看起来十分强壮，被大家戏称为"沸羊羊"。

Tristan 突然说道："这一把退了。"

其他几个人纷纷不解："怎么了？"

Master 直接就退了游戏，看向教练。

"跟 NGG 那边说一声，就说选错了英雄。"Tristan 又道。

Glock 愣了一下："不是，现在奥恩真的强，青钢影又不一定能上场……"

"那你玩兰博。"Tristan 也很直接，"兰博你总会。"

兰博可以说跟大树一样都成了上单标配，不会玩兰博也要咬咬牙练出来，Glock 咬咬牙："会。"

"拿。"Tristan 已经用上了命令的语气。

Glock 犹豫了一下，还是点了确定。

这一把，他的兰博就不如青钢影表现那么亮眼，只能说是中规中矩，从对线到团战都是中规中矩。

兰博也是伤害型上单，Tristan 在旁边看着，空气跟 Tristan 讨论："他是真的不会玩。"

Tristan 道："还可以，看得出曾经练过，他最近都没玩兰博，排位赛都是最近比较强势的几个上单,俄洛伊都有玩,之前他没怎么玩青钢影,这两天倒是玩得比较多的。"

他这里有队员们的排位资料,对于自家队员每天都在玩什么还是比较清楚。

空气想了想,说:"Glock,我突然想起来,他以前国服账号应该叫'都闭嘴别说话',当初一手诺克杀得国服的演员都绕着走,后来就打职业,也没冒什么泡儿,后来我再看到他,他已经成了稳健型上单。"

程志文在旁边听着他们讨论。空气一直都在带程志文,也不是说教程志文什么,毕竟每个人对游戏理解不一样,或许程志文在游戏上会比他做得更好,但大局观这一类的东西,还是会经常拉着程志文一起讨论。

虽然年龄小,但程志文打 LOL 也挺久了,他也知道"都闭嘴别说话"这个人,当即好奇道:"大 G 哥这么暴躁的?我以前在国服碰到过他,经常越二塔杀人,我看到他诺克我也挺怕,跟现在……打法风格完全就不是一个人。"

"战队需要吧。"空气只能做出这个猜想来,"上版本都是肉上单,大树打大虫子,不肉的也就兰博能出场,为了战队需要,他才特地去练的。"

Tristan 在旁边看了会儿,摇摇头:"锐气都没了,可惜。"

空气道:"要是没锐气他还会主动提用青钢影?"

Tristan:"他就是想过把瘾,你看让他拿他都不拿,估计就是想爽一爽,又觉得青钢影上不了场,爽完就算了。"

空气也开始认真跟 Tristan 说起来:"这赛季上当的格局,我看来看去也就是大树打奥恩,大虫子打奥恩,慎打奥恩,还是肉。"

Tristan 却道:"你看看韩服的胜率榜,上单的形势马上就变了。"

韩服,上单俄洛伊跟克烈崛起,许多赛季不见踪影的"牧魂人"约里克也冒了出来,这几个虽然还是偏肉坦的上单,但伤害也不差,以及船长、武器跟可中可上的吸血鬼表现也很是不俗,这几个都是伤害型上单,虽然有些因为机制原因比赛上不容易见到,但在某些阵容下,如果出场可能就会打出意想不到的效果来。

而大树、大虫子还有慎这种,传统肉坦型团队功能型上单也可以上场,但只能说打团队配合,很难以一己之力扭转战局。

空气看着韩服的胜率榜,虽然排位赛跟比赛有差距,并不是胜率高的英雄在比赛上一定表现好,但是大数据也能说明一些问题,至少能反映在当前版本下哪个英雄更适应。

"Glock……这些都不怎么玩吧，我基本没看到他玩过。"看着胜率榜上被圈出来的几个英雄，空气说道。

Tristan道："让他练。"

空气想了想Glock的样子："估计他会有点反抗心理。"

"我会让他练。"Tristan说道。

等训练赛打完，Tristan就给Glock布置了接下来的训练任务，练几个版本强势英雄，俄洛伊、吸血鬼、瑞兹、杰斯、船长。

Glock听Tristan说完，好像想说些什么，但想了想又没说，就说自己会去练。

看着Glock的状态，Tristan总觉得哪里不太对，正好可可过来看到他一副忧心忡忡的样子，就问道："今天的训练赛有什么问题吗？"

Tristan摇了摇头又点了点头："几个新人磨合得还可以，将就能看了，就上单有点问题。"

可可立刻也正色起来："什么问题？"

"你觉得Glock打得怎么样？"Tristan首先问了可可这样一个问题。

可可道："稳健。上单足够稳健可以了，我们的体系是前期中野后期AD，上单需要他打出支援，做好开团跟保护。"

Tristan说："那如果我觉得Glock也可以培养成一个制胜点，就是不知道他能不能做好，现在让他去练伤害型上单，会不会出问题？"

可可笑了："你在担心这个？"

Tristan点了点头，他真的不知道Glock能不能练出来，Glock都打了这么久的团队肉坦了，或许就是因为打不好伤害型英雄才走向了稳健？

战队自然是希望每个队员都是全能的，这样可以随机应变拿出多套阵容体系来，但事实却是，每个队员都有他们自己所擅长的风格，要是让他们走向不适合他们的风格，那结果将会是可怕的。

"让他试试。"可可十分看得开，"德杯要是表现得不好，那再练其他的也可以。"

Glock刚刚开始练新的上单，瞎嗨跟DSK的比赛已经开始了。

这次他们没有在钟晨鸣电脑上看，而是去了隔壁的会议室，开着战术会议的大屏幕看。

关心这次比赛结果的没几个人，会议室只有钟晨鸣跟Master还有可可。

第一把比赛开始，瞎嗨拿了个很不错的阵容，DSK 那边拿阵容的时候好像有点畏手畏脚的，估计是有版本英雄没练熟，比较小心，有的强势英雄宁愿禁掉也不拿。

"瞎嗨研究过 DSK。"看到这个阵容，可可直接道，"知道他们的弱点，这次禁选英雄，DSK 掉进了瞎嗨的陷阱。"

"太被动了。"钟晨鸣道，"如果两个战队实力相当，DSK 已经输了。"

"还是要看发挥，DSK 也不弱。"Master 道。

"DSK 上的原子跟豆汁。"可可的笑容带着讽刺。

"他们忘记被瞎嗨支配的恐惧了。"钟晨鸣道。

英雄刚刚选完，会议室的门响了一声，Tristan 从外面走进来，说道："我听他们说你们在看比赛，我带程志文也来看看，带他分析一下。"

程志文微低着头，有些害羞地走进来，找了个位置坐下。

Tristan 跟程志文进来，钟晨鸣跟可可也没有交谈太多，他其实对原子跟豆汁没什么想法，虽然对 TD 有些惋惜，但直接去 DSK，无疑让他们离自己的梦想更近了一步。

可可却不这样想，就算她知道原子跟豆汁去 DSK 比待在 TD 好，但她过不去心里的坎，因为原子跟豆汁抛弃了他们，抛弃了曾经一起作战的队友，他们明明可以打出更好的成绩，却在中野离队之后分崩离析。

原本，TD 也是可以站在德杯的舞台上，与 LPL 的职业战队们一较高下。

可可望着显示器的眼神极为专注，她的眼睛里好像没有什么期待，她不期待瞎嗨赢，也不期待 DSK 赢，她好像就是想见证些什么，又好像从这场比赛里看到了些什么。

赛场上，瞎嗨不仅了解 DSK 的风格，更加了解他们的老对手原子跟豆汁，虽然原子跟豆汁离开 TD 之后，在 DSK 训练了这么久，都有所成长，但是他们的成长速度是远不及瞎嗨的。

被 TD 抢了晋级赛冠军之后，瞎嗨的人也看到了自己的不足。这段时间几乎每天都在训练，他们想要赢，想要打回来，就算 TD 已经解散了，他们也想再次取得成绩，不是为了打败 TD，而是为了能站在更高的舞台之上。

这一把，原子被压得很惨，看得钟晨鸣都直想摇头，而瞎嗨进攻性的打法，更是将豆汁限制在了下路，让他无法出去游走，只要游走，他的 ADC 就会出事，进了 LPL 战队，豆汁也不会随意抛弃自己的 ADC 了。

豆汁在去了 DSK 之后转了辅助，DSK 的打野被瞎嗨抓崩，豆汁无法帮助打野控制自己的野区。曾经豆汁在赛场也打出过漂亮的侵略性打野，但那是 Master 手把手教的,现在豆汁不是打野了,更加束手无策。

而瞎嗨那边打出了他们自己的风格来,钟晨鸣总觉得这个队比昨天跟他们打训练赛的时候更强了,他们的韧性不是一般的强,而且运营策略方面也有了长足的进步,他有预感,DSK 可能要成为翻车杯第一个翻车的战队。

最终在快三十分钟的时候结束了这把游戏,瞎嗨获胜,DSK 前期劣势太大,并没有拉回来。

"他们赢了打谁?"钟晨鸣突然问了一句。

可可道:"打 UNG。"

Tristan 说:"那凉了。"

他听出了他们说的哪个战队,如果是 DSK 他们不会这么关注,他们关注的肯定是这个可能会成为黑马的瞎嗨战队。

Tristan 想了想,又道:"如果遇到 UP,还可以打一打。"

可可笑了笑:"你也太看不起 UP 了吧?"

Tristan 道:"他们训练赛都被我们吊起来打,这赛季问题很大,我看进八强有点难。"

谈话之间,广告过后,下一把比赛开始了。

这次 DSK 换了人,原子是替补,被换了下去,豆汁倒是没换,DSK 原本的辅助走了,没有人跟豆汁替换,豆汁成了 DSK 的首发辅助。

虽然豆汁辅助时候的风格偏激进,但钟晨鸣还在做教练的时候就知道,豆汁其实有普通 LPL 辅助的实力,就是太不信任队友了点,也是那个时候战队没有人能让他信任的原因,如果好好培养,说不定可以变成一二流辅助,就是这次,瞎嗨的这个打野直接把 DSK 的打野抓崩了,让豆汁完全无法发挥。

这是豆汁首秀,如果在首秀上被打爆,心理上或多或少会受一些影响,现在他只希望豆汁不要就此废掉。

第二把禁选英雄环节,DSK 的教练表情十分严肃,虽然听不见他在说什么,但是从画面上就能感受到扑面而来的暴躁,看来上一把打得让教练很是不满。

走到豆汁身后,他们教练倒是平和了一点,看着豆汁的电脑屏幕,在耳机里说了两句话,这次禁选英雄结束。

这次 DSK 的禁选英雄就做得好了许多,虽然依旧不算太好,但至少没有让瞎嗨拿到想拿的阵容,DSK 的整体发挥也不错,最后团战团灭瞎嗨,赢了这把比赛。

"你觉得豆汁怎么样？"钟晨鸣跟 Master 讨论，"我以前很看好他。"

Master 也算豆汁半个师父，不过他对这些事情不太上心，反应了一会儿才明白过来豆汁是 DSK 的现任辅助，说道："还行，待在 DSK 浪费了。"

"评价这么高的？"钟晨鸣好奇道，这个人对豆汁的评价比他还高。

Master 点了点头："其实教他的时候我也学到了很多，他的一些想法很好，就是经验太少、太年轻，他现在回归辅助，是一个很好的选择。"

钟晨鸣看 Master 一眼，还没说话，Master 就自动解释："他的大局观更适合辅助。"

豆汁本来也是打辅助的，当初让他换打野位，只是因为他跟 ADC 配合太差，如果给他换一个能配合的 ADC，说不定就真的能在辅助的位置上起飞，现在豆汁再换回辅助位，初战就被打得这么惨，以后如何，只能说看豆汁自己的选择了。

"第三把 DSK 会输。"他们还在讨论着，比赛也还没开始，程志文就突然这么说了一句。

Tristan 看他："为什么？"

程志文分析道："从前两把来看，瞎嗨十分了解 DSK，这是他们的优点。相反，DSK 这边对瞎嗨应该一点准备都没有，这是 DSK 的弱点。"

Tristan 点点头："很正常，他们恐怕也不知道自己会翻车在城市联赛的队伍上。"

程志文："既然瞎嗨研究了 DSK，肯定准备了底牌，但是刚才他们都打得中规中矩，并没有亮出来底牌。"

一个战队的底牌就是他们出人意料的套路，这对于战队来说肯定是保密的，这些套路拿出来，只要实力相差不是太大，捶爆强队肯定没问题，不然也不会被称为底牌。

而且这样的底牌往往都只能用一次，极其容易被破解针对，只能在让人出其不意的时候拿出来。

"他们会拿什么？"可可看向了显示器屏幕。

前面的几手拿得还算常规，到了最后两手，瞎嗨突然拿了个时光。

"辅助还是中单？"Tristan 做出猜测。

"辅助吧，中单应该是吸血鬼。"可可说道。

然后最后一手，瞎嗨就拿了凯隐。

这下他们有点相信程志文说的话了，凯隐才出几个月，这赛季少有人开发，估计瞎嗨真的会用它干什么大事。

"有想法。"钟晨鸣评价道。

Master 道:"可能算是放手一搏,他们输赢应该已经无所谓了。"

城市联赛的队伍其实是所有人都不看好的队伍,被视为"经验宝宝"(特别弱,积累比赛经验的队伍),德杯体验赛,今天瞎嗨能在这个赛场上战胜 DSK 一把,已经迈出了很大一步,到了现在,就算不能赢,他们只要打出自己的风采就好。

Tristan 突然道:"把 Glock 喊过来。"

程志文愣了一下:"啊?"

Tristan 站起来:"我去喊。"

接着他们就看到 Tristan 风风火火地出去了,过了十分钟才把 Glock 拉进来,估计之前在打排位,打完一把才过来的。

Glock 完全搞不清楚状况,直接被 Tristan 塞到了距离屏幕最近的位置上,并且告诉他:"好好看,好好学。"

Glock:"啊?一个这种比赛你要我学什么?这不是城市联赛的队伍?"

程志文说道:"大 G 哥,你看战绩。"

Glock 这才抬头看了一眼战绩:"8:1,这不是很正常吗?这个什么瞎嗨战队肯定打不赢 DSK,没什么好看的。"

程志文提醒:"你再看一眼?"

"有什么好看的……嗯?是这个瞎嗨战队八个人头?"Glock 不可置信地又看了看,"这个经济差,DSK 凉了啊,估计是没注意吧,以为对面是个垃圾战队随便打,没想到被教训了,没事后两把赢了就……1:1,可以的。"

看到这里,Glock 也不说话了,好好坐了下来,看比赛。

"凯隐加时光,能有什么作用……"Glock 喃喃自语着,看着这一把比赛接下去怎么进行。

瞎嗨碾压,时光配合凯隐游走,时光的大招是复活,时光用大招,凯隐切人,他们完美地打出了这个配合,强行带起节奏来。

"很有趣的套路。"Glock 看到 DSK 基地爆炸的那一刻,转头笑着问 Tristan,"你是让我来学这个的吗?"

Tristan 恨铁不成钢地看他一眼,又看向钟晨鸣:"我突然有了个想法。"

在战队里面,教练一有想法,那遭殃的肯定是队员了。

Tristan 一个想法,在场的上单、中路、打野三个人立刻就有了新英雄要练。

Glock 听他提出那个大胆的想法，还有点蒙："教练，这个战队是凑巧吧，跟时光有什么关系？"

Tristan："试试试试，等你们觉得可以了，再试训看看，效果好就留着，效果不好就算了。"

钟晨鸣拍拍他的背："走吧，练英雄。"

Master 跟在钟晨鸣后面出去，路上还跟钟晨鸣交流了一下想法："中单时光？感觉我们两个 AD 的主导能力都不够啊。"

钟晨鸣道："你主导。"

Master 立刻笑了："走吧，韩服双排。"

钟晨鸣提醒他："你直播时间播完了吗？"

Master 脸上的笑容立刻消失："……"

钟晨鸣笑了起来，看他这个样子莫名觉得可爱，说道："没事，国服双排也是一样。"

现在战队名单公布了，定妆照都拍好了，他们两个也不用再做不是队友的掩饰，光明正大双排，完全没有问题。

从会议室出来，钟晨鸣就跟 Master 开始双排，一边开直播软件 Master 一边说："你是不是也有直播任务？"

直播这件事是合同上写明了的，钟晨鸣道："下个月开始，我拉你。"

对于能从 Master 的直播间里看到钟晨鸣这件事，无论是 Master 的粉丝还是钟晨鸣的粉丝都是十分喜闻乐见的，并且纷纷在 Master 的直播间里问钟晨鸣什么时候再开直播。

没想到这次一向不看粉丝弹幕的 Master 竟然回复了，说话的语气还比以往柔和了三个度："18 吗？等德杯打完吧。"

这次粉丝们的问题立刻就变成了问德杯的相关情况，比如 18 训练赛打得如何；之前的小将会不会上场，训练得如何了；团队磨合还好吗……结果发现 Master 又不回复了。

打了两把，又有粉丝问道：【你们让一个新人首发真的没问题吗？不应该让新人先打打替补？】

然后就被其他人喷了回去：【战队的决定，那肯定是没问题，你是教练崔哥是教练？】

"崔哥"就是 MW 的教练 Tristan。

又有人质疑：【18 真的没问题？他排位赛是很厉害，但是排位赛厉害不代表比赛就厉害，为什么不准备个替补？或者让他去青训磨炼一下？】

这时候 Master 看了钟晨鸣一眼，露出个微笑来，说道："看德杯你们就会知道，他适不适合上场。"

英雄还没练几把，德杯就轮到他们了。

德杯的预选赛场地就在上海，前一天打完训练赛，可可跟 Tristan 还给他们开了个会做了赛前动员，讲了些比赛的注意事项。

几个人都不是新人，就钟晨鸣这个伪新人仔仔细细听了，发现跟之前的情况差别也不是很大，这次的德杯预选赛还要简陋很多，基本是插上键盘调试完毕就可以打。

MW 基地的车送他们去了比赛场地，也不远，钟晨鸣还在车上回顾了一下这几天比较精彩的比赛瞬间，看看自己能不能受到什么启发。

Master 就坐在旁边跟他一起看手机，钟晨鸣直接分了一边耳机给他，两个人就一起看了起来。

可可在旁边看了看，发现自家中野在认真看比赛，就拍了一张照片，准备等今天的比赛结束后当作选手日常发出去。今天过来的有一半人都在车上睡觉，她也就随便拍了几张其他队友，然后去跟管理微博的妹子讨论怎么发照片。

德杯预选赛场地简陋，没有设置观众席之类的东西，基本上过来就只是来打个比赛。

钟晨鸣的鼠标键盘还是可可送他的那一套，他刚拿出来，Master 就凑了过来："要我帮忙调试吗？"

"……不用了吧。"

Master 自己的鼠标键盘已经插好了，他利索地帮钟晨鸣也插好，说道："来单挑试试。"

"行吧。"钟晨鸣试了一下键盘，调了灵敏度，然后上游戏建房间拉 Master。

主办方有给他们设备调试时间，一半都是开个自定义练练连招之类的，也会单挑着玩，他们在比赛服，排位跟匹配都打不了，只能打打自定义。

钟晨鸣房间刚建好，Master 的邀请就过来了，钟晨鸣直接接受，进了房间，Master 点开始。

钟晨鸣问他："单挑什么？"

Master 道："你想玩什么？"

"佐伊吧。"这是钟晨鸣最近练得比较多的英雄。这个英雄不好掌握，所以钟晨鸣天天在玩，至于 Tristan 昨天才让他练的英雄，很明显现在还拿不出手来，他们的套路也没有完善，估计得到后面的比赛才能拿出来。

钟晨鸣选了佐伊，Master 也拿了佐伊，Glock 在耳机里面听到他们说话，立刻探个头过来围观，Tristan 也走到他们后面来看。

疯子开始起哄："打个赌啊，光玩多没意思。"

Glock 也道："谁输了晚饭就谁请啊。"

Master 轻飘飘说了一句："不干，这样输赢都是我请。"

Glock："什么鬼？"

钟晨鸣道："我的工资卡在他手上，他管我钱。"

Glock："你们关系这么好的吗？！"

Master 回答得十分自然："对，就是这么好。"

交谈之间，两个人的单挑已经开始了。他们两个的对战很是平静，上线一番平 A 换血交技能，交完技能就各回各家补充状态。

Glock 看得在旁边笑："有你们这么单挑的吗？"

Tristan 就在后面看着笑。

召唤师技能都交完了，钟晨鸣跟 Master 谁也没死，再次上线，钟晨鸣立刻强行压制 Master，Master 自己都不知道怎么回事，怎么就被钟晨鸣压得兵都不敢补了！

钟晨鸣："你的中单，真的菜。"

Master："我觉得还是能看的。"

Glock 在旁边笑："强行能看。"

钟晨鸣提醒："你死了。"

接着就看到 Master 一头撞上了钟晨鸣佐伊射出来的气泡，被沉睡，佐伊手中的光弹在路上弹了个来回，啪叽打到 Master 的佐伊身上，Master 的佐伊倒地。

Master 赶紧道："失误失误失误。"

疯子则是在旁边起哄："Master 晚上请吃饭，烧烤烧烤、龙虾龙虾。"

Glock 在跟着喊："都是冯哥你的钱，你输了就该请对吧？"

Master 是不会中他们这个陷阱的，十分干脆："我请也是请18，请你们干什么？你们单挑赢我了吗？"

疯子立刻道："来来来，单挑。"

Master："不打了。"

疯子："你这是区别对待！"

他们这边还没说完，助理裁判就来提醒他们，比赛开始了，这下也不闹了，Tristan 也开始在耳机里认真分析起了这把的情况来。

对面是一个 LPL 的新战队，买名额进来的 SYG。名额是买的，队员却都是些熟面孔，在次级联赛从其他 LPL 战队挖了两个选手过来，又从韩国请了教练，就这样拼拼凑凑组起了一支战队来。

Tristan 道："对面虽然人员大都是次级联赛的，但也不能放松打，他们磨合肯定比我们好，都是老队友。"

MW 今天的首发阵容：上单 Glock，打野 Master，中单 18，ADC 天成，辅助疯子。

他们今天上场的，除了 Master，没有一个是上赛季 MW 的人。上这个阵容，Tristan 也是想看看他们的发挥会如何，效果怎么样。

这样的阵容下，Tristan 说的这句话十分有道理，至少 SYG 的几个位置还是老队友，磨合过很长时间，他们可是才一起打了一个月不到。

Tristan 说完，又道："第一把还是打前期，先试试前期就打崩他们。"

钟晨鸣问道："中野联动？"

Tristan 道："中野联动，疯子你注意支援。"

疯子立刻道："我的支援，放心。"

孟天成犹犹豫豫说了一句话："不要太放弃我。"

疯子笑道："你也放心，我从来不放弃自己的 ADC，就是要委屈你一下。"

孟天成勉强笑了笑，看着自己电脑上的英雄选择界面，看来他转会后的第一场比赛，注定要让粉丝失望了。

但是，就算不围绕他为中心来打，他也会全力以赴！

SYG 禁用了佐伊、皇子、卡莉斯塔，MW 这边根据情况，禁了对面玩得比较好以及版本强势的卡萨丁、宝石、沙皇。

对面首选女枪，MW 这边拿了玛尔扎哈跟烬，对面又拿了牛头跟大树。

这下禁选英雄形势就很明显了，Tristan 道："拿纳尔。"

纳尔是上单英雄，输出还行，团战主要打大招控制，这几天 Glock 训练赛的时候也有用，打得还不错，Tristan 就让他拿了。

这次 Glock 没吭一声就拿了，之前他还有点想法，可能会说一两句自己的看法，后来发现他的看法并没有用，还不如干脆点拿。

最后的阵容，MW 这边上单纳尔，打野螳螂，中单玛尔扎哈，ADC 烬，辅助布隆。

SYG 的阵容是上单大树，打野酒桶，中单瑞兹，ADC 女警，辅助牛头。

选英雄之后，Tristan 给他们说着最后的战略部署："打快点，前期就可以打炸他们，后期他们太肉不好打，我们这边打不动，尽量打快点。"

MW 的队员齐齐说："好好好！"

Tristan 听着都笑了："德杯第一把，你们可以打得随意点，我们这个团队还是第一次上场，淡定点，反正输赢都一样，德杯不重要。"

"好好好。"大家都纷纷应和。

耳机里助理裁判已经在提醒裁判去握手，Tristan 也只好最后说一句："放松打，就当是训练赛。"

等 Tristan 的声音在耳机里面消失了，Glock 才在耳机里面吐槽："为什么我觉得崔哥比我们还紧张？"

疯子道："我淡定就算了，为什么你们都这么淡定？"

钟晨鸣笑了笑："感觉总会有这一天吧，所以到来的时候我很淡定。"

"你就算了。"疯子说，"你心态是真的好，我就没见你心态崩过。"

孟天成突然说了一句："不要忽略我，我真的很紧张。"

疯子笑了起来："躲在我身后，放心。"

Glock 问了句："这把怎么打？一级打不打？"

Master 道："中野联动，一级做眼有机会就团战。"

拿着一级团战无敌英雄的疯子立刻道："好好好，走走走！"

结果他们在对面野区转了一圈，什么都没找到，对面大概是想着他们会来反野，直接放弃了自己野区，转而换个 Buff 开。

Glock 看他们野区没人，在往上路走的时候就在自己家红 Buff 做了个眼，防止对面打野偷 Buff，然后才去了上路，而 Master 就正常地蓝开。

Master 的蓝刚刚打完，习惯性往中路看了一眼，刚好就看到钟晨鸣的玛尔扎哈跟对面中单瑞兹换了个血，钟晨鸣亏了。

Master 想了想，说了句："别紧张。"

孟天成立刻道："没有，对面这个人挺菜的，我之前经常跟他对线，肯定会被我压制，放心。"

Master："……"

疯子哈哈笑了几声，没说什么，孟天成又下意识去想自己的话是不是有什么不对，差点走神，还好疯子把他拉了回来："你漏刀了，漏了一个！"

孟天成立刻回神，安安心心对线补刀。

中路不太好抓，Master 就去了上路，Glock 上路压得很凶，Master 给他打标记，说道："越塔。"

不用 Master 说，看他过来，Glock 就已经上了。

对面大树已经残血，在塔下还想吃兵线，直接就被 Master 跟 Glock 越塔击杀在塔下，Glock 闪现出塔，完美配合，MW 这边一个没死。

"可以可以。"疯子正好出去做眼，切视角去上路看到了这一幕，"看来你们两个打排位赛还是打出默契来了。"

钟晨鸣："基本操作吧。"

Master 问他："你看上路了？"

钟晨鸣道："没有，看血量都能猜到。"

Glock 不干了："兄弟，我就算基本操作你也吹一下行不行，本来还挺高兴的，你这个反应搞得我都不知道该不该高兴。"

钟晨鸣立刻道："漂亮，G 皇厉害。"

Glock："好了好了，吹得我都不知道怎么玩了，够了够了，八皇你也厉害。"

疯子："哈哈哈八皇。"

钟晨鸣淡定道："好好说话我们还是朋友。"

疯子："八皇你好！"

钟晨鸣："爱卿叫我作甚？"

Master 本来还在盘算着对面打野的位置，听到这句话敲击鼠标的声音都停了一下，他其实有点想侧头看看钟晨鸣的表情，但现在还是比赛重要，他只是惊讶了一下，就去了下路。

中路要六级之后才比较好抓，除非对面主动给机会给他们送，而对面中单看起来有些怂，可能六级之后都不会给他机会，所以 Master 准备先去下路搞事。

虽然孟天成说着要把对面压死，对面 ADC 是如何如何菜，但下路毕竟不是一个人的游戏，对面辅助玩得还不错，下路算是和平补兵，加上孟天成有心控线，总的兵线是往 MW 这边推的。

Master 在下路转了一圈，让他们自己玩，转头就去了中路。

Master："杀？"

钟晨鸣："他死了。"

Master 看向中路，就看到对面瑞兹"丝血"闪现逃跑，结果身上挂着玛

-103-

尔扎哈的持续伤害，在发现自己交了闪现也会死之后，对面中单干脆站在原地不动等死。

钟晨鸣也没有说过去再补一下伤害什么的，他算好了伤害肯定死，看都没有看瑞兹一眼，淡定地继续补自己的兵。

Master 提醒道："对面打野来了。"

钟晨鸣道："我演一下。"

Master 笑了："我也来了。"

对面酒桶看着中路残血的玛尔扎哈，立刻一个大肚子撞过来，手中酒桶抛出，酒桶前期没捞着好处，还没六级，抛出的只是一个小酒桶，伤害还不够把钟晨鸣击杀，钟晨鸣按下 W 技能，立刻让玛尔扎哈放出小虫子反打。

就在酒桶交出自己 E 技能，一肚子撞向玛尔扎哈的同时，一只紫色的螳螂从天而降，扑向酒桶，向酒桶展示着自己锋利的爪牙，下一刻，这锋利的爪牙直接刺向酒桶。

酒桶技能都交了，看着近在咫尺的丝血玛尔扎哈，完全不想走，只要再让他攻击一下，就一下！

金色的粉末在酒桶脚下落下，钟晨鸣跟他同时交出闪现，酒桶只能眼睁睁看着自己手都抬起来了，但手中的酒桶并没有砸下去，那个戴着帽子的紫色男人就这样从他手底下溜了出去。

"这操作我觉得可以上前五。"钟晨鸣笑着说。

Master 收掉酒桶的人头，说道："还行。"

"我怎么觉得……"疯子想到他们的对话会被录音，嘴边一个菜字转了一圈又被他咽了下去，他说道："有点好打啊。"

Glock 问："说好的中野联动呢？"

钟晨鸣道："对面中野都被送回去了，还不行？"

Glock："我只看到你们联了，但是没动啊，你们就杀人了，节奏呢？节奏呢？"

疯子也接道："其实我感觉有点像在打排位赛。"

其他几人："……"

疯子说："他们也没什么配合，好像也没什么战术，甚至我们这个瓜皮配合都比他们好。"

Master 在他们聊天的时候提醒："来拿龙。"

他插了一个真眼在龙坑里面，没有照到对面有假眼，也就是说他来小龙的地方没有人看到，他可以直接偷龙。

疯子说了一句："没眼，打一半天成过去帮忙。"

等 Master 打完龙了，对面好像终于发现了情况，跑到龙坑来看了一眼，看到 Master 血线不是很好，立刻想打，牛头直接强开，结果对面 ADC 突然退了一步，看到牛头上了才急急忙忙跟上来。

钟晨鸣从中路过来，控住对面瑞兹，孟天成施放大招跟上伤害，没管 Master，直接杀瑞兹。对面 ADC 女枪一片弹药扫射 Master 的螳螂，疯子立刻一个大招，布隆将手中的盾牌猛然砸向地面，底壳被震得翘起，女枪被震飞，大招被打断，Master 残血被疯子保了下来。

孟天成直接用烬远程狙击打死了瑞兹，又看向了对面迟来的酒桶，酒桶一肚子顶向玛尔扎哈，想要救自家的瑞兹，但是为时已晚。

而龙坑旁边，牛头被布隆打出被动，定在原地，Master 的残血螳螂还没按下回城，兜兜转转开始往女枪的方向走去。

Master："能不能定住？"

孟天成开出 W 技能，超远的一发技能打中看情况不对想跑的女枪，定身！

疯子立刻走上去打出被动，Master 的残血螳螂刚好赶到，直接挥舞着利爪收掉女枪人头。Master 前期拿了两个人头，装备还不错，加上疯子跟孟天成的伤害，直接秒杀女枪！

而孟天成没有管 Master 那边的情况，直接回头打牛头，不过被牛头顶开，酒桶也在后退，他知道杀不了玛尔扎哈，直接大招断后，跟着牛头跑了。

"厉害！"团战打完，他们〇换二，远在上路又没有 TP 的 Glock 只能用嘴声援，其实他都不知道发生了什么，反正这个时候加油就是了。

前期他跟对面上单为了发育，都交了传送上线，这个时候来支援除非走下来，但走下来肯定都打完了，两个人干脆都没支援，在上路打得你死我活，然后对面大树继续被他压在塔下补兵。

对于这场团战，等 Glock 说完，钟晨鸣也说了句："打得好乱。"

"果然放轻松打就是了。"疯子道，"崔哥的话还是要听的。"

孟天成一语道出原因："他们也差不多算是重组了，我们这把，可能还真的在跟对面打排位赛。"

一批小龙团，SYG 血亏，只要 MW 这边不给他们机会，SYG 就没有翻盘的可能。

"稳住啊兄弟们。"Glock 看他们中下打得惊心动魄，提醒道，"小心点啊，虽然我纳尔后期无敌，但是你们也别被翻了。"

要是让对面拖一拖，他们还真不一定好打，前面一顿乱七八糟的节奏之后，Master 也严谨起来，只要取得了优势，就要将这个雪球越滚越大，而不是让对面找到机会打回来。

他们本来是想打中野联动的，结果看了一圈发现全线优势，简直不需要联动就能赢。

但说了中野联动还是要联动一下，Master 带着钟晨鸣去完上路去下路，杀人推塔，不过十五分钟，就能越二塔强杀，对面崩得十分迅速，基本没怎么打这把就结束了。

"这么快的吗？"疯子看了一眼时间，才二十几分钟。

Glock 也道："过分了啊，你们别越二塔啊，留点面子行不行？"

越二塔这个事是 Master 干的，Master 说道："杀了可以击杀对面野区的红 Buff。"

孟天成笑道："下次注意下次注意，赢了就好。"

Tristan 满面笑容地走上来，到了他们旁边一秒变脸，严肃道："你们都打的些什么东西？前期在梦游吗？"

虽然知道 Tristan 是想敲打他们一下，但这个说得也太莫名其妙了，虽然他们前期是打得毫无章法，乱七八糟，但取得了优势，还是大优势，打得也不错啊。

钟晨鸣就笑了起来："教练，我觉得我们可以每局这么梦游。"

Tristan 憋不住也笑了起来："你们这把打得是还可以，但打得乱你们自己也知道的吧？"

其他几人都给了点反应，Tristan 又道："赢了是赢了，但你们这是运气好，不要膨胀，他们上把状态太差，要是这把状态起来了，你们怕是要哭。"

"好好好。"疯子道，"认真打认真打。"

Tristan 继续叨叨："不要小看了 SYG，上一把轻松，要是下一把也放松打……"

钟晨鸣打断他："教练，我们不如来商量一下下一把怎么打吧。"

Tristan 这才转移了话题，跟着钟晨鸣走："下一把的话，他们这一把也没暴露什么，还是常规打法。天成你这把不错，继续保持，我估计下把玛尔扎哈会被禁，你看看你能拿什么，还是打中野联动。这把你单杀很漂亮，下把保持，不要被这次的单杀冲昏了头，不是要你下一把也单杀，单杀这种事情……"

钟晨鸣看了一眼 Master：他一直是这样吗？

Master 看他，轻轻点了点头。

场间休息也没有几分钟，Tristan 还没有散播完他的"父爱"，下一把就开始了。

毕竟是新赛季第一次比赛，第一把大家还有点紧张，第二把就放松下来了，不得不说，其中 Tristan 的唠叨功不可没。

第二把就简单多了，大家都放开了打，至于 Tristan 说的"打得有章法"，那是什么？对面都没章法，那就当五黑打差不多了，肯定没问题。

这一把结束得比上一把慢了点，SYG 看起来吸取了上一把的教训，打得没这么乱了，MW 这边也调整了一下，个人实力碾压，即使打得乱，还是能冲散 SYG 的阵型，让 SYG 束手无策。

这样看起来 MW 赢得好像很轻松，没有特别的运营，也没有均势牵扯，连解说都在说这个赛季的 MW 问题很大，但好像又没什么问题，因为虽然看起来像是各打各的，结果却出人意料。

比赛直播间里，弹幕上也在刷 MW，不过他们刷的跟解说说的就是两回事了，这次大多数的观众都十分看好新赛季的 MW，还有人狂吹 18，一边吹一边还不忘踩五神，说五神那个弱者终于离开了 MW，有了 18MW 这次冠军！

当然，有看好的就有不看好的，吹的人吹得凶，不看好的也十分不看好，主要还是在说 MW 的配合问题，以及还是要靠 Master 来支撑，其他人并没有真正地站出来，18 也只是打出了自己的个人能力而已。

不过这些事情钟晨鸣他们都不关心，毕竟不重要，打完游戏之后的收获才是最重要的。

以 0:2 击败了 SYG，几个人脸上都挂着笑。摘了耳机，疯子终于可以小声说教练的坏话，他道："我都以为我够唠叨了，没想到崔哥话比我还多。"

Glock 笑着小声道："我们一个队两个老父亲。"

疯子立刻不干了："哇，这个称号我不要了，给崔哥吧，有崔哥在我怎么敢自称老父亲？"

Tristan 走过来一人给他们脑袋来了一下："快收拾东西给我滚回去！"

语气听起来虽然凶，但 Tristan 脸上也是笑着的。疯子跟 Glock 立刻笑嘻嘻地表示崔哥最牛，然后又跟大家随便说了两句这次比赛的情况，收拾好鼠标键盘回基地。

第五章·双刃剑

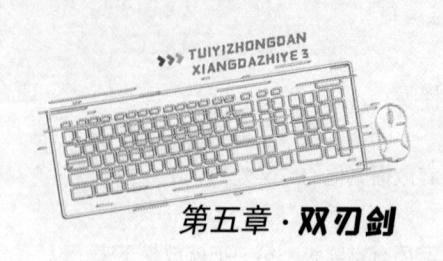

这次比赛打完，下次比赛在元旦之后，他们有四天的休息时间。不过说是休息，都还是用来训练，毕竟四号就开始比赛，他们肯定也不会给自己放假。

回到基地，Tristan拉着他们开了次小会。不是比赛时间，Tristan说话还是十分简洁到位，他本来想说说这次比赛中的问题，还想给他们复盘一晚上，结果复盘没有一个小时就讲完了。

虽然问题很大，但也很简单，每个队员也都清楚问题出在哪儿。

疯子最后来了一句："其实是他们太菜了。"

这话在德杯现场不好说，回到基地关起门来，还是能说出来的。

孟天成忍不住接了句："是跟我们差距太大。"

疯子道："都一样都一样，感觉还不如打训练赛的收获多。"

Tristan向他们招招手："今天放你们一天假，晚上休息，明天继续打训练赛，不过每日的训练任务还是要完成。"

他们每天的训练任务是打七把排位，今天爬起来就去准备比赛，这样一说，Tristan之前说的放假就跟没说一样，大家出了会议室就直接去了训练室，接着打排位。

他们也没有什么怨言，毕竟只有四天的休息时间，而他们的问题还很大，就算Tristan真的给他们放假，他们都还会来打两把。

"双排吧。"Glock喊了声疯子。

疯子坐在电脑前，打开了韩服："来。"

Master就继续跟钟晨鸣双排，他也是打的韩服，跟钟晨鸣说了一声："这几天就不开直播了，多打两天韩服。"

孟天成惨遭辅助抛弃，但是没关系，他还有空气。

而田螺作为一个老人，就继续打他的单排。他上场跟几个老将的配合是完全没问题的，就算跟疯子打也没问题，或者说是疯子十分懂得辅助不同的ADC，知道调整自己的打法。

打韩服钟晨鸣就比较放飞一点，虽然说拳头公司现在不发韩服的超级号了，超级号就是官方发给职业选手的账号，隐藏分高，全英雄，但俱乐部还是能弄到账号，钟晨鸣手里除了王者号，还有大师号。

拿着俱乐部的号，钟晨鸣跟 Master 双排疯狂练英雄，就这样一晚上排名还涨了几十分，并没有掉分。

看着时间也差不多了，钟晨鸣问 Master："睡觉吗？"

Master 道："嗯，我觉得我凯隐可以了。"

凯隐这个英雄对于他来说并不难，而且相性很高（很适合），他玩了没几把就觉得上手了，现在都感觉自己练出来了。

钟晨鸣看着自己的屏幕："我还差点……还有点问题。"

Master 侧头看他："那明天继续？"

钟晨鸣道："睡觉睡觉，明天再打。"

回到宿舍，钟晨鸣去洗脸，Master 盯着他看，钟晨鸣出来，Master 还在盯着他看，不过钟晨鸣在想比赛的事，没怎么注意。

Master 去洗完澡出来，擦着头发，又看向钟晨鸣，钟晨鸣在看今天德杯的重播，正好是他们的比赛。

听见 Master 出来，钟晨鸣往旁边挪了个位置，给 Master 让了一半的床，抬头看 Master 一眼，又继续看比赛。

Master 吹完头发，在床上躺下来，钟晨鸣把手机递过去，两个人就一起看，Master 又忍不住侧头看他。

这次钟晨鸣终于发现了，他在看比赛，结果 Master 却在看他，他就问道："怎么了？你一直看我干什么？都看了一天了。"

"没事。"Master 又转头去看手机屏幕，仿佛之前一直盯着人家看的不是他。

钟晨鸣也不追究，继续看比赛。虽然复盘了，但钟晨鸣觉得自己还可以看看，或许还有收获，这也是他第一次打正式比赛，总觉得自己哪儿哪儿都做得有问题，对自己的水平不忍直视。

一心想着看比赛，所以钟晨鸣察觉到异样也就随便问问，没有想太多。

钟晨鸣一看比赛，Master 又侧头去看他，钟晨鸣这下又注意到了。他们俩隔得太近了，Master 一转头他就能感觉到，他伸出一只手把 Master 的脸推了回去："看比赛，别看我。"

Master 这次没有去看游戏,而是又转了过去,说道:"你脾气变好了。"

钟晨鸣眼睛没有离开手机屏幕,说道:"我以前脾气很差吗?"

"不是差,就是不会理人。"Master 道。

"什么?"

Master 跟钟晨鸣一起看向手机屏幕,不过他的注意力也没在比赛上:"你会假装没听到,如果跟你开玩笑,你又不感兴趣。"

"有吗?"钟晨鸣随口问着,好像也没怎么在听 Master 说什么。

Master 总觉得钟晨鸣的语气太随便了,想了半天不知道怎么说下去,就看着手机屏幕跟他一起看比赛。这几天钟晨鸣很高兴,他能看出来,虽然他们训练赛有输有赢,配合也还在摸索阶段,但钟晨鸣依旧很高兴,就好像能打职业对他来说是一件特别高兴的事情一样。

而且钟晨鸣竟然会接疯子的梗,这让 Master 也很意外,忍不住多看了几眼钟晨鸣,想看看他有什么变化。不过事实证明他想多了,钟晨鸣还是那个钟晨鸣,或许以前钟晨鸣也会这样说,只是他没发现而已。

第二天钟晨鸣跟 Master 两个人都出去得比较晚,他俩平时起早了还会去健身房,今天健身房也不去了,直接去了训练室打双排。

打了一上午,吃完午饭,MW 的其他人还是没起床,这时 Tristan 跟可可路过训练室,看到他俩在打排位,Tristan 喊了一声:"你们两个打完这把来会议室。"

钟晨鸣随便应了一声,打完跟 Master 过去会议室,结果看到 Tristan 跟可可还有助理教练在看比赛,看的今天的德杯。

今天的德玛西亚杯是预选赛的重头戏,这次进了世界赛的三大战队 NGG、UNG、BNO 都在今天比赛,而 MW 已经通过了预选赛,也就是说,等元旦过去,这些战队里面胜出的会成为他们的对手。

比赛刚刚开始,会议室门口又走进来两个人,是疯子跟 Glock。

疯子也是电子竞技中的早起党,不过还是没钟晨鸣早,他自有一套作息时间,每天早上七点半雷打不动地醒一次,醒完给女朋友发消息喊女朋友起床,然后继续睡两三个小时起床。

而 Glock 因为跟疯子一个屋,有时候被吵醒了就起了,住一起久了,作息时间变得跟疯子差不多。

他们两个人上午偶尔会出现在训练室,平时是吃过午饭才会出现,今天两个人起床后就谁先洗澡的问题打了一架,这才过来晚了,正好看到会议室里有人，就来看看。

MW 的会议室就在训练室隔壁，门口互相挨着，他们过来一看，Tristan 立刻向他们招招手："来看比赛。"

于是，两个人也加入了观赛队伍。过了一会儿，两个青训上来的小孩也来了，再是田螺、空气、孟天成，这下全队都在训练室看比赛。

第一把 UP 打次级联赛的队伍，没什么悬念。UP 也算是个强队，不过跟 MW 没什么交集，上赛季他们俩没抽到同一个分组，也就季后赛碰面了。

第二把是 BNO 打 LTG。钟晨鸣还去看了疯子，跟疯子交流了一下，结果疯子淡定地说："没感想。LTG 变菜了，希望他们能找到合适的新队员。"

Glock 在旁边问他："这样还叫没感想？"

疯子眉毛都没动一下："我以一个过来人的身份说的，并没有怀念，也没有落井下石。"

"好吧好吧。"Glock 只得道，"文化人文化人。"

第三把是 UNG 的比赛。Glock 开始还跟疯子说两句，看到 UNG 的镜头之后，突然就不说话了。

疯子侧头看他："说吧大兄弟，什么感想？"

Glock 低头下意识看了眼手机："没感想。"

疯子敏锐地感觉到哪里不对："嗯？"

"没什么想法，UNG 本来就不需要我，我能有什么想法？"Glock 笑了笑。

疯子看着他脸上那个难看的笑，斟酌着问道："你不是……经常临危救主？"

Glock 笑着摇了摇头："大概是吧。"

过了片刻，他又小声说了一句："如果我真的有临危救主的本事，怎么会一直看饮水机（替补）。"

疯子看他一眼，没有再问下去，而是继续盯着屏幕上的比赛。

屏幕上，UNG 的上单 UR 压死了 XH 的上单，就在快击杀的时候，UR 退了一步，像是怕打野来 GANK 一般，去草丛做了一个眼。

"他这个，是手下留情吧。"陶康突然说了一句。他虽然年纪小，还是刚从青训上来的替补，但玩上单也很有想法，刚才 UR 是可以击杀对面的，但他没有。

"给对面留个面子，怕线上单杀太多次，打崩了难看。"Tristan 道。

UNG 的实力在那里，乱玩都能赢 XH，上单又是一个很容易就打出优劣势的线，单杀一次下一次说不定就可以越塔杀，再下次就可以越塔断兵线，

-111-

雪球无限滚大，收都收不回来。

钟晨鸣看着笑了笑："全队都在让，UNG 的实力，二十分钟不到就把对面推平了，他们线上都在和平发育，应该是等打团战。"

Master 道："瞎嗨会给他们一个惊喜的。"

瞎嗨这么有血性的一个队伍，能走到今天可不是全靠运气，虽然遇上 UNG 差不多就到此为止了，但就算是输，瞎嗨的人也一定会给 UNG 找点不自在再输。

之前瞎嗨跟他们打过训练赛，Tristan 也知道这个队伍的风格，还曾经把他们摁在地上摩擦了一把。看 UNG 这么玩，Tristan 也笑了："这把我要押瞎嗨，看 UNG 怎么被吊打。"

说着，Tristan 就拿着手机打开直播间，找到了战队竞猜，这个押的不是钱，是平时看直播的营养液。Tristan 倒了两瓶营养液在瞎嗨的队标上面，看了一眼赔率，10:1，深觉自己会大赚一笔营养液，继续高高兴兴看比赛。

UNG 给机会，瞎嗨可是十分会抓机会的选手，转眼打野就去上路联合上单抓死 UR，随后瞎嗨的打野直接就去了对面野区，反野！

"胆子贼大。"钟晨鸣跟 Master 说道。

疯子也在感叹："哇，瞎嗨可以的，有想法。"

瞎嗨的打野看准了对面打野没在野区，直接去把对面的野区清了个干干净净，一个小怪都不给 UNG 留。

"可以的。"Master 也道，"如果接下来能去……"

他一句话还没说完，瞎嗨的打野已经按下了回城。

跑来看比赛的程志文接了一句："节奏会乱。"

空气道："尿了。"

钟晨鸣说："可能有自己的想法，瞎嗨的人是不会尿的。"

瞎嗨的人的确不会尿，回家之后，瞎嗨的打野气势汹汹地想要在下路搞事然后拿龙，之前他回家就是这个原因，在下路打了个一换二，不过打完状态太残，怕 UNG 中单过来一击带走，没能打龙，只能溜回自己野区刷野。

"看起来瞎嗨竟然要赢？"可可惊奇道。

Tristan 也道："UNG 在给瞎嗨机会啊，继续这样打瞎嗨就赢了。"

在解说的声音以及游戏声中，Glock 突然站了起来："我去抽根烟。"

钟晨鸣今天还没抽过烟，听他这么一说也有点想抽烟。这把比赛没什么看头，虽然大家都很看好瞎嗨，但是 UNG 的实力在那儿，前期可能想给点

-112-

面子，但瞎嗨无论怎样都赢不了的，这把瞎嗨的优势到这里差不多就到头了。

"一起。"钟晨鸣站起来跟他一起出去。

Master 看钟晨鸣一眼，没说什么。

天气冷，他俩就在走廊上开了扇窗抽烟，钟晨鸣问 Glock："你好像对 UNG 有点看法？"

Glock 抖了抖烟灰，吊儿郎当地说："怎么了？不能有看法？"

"没有。"钟晨鸣笑着摇头，看向窗外灰蒙蒙的天色，"别影响比赛状态就好，你这个状态，看起来不太好。"

Glock 沉默着抽了半根烟，钟晨鸣没有继续追问，倒是 Glock 突然想通了什么，笑了起来："也没啥事，就是他们觉得我菜呗，我只需要玩好肉坦上路稳住就行了，就是我菜。"

"UR 上单打得很强势。"钟晨鸣听他这么说，差不多就懂了，"所以他们需要一个稳健型的上单，这就是你临危救主的由来？"

因为 UNG 的首发上单是进攻型的，所以他们买了一个上单，又培养成了一个稳健的替补上单，这个替补上单就是 Glock。

"UR 真的强。"Glock 也承认这点，一根烟快抽完了，他不想再说什么，直接摁灭了烟头，转身往会议室的方向走。

"但是你不甘心。"钟晨鸣在后面说了一句。

Glock 脚步一顿，随后依旧是那副吊儿郎当的语气："我要是甘心我来 MW 干吗，我听话地练卡密尔干吗？"

钟晨鸣笑了笑，也摁灭烟头回去。

Glock 在会议室外面看了一眼，还是没有进去，而是去了隔壁的训练室。

就出去抽根烟的时间里，瞎嗨跟 UNG 的比赛已经发生了翻天覆地的变化。钟晨鸣出去前还是 1:3，UNG 一个头，瞎嗨三个头，他回来的时候就是 8:3，UNG 八个头，瞎嗨还是三个头，这几分钟，瞎嗨一个头都没拿到不说，还被杀了七次，开局那点优势一瞬间被打了回来。

钟晨鸣在 Master 旁边坐下。

Master 靠近钟晨鸣闻了闻，钟晨鸣小声说："半根。"

"嗯。"Master 没说什么，继续看比赛。

这一把打到这里，局势很明了了，大家也没有什么想看的欲望，正好到了饭点，都说去吃个饭。他们都往外走，钟晨鸣这才发现他们观赛队伍中多了一个人。

钟晨鸣看了一眼没怎么在意，突然又觉得这个人有点眼熟，正想说什么，

-113-

疯子已经凑上去了:"凯爷?"

不知道什么时候来的小凯混在人群里面往外走,被疯子喊住好像还有点不习惯,左右张望了一下,发现大家都在看他,他也只好转头看疯子:"嗯。"

疯子道:"你考完了放假了?你们学校这么早的?"

好像是不太适应疯子的热情,小凯往后缩了缩,用细如蚊蚋的声音说道:"没考完,放元旦假,我过来玩。"

他虽然说得小声,但疯子还是听清楚了:"凯爷这么自信的吗?元旦出来玩不怕期末挂科?"

小凯道:"还有两科,十几号才考。"

疯子:"……可怕。"

小凯没继续跟他说话,转而走到了可可旁边,问可可:"我也管饭的吧?"

可可笑了:"管。走吧,去食堂。"

等他们吃完饭回来,正好是NGG的比赛。

小凯因为跟钟晨鸣他们还是挺熟的,就坐在了钟晨鸣旁边,疯子也蹭了过来,准备跟他们一起友好讨论。

NGG这次的对手FUF也是个挺神奇的队伍,属于LPL里的老牌弱队,就是怎么打都在末流,每年都要在保级赛里摩擦摩擦,但一到保级赛就爆发,仿佛变成了世界级战队,谁来杀谁,愣是没掉下去,也算是一个传奇。

这次的比赛刚刚开始,还在选英雄,小凯看得格外认真,钟晨鸣没继续跟别人交流,Master看他一眼,也没主动说话。

第一把,NGG出的两个青训上来的替补,是之前跟他们打训练赛的那两个,一个上单一个打野。

预选赛的时候他们可能是觉得对手太弱,就没有上主力,让小选手上去历练历练,大家差不多都懂这点。

"这把NGG打得有点问题吧。"看了没十分钟,疯子就开始吐槽了。

小凯嫌弃地往钟晨鸣他们这边坐了一点,听着疯子继续说:"这样打要炸,Miracle是不在状态还是没想好好指挥?"

这把确实很有问题,除了下路优势,其他路都只能算是稳住,结果FUF那边拿出了他们打保级赛的态度来,从运营到个人操作都做得很好,把NGG两个没有经验的队员直接打蒙,这把NGG输了。

在场的所有人,包括直播弹幕全都是一脸蒙,这也行?

第二把 NGG 换了预言家上场，FUF 那边没有人员调整，但是状态看起来更好了，而且从选英雄开始就十分针对 NGG，很明显是为了这次比赛认认真真把 NGG 研究了一遍，又拿出了针对性阵容来。

"NGG 输了。"看选完英雄，钟晨鸣这么说了一句。

不是他不看好 NGG，而是 NGG 这把英雄拿得确实差劲，从禁选英雄起就被限制，这是阵容问题，FUF 状态在线，只要不犯大失误，NGG 就凉了。

事实证明钟晨鸣的预测是对的，FUF 从开局就十分针对 NGG 下路，几乎抓崩独孤，NGG 小将打野带不起节奏来，而且跟队友的配合也有问题，前期 NGG 就要崩了。

中期的时候 NGG 又打回来了一点，但是没有直接结束游戏，又被 FUF 抓到机会，这次 NGG 就没能再次打回来，直接被 FUF 结束了比赛。

这一把，大多数人看得嘴巴就没闭上过，无论是禁选英雄时，NGG 让了完美阵容给 FUF，还是前期独孤被抓崩，都让大家惊讶不已，后面 FUF 差点被翻，他们又惊讶于这还能被翻，后面发现没翻盘，又诧异这都翻不了。

这真的是一把完美的，为大家展示下巴是如何捡不起来的比赛。

"NGG 这是……在做什么？"看到 NGG 被 2:0 淘汰，Tristan 也是反应了好一会儿，"全队梦游？"

"估计世界赛之后心态崩了。"可可道。

空气听他们说了一会儿，说出了自己的理解："独孤没有适应这个版本。"

"全明星冠军都拿了，你说独孤没适应这个版本？"Glock 说道。

空气道："全明星嘛，娱乐赛嘛，你以为大家有多认真？"

钟晨鸣也是看了全明星的，他道："独孤全明星的时候有点混。"

Glock 道："我看挺厉害的啊。"

研究过很多战队下路的程志文说话了："跟他之前风格有点不一样，他在跟着 Miracle 走。"

"NGG 听起来这赛季有点惨啊。"Tristan 感叹了一句。NGG 什么问题他当然知道，轻敌加新旧队员磨合不行，还头铁一定要上新队员，NGG 还换了教练，新教练在选择英雄上问题也很大，这下全都暴露了出来。

可可笑道："现在看起来惨，如果他们进了，你还是要哭着研究怎么打 NGG。"

"但是他们没进。"Tristan 十分高兴地站起来，拿出手机，"我去联系他们打训练赛了哈哈哈。"

钟晨鸣听他们讨论，没有跟着讨论，看到 NGG 输，他好像也没有很难过，就有点惋惜。

他侧头看向 Master，露出个微笑来。

往日的痕迹慢慢从他身上剥离而去，他越来越适应自己现在的模样。

Tristan 说约 NGG 的训练赛，结果真给他约到了，NGG 31 日打完比赛，第二天 1 月 1 日就跟 MW 打训练赛。

虽然 NGG 没有入围德杯八强，但半个月之后就是春季赛，他们也是要为春季赛做准备的，这次没有入围，他们也顶了很大的压力，输了比赛是肯定没有假期的，能跟 MW 打训练赛还是有好处，至少 MW 这赛季的气势看起来十分不错。

第一把训练赛，NGG 上的还是小将，他们就跟一定要把这两个小将培养起来一样，反正就是头铁，就是要上新人。

这一把 NGG 除了下路，都被 MW 摁在地上摩擦，MW 这边上的常规阵容，因为德杯在即，他们依旧没有考虑让陶康跟程志文上场。

他们跟钟晨鸣不一样，钟晨鸣看起来就像个经验老到的中单，而且拥有着顶尖的实力，他们两个一实力不到钟晨鸣的层次，二经验也不行，还需要很长时间的打磨。

这样一来，MW 一队看着人多，其实也只有下路一对替换组合，辅助空气跟疯子，ADC 田螺跟孟天成。

他们暂定的德杯首发阵容是疯子跟孟天成，一来他们新入队需要多打比赛跟团队磨合，二来他们训练赛以及第一把比赛发挥得都不错。

就这个组合，又把 NGG 的小将队伍摁在地上摩擦。

MW 的人打完这一把都是笑着的，Glock 还在笑嘻嘻跟疯子说话："哇，NGG 这个样子，问题很大啊，突然就有点期待春季赛能抽到 NGG 了。"

"你的问题也很大啊兄弟，把对面压这么惨，NGG 怕是要请你回去。"疯子跟 Glock 说着，却没怎么笑，手指下意识敲着鼠标去看比赛之后的统计，伤害数据、补兵数据等等，其实他已经看了好几遍，但就是忍不住再去看一遍。

Tristan 过来跟他们分析这一把的情况，可以说的不多，说完了上中野的情况之后，他单独看向下路，语气都放温和了一些，问孟天成跟疯子："压力很大吗？要不要休息一下？"

疯子脸上没什么情绪，他好像在思考着什么。教练这么说，他看向孟天成，这意思就是看孟天成怎么说。

孟天成摇摇头："没事。"

其他队友打得都还轻松，Master 跟 Glock 对上的都是经验不足的新人，钟晨鸣直接实力碾压，线上就算不单杀也能打个五五开，加上 Master 老往中路跑，他根本没有压力。

但是他们下路就不一样了，下路他们对上的是 Miracle 跟独孤，这是一个让所有下路都闻风丧胆的组合，曾经打得全 LPL 的下路都想跪下，上赛季多次打成下路通关成就。

这赛季 ADC 变动很大，就算独孤这赛季还没有完全适应，但并不妨碍他还是强，只是打不出上赛季的锋芒毕露来。

孟天成看到了疯子的屏幕，上面显示着补刀数据，他被独孤压了五十刀，打出的伤害只有独孤一半。

Tristan 看了孟天成两秒，他虽然看起来有压力，但还是没有表示，安慰道："就当抗压训练，你在赛场上也不会遇到比独孤更强的 ADC，也不会有比这更强的下路，现在你在他们手下能活过来，等到了赛场上就能打爆其他下路。"

孟天成听着笑了，其实想说"教练你真可爱"，但怕被打还是没有说出口，而是看向疯子："多照顾我一点？"

疯子看孟天成一眼，语气平和："行吧。"

反正跟 NGG 这个配置打，中上野并不需要他照顾，特别是他们这个中单跟打野。

打了两把，NGG 好像终于决定让两个小将歇歇，重新换上了首发上单跟打野。

Glock 看到这个阵容，笑着跟大家说："我好慌。"

"他要被打爆了。"疯子笑道。

"不不不，我觉得我可以单杀，我怕我单杀预言家太多次，预言家被打退役了怎么办？"Glock 笑着，看起来在 MW 越来越适应，都开起玩笑来。

"吹牛皮也不打草稿。"孟天成笑他，"你先单杀再说好吧？"

就在他们的欢声笑语中，被 NGG 打得头都飞了。

正所谓在欢声笑语中打出 GG。

Glock 没有单杀预言家，老牌打野还是厉害，Master 这次的野区控制就没有前两把那样顺风顺水，钟晨鸣被对面推线英雄限制在中路，下路……自然抗压。

这一把看着就头疼，但 Tristan 还是一条条地给他们做着情况分析，疯子在旁边听着，看了眼孟天成，欲言又止。等 Tristan 快说完了，疯子又看了一眼孟天成。

孟天成被疯子看得有些尴尬，他也知道他下路跟其他人有点差距，其实他还想说如果给他点资源他还是能打出伤害来，但一想到对面是独孤，这话又怎么都不敢说出口。

他跟独孤的差距，那真是一个天上一个地下，就算之前他被怎么吹是拯救世界的 ADC，那也只是在 LPL 末流战队里面拯救世界，跟一流战队完全就不是一个水平。

孟天成听他们说了一会儿，突然就有点不想打训练赛了。之前他在赛场上遇到独孤心理压力就够大了，现在还天天跟独孤打训练赛，他感觉自己的 ADC 人生都有些灰暗。

只要不让他打独孤就好，他甚至在想着，熬过这个训练赛，他就可以去屠杀其他下路。

"我可以打训练赛吗？"突然有个细细小小的声音在说话，这个声音实在是太小了点，被 Tristan 的声音掩盖过去，大家都没听清，于是声音的主人又大声了点，"能不能让我上？"

Tristan 本来在做结尾的打气工作，突然听到这话忘词了，就转头看向了说话的人。

小凯坐在椅子上，转过椅子看着他们。他刚刚打完一把排位，就听他们在说下路的问题，对面是独孤跟 Miracle，听说对面很强，MW 下路被压了。

"我想试试。"小凯看向 Tristan。平时他很少说话，说话的声音也不大，碰到妹子特别容易害羞，但此刻望着 Tristan 的眼神却是坚定的，甚至让 Tristan 不想拒绝。

Tristan 想到之前可可为眼前这个 ADC 争取名额所说的话，他沉默了片刻，点头："你换孟天成。天成你休息休息，压力别太大。"

孟天成心里没有半点不乐意，甚至觉得松了一口气。他看向小凯，十分佩服这个很少出现的 ADC，真诚说道："朋友，你别被打出心理阴影，稳住就行。"

小凯看向他，语气里带着点不解："打游戏为什么会被打出心理阴影？"

"因为……因为……"孟天成突然不知道怎么回答这个问题，难道他要回答自己被对面摁在地上摩擦次数太多了吗？这不行，这也太没面子了。

"因为在我们眼里这已经不是一个游戏了。"疯子站起来揉了揉小凯的头，将他的头发揉得乱七八糟，"对于你来说这只是一个游戏吗？"

小凯看着这里的人，语气依旧平淡："是游戏，很好玩，我想在这个游戏里面做到最好。"

看着小凯，孟天成笑了起来，感觉这个人跟他不是活在一个世界的，只能笑道："你加油，我去打两把排位赛找找自信。"

疯子拉了小凯进房间，房主点了开始，下一把训练赛直接开始。

这种没有前情提要的开始，小凯根本没在意什么，他连句话都没说，十分友好和平地接受了教练让他选的 EZ。

这个版本因为符文原因，EZ 成为拳头亲儿子，发育很快，往往别人才两件装备他就有了三件装备。

EZ 的特性是灵活，下路也比较好抗压，疯子连声招呼都没打，直接开始在外面浪。

小凯依旧没说话，对于疯子出去浪好像一点想法都没有，疯子出去浪他就好好抗压补兵，等疯子回来了，又能打对线。

疯子这么玩，小凯十分钟就被压了十刀，训练赛前期还是劣势局，之后打团，跟线上的稳又不同，打团的时候小凯打得十分凶残，大有跟对面不死不休的气势。

线上没有被独孤跟 Miracle 压死，打团的时候立刻展现出了自己的实力来，打了局强行一换二。

但是下一局，他直接就位移到对面脸上，还没开打就死了。

疯子在旁边笑起来："你在干吗？"

小凯道："没事，想多了。"

这把训练赛也就到此为止了，小凯除了一换二，也没打出什么亮点。

Tristan 想了想，让他们继续打。

这一把开局，小凯先说道："跟我打下路。"

疯子道："看情况。"

刚才他们也总结了一下，疯子的游走有问题，没有捞着好处，还让小凯被压得太死，虽然他们是想让小凯自己在下路发育，但这放养得太彻底了，让小凯前期还是太难受。

找出问题就解决问题，这把前期疯子就比较照顾下路，他在下路安心待着，还说了一句："把空间让给你们中野。"

结果打了几分钟，疯子又蠢蠢欲动开始想搞事情，他看看自家 ADC，

-119-

又看看打得火热的中野,小凯道:"去吧。"

疯子立刻就高兴地跑去中路搞事情了。

小凯看向对面的下路,独孤跟 Miracle。这两个人在他眼里,只是两个名字而已,跟什么最强下路,打哭过不知道多少个职业 ADC 的人没有任何关系。

独孤跟 Miracle 并不是他的噩梦,在排位里,他也打爆过独孤,所以他完全不怵,上一把没打好,不代表这一把也不行。

疯子一走,Miracle 却没有走,并不是对面辅助去游走他就一定要去游走。NGG 是一个以下路为核心的队伍,Miracle 倾向于保护 ADC 发育,只要疯子不在外面搞出太大的事来就没问题,而他下路可以选择强杀小凯或者压制小凯。

对面两个人,小凯一个人,这个时候他是没办法补兵的,在职业选手面前强行一对二,会死得很惨。

小凯自然也明白这点,他立刻缩回塔下,没有上前,等疯子回来。

钟晨鸣提醒了一句疯子:"你家 ADC 在等你。"

疯子在中路转了一圈,并没有搞出什么事情来,只得回去。

Master 说了句:"NGG 不是其他队伍。"

NGG 不是其他队伍,所以节奏点没这么好找,不是来中路就能抓,怕的就是来中路抓不死,下路还被压制。

疯子想了想,道:"我调整一下。"

这一局之后,疯子减少了游走时间,在下路保护小凯。两边正常对线,小凯基本没被压刀,疯子一回来小凯就打得凶起来,跟独孤打得有来有回。

钟晨鸣跟 Master 中路搞完事,取得了中野优势,立刻将重心转移向了下路。

Miracle 闻风而动,立刻跟独孤战略性撤退,撤到一半,预言家传送下路,想强行攻打,团战能打赢,肯定就能打开局面。见到传送,Miracle 立刻反打。

Glock 也有传送,但是他没急着用,跟队友沟通着:"下路没问题?"

疯子道:"没问题。"

Glock 做出选择:"我拆上塔,你们稳住,我传送不传送?"

Master 作为全场指挥做出布置来:"先不传送,你带上塔。"

Glock:"好好好。"

之前 NGG 中单被击杀,预言家传送下来拖了一阵,就拖到了中单复活来下。

"拖着让 Glock 拆上塔。"Master 道。

本来他们是想越塔强杀独孤跟 Miracle，然后拿下塔小龙，现在预言家传送下来准备反打，那他们就改变策略，不强行打，而是拖着不跟他们打，但也不让他们离开回去上路守塔。

胶着之中，小凯突然说了一声："打。"

疯子作为跟小凯双排过很久的辅助，立刻一个闪现就上了。

小凯直接把自己当成了突进英雄，谁都不看，只看向了对面的独孤。

这团战，只要先杀了独孤就能赢。

小凯这把用的维鲁斯，是一个没有位移的 ADC，一个打 poke 很强的 ADC，并不是他的拿手英雄，他的拿手英雄这个版本上不了场，为了取得胜利，他最近练了很多版本英雄。

能快速适应版本的人才是真正的王者。

疯子一上，原本拉扯着的下路立刻陷入战火，钟晨鸣跟 Master 的反应也很快，快速跟上疯子，虽然 Master 之前的指挥是牵扯，但需要上的时候，他也可以快速改变自己的策略。

就在对拼当中，小凯没有第一时间用技能 poke，而是平 A 打伤害，大招都捏在手里没用，看向独孤的动作，观察着他的走位。

独孤这一把用的 EZ。

是一个很灵活的 ADC，如果他想抓独孤——

金色的光点落下，独孤冲上来想要打伤害，就是现在！

小凯嘴角微微扬起，双手快速操作，闪现 RQE（复杂连招）一气呵成，紫色的藤蔓如舞动的巨蛇从维鲁斯的弓里面射出，缠向 EZ，太近又太过于突然了，EZ 无处可避，直接被藤蔓缠上，随后箭矢如雨一般落下，射穿了 EZ 薄弱的身体。

Master 立刻冲了过去，击杀独孤，NGG 其他人想扑向小凯，疯子的牛头立刻将人顶开。

击杀独孤，小凯没有后退，像是被放出栅栏的猛兽一般，将自己手中的箭矢对准了 NGG 的中单。

Glock 作为一个在上路安心拆塔的选手，自然很有闲心看下路的战局，也是为了可以随时传送，一打起来，第一反应就是传送，F 键刚按下去，就看到小凯这凶猛的肉身冲向 AD，还想再杀中单。

Master 看到传送的光线一亮起，立刻道："滚回去拆塔。"

-121-

Glock:"……"

他又按下 F 键，取消了传送。

这团战也打得差不多了，小凯在杀中单的路上被击杀，但对面中单血线太残不敢再战，立刻后退按下回城。

两个 ADC 死了，钟晨鸣装备比较好，担任后续输出，对面打野也赶到，他们立刻后撤，在钟晨鸣的牵扯下，反打杀掉追击的预言家，下路算是一换二。

疯子美滋滋地邀功："我这开团怎么样，厉不厉害？"

小凯根本没理他，郁闷道："我没人头。"

钟晨鸣安慰他："独孤也没有。"

疯子道："没事没事，下次带你打回来。"

上塔被 Glock 拆掉，Glock 回城补充状态又买装备，Master 立刻道："Glock 来下。"

Glock："换路？"

Master："强拆下塔。"

预言家没有传送，Glock 来下预言家就支援不了，他们现在取得了优势，自然是要将优势扩大。

NGG 那边很快做出反应，他们要接团。

这一局小凯就没有像上一把那样凶残，而是选择边缘输出，他没闪现，不敢上前，却找到了很好的输出位置，身在边缘却完美打出输出来，让对面很是难受，最后在残血的时候完成收割。

这一把以优势局作为结尾，虽然还是中野带起来的节奏，但明显打团的时候小凯的作用十分大，在中野帮下路取得优势之后，小凯甚至能压着独孤打。

教练看得很高兴，小凯面对独孤完全不怵，甚至越战越勇，这股拼劲让他十分欣赏。

打完之后，疯子开始跟小凯讨论："你还是太年轻了，刚才杀了独孤就走，我还能保你。"

小凯知道他说的什么，说道："差一丝血。"

疯子一想这倒也是，要是小凯刚才多出个暴击对面中单就死了，所以这一把应该归结为小凯运气不好？

"不对。"疯子道，"打比赛不是打排位赛，一点失误就会全局崩盘，不能再这么随意，懂吗？排位赛我可以陪你浪，比赛不行。"

他刚才差点就被小凯给绕进去了。

小凯："我知道。"

疯子以过来人的语气说道："你想法是有的，就是经验太少，没打过比赛，以后多打打，慢慢来……"

钟晨鸣听到这里，就不服了："他打过。"

疯子："LDL 嘛，一个垃圾联赛。"

钟晨鸣："……"

Master 道："你是不是要教教他怎么做人？"

钟晨鸣："算了，不生气。"

疯子："在 LDL 你可以这么打，在 LPL 不行。"

小凯反问："为什么不行？"

疯子："因为……"

钟晨鸣补了一句："刚才怎么赢的？"

疯子："不是我的灵性开团？"

钟晨鸣还没说话，刚刚全程观战的 Glock 先说了一句："滚吧，你要是早点保护维鲁斯，他怎么死？"

疯子不服："我没技能了啊。"

Glock："你连一个 LDL 的 ADC 都跟不上，还歧视 LDL？"

疯子道："不能这么说，我这不是歧视，只是说出了事实，你们要正视自己的缺点，LDL 就是不行，不然也不会是 LDL……"

他们这边讨论着，可可也在旁边看他们打训练赛，此刻问 Tristan："小凯怎么样？"

刚才小凯的表现，可可以自己的眼光来说，觉得很好，敢秀敢拼，输出打得也挺高，她觉得完全有首发 ADC 的实力。但她的眼光肯定跟教练的眼光不同，所以她要听听教练的分析。

Tristan 看着数据，听可可这么问，笑起来："很不错。LPL 的 ADC 都被独孤打怕了，很多人想到要打独孤手都要抖，他没有被独孤支配过，可以发挥出自己的水平来，多培养一段时间可能会是下一个独孤。不过现在的版本不是 ADC 的版本，有点可惜，如果是上赛季他作用肯定更大。"

可可问道："那现在呢？"

"现在？" Tristan 看向座位上听疯子说话的小凯。疯子说了一大堆，小凯也没有反驳什么，进了房间安静等下一把开始。

他说道："双刃剑。"

-123-

第六章 · 磨合

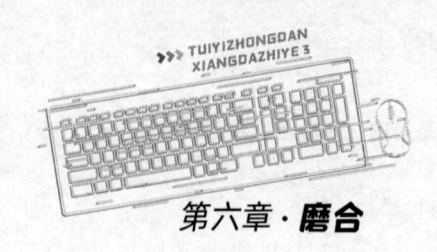

不管各大战队准备得怎么样，该来的比赛总会来的。

今年冬季德玛西亚杯在青岛举行，入围线下赛的八支战队都提前一天去了场馆，钟晨鸣他们也先去调试了一下设备，晚上大家又一起吃了海鲜大餐。

由于主办方没有提供训练场地，他们吃完饭背着鼠标键盘去了网咖，进行比赛前的最后训练。

这次训练也是打训练赛，不过只打了两三把算是热手，毕竟明天还要比赛，也没有开发新的套路，只是在做巩固工作。

打之前 Tristan 给他们讲了讲他们明天的对手，击败 NGG 的队伍 FUF 的风格。

FUF 这赛季之所以没有再保级，还击败 NGG 一路打到德杯线下赛，很重要的原因就是他们买了个新中单，还挺强的，是 YKW 的替补中单，大概是觉得在 YKW 没有上场机会，所以他来了中国。

这个中单的资料很少，Tristan 通过德玛西亚杯来找这个中单的比赛资料，只能得出他确实很强的结论来。

当然，除了中单，还有一个原因是 FUF 这赛季整体发挥都不错，这支队伍突然就活过来了一般，各种套路都用了起来。

不过好在他们的新中单也不差。

由于韩援太强，FUF 虽然各个点都可以发挥，但他们还是偏保中路，让中路主导的战术，这点倒是跟 MW 的战术差不多。

"从这几场德杯来看，FUF 整体节奏偏快，他们也是打的前期阵容，我们不能跟他们拼后期。" Tristan 说着，"因为我们没有后期。"

他一说出来大家都笑了，Tristan 也跟着笑了笑，继续道："今天我们就主要练练前期阵容，以及练习一下禁选英雄。"

-124-

练习禁选英雄主要是为了防止禁选英雄时候的陷阱，毕竟一把游戏在禁选英雄的时候就开始了，甚至在禁选英雄结束的时候，也就结束了，很多时候都可以通过阵容看出一把游戏的输赢来。

钟晨鸣之前就关注了 FUF，毕竟是击败了 NGG 的队伍，他还去看了一些韩国那边的比赛，对这个新中单还是有个底儿的，跟 Tristan 商量了一下，这次的训练赛也为明天的比赛做了一些调整。

训练赛孟天成打了两把小凯又打了两把，他们的感觉还不错，Tristan 最后还特意叮嘱他们，让他们不要轻敌，对面虽然看起来很弱，但毕竟是击败了 NGG 的队伍。

今天他们打完训练赛，就早早回到了酒店，明天还有开场式，十点多就要到赛场准备，所以让他们早点回去睡觉。

钟晨鸣依旧跟 Master 一个房间，睡觉之前，Master 突然问钟晨鸣："你紧张吗？"

窗帘被拉了起来，外面的灯光透不进来，只是一层灰蒙蒙的黄，钟晨鸣看不清 Master 的表情，还以为是他紧张，安慰道："一个菜鸡队伍而已，没事。"

沉默了一会儿，Master 的声音在黑暗中响起来："睡觉吧。"

钟晨鸣也没有说什么，Master 赛前竟然还会紧张，让他缓解缓解紧张也是好事。

在安静中，钟晨鸣很快就睡了过去，一夜无梦。

第二天热血尴尬的开场之后，他们在后台休息室等了两个小时，吃了个午饭，就到了 MW 跟 FUF 的比赛。

Tristan 在给他们做着最后的心理工作："没事，平常心，FUF 不强，随便打。"

几个人都听得发笑，不过这也很正常，压力太大的确影响发挥。

Tristan 还没絮叨结束，就轮到他们上场换鼠标键盘。钟晨鸣拿着自己的鼠标键盘从选手通道走出来，刺目的光线暗下来，透过选手通道，他看到了赛场上的观众席。

大屏幕上放着广告，观众席上的光线比较暗，稀稀拉拉亮着一些应援牌，钟晨鸣看了看，看到了 UNG 的，也看到了 BNO 的，也有 MW 的，他还看到一个"Master 嫁给我"的标牌，忍不住笑了起来。

以前场上的应援牌只有手绘的而已，现在就像是明星演唱会一样，各种各样亮着彩色灯的应援牌点缀在了观众席里。

钟晨鸣找了一圈,没有看到他的。不过他也很淡定,毕竟他在别人眼里还是个新人选手,并没有什么成绩可以让粉丝认可他。

不过他相信,下个比赛,这赛场里就会有属于他的一块应援牌,他会证明自己。

钟晨鸣走上了比赛舞台,跟队友一起调试着自己的鼠标键盘。等鼠标键盘插好之后,Glock 开始跟 Master 说话:"冯哥,那块牌子好亮眼。"

Master 不解。

疯子道:"我也看到了,'Master 嫁给我'。"

Master:"哦。"

这次的首发 ADC 是孟天成。小凯跟他们磨合时间还是太少,准备看情况上场。看到 Master 这么淡定,孟天成笑道:"冯哥这是已经习惯了吧?"

Master 冷漠道:"跟我没有关系。"

Glock 笑他:"兄弟你这是害羞吗?有粉丝还不应该高兴?"

钟晨鸣提醒 Glock:"大 G 哥,你的粉丝也不少,那个'Glock,UR 喊你回家吃饭'是什么意思?"

Glock 脸瞬间黑了下来,好一会儿才哼哼唧唧道:"跟我没关系。"

疯子也笑他:"我们要是遇到 UR 你别腿软啊。"

孟天成问道:"腿软是什么意思,不是手软吗?"

在他们一通瞎扯中,中场休息终于结束,比赛正式开始。

第一把,MW 选了蓝色方,禁了沙皇、瑞兹这两个对面中单玩得好,这版本又强势的英雄,最后禁了一个版本英雄奥恩。

而 FUF 那边,禁了佐伊、玛尔扎哈以及 EZ 三个版本英雄,也是封锁 MW 拿这几个英雄的可能。

MW 先手选英雄,Tristan 跟他们商量了一下,优先拿了女枪。

到了 FUF 那边选英雄,他们可以选两个,直接就拿了烬跟布隆,这一套下路组合。

拿烬是为了防止女枪跟烬的无敌 POKE 组合,而拿布隆则是为了限制女枪,布隆有个盾牌可以挡女枪大招。

看到这个英雄选择,Tristan 忍不住笑了笑,跟孟天成道:"他们好像很怕你。"

孟天成笑了:"那我就不谦虚了,名声在外。"

Tristan 接着道:"皇子,维鲁斯。"

皇子现在也是一个版本强势英雄。

这两个英雄现在不拿,等会儿怕就被禁了,皇子放出来对面都没抢,不知道 FUF 是对自己打野的皇子不自信,还是太自信了点。

MW 这边拿维鲁斯则是为了配合下路女枪,没有了烬,维鲁斯算是烬的替代品,依旧可以打 POKE 型下路的套路,女枪辅助,维鲁斯 ADC。

之前强势中单差不多都被禁了,FUF 这时候拿了一手中单卡萨丁,他们也是看出了 MW 这边要封锁完他们中单英雄的打算,早点将卡萨丁拿下来,也是防止被 MW 拿或者禁掉。

接着又到了禁英雄环节,他们一边还有两个禁英雄位,由于 MW 的中上还没选,FUF 就主要针对他们中上组合,直接禁掉了 Glock 的大树以及最近比较热的卡密尔。

FUF 拿了中下组合,所以 MW 现在禁英雄也就主要针对他们上野,奥恩不在,Tristan 问了下 Glock 要不要打快攻,用卡密尔,Glock 点了点头,Tristan 就让他们禁了上单位的纳尔,以及打野位的狮子狗。

"哇!"FUF 那边刚刚禁完,Glock 就不淡定了,"大树都禁了,这是什么东西啊?"

疯子笑道:"大 G 哥你大树太强了,他们吓到了。"

钟晨鸣看看这个也是觉得好笑,说道:"这是对你的尊敬,说明大家都怕你的大树。"

"算了算了。"Glock 十分无奈,问 Tristan,"我能不能拿俄洛伊?"

俄洛伊是这个版本挺强的一个上单,但是赛场上并不好掌控,因为技能的原因,以往都不太好上场,现在因为版本实在是强,才让她有了上场机会。

这时 FUF 选择了打野瞎子。

Tristan 说道:"看情况吧,18 你想玩什么?"

两边都针对中单禁了一拨英雄,现在版本里稍微强势一点的中单都没了,不过好在钟晨鸣的英雄池够深,他表示这点完全就是小意思,说道:"感觉可以玩吸血鬼。"

Tristan:"那就吸血鬼,Glock 补强控。"

MW 又拿了吸血鬼,还有上单没拿。

Glock 直接道:"慎。"

Tristan:"可以,打中期、前期下路注意点。"

FUF 最后一手拿了俄洛伊,Glock 忍不住笑了起来:"哇,俄洛伊!"

Tristan 道:"好好打。"

Glock 道:"我不怕他,好打。"

Tristan:"你说得我都信了,你线上稳住支援,这一把等打小团,别单独搞事。Master,你主要抓这个俄洛伊,抓到他起不来,不行就跟18一起去,单抓俄洛伊可能会出事。"

Master 简单道:"好。"

钟晨鸣也道:"前期没问题,对面卡萨丁肯定不会出来支援。"

Tristan 点点头,又做了一些战术布置,开始婆婆妈妈道:"你们放轻松,德杯而已,就是来体验一下,我们就是让新人来体验体验的,随便打打,奖金还没有你们的转会费多。"

几个人都听得笑了起来,Tristan 也挺轻松的,这次说得都少了:"但还是要好好打,毕竟钱少也是钱,放松打,不要有压力。"

英雄选择时间结束,Tristan 交代了几句之后就离开了他们身后,去跟 FUF 的教练握手,而场上的队员们,在短暂的读条之后,比赛开始!

这次是常规开局,一级也没搞出什么事来,钟晨鸣用吸血鬼跟卡萨丁对线,对面卡萨丁看起来对线经验丰富,钟晨鸣跟他对线也没有击杀产生,只是前期他把卡萨丁压得有点惨。

钟晨鸣一压线,Master 跟疯子立刻闻风而动,跑去对面野区布置了视野。

对面的打野是盲僧,是一个前期 GANK 能力十分出众的英雄,当然,皇子同样也是一个前期 GANK 能力出众的英雄,这两个英雄在野区相遇,也就是看谁能躲谁技能,躲了技能就能打赢,躲不过就完蛋,所以 Master 没有贸然去对面野区,对面盲僧也没有过来,只是都将视线投向了中路。

两个战队都是以保中路为主的打法,围绕着中路的争端是必不可少的,然而皇子的动向没有被盲僧掌握,盲僧也不敢轻易来中路抓,还是处于观望中。

疯子跟 Master 为钟晨鸣点亮了中路河道旁边的视野,让钟晨鸣可以安心压线,如果盲僧来钟晨鸣就可以提前看到,Master 则是去了上路,他要去抓爆对面那个俄洛伊。

虽然一开始 Glock 说不怕俄洛伊,但这个版本的俄洛伊就是无敌一样的存在,Glock 还是被打得有点惨。

Master 跟 Glock 交流了一下眼位的问题,绕过对面视野,直接绕后 GANK。

对面的俄洛伊好像有点自大，可能是觉得做了眼没什么问题，一心想把 Glock 的慎压爆，结果一转头就看到一柄长枪横空而来，直接就被 Master 挑飞配合 Glock 击杀。

他们杀完俄洛伊，Master 帮 Glock 将兵线推进防御塔，让防御塔吃掉小兵，这个时候盲僧才姗姗来迟，意思思吃了几个兵，反正被防御塔吃不如给他，补兵也是补得毫无顾忌，他在中路试了试，发现完全抓不到，想来上路找找机会，结果还没走到，就发现自家上单死了，也是很无奈了。

Master 抓完上路，又去了中路，跟钟晨鸣商量了一下："越塔？"

钟晨鸣："越，留闪等他闪。"

"好。"

对面卡萨丁被钟晨鸣压在塔下，这次 Master 找准机会，直接就从野区一柄旗帜插过去，接着长枪一挑。Master 所在的地方是视野盲区，卡萨丁根本就没怎么注意，直接被挑起。

红色的鲜血从卡萨丁身体里流出，汇入吸血鬼手中的血液之中，钟晨鸣跟上伤害。

只是一个挑飞的时间，卡萨丁血线就已经变残，他急忙交出闪现想要逃跑，钟晨鸣闪现跟上，一直追到二塔击杀卡萨丁，随后吸血鬼变为血泊躲掉防御塔的攻击，安全逃出。

这次先是 Master 抗塔，再是钟晨鸣抗塔，抗完塔他俩血线也残了，两人齐齐回家补充状态，出来的时候，钟晨鸣首先去了上路。

之前说好的抓爆对面上路，那肯定是要抓爆的，不仅要抓爆，还要抓得他哭爹喊娘、瑟瑟发抖，以后再也不想玩俄洛伊这个英雄。

对面打野的动向完全被 Master 掌握在了手中，Master 掌握了，自然 MW 的人都知道了，趁着对面打野在下半野区的时候，钟晨鸣跟 Master 去了上路。

上一局是上路对拼太激烈，给了 Master 机会，这次俄洛伊尿了，他们打野没在上半野区，他不敢轻易推线，只敢将兵线控在塔前，这种情况，他们只能越塔强杀。

俄洛伊已经六级，越塔强杀一个有大招的俄洛伊，其实怎么看都不是一个明智的举动，俄洛伊是一个敌人越多战斗力越高的英雄，越塔强杀极其容易被反杀，就连解说看到他们这个举动，都不太看好，但又觉得是一个正确的选择，毕竟俄洛伊起来了后期真的没法打。

在 MW 的语音里，MW 的中上野三人快速商量着如何越塔强杀这个俄

-129-

洛伊。

"控住强杀。"Glock道，"我E闪（连招）。"

Master："伤害不够。"

钟晨鸣："控制一阵，打残轮流扛塔，G哥先来。"

比赛的大屏幕上，观众们就看到慎突然冲进塔嘲讽，然后皇子从天而降，接着吸血鬼就来了。

慎的嘲讽结束之后，俄洛伊此刻还有小半血，直接一个大招扔下来，钟晨鸣立刻化为血池躲避大招的伤害，Master跟Glock无处可避，直接被大招命中。

俄洛伊的大招"过界信仰"：将自己的神像砸进地面，对周围的人产生伤害，并且每命中一个敌人就将产生一只触手，触手的挥舞速度提升50%。

随后俄洛伊跃起，直接袭向越塔强杀的三人中能打到的最脆的皇子，他身后的触手也紧随而上，想要强行拍死皇子。

"叮！"

一声金属的轻响，皇子的身体突然化作金色雕像，无论是俄洛伊还是他身后的触手，都砸了个空。

新赛季更新后的新装备——秒表！

只需要动动手点个符文页，或者商店花六百块钱，就可以让英雄凝滞两秒，期间无法被攻击和选中，也无法移动，免疫所有伤害。

只需要六百，仅仅只要六百，或者点点符文页，就给你多一条命的机会！

此时钟晨鸣的吸血鬼从血池状态中起来，吸血鬼刚刚将自己化为一摊血池，这是跟秒表一样无法选取的状态，只是可以移动，所以刚才俄洛伊的大招是没有砸中他的，也没有因为他的存在多产生一条触手，此刻他变回正常状态，继续打伤害。

俄洛伊还挣扎了一下，但是并没有什么用处，直接就被钟晨鸣收掉了人头，Glock扛了一会儿塔，扛不动了就走了，然后塔外面开了个大招给钟晨鸣盾支援，让钟晨鸣一个人收掉残血俄洛伊。

抓完俄洛伊，钟晨鸣继续回到中路刷线，Master则是帮Glock推了上塔，这一助力，中上野直接起飞。

"不能拖后期。"Master这样说了一句，大家立刻都动了起来，上路被抓成这样，他们就搞下路，俄洛伊为了不亏线传送回线，既然他传送用了，那FUF的下路就危险了，Glock不仅有传送，大招也快好了，他的大招可是全地图支援。

这一次他们下路也快速推塔拿龙，暂时放置了俄洛伊。当然，也没有让俄洛伊安心发育，推掉下塔，直接换线，疯子跟孟天成双人路去了上路，双人线是肯定压着上单打的，俄洛伊被打得没脾气，也想换线。

但是已经来不及了。

这个时期已经到了中期小型团战期，MW前期滚起来的雪球让FUF完全招架不住，MW并没有给他们太大的机会，也不会让他们拖到大后期装备起来，让他们有机会赢，最后在三十分钟内推平了对面基地。

这一把是MW的常规打法，完全按照之前训练赛的步调在走，虽然赢了，但是大家都没有太多的惊喜，只是照常商量着这一把对FUF的感受。

后台中场休息，Tristan先是表扬了他们，继续商量下一把的战术，然后拍拍小凯的肩，说让小凯去试试。

他们打FUF看起来很轻松，跟队员沟通了一下也没什么问题，所以Tristan决定让小凯上去历练历练，看看小凯在比赛上的表现如何。

Tristan之前也看过小凯LDL比赛时候的战绩，觉得很可以，并且小凯心态看起来也没什么问题，训练赛发挥得比孟天成也好，这才做出这个决定来。

如果不是孟天成跟他们先磨合，以及他是一个有LPL和德杯经验的老选手，Tristan说不定会直接让小凯首发。

这次轮换到小凯上场。作为一个不需要别人跟他很熟，但人人都跟他强行很熟的ADC选手，小凯对新队伍的适应十分迅速，到了比赛的舞台也没有一点怯场。

小凯的上场MW的人都觉得很正常，但观众跟解说就不这样认为了。这个新选手，真的是新得不能再新了，除了之前MW转会期后又一次官宣提到了这个人，大家对于这个人是一点印象都没有。

当然，后续大家也扒了点东西出来，这个新ADC好像是个韩服高段位选手，国服排名也不低，以前还在小战队待过，算是被挖掘出来的新人。

就算是这样，小凯的关注度还是很低，他好像也没啥特点，除了一张官方照片找不到其他个人相关的东西，粉丝也基本没有，也就MW的粉丝会关注他一点。

然而MW并不是什么粉丝特别多的战队，所以小凯的关注度也就更低了。

解说倒是比粉丝好点，至少之前就了解到了一些信息，就算没有了解到，换人也会提前通知解说这边，他可以现场去了解了解，立刻就能跟观众们说出个一二三来。

解说一说道："上一把天成表现得中规中矩，MW 这手换人有点奇怪。"

解说二就接道："凯是名新选手，听说 MW 里面大家都叫他小凯，应该是之前训练赛成绩不错，所以带来锻炼锻炼。"

舞台上的选手们戴着耳机，听不到解说的话，疯子还在孜孜不倦地教诲小凯："你别紧张，反正就跟打排位赛一样，我跟你说对面贼菜，很好打。"

钟晨鸣提醒他："还是尊重一下对手。"

Glock 笑他："等会儿被打崩了你怕是要吃键盘。"

疯子不以为意："是真的好打，等会儿凯爷估计能杀穿对面。"

小凯看了疯子一眼，没有说话。Tristan 让他拿了大嘴，这是一个偏后期的英雄，比赛的时候他就开始慢悠悠补兵，完全没管旁边一个劲想要打架的疯子。

不过疯子也只是吼得凶，真让他上，他肯定不上，他们这个下路，选出来就是让小凯一个人发育，而疯子出去搞事的组合。

打正式比赛的时候疯子就比训练赛的时候稳多了，完美展现了他之前的保姆作风，游走也不忘下路，帮小凯把什么都做好了，卡着时间才出去走两圈，也不一定是去 GANK，多数是出去控制视野，好让 Master 掌握敌方动向。

正式比赛里，抓人也不是那么好抓的，特别是对面还输了一局，这一把肯定是求稳，更加小心仔细，要是偷鸡不成蚀把米就让人难受了，还是保下路发育比较合适，毕竟他们下路的 ADC 也是可以玩的，后期还很强。

上一把 Master 把重点放在了上路，这一把 Master 就把重点放在了下路，上一把是要抓爆俄洛伊让他没法起来，这一把则是要把自己的下路养起来。

钟晨鸣跟着 Master 走，先是中路取得优势，然后跟 Master 去下路以及对面野区搞事，打成了入侵型的中单跟打野。

对面 FUF 中野跟他们都有差距，是真的玩不过他们两个人，让 Master 跟钟晨鸣掌握到了节奏，FUF 这一把也不用玩了。

这一把赢得比上一把更快，可以看得出对面上一把心态就有点崩，这一把前期劣势，FUF 接连失误，二十几分钟就被 MW 推平了基地。

小凯在这把里面根本没有太多的发挥，就看他们中野带节奏，他跟着混混，偷了两个人头，装备成型之后，最后团战拿了个三杀，然后莫名其妙就跟着团队推平了对面基地。

打完最后一击，疯子还跟小凯说话："可以啊，最后这么打，你是一点都不紧张。"

小凯没理疯子，低着头想着什么，疯子拍了他一下："走了，握手。"

"嗯？"小凯懵懵懂懂地抬起头来，跟着疯子过去 FUF 那边握手。

赛后握手这种流程钟晨鸣很熟悉，还有输了比赛一脸蒙忘记握手被人黑的时候，不过在 Master 看来钟晨鸣还是第一次，在旁边提醒道："每个人都要握，不然要被黑。"

钟晨鸣笑了笑："好。"

跟在 Master 身后去握了手，又回来收拾鼠标键盘，然后回了后台。后台的 Tristan 笑着迎接他们回来，十分高兴，表扬了钟晨鸣跟 Master 的中野。

钟晨鸣觉得自己脸皮已经很厚了，但 Tristan 这样吹还是受不住，赶紧把 Master 推出来，让 Master 顶一顶。面对着 Master 毫无表情的脸，Tristan 突然什么都说不出来了，半天才说出来一句："打得不错，继续发挥。"

而孟天成也拍拍小凯的肩膀，说："打得不错。"

小凯终于思考结束，抬头看他们，问道："晚上是不是吃海鲜？"

疯子跟孟天成一听笑得不行，连忙喊可可说晚上继续吃海鲜，可可连道批了批了。

赢了比赛整体氛围都轻松了下来，原本队里面的气氛还有些紧张，他们在训练赛中表现也不是特别出色，大家都不知道打 FUF 到底会如何，现在赢了这些担心都不存在了，连教练心里都有了底，对接下来的训练安排又有了新的想法。

晚上吃完海鲜又是网吧训练，第二天他们打 BNO。之前他们也跟 BNO 打过不少的训练赛，十分清楚 BNO 的实力，他们赢 BNO 不是没可能，就是有点难。

Tristan 跟他们讨论的结果是，BNO 也是打野贼强势，如果 Master 能限制到 BNO 的打野小安，那他们会好打很多。

Master 看着 Tristan："18 打出优势我就很好打，我相信他能打出优势来。"

Tristan："……朋友你这样让我压力很大。"

比赛上，钟晨鸣能不能打出优势，很大一部分都看他这个教练要拿什么阵容，要是给钟晨鸣一个前期弱势的英雄，在这个赛场上大家都能"苟"的版本里面，还是不容易打出优势来的。

钟晨鸣笑了起来："晚上练习一下禁选英雄吧。"

Tristan 道："我去看看数据。"

这个数据指的是 BNO 的数据，也就是英雄胜率、出场率之类的东西，由此来针对性地研究一下 BNO 的禁选英雄。

明天就是比赛，他们也无法在一晚上之内提高太多实力，只能在另一个方面提高，那就是对一场比赛有着决定性作用的禁选英雄环节了。

Tristan 不仅晚上跟他们商量了一下禁选英雄，回去酒店还苦思冥想了一晚上，做出各种设想来，没睡两个小时第二天就爬起来精神抖擞地告诉队员们，自己这次想了个绝佳的禁选英雄策略，能套路死对面。

他们现在在候场的休息室里，队员们都表示愿闻其详。

Tristan 道："小安不是喜欢入侵吗？套路他，就让给他拿强势英雄。"

队友们不解。

Master 问了句："放皇子？"

这个版本比赛上面，皇子几乎是没被禁就必选的存在，而打野小安也是十分喜欢用这个英雄。

Tristan 一副孺子可教也的表情，说道："对，然后放烬，中单给他们沙皇或者佐伊。"

Glock 有了疑问："放佐伊没问题？"

佐伊这个版本也是没被禁就必选的存在，"秒人"很强。

Tristan 看钟晨鸣："有问题吗？"

钟晨鸣道："没问题，沙皇也放出来，我可以用沙皇。"

Tristan 道："行行行就这样，我们放他们一个没人跟皇子的阵容，牛头女坦不能放，其他的，小安要是敢过来反野，就看你们配合了。"

因为小安特别喜欢反野，打得十分激进，所以他们昨天晚上也针对性地研究了一下小安的打野路线，以及反野的套路。疯子十分自信说他能让小安再也不敢反野，所以对于小安的反野他们还是有准备的。

这次放小皇子，如果小安还敢来反野，那就是掉进了他们的圈套，他们就希望着小安来反野，他们一早就做好了准备。

大概的战术商量得差不多了，也到了比赛正式开始的时候，Tristan 揣着写满禁选英雄套路数据的本子，信心满满开始在后面指挥大家禁选英雄。

BNO 那边拿的蓝色方，MW 这边红色方，按理说，皇子强势，蓝色方先拿英雄，BNO 不会禁皇子，如果 MW 也不禁，他们就直接拿了。

但这次，BNO 首禁皇子，直接自己就禁了。

这下 MW 这边都蒙了一下，这什么操作？

Tristan 很快反应过来，知道 BNO 也是有备而来，他昨晚上临时想出来的套路用不上，直接就换成常规套路，并且时刻准备着看穿 BNO 的套路。
　　BNO 第一手拿了奥恩，Tristan 有点没看懂，不知道这个奥恩抢的是什么道理，问了下 Glock，Glock 表示虽然奥恩强势，但他可以用俄洛伊打，没问题。
　　为了防止第二轮被禁，Tristan 让 Glock 拿了俄洛伊，随后又拿了一手同样被放出来的卡莉斯塔。
　　对面又拿了烬跟沙皇，钟晨鸣直接锁下佐伊。
　　双方都会针对辅助进行一轮竞争，Glock 还问了句："牛头被禁，女坦下一轮肯定没了，你拿什么配合卡莉斯塔？"
　　卡莉斯塔的大招是把跟自己链接的人扔出去，并且击飞敌方，所以跟卡莉斯塔配合的可以接连控的英雄比较好，女坦跟牛头都是这样的英雄。
　　疯子惊叹了一下："锤石啊，辅助一哥被忘记得这么快？"
　　Glock："……我都把这个英雄忘记了。"
　　卡莉斯塔跟锤石可是下路绝配，不仅能分分钟打爆对面下路，还能很好地配合打野 GANK，虽然版本原因锤石用的人也不多了，但还是可以玩的。
　　不过接下来，BNO 就把锤石给禁了，倒是把女坦放了出来。
　　Tristan："女坦？"
　　疯子想了想："我总觉得有鬼。算了，我用慎。"
　　慎虽然是个上单，但是因为稳定的控制以及盾技能，也被开发出来了辅助的打法，疯子最近在韩服试了试，感觉还不错。
　　Tristan 看着他们阵容，点点头："拿，给 Master 选个螳螂。"
　　慎跟螳螂也是一个套路。螳螂无脑切进去，慎给个大招，不仅能给螳螂一个保护盾，还能在大招下来的时候接上控制，达到切后排控场的效果。
　　BNO 那边则是拿了辅助洛跟猪妹，很明显是要养中单，让中单制胜。
　　看到小安拿下猪妹，Master 突然轻轻笑了笑，钟晨鸣注意到了，问他："怎么了？"
　　Master 看着屏幕，说道："我要告诉小安，这个赛季不能玩猪妹。"

　　话是放出来了，Master 这一把却没有得到表现的机会，他们这一把所有的注意力都被下路吸引了过去。
　　由于昨天小凯表现得还不错，训练赛的发挥也很稳定，所以这一把上场的是小凯，三级的时候，小凯跟疯子直接拿了下路一血，杀了对面洛。

Glock 第一个喊出来:"哇,厉害。"

钟晨鸣也道:"可以可以。"

这个一血像是一个开关,接下来小凯跟疯子直接把 BNO 的下路摁在地上打,完全没有给对面喘息的机会,这让 BNO 突然就被动了起来。

他们下路劣势,是要去帮还是不去帮?

小安选择了去帮,Master 也选择了去帮,他们下路优势,对面会来抓,那肯定是要去等着的。

Master 直接就在下路草丛等到了过来的小安,钟晨鸣也跟着往下走,知道这一轮肯定要打,不过又是他还没走到,这一轮就打完了。

Master 切进去死了,小凯三杀,直接起飞。

回去出完装备,小凯直接就骑在了 BNO 下路脸上打,BNO 的下路完全没有还手之力,小安不到关键时刻也不去下路了,有疯子的保护,他下去就是去送的,或者说现在除非五个人都去下路,否则根本没法跟这个卡莉斯塔抗衡,前期四个人头,还是卡莉斯塔拿的,完全就没法玩。

到了这个地步,无论是原本打算怎么开场、怎么运营,全都不管用了,他们需要的就是在下路搞事情,就算小安放弃了在下路搞事,但只要 MW 这边想打下路,他们也没有办法,总不能真的让 MW 下路通关吧。

如果 BNO 他们这个时候能稳住还有得打,但 MW 却没有给他们稳住的机会,Master 做出选择,从原本的打中野联动直接变成围绕下路打,由下路主导。

这是让 BNO 始料未及的事情,自从进了德玛西亚杯八强,BNO 就没跟 MW 打过训练赛,毕竟是马上就要成为对手的人,还打训练赛,被套路了都有苦说不出。

他们之前所接触到的 MW,一直都是中野主导,他们之前所做的准备也都是如何让 MW 中野联动不起来,结果 MW 的新 ADC 直接就打崩他们下路,强行把节奏拖入了 ADC 的节奏当中。

是的,是拖入了 ADC 的节奏,而不是 MW 的节奏。

一场完全没有准备的比赛,BNO 打得十分无奈,前期下路崩盘,中期被 ADC 带着走,节奏全乱,打得毫无章法,虽然很多次他们都在主动想把节奏找回来,但是都没成功,反而在最后一次主动找节奏的时候团灭,让 MW 推平了基地。

赛后,无论是选手、媒体还是解说的目光都放在了小凯身上。这场他肯定是核心制胜点，连导播都给了他一个长时间的镜头，一直目送到他从选手通道离开。

MW 的几个人从舞台上下来，Glock 还在笑着说："可以啊小凯。"

Glock 脸都快笑烂了，一半是因为能打败 BNO，还打败得如此轻松，另一半是因为他发现自己的队友竟然如此厉害。

小凯道："是他找的机会。"

他示意了一下疯子，好像不太适应这么多人关注他，直接溜了。

"溜得真快。"Tristan 看着小凯的背影，摇了摇头，转而看向其他人，"这把感觉怎么样？"

钟晨鸣道："很轻松。"

Tristan 笑了起来："你当然觉得轻松了，Glock 跟疯子呢？"

疯子直接就说了："BNO 是不是状态不太好？"

Glock 也道："前期就算崩了，也不至于这样吧。"

Master 看他们："你们以为他们为什么没找到机会打回来？"

Glock 立刻笑起来："冯哥厉害。"

嬉笑了一会儿，小凯厕所遁也回来了，Tristan 跟他们总结了一下上一把的问题，总结的结果就是再接再厉，然后又拍了拍小凯肩膀，让他别紧张，这个再接再厉不是让他下一把继续这样攻打，下一把 BNO 大概会有准备了，他正常发挥就行。

第二把上场，MW 还是选择了红色方，这次禁选英雄，Tristan 又说了一声："禁牛头，放行子。"

BNO 那边也小心了起来，开始用正常套路来打，这次第一轮禁选英雄结束，皇子就被放出来了。

Tristan 笑了笑："我们的套路终于派上用场了。"

这次对战 BNO，Tristan 连夜写好了剧本，就等着 BNO 跟着剧本走，虽然上一把出了点状况，但这一把却是没有多少差别的。

按照 Tristan 的计划，他们放给 BNO 什么英雄，他们就会拿什么英雄，英雄选择结束，这一把跟 Tristan 的设想也差不了多少，阵容原因，他们这边这一把差不多也算是碾压过去，根本没费什么劲儿。

2:0 战胜他们的强敌 BNO，MW 这一次可以说是很有排面了，打完比赛 Glock 都觉得有些轻飘飘的，一转头却看到 Master 跟钟晨鸣说着话，Master 就不提了，打了几年职业，心态有了，淡定也是应该的，但钟晨鸣这个刚刚

-137-

打职业的新人怎么能这么淡定啊!

Glock 忍不住问:"18 你这么淡定的吗?"

钟晨鸣转头看他,也是笑着的,只是没他笑得这么开心而已,钟晨鸣反问道:"不然你以为?"

Glock:"至少也应该喊两声吧,我们之前跟 BNO 打训练赛被虐这么惨,你不表示表示?"

疯子插话道:"表示什么?是你被虐这么惨又不是他。"

钟晨鸣笑了起来,Master 说道:"走了,去握手。"

他们挨个走到 BNO 那边。BNO 的人坐在椅子上还有点蒙,不过他们很快就回过味儿来,知道哪里出了问题,站起来跟 MW 的人握手。钟晨鸣握到小安的手时,小安突然道:"可以啊,进步很大。"

钟晨鸣笑了笑,说道:"谢谢。"

握手的时间短暂,小安拍拍他的肩算是让他继续加油。

他们又去舞台向观众鞠躬,之后从选手通道下去,选手通道灯光璀璨,Master 突然问了问钟晨鸣:"你跟小安关系很好吗?"

"一般吧。咋了?"钟晨鸣答道。他也没想太多,觉得 Master 也就随口一问,他也就随口一答。

"没事。"Master 在心里想着,也就是有点危机感——如果有人打野配合你比我还好,那我岂不是一点优势都没有了?

不过就现在来看,还是他最适合 18。Master 忍不住笑了笑。

钟晨鸣看了 Master 一眼,虽然 Master 努力绷着脸,但眼里的光还有小动作泄露了他的情绪,钟晨鸣也没继续说什么,回后台跟教练讨论明天的比赛。

回到后台,Tristan 却没有跟他们说比赛的事,就说这场发挥得很好,大家可以放松放松,等疯子接受完采访可以去吃点特色菜。

这次赛后采访是疯子去的,之前打 FUF 接受采访的是 Master,赛后采访一般都是采访比较有名气的选手,而疯子在 LTG 打了这么久,表现大家都看在眼里,很多亮眼操作让他被观众们熟知,虽然还不能算是明星选手,但也有了一定的名气。

这一把的赛后数据跟 MVP(最具价值玩家)也很快出来,MVP 给了 Master,对 MVP 归属问题开了一阵玩笑之后,他们就坐在后台看疯子的采访。

疯子赛后采访的时候终于是个人样了,说话说得十分官方,主持人问他:"来到 MW 之后有什么感受?跟之前在 LTG 有什么不同吗?"

疯子微笑着一本正经道:"在 MW 跟在 LTG 没什么不同的,队员们都很友好,氛围也很好。"

Glock 笑他:"这个回答,有点东西。"

钟晨鸣也道:"说了跟没说一样。"

主持人又问了几个问题,全都被疯子一套"差不多""都很好""我不知道"给搪塞过去。直到主持人问到"队伍的新人表现如何"这个问题的时候,疯子才笑得没那么模板化了,眼里露出几分兴味来,连语气里都带上了点好玩的味道:"都……挺有意思的。"

主持人追问:"哪里有意思呢?"

疯子回答道:"就挺有意思的。"

这下主持人也问不下去了,只能说结束语,而后台 MW 的人则是一顿爆笑,Master 都说道:"没想到他还能这样。"

赛后采访是没有彩排的,问题还是主持人自己准备的,所以都是看选手的临场发挥。一开始说让疯子去接受采访,可可还有些担心,这个人赛后采访怕不是会弄出什么乱七八糟的事情来,结果没想到还能回答得如此官方,也是很好玩了。

采访结束后,疯子走进休息室,立刻恢复原样,问大家:"刚刚我怎么样?帅不帅?"

"帅帅帅。"大家都很给他面子,纷纷起哄。

Glock 还问了句:"有意思是什么意思?"

"就很好玩啊。"疯子点点小凯,又看向钟晨鸣,"都很好玩。"

Master:"你皮这一下很开心?"

疯子连忙道:"不开心不开心,吃饭吃饭!"

可可原本的打算就是输了吃外卖,赢了吃海鲜,立刻就拉着他们去吃海鲜了。

来青岛就是要吃海鲜嘛,不管活的生的都要来一遍,还好战队里面没人海鲜过敏。

连赢两个队,其中还有 BNO 这样一个强队,战队里的气氛立刻就轻松了不少,开打之前的紧张完全都不见了,即使明天的对手是 UNG 也不能阻止他们多吃一会儿东西。

吃完了又是网吧训练,这次 Tristan 看起来就喜气洋洋的,全场笑着跟他们商量战术,毕竟赢了 BNO,还差不多算是吊打,还是值得乐一乐的。

商量了一会儿战术，又让他们可以打打排位找手感，晚上再安排针对性的训练赛。

而 MW 下路的开黑组，则被 Tristan 单独叫了去安排他们对练，他们下路人多，正好对练方便。

而钟晨鸣则是继续跟 Master 双排找手感，Glock 就孤孤单单地一个人打着排位，还感叹一下自己贼孤独。

晚上他们又针对 UNG 做了一番分析，最后得出结论：这是一个很平均的队伍，强得平均，菜得也平均，前期后期都差不了多少。

UNG 也是一个老牌战队了，虽然成绩起起落落，但至少这赛季表现得还可以，有自己的打法跟风格，总体来说还是偏运营一些。

现在 MW 这个默契，跟 UNG 玩运营是肯定玩不过的，还是只有跟 UNG 玩前期，都拿前期强势的英雄，最好在线上就打爆他们。

商量完战术，又打了两把训练赛，Tristan 这才放他们回去酒店休息。

路上 Master 走在钟晨鸣后面，一直盯着钟晨鸣的背影看。

快到酒店时，Master 突然喊了一句："18……"

钟晨鸣回头看他："咋了？"

Master 却偏过头看路过的人，说道："没事。"

钟晨鸣奇怪地看他一眼，也没在意，等回到房间，Master 又喊了一次："18……"

钟晨鸣又问："什么事？"

Master 想了想，说道："你为什么要叫'18'？"

钟晨鸣更加奇怪地看着他："你忘记我国服的账号了？"

钟晨鸣国服账号就叫"18 岁中单想打职业"，他开直播间的时候用的前两个数字，职业账号也懒得去想，直接就用了。

意识到自己问了个蠢问题，Master 又不说话了，钟晨鸣问他："你怎么回事？"

Master 看着他沉默片刻，说道："没事，睡觉吧，明天早点起来热手。"

虽然觉得 Master 有点问题，但钟晨鸣没有去细想，他想明天怎么打 UNG 都来不及，怎么有精力去想 Master 的个人问题，想着想着，就迷迷糊糊睡着了。

Master 看了他一会儿，也睡了过去。

Master 也没想什么特别的问题，就是在想"自己真的配得上钟晨鸣的中单吗"？国内比他强的有小安，国外比他强的也是一大把，虽然他不觉得自己比小安弱，但小安是这一次的全明星选手。全明星是票选产生的，也就是说大多数人都觉得小安比他强，而他跟钟晨鸣的配合……这个跟别人也是可以练的。

怎么想，他怎么都觉得自己是一个可替代品。他突然就丧了起来，每一个打野都希望有一个独属于自己、跟自己最合拍的中单，他希望这个中单是钟晨鸣，就是不知道钟晨鸣的打野会不会是他。

但是明天还有比赛，他还是得好好睡觉，明天要打强敌 UNG，他需要休息好。

MW 跟 UNG 打过训练赛，在训练赛中他们也多是被按在地上打，开赛之前，Tristan 又把他们拉过来千叮咛万嘱咐，交代了一遍又一遍的注意事项。

疯子开玩笑喊 Tristan 老父亲，Tristan 一点都不介意，还说只要能赢随便怎么喊。

很快就到了比赛，Tristan 研究了许久的 UNG，在禁选英雄上没有让 UNG 占到便宜，不过他也没占到 UNG 的便宜，倒是拿了一个自己很想拿的阵容。

这次 UNG 放了佐伊，MW 这边直接抢了，而对面拿了皇子跟青钢影，Tristan 问了问 Glock："你拿什么打青钢影？"

Glock 回答得十分迅速："纳尔。"

"那就纳尔。"Tristan 说完，Master 就帮 Glock 锁定了纳尔，随后又帮疯子拿了牛头。

Master 的打野英雄池还是挺深的，不怕对面针对，所以先拿了辅助跟上单，最后两手留给小凯跟疯子。

最后 Master 拿了挖掘机，小凯拿了维鲁斯。

第二轮 UNG 又拿了卡萨丁，这一把中路就是佐伊打卡萨丁。

挖掘机也是一个很好带节奏的英雄，开局 Master 就死蹲中路，两级配合钟晨鸣杀掉卡萨丁，三级入侵反野，六级就带着钟晨鸣去下路胡乱搞事。

搞完事回来，钟晨鸣中路已经能压着卡萨丁打了，他玩起游戏来话也多了一点，再一次将卡萨丁压回家，钟晨鸣就问了一个问题："UNG 是为什么会觉得卡萨丁能打佐伊？"

疯子道："其实还行吧，不难打。"

Glock 在上路笑了起来："别人的佐伊好打，你的佐伊难打。"

这就吹得钟晨鸣十分不好意思了，立刻转移了话题："对面的蓝要刷了，反？"

疯子在下路道："可以，我可以过来，小凯没问题吧？"

小凯道："推线，一起过去。"

Master 也道："下路线推过去，看能不能在蓝 Buff 打一顿。"

他们这边有经济优势，装备比 UNG 好，每个人都能发力，有控有强开有爆发有持续输出，此时不打更待何时。

Master 先去野区转了转，并没有发现人，挖掘机有个听声辨位的被动技能，也就是他可以听到他看不到的地方的脚步声，所以如果有人他就会发现。

在野区做了视野，Master 直接喊钟晨鸣："过来。"

钟晨鸣在中路刷着线，Master 一说，直接清完这拨兵就往蓝 Buff 的方向走，UNG 的中单卡萨丁也敏锐地察觉到了他们要做什么，却稳在中路没有动弹。

"他们这是干什么？"Glock 问了句。

疯子道："避战，打不过就不打了。"

小龙已经被他们打了，现在让个蓝 Buff 保平安，也是很正常的选择。

钟晨鸣一眼看穿 UNG 的计划："他们想拖后期。"

既然前期崩了，那就稳着来，看看对面会不会失误露出破绽来，等能够抓到破绽的时候再打一局必赢的团战，这是 LOL 比赛里面很常规的打法，劣势肯定是求稳求发育的，而且 UNG 也是中后期发力的阵容，拖下去说不定就会赢。

而强势方，肯定是要越快结束比赛越好，毕竟夜长梦多。

Master 也很快做出指挥来："疯子找机会控制他们野区的视野，入侵他们野区。"

既然对手要求稳，那他们肯定就不会给对手发育的机会。

UNG 最终也没找到机会挽回颓势，虽然中期平稳了一段时间，MW 却没有出现太过致命的失误，前期过大的优势让 UNG 十分无可奈何。

这一把钟晨鸣的数据十分华丽，10-1-8 的战绩，MVP 也给了他。

后台休息室，Tristan 一脸开心，他们一路连胜过来，现在打 UNG 看起来也挺轻松的，他看这一把一整局都没有合拢过嘴。

Tristan 跟可可吹了一会儿，等队员们下来，又先表扬了一番，然后才开始说战术问题。

刚才那一本 UNG 也没有泄露什么，都是常规打法，所以 Tristan 的战术安排也是一如往常，中野联动，打前期。

短暂的战术商量之后，就来到了 BO3 的第二把，赢了就能直接去决赛。

这次德玛西亚杯的赛制是双败淘汰制，他们赢了就进入了胜者组，直接明天打决赛，如果输了，则要击败今天在败者组胜出的队伍，然后才能进入决赛。

禁选英雄很快开始，Tristan 笑着跟他们说："对面这把应该不会头铁放佐伊。"

Glock 也笑道："18 的佐伊厉害啊，他们肯定不敢放。"

他们议论的主角钟晨鸣却只是笑了笑，没有说话，看向电脑屏幕的眼神依旧认真。

这次 UNG 果然没有头铁放佐伊，钟晨鸣拿了沙皇，而对面中单是瑞兹，而 Master 拿了打野螳螂，对面打野是挖掘机。

UNG 这次禁选英雄的时候没有太过于针对中路，除了禁了上一把能制胜而他们放出来又拿不到的佐伊，其他的禁英雄位都用来针对 Master 的打野，大概也是为了防止打野早期就带起了节奏，让他们前期就劣势太大。

而现在第一梯队的中单玛尔扎哈则是 MW 他们自己禁的，所以才出现了沙皇打瑞兹的情况。

前期这两个英雄没什么好说的，就是对刷，基本是不会有什么击杀的情况发生，Master 倒是想来抓，但是对面瑞兹小心谨慎又仔细，完全不给他抓中的机会，而且螳螂前期没有大招的隐身，也不太好抓人。

他们中野没有找到太多机会，其他两路也没有。

小凯安安稳稳在线上发育，疯子也没有主动找到机会，而对面也没有要打的意思，看起来就跟要一起发育打后期一样。

"反野？"看着局面久久不能打开，疯子问了一声。

"对面是挖掘机。"Master 说道。

对面是挖掘机，可以听到脚步声，所以不好在野区抓到，而且在野区谁输谁赢，还真的是一个问号。

"来上路吧，我放线。"Glock 说道，他在上路对 UR，在 UR 的压制性打法下，还是很吃力。

作为 UR 的替补，Glock 自认为对 UR 再清楚不过，甚至连 UR 对线时候的小习惯都了解得清清楚楚，但是知道又怎么样，打不过还是打不过。

Master 看出了他的吃力，准备去上路帮忙稳一下，能把 UR 打崩也是一件好事，UR 是 UNG 的一个制胜点，能制裁 UR 他们赢了至少三成。

-143-

结果走到一半，耳机里突然响起疯子的声音："回来回来回来！别上滚回来，有秒表打不了——"

"First Blood！"系统音响起，右下角小凯的头像暗了下去。

钟晨鸣跟 Master 都快速切到下路看了眼情况，UNG 下路两个残血，疯子也半血，小凯被杀。

"怎么回事？"Master 问了声。

疯子道："太年轻，被秒表秀了。"

看下路这个血线，疯子一说他们就知道发生了什么事——小凯看打得赢，直接追着对面打，结果杀一个人打到残血，突然金身无法攻击，他只能转头打另外一个人，就在跟另外一个人的对拼中，他死了，如果没有秒表，他应该能杀掉一个。

疯子标记了对面召唤师技能的时间，Master 道："没事，你们稳住，他们没秒表了，我来下路。"

这样说着，Master 还是去了上路，UR 十分机警，首先站位就不容易被抓，Master 一出现，他立刻一套操作溜了，简直就是挥一挥衣袖不带走一片云彩，搞得 Master 一点办法都没有。

上路没找到机会，下路被杀，钟晨鸣知道，现在打开局面的任务就落到了他的身上，他必须在中路打出优势来，如果拼打团，他们不一定打得过 UNG。

打野在上路出现，UNG 的中单瑞兹这才喘了口气，敢走出来一点，跟钟晨鸣正常对线，前期他已经被压了二十刀，他就算不补兵，也不会给 MW 抓他的机会。

这一次从塔里面走出来，瑞兹直接就过来想要强打，钟晨鸣知道不妙，立刻靠着上路的方向后退，果不其然 UNG 打野挖掘机就从下半野区冒了出来。

小凯死了一次，下路被压，Master 去了上路，下路一旦劣势，他们就失去了对下半野区的控制，疯子立刻道："他们怕是要越塔。"

钟晨鸣道："越不了我的塔，我双招还在。"

疯子："我是说下路。"

钟晨鸣躲过挖掘机 GANK 之后，按下了回城，下半野区是黑的，没有视野，刚才对面的挖掘机不知不觉地入侵了他们野区，他如果现在从野区走去下路支援，说不定先死的就是他。

"小心。"瑞兹也消失在了他们的视野之内，钟晨鸣提醒了一句，刚才他被瑞兹打了一顿，还清了兵线，不管血蓝的情况都不太乐观，还是回家再出来支援比较好，但这就要下路稳住。

他的话刚刚说出来，疯子就笑了起来："晚了。"

疯子跟小凯依旧在撤退途中，但是瑞兹直接施放大招传送到他们背后，断了他们的后路。

瑞兹的大招是可以将自己与自己的队友传送到一定的位置，瑞兹就是直接用这个技能来 GANK 他们下路。

"拖一下。"Master 也在赶过来的路上，Glock 直接交出了传送，UR 也传送下路。

疯子："没双招了。"

刚才小凯跟对面那一番对拼，两人都交掉了召唤师技能，现在被围，真的是回天乏术。

即使是死，那肯定也是要站着死，虽然存活希望渺茫，小凯还是第一时间反打，疯子也尽量帮助小凯存活下来，给他提供最大的输出环境。

Glock 看到这个形势，知道他们下路两个人是必死无疑，传送下去也完全没得打，直接取消了传送。Glock 一取消，UR 也取消了，两个人继续在上路对线，UR 更是直接上前凶了一套 Glock，打得 Glock 毫无还手之力，节节败退回到塔下。

小凯跟疯子两人竭尽全力拖了一会儿，小凯更是打残了对面先过来开他的挖掘机，但还是被瑞兹收掉了人头。

钟晨鸣现在过去，只有去收兵，正好对面也有推下塔的打算，钟晨鸣就跟 Master 过去准备守一守。

沙皇清兵还是很快的，就是对面四个人，他一个人先到，暂时还是不敢去守。

小地图上看到 Master 快到了，钟晨鸣问了一个字："上？"

Master 沉稳道："上。"

这一把他们已经是 0-3 的开局，十分不妙，现在他们两个面对对面四个，如果能取得击杀从而打出点优势来，至少可以让前期顺一点。

现在的局势虽然下路有点崩，但也不是不能打，只要他们稳住找机会打回来就行，这时候的下路就是一个机会。

挖掘机残血，瑞兹血线也不怎么健康，两个人都没有回家，而是想强拆下塔。

-145-

钟晨鸣在塔后面走了走，没有轻易上前，对面辅助看他过来，想要强开他，直接就上了，瑞兹跟挖掘机都往前靠了点，蠢蠢欲动想要跟着辅助上来杀钟晨鸣的沙皇，只有ADC还在一心点塔。

对面辅助是个布隆，刚才大招用来杀小凯了，此刻只有用Q技能留人，钟晨鸣的沙皇直接后退一步，躲掉布隆弹射过来的盾牌虚影，手中金色权杖向前一指，召唤出沙兵攻向布隆。

布隆血线还挺健康，但谁也顶不住被沙皇沙兵一直戳，布隆一击没中，也往后退去，毕竟他没打中，防御塔就不能打他，挖掘机跟瑞兹状态不好，肯定不敢过来直接开沙皇抗塔，而ADC则是没有强开技能。

钟晨鸣跟他们保持着距离，如果再近一点，对面就算是状态不好也要越塔强杀他。毕竟对面人多，直接杀掉最多扛一下塔，挖掘机的状态还能让他扛一下塔，而瑞兹则是能扛两下。

布隆一退，沙皇立刻指挥着自己的沙兵击杀小兵，没有看布隆，看上去主要目的就是守塔。

但是挖掘机却按捺不住了，直接钻进地下强顶沙皇，瑞兹紧接其后，一个"符文禁锢"就扔到了沙皇脸上。

此时沙皇身上响起一阵玻璃破碎的声音，沙皇身上蓝色的禁锢牢笼还没出现就被化解。

钟晨鸣秒解瑞兹的控制，沙兵一个个冒起，沙皇借着沙兵作为位移，从沙兵身上划过，一招"灵车漂移"如风一般切入UNG，直接冲到了UNG的ADC脸上，反手大招"禁军之墙"推出，直接将UNG的几人推回塔下，那里，Master在等着他们。

比赛现场立刻沸腾了，这一手秒解控制外加"灵车漂移"让观众都惊讶无比。因为这个情况，对面有四个人，一般人都小心翼翼害怕被杀，18这位选手非但没退，还肉身开团，反向推回辅助ADC，实在是让人惊艳，解说都赞扬了这个操作。

秒解控制其实是很难的一个操作，因为控制技能有多种弹道，有的快有的慢，如果是看到控制再解，正常人都需要反应时间，而等禁锢效果的光效出来再解就不叫秒解，所以秒解一般都是预判秒解，这就需要选手的经验跟反应都达到一定水平。

至于"灵车漂移"，这并不是沙皇的一个技能，而是指沙皇的一套连招，就是在使用E技能"流沙移影"突进到一个沙兵身上时，抓准时机利用Q技能"狂沙猛攻"冲向另外一个区域，则可以让沙皇跟着冲刺的沙兵一起前进,还可以改变沙皇突进的方向。

这一套连招说复杂也复杂,说简单也简单,主要在于要用对地方,而且这个连招华丽好看,经常将对手送进火葬场,所以有了个名称叫作"灵车漂移"。

钟晨鸣将人推回去,打乱了 UNG 的阵型,Master 直接进场收掉了半血不到的瑞兹,而残血挖掘机回头想跑,被钟晨鸣的沙兵收掉。

布隆跟 ADC 一边从塔下面走出来一边攻击钟晨鸣,布隆被动的定身被打出来。

钟晨鸣这次没有净化解控制,但还好瑞兹跟挖掘机都死了,扛塔的变成了布隆,有"禁军之墙"在前面挡着,布隆走不出来,绕开走就被塔打了两下,不敢多留。

ADC 被"灵车漂移"撞到又吃了沙皇大招的伤害,血线危急,再不走 Master 转头就能收掉他们,只得边战边退。

钟晨鸣也毫不恋战,收完塔下兵又去中路推了兵线,这才回家补充状态。

在这个过程中,全程躺尸 OB 的疯子只剩在旁边喊"厉害"的用处,而 Glock 在跟 UR 的对线中,并没有分出精力在看下路,随口跟着喊了两句"厉害",又开始了塔下抗压。

疯子又道:"哇,这把大哥带我们躺赢。"

Glock 连忙道:"大哥大哥。"

他虽然上路被压,但心态还是很轻松,笑着跟他们开玩笑。

这一轮杀了对面中野,又守住了塔,看起来像是挽回了点颓势,连 Master 都微微笑了笑,喊了句"漂亮"。对钟晨鸣的赞美,他是从来都不会省的,反正钟晨鸣来了之后,他高冷的形象也维持不住,干脆就不维持了。

钟晨鸣却没有笑,甚至比之前打比赛的时候还要严肃地看着显示屏。

这一把有点问题,队友的状态不对,连 Master 都有些迷惑。

他们一路打进德杯,连败两队,轻松击败了训练赛的大敌 BNO,不可避免地心态有些膨胀。

他们成为队友也不过才一个月的时间,磨合得并不够,所以膨胀起来崩得也会更惨。如果是磨合过很久的队伍,就算稍微膨胀一点,凭着队友默契还能救救,他们膨胀起来,仅有的那点默契都没了。

钟晨鸣经验太丰富了,他早就做到了在赛场波澜不惊,任何时候都用认真严谨的态度去打。虽然他也高兴,但这对他状态的影响几乎可以说是忽略不计,何况德杯的比赛根本不算什么,但其他几个人就不一样了。

钟晨鸣虽然稍微挽回了一点,但前期的不顺利使得这把局势开始往后拖,让他们无法快速结束比赛,而现在的 MW,只有前期能看。

中期小凯失误,被 UNG 找到一击秒杀,MW 彻底陷入了被动局面。

UNG 毕竟是能进世界联赛的强队,他们拿到优势之后的运营也是不差的,而且抓机会的能力也很强,很快就找机会拿了大龙逼到了 MW 高地,采用了分压的战术,在中下两路做牵扯。

再不站出来就晚了,疯子也十分清楚这个道理,强行打开局面,钟晨鸣的沙皇紧随而上,小凯也跟着冲了过去。

UR 本来在中路牵扯,UNG 的其他四人在下路消耗防御塔的血量,此时见 MW 主动开团,UR 直接从中路过来,看准时机切入 MW,首当其冲的目标,就是小凯。

Glock 看到 UR 切进来,想要保护小凯,但是为时已晚,小凯冲太前面直接被侧翼过来的 UR 配合挖掘机切死,钟晨鸣虽然一人打残对面,但顶不住 UR 的伤害,只能撤退。

Master 进来收割的时候被布隆限制,眼看着对面都是残血,却没有人补上伤害,只能任由对面宰割。

"输了。"钟晨鸣轻声道。

疯子吼着:"救一下救一下,还能守!"

Master 作出判断:"18 退,守门牙,这个塔不要了,让给他们,我们守门牙。"

疯子在开团之后就被击杀,仅存的钟晨鸣跟没人管的 Glock 后退回来,钟晨鸣回泉水补充了血量,继续守门牙。UNG 的状态不好,没有强行拆门牙,转去了中塔。

钟晨鸣上去尽量限制,UNG 看着 MW 的人的复活时间,拆完中塔并没有急着拆水晶,而是选择了回家。

"小龙要刷了。"钟晨鸣提醒道。

疯子说:"视野做不出去。"

Master 道:"守塔等机会。"

这也是他们现在唯一的办法,守塔等 UNG 出现失误然后翻盘,而且这个时候钟晨鸣的沙皇伤害已经爆炸,配合小凯并不是打不赢团战,也是有机会的。

UNG 打完小龙再次来高地搞事,想要借着超级兵拆门牙塔,钟晨鸣直接道:"不用管我,保护小凯。"

这次是UNG主动开团,开的Glock,小凯小心谨慎,站在最后面输出,钟晨鸣直接冲进人群,再一次"灵车漂移"配合闪现推回UNG的ADC,Master立刻跳过去收掉ADC人头,钟晨鸣则在打乱UNG的阵型后立刻后退,瑞兹想追他,结果被沙兵戳残,只能回去继续打MW前排。

Glock没五秒钟就倒下,但小凯的输出打出来了,挖掘机被限制住收掉,UR残血想跑,钟晨鸣技能已经好了,再一次指挥沙兵直接粘上UR,几番位移之后收掉人头,UNG剩下的几人慌忙逃窜,钟晨鸣跟Master追了两步,瑞兹直接施放大招带着队友跑路,打了个一换三,算是守了下来。

解说狂吹钟晨鸣,什么"开团型沙皇""临危不乱""单骑救主""力挽狂澜"都用上了,观众也是一阵欢呼。

但是MW的这几个人都笑不出来,这一轮虽然打得漂亮,但只是延缓了他们的死亡时间而已。

"下一轮大龙……"

Master:"我去看看能不能抢。"

疯子道:"抢不到就算了,别死,不死还有机会,死了就直接完蛋了。"

Glock也道:"兄弟,看你了。"

钟晨鸣淡定安慰道:"压力不要太大。"

反正抢不抢得到都没什么关系,这场基本没有赢的希望。

Master买了个可以复活一次的复活甲,全队人掩护着疯子过去做好了眼,等着大龙刷新,又回来将兵线推出去,防止被兵线牵扯,等到大龙刷了,疯子道:"去吧,全村人的希望。"

Master:"……"

虽然抢龙是Master一个人的事,但为了给Master创造机会,还是所有人都过去了,帮忙丢丢技能、打打掩护。现在已经是后期,UNG打龙十分迅速,钟晨鸣用沙兵在旁边消耗,Master也在旁边寻找机会。

大龙的血线在一点一点降低,瑞兹跟UR也在外面消耗限制他们进场,Master盯着大龙的血,3000、2000……就是现在!

开启大招隐身,Master直接跳进了龙坑!

惩戒!

大龙发出一阵号叫化作灰影消失,击杀提示跳出来,Master抢到了!

"漂亮!"Glock一个词还没说完,突然就变了个调,"走走走走!"

疯子："打打打打！"

Master："跑！卖我！"

大龙都抢到了，现在肯定是回去守高地，他们打团不一定能打赢，卖掉Master是稳妥的选择。

Master的复活甲刚刚起来，什么都没做就被守在旁边的挖掘机收掉，而其他人则是去追MW逃跑的人。

Master是团队指挥，他喊跑肯定就是跑，但UNG中单是个瑞兹，直接施放大招断他们后路，MW不得不迎战。

MW阵型是乱的，又减员一个Master，即使钟晨鸣是后期英雄沙皇，还是没有任何作用，虽然一套操作加"灵车漂移"躲过最危险的时刻，但后续被挖掘机大招缠上，还是没能跑掉。

"输了。"钟晨鸣说了一句。

"下把下把。"疯子已经死了，他伸了个懒腰，笑了起来，"生死局。"

小凯盯着屏幕许久，开口道："对不起。"

这把他前期对拼被杀，以及中期被抓，还有团战时候被切死，问题很大。

基地终于告破，疯子站起来，抬手就揉揉小凯的头发，笑着道："没关系，没事。"

Glock也安慰道："没事的。"

后台，Tristan正在跟空气讨论这一把的问题。等队员们都下来了，Tristan也做出了决定，让孟天成上场，小凯下场。

小凯这一把的发挥确实不太好，让孟天成上场也是正常的轮换，孟天成比起小凯多了很多赛场经验，也跟UNG交过不少次手。

队员们又商量了一下，Tristan道："下把用我们准备的那个套路吧。"

疯子道："还不太成熟吧？"

钟晨鸣想了想："应该问题不大。"

最后，Tristan拍板："就用压箱底的套路。"

等到了赛场上，UNG一禁宝石，二禁女枪，三禁沙皇。

Glock看向Tristan："宝石被禁了。"

疯子也道："阵容核心被禁了，怎么搞？"

Tristan看着UNG的这个策略，甚至觉得UNG是不是偷窥了他们的训练赛，明明这套阵容没有拿出来跟UNG打过啊，怎么一下就把核心英雄给禁了。

"常规套路吧。"疯子又道。

他们就准备了一套特别阵容，宝石还是不可替代的存在，现在也只能继续按照他们中野联动的打法来禁选英雄。

然而一开场，MW这边就发现，UNG已经吃透了他们中野联动的套路，愣是没让他们前期找到打开局面的机会，一直把比赛往后期拖。

游戏越到后期，就越不能失误，一个小失误引发的连锁效应，可能就是被收割一茬，这正是MW所欠缺的，MW的人磨合的时间还不够，很容易被人抓到机会，就这样，UNG直接拿下了MW这一局，赢得了BO3的第三把。

这一次，UNG让一追二，成功去了决赛，而MW就去了败者组，将挑战败者组的另外一个战队，赢了才能晋级决赛。

打完比赛，Tristan跟可直接把所有人都弄到了附近网吧，进行复盘。

其实战队的情况不管是Tristan还是队员，大家都很清楚，他们还有些各自为战，看起来不像是一个整体，打前期也是这个原因，因为后期配合不好，一个小细节就会导致被翻盘。

复盘结束之后，败者组的另外一支队伍也出来了，是老对手UP。UP之前也是被UNG击败进入了败者组，一路过关斩将，迎来了败者组的决赛。

UP也是MW的老对手了，跟他们打了一整个赛季，大家对彼此的风格都熟得很，不过这次冬季转会期之后，MW的人员变动太大，UP倒是没什么变动，所以到底谁输谁赢，还是个问题。

晚上进行了一些针对训练，Tristan就把大家赶回酒店休息，明天比赛还挺早的，他们需要早点去赛场，还要热热手，按照平时中午才起床的作息肯定不行。

电竞选手的作息时间一向是个谜，仿佛能完美适应各种时差，让他们早睡他们还真的能早睡，不过德玛西亚杯这几天，有几场比赛上午十一点就开打，他们也早睡惯了。

钟晨鸣跟Master作为早睡早起党，自然是没有任何问题，就是两个人躺下后，钟晨鸣发现Master有点睡不着。

Master睡不着也不烦人，没有在床上动来动去，也没有说话，但钟晨鸣就是奇怪地感觉到Master睡不着，就跟感觉到刚睡醒的自己手指不是很灵活一样，钟晨鸣也说不出个所以然来。

"在想什么？"钟晨鸣主动开了口。

Master安静了一会儿，没有第一时间回答，钟晨鸣都以为自己猜错了的时候，另一边床终于有了声音。

"我今天没打好。"Master 道。

"不是你一个人的问题。"Master 这两把确实有问题，但更大的问题还是在于他们的团队上，钟晨鸣道，"我们磨合的时间还是太短了。"

"如果我没这么谜……"

"想 UNG 的比赛干吗，明天怎么打 UP 想好了吗？"钟晨鸣问他。

Master 语气一顿，回答道："UP 也就那样。"

"膨胀。"钟晨鸣丢给他两个字。

Master 不说话了。

钟晨鸣等了一会儿，发现 Master 不说话也没睡着，自己倒是困得很，但是 Master 不睡，他总觉得自己应该做点什么，来帮 Master 调节一下状态。

钟晨鸣突然道："来做点减压的事吧。"

Master："嗯？"

"你都帮助了我这么多次，我也来帮助你一把。"

Master："等等！"

钟晨鸣把当初 Master 说的话还了回去："兄弟，别害羞。"

"别，我不需要！"Master 差点从床上蹦了起来，钟晨鸣伸出手，Master 身体又僵硬起来，不敢动弹。

"你别一天想些乱七八糟的东西，来打一局泡泡堂解压。"钟晨鸣突然按亮手机，笑着开游戏说，"泡泡堂活动手指放松心情，操作还不累，解压首选！"

Master："……"

房间里的灯已经关了，只有窗外模糊的光线透进来，两人一人拿着一个手机，开始了泡泡堂。

第七章 · 老友相聚

第二天跟 UP 的比赛也是以失利告终。之前打 UNG 他们暴露出了太多的短板，UP 自然不会放过他们暴露出来的问题，就跟他们拖后期打牵扯，打得 MW 无力应战，完全就是把 MW 给拖死的。

而且比赛上还连续禁宝石，完全没有给他们拿套路的机会，搞得 Tristan 也很郁闷。不过他反思了一下，宝石现在是第一梯队的辅助，被禁了也很正常，他需要打开一下思路，想一想这个套路该如何变化，适用性更强一点。

随后他们又看了 UNG 跟 UP 的比赛，UP 被 UNG 吊起来打，最终是 UNG 拿到了德玛西亚杯的冠军。

至此，MW 的德玛西亚杯之旅宣告结束。

回去的路上，大家情绪都不是很高，毕竟输了，谁都高兴不起来。等到了基地，Tristan 安慰他们："没事，德玛西亚杯看到问题是好事，LPL 才是大头，现在我们努力解决这个问题，春季赛打回去。"

"春季赛赛程表已经出来了，你们知道我们打谁吗？"可可问了句。

众人都沉默了片刻，最后是小凯说："打 UNG，16 号。"

其他人不是不知道，而是气氛太丧了，并不想说话，赛程是早就出来了，他们就算没有特意去看也能从各种消息中知道一点。

"还有九天，研究研究他们，我们能赢一场，肯定能赢两场。"Tristan 鼓励他们，"这次我们的套路还没打出来，春季赛让他们看看。"

钟晨鸣说了句："教练，春季赛换版本了。"

这下换 Tristan 一阵沉默。确实，春季赛换版本了，他们之前的布置都是上一个版本的套路，这个版本，还真不一定能行。

在游戏大改的初期，总会出现一些过强或者过弱的英雄。这个时候拳头公司就会对数值进行一些调整，用来加强过弱的英雄，或者削弱过强的英雄，使更多的英雄可以出现在场上。最好是每个英雄都能上场，达到百花齐放的目的，这样的观赏价值和可玩性就更高。

德玛西亚杯这个版本就是数值还没调整的版本，春季赛的版本，就是已经调整过，可以让更多的英雄上场的版本。

德玛西亚杯这个版本，中野很重要，ADC比较混，而春季赛的版本，经过数值调整，ADC的作用一下就起来了，从原本ADC混子的版本到了各个环节都可以救场的版本。

Tristan思考了片刻："我再去改进改进。"

Glock听他们说到这里，终于没有了耐心，直接去了自己的电脑："我打韩服了。"

Tristan也没再废话："你们今天随便玩玩，熟悉熟悉新版本，晚上打训练赛。"

比赛打完，Tristan没给休息时间，直接就开始了春季赛的准备，毕竟距离春季赛的时间也不多了。

空气直接就开了直播，喊田螺："双排？"

田螺这次德玛西亚杯虽然没上场，但还是会跟着训练，依旧是看训练赛表现上场，田螺也开了直播，接了空气的邀请。

疯子看了看小凯，却发现小凯在看手机。

小凯没有直播任务，现在有直播任务的是Glock、Master、钟晨鸣、田螺、空气，一个位置出一个人就行了，空气跟田螺是上个赛季的首发，所以直播任务还在他俩身上。

疯子："凯爷，双排！"

小凯抬头看他一眼："我要回去了。"

疯子探头过去看了一眼，发现小凯在看高铁票，他才突然想起这个人还要回去考试。

"你还有几科？"疯子问了句。

"两科。"小凯道。

疯子又问："哪两科？什么时候考？"

"电子电路，还有一科忘记了，17号跟19号。"小凯说得十分镇定，仿佛忘记要考什么并不是一件大事。

疯子立刻就抢了他手机："来双排，这种东西看一个通宵就够了，来来来打游戏。"

小凯："……"

钟晨鸣本来都打算跟 Master 双排了，听他们这么吵闹，转头说了句："还是放他回去考试，等考完试再说其他的。"

疯子："没事没事，我给他补习，来来来排位。"

钟晨鸣、Master、小凯不解。

Glock 插了句嘴："你给他补习峡谷之巅的喷人技巧吗？"

"哇，你们怎么这么看不起人。"疯子无奈道，"我让我女朋友给他补习好吧，这些我女朋友完全没问题。"

这时候大家才想起这个人还有个名牌大学的女朋友，立刻回头自己打自己的游戏，天天就知道伤害单身，太烦人。

Master 看向钟晨鸣："他好烦。"

钟晨鸣点点头，看着他笑："对，他好烦。"

Glock 立即道："你俩也好烦，Master 来双排。"

Master："我……"

Glock 打断他："你俩这默契，还双排个啥，来帮我提升提升，培养一下配合。"

"那我跟他去双排了？"Master 问钟晨鸣。

钟晨鸣："行行行，我去跟小孩辅助玩一玩。"

打起游戏来 MW 基地的气氛就好了很多，失败只是过去，他们还需要研究新版本的战术，很快又一切如常，每天都在排位赛、训练赛中重复。

不过对于比赛主办方来说，不仅是搞个比赛这么简单，前面还会有一系列的宣传活动，比如拍宣传片，拍赞助商广告，上次的德玛西亚宣传片是 MW 的颜值担当 Master 去的，这次的春季赛宣传片，官方那边要两个人过去。

这件事直接就落到了空气跟 Master 头上，空气是 MW 的队长，Master 是老选手，算是 MW 的中流砥柱，所以选择了他们两个。

这次宣传片一拍就是一下午加一晚上，拍完还集体跑去吃了个火锅，大半夜才散，等 Master 拍完宣传片回来，早就累得只想躺床就睡，他就不明白，为什么拍个宣传片会比他打一天训练赛还累。

今天的训练任务他提前完成了，此时直接回了卧室，他回来得挺晚了，Master 推门进去，看到钟晨鸣已经睡着了。

Master 轻手轻脚地关上了门，去厕所随便洗了洗，看到钟晨鸣睡熟了，也没多想，就把冰冷的双手伸进了钟晨鸣的被窝。

钟晨鸣在睡觉,立刻被 Master 冻得一个激灵爬起来。

钟晨鸣:"你又来。"

Master 一脸无辜:"走错了走错了。"

钟晨鸣将被子一掀,直接盖住 Master,跟他打起来:"不让我睡觉,今晚谁都别睡!"

Master:"好了好了,够了够了,我下次……下次还敢!"

月落日升,阳光爬进窗沿,钟晨鸣睁开眼睛,难得地发了一会儿呆。

钟晨鸣想起了昨天的嬉闹,他好像很久没有这么跟人玩闹过了,身体健康的感觉真好。今天他不是很想起床,想多躺一会儿,感受一下早晨,于是摸了摸床头柜,拿起手机来看比赛。

这段时间也没有什么别的比赛好看,无论是韩国还是美国欧洲的常规赛都还没开始,再之前的比赛因为版本原因没有什么参考的意义,钟晨鸣就开始看他们之前打的德玛西亚杯。

他们自己打的那几场比赛都在 Tristan 的带领下复盘完了,所以他主要看的就是其他比赛,还是主要看 UNG 的,他们春季赛第一周打的第一个战队就是 UNG,之前还败在了 UNG 手上,肯定是要多关注关注研究研究的。

钟晨鸣刚刚观看比赛,突然听到旁边床一声响,Master 从床上掉了下去。

"报应。"钟晨鸣这样想着,看着一脸迷糊的 Master 从地上爬起来,像是还不知道发生了什么事。

钟晨鸣憋着笑,努力将自己的注意力拉回到比赛上。

手机屏幕上,UNG 开局入侵取得优势,斩杀对面 ADC。

钟晨鸣视线从屏幕上滑过,落到了 Master 的脸上。

UNG 打野在中路 GANK,击杀对面中单,为中路建立起了前期的优势。

钟晨鸣又看了 Master 一眼,后者正满脸茫然地爬起来,转头找手机。

UNG 野区被入侵,中单去支援,拿到两个人头。

Master 终于看了过来。

UNG 中野有了优势,准备去下路支援。

Master 将被子扔到地上,走过来。

下路有了支援,UNG 的中单失误被反杀,打野保护着 ADC 撤退。

"你在看比赛吗?"Master 的声音在耳边响起,声音还带着刚睡醒的绵软。

"UNG 的。"钟晨鸣努力将笑憋回去,此时在 Master 的询问下,还是正经回答,"研究一下他们的套路。"

Master:"我打赌他们肯定不会再这么谜……所以你别笑了!"

钟晨鸣立刻从床上爬起来,将手机扔到床上,快速说道:"我去洗个澡。"

Master 收回了自己要伸进钟晨鸣被窝的双手,看起来十分遗憾。

Master 这下算是醒了,他看了看钟晨鸣的手机,又看着浴室门,捡起手机,点开了 BNO 的比赛,看了起来。

小安真的是一个很凶残的打野,Master 虽然打得也很激进,但跟小安的风格还是不一样,他没有小安那么不要命,小安是要别人围绕着他打,而他则是想围绕着钟晨鸣打。

这并不是因为他是钟晨鸣的打野,所以要围绕着钟晨鸣打,而是钟晨鸣实力够强,值得他围绕着中路打,他相信钟晨鸣装备能起来,他们就能赢。

但有时候进攻就是一种保护。

Master 看着 BNO 的比赛,也研究过很久小安的打法,知道小安的打法特点,但是每个赛季有每个赛季的玩法,他需要看看小安这个赛季怎么玩。

上午去了训练室,钟晨鸣终于良心发现,想起来要开直播了。

他登了自己峡谷之巅的号,峡谷之巅不能双排,他就跟 Master 各自单排。

等开了直播,他才想起,自己好像还有粉丝群这种东西,似乎还有一个微博。

时隔四月,钟晨鸣终于再次登录上他的微博,盯着微博看了半天,不知道发什么,发自己来了 MW 吧,早就来了,不用特地通知,大家都知道了,发开播吧,好像也没有什么必要。

粉丝群他也很久没去看过了,盯着企鹅看了看,想了一下自己发通知粉丝群的反应,肯定会骂他的失踪,钟晨鸣决定自己还是偷偷摸摸开播吧,就不用特殊通知了。

太久没开直播,一开始直播间还没人来,等他开始选英雄了,直播间突然来了一大拨人,纷纷恭喜死掉的主播又活了。

除了一开始刷主播复活的,又有人开始刷摄像头,钟晨鸣想自己头也洗了,衣服还行,于是就开了摄像头。

开完摄像头观众还不满足,说要看 Master,钟晨鸣说到打游戏转移话题,打完一把游戏出来,他发现弹幕上的字幕又换了一些,让他比赛加油的有,说被他赛场表现圈粉的,还有人深水鱼雷不停地扔,钟晨鸣笑着感谢,跟粉丝随口聊了两句最近的情况,又接着打峡谷之巅。

-157-

弹幕上其实不光是鼓励的评论，还有喷的，有乱七八糟带节奏的，钟晨鸣都没有理，光是粉丝给的祝福，他就已经很感动了，其他的垃圾弹幕，他都可以当作过眼云烟。

直播了一上午，下午又打了训练赛，晚上继续直播，直播完，钟晨鸣看了看自己的礼物总数，突然想起了点事。

Master 比他结束得早，已经先去洗澡了，钟晨鸣也回了房间，一路上想着今天训练赛的情况，突然又把刚才的事给忘记了。

等他也洗完出来，这才想起什么，问 Master："对了我还有多少钱没还？"

Master 本来复习着 BNO 的比赛，听他这么问，有些疑惑，双眼还盯着手机屏幕："啊？我忘记了，没注意。"

钟晨鸣去拿睡衣，问道："这次的奖金发下来应该差不多了吧？"

"应该是吧。"Master 道。

钟晨鸣想了想，觉得欠人钱还是不太好，就去下了个银行的 APP 看了看，发现自己银行卡里面竟然有不少钱，看了看流水，一些是工资，还有一些是礼物，这个礼物钱都跟自己的欠款差不多了，他之前直播的时候人气还是挺高的。

"钱够吧，我转你卡上。"钟晨鸣说道。

Master 比赛也不看了，就盯着钟晨鸣操作，见钟晨鸣这么说，有点不高兴："你的卡不就是我的卡？"

钟晨鸣一眼看穿他的想法，笑了："那你的钱也是我的钱吗？"

Master 立刻点头："我的钱你还什么，我高兴给你用。"

钟晨鸣换着衣服，侧头看着他，Master 又加重了语气："不用还啊，还我钱干什么，我有钱。"

"有钱也不是这么用的。"钟晨鸣换好睡衣走过去，看着他笑容无奈。

Master 也看着他。钟晨鸣低头就看到 Master 在看 BNO 的比赛，他是真的很听话，自己说应该研究 BNO 他就去研究。

钟晨鸣叹了口气。

Master 立刻紧张道："你想还就还，也没事，反正以后缺钱还是可以找我。"

"不是那个问题。"钟晨鸣说道，"我也觉得卡在你那儿还是我这儿都没事，我是觉得你这种想法得改一改。"

Master："我想法没问题。"

钟晨鸣："不是,你为什么总觉得我会跑啊?"

Master 想了三秒："这你都能看出来?"

钟晨鸣："你太紧张了,我不会转会,你放心。"

Master 这才松了口气："也不是这个问题吧,现在转会肯定也不行,我说不上来。"

钟晨鸣笑他："咋了,觉得你没有中单的工资卡,中单就跟别人跑了?"

Master 也笑了："好像有点这个意思。好了,还你,你转账吧。"

钟晨鸣拿着手机操作转账,一边转账一边说："我也不知道你哪里来的这些奇奇怪怪的想法,中野嘛,我也很难去找到一个合适的打野,这不是随便拉一个人来就可以配合默契的问题,我觉得你的打法真的很适合我。"

Master 没去看转账消息,他根本不怕钟晨鸣会少他钱,只觉得自己确实想得有些多,毕竟五神跑了,他还有心理阴影。

两人聊了一会儿才睡觉,都睡得有些晚,第二天 Master 不情不愿地爬起来,跟着钟晨鸣去了健身房。

现在为了职业选手的身体健康,基地基本都配备健身房,还会有按摩师,钟晨鸣甚至在心里感叹过,如果晨光之前打职业的时候,也有这些配置,手伤或许就不会那么严重,或许根本就不会有手伤。

因为有了前车之鉴,对于健身与按摩,钟晨鸣总是特别积极的,Master 之前是 Tristan 把他们轰去健身房才会去练练,自己很少去,现在有了钟晨鸣拉着,几乎是天天去健身房。

健完身又开直播打了会儿峡谷之巅,下午就是训练赛。

训练赛前,Tristan 拉着他们开了个小会议,给他们分析了一下 UNG 的比赛。

UNG 的上单喜欢压制性打法,而且也有能力打出来,算是十分强势的一个点,而打野还是偏发育以及帮助队友,中下都中规中矩,不过除了上路,其他两路都特别能苟。

这样一分析,Tristan 就指出："UNG 的节奏点主要在上野。"

虽然 UNG 的打野偏发育,但不管是什么类型的打野,前期比赛的节奏都是在他手上,打野这个点前期一崩,那整盘就可以说是节奏全无。

空气道："所以就主要针对他们的上野?"

Tristan："捶爆一路,或者让 UR 起不来,也可以断打野节奏,然后压制。"

比赛的时候，一般情况下，打野出了问题，线上的人就不敢怎么激进，毕竟打起来，很可能对面有打野支援，而自己没有，而且还会出现视野压制，很多时候一个眼，就是一场比赛的转折点。

Master 此时举手发言："UNG 打野菜。"

这下所有人都看他，心里齐齐都有一句话："这话你也好意思说？我们打 UNG 那几把的锅你不分一点？"

打 UNG 梦游一把的打野 Master 完全没管大家的表情："我研究了一下他的刷野路线，都差不了多少。"

Master 走过去，在开会用的显示屏上调出比赛地图，画出 UNG 打野大概的线路来，这是他昨天研究的成果。

"差不多是这样，可能只会这样刷。" Master 道。

Tristan 看着 Master 画出来的线，思考片刻说道："我去研究一下。"

Master 点点头坐了回去，他提出来东西，然后教练组去针对他的发现想对策，这就是教练的作用。而且教练组思考的东西比他多，最后出来的方案肯定也比较完善，作用肯定更大，或许教练们研究一下，还会有更多的新发现。

"那打野就先不提了，" Tristan 看向 Glock，这个人从德杯回来之后话就少了起来，以前是个话痨，现在成了一个闷葫芦，"上单方面怎么说？"

Glock 比教练更清楚 UR 的打法，或者说，最清楚 UR 的人就是 Glock。

作为 UR 的替补，还是为了跟 UR 互补而找来的替补，Glock 对一直压着自己的首发肯定是清楚无比的，UR 也确实强，他研究过很久 UR 的打法，不过以前是为了弥补 UR 的打法对阵容的影响，现在却是要找到 UR 打法中的弱点，并且击溃它。

Glock 简单直接："打不过。"

Tristan："能不能给点信心？"

空气："哇，你这样说我都觉得我们 16 号直接没了。"

这个时候疯子倒是莫名稳重起来，他道："练吧。"

钟晨鸣提了个建议："打不过稳住，拖住 UR 不让他到处跑就行。"

"嗯。" Glock 看起来有些心不在焉，随便应了声，又道，"我出去抽根烟。"

可可在旁边听他们开会，此时也蠢蠢欲动："我也——"

Tristan 道："我们是不是应该来个禁烟政策？"

于是可可跟 Glock 又坐了回来，被迫戒烟的钟晨鸣稳坐在电竞椅上，纹丝不动，仿佛没听到他们在说什么。

Glock 再次规规矩矩坐好，烦躁地玩着打火机，可可递了杯水给他。

Tristan 道:"你什么问题?"

Glock 收起打火机:"没事。"

Tristan 告诉他:"心态不对就让陶康上。"

Glock:"嗯,我没意见。"

这样一说,Tristan 也不管他了,继续讲 UNG 的战术方案,制定出的打法是前期压制法,最好是能在前期就快速推塔拿龙,建立起优势,让对面装备起不来,打团根本没有输出点,最好是前期就能将 UNG 的阵型撕出一条口子。

前期打法也是 MW 现在所擅长的打法,不需要做太多的调整,只需要在打法节奏上继续磨合就可以,当然,也需要针对 UNG 拿阵容,还有针对 UNG 的风格使用一些战术。

会议一开完,接下来就是训练赛了。他们打的也是前期打法,不过这次注意的是用跟 UNG 打的方法来打,比如 Master 前期入侵对面野区打乱对面打野节奏,以及主压上路,对对面上路进行军训。

训练赛一打又是一下午,等打完之后,Tristan 自觉训练成果颇丰,至少他们用这套阵容打得像模像样了,上路被军训得很惨,连对面教练都来找他,问他们能不能来点正常的打法,谁打比赛的时候这么针对上路。

Tristan 回答:"我们啊。"

对面不说话了。

训练赛打完,Tristan 就去问 Glock 的想法:"打得怎么样?"

Glock 盯着 Tristan,一言不发,用自己的眼神表达自己的想法。

Tristan 拍拍他的肩:"别气馁,打不过我们帮你抓。"

Glock 顾左右而言他:"该吃饭了吧。"

可可这时才反应过来:"哦,吃饭吃饭。"

队员们又结队去吃饭,路上 Glock 一个人走着,也没跟别人说话,疯子主动去搭话,Glock"嗯嗯啊啊"地敷衍着,还好疯子心大,喊着空气一边跟 Glock 瞎聊一边去了饭堂。

吃饭的时候 Master 也在跟钟晨鸣讨论 Glock 的问题,Master 道:"大 G 哥好像心理压力很大。"

钟晨鸣笑了笑:"让他自己想吧,不是什么大事,想通就好了。"

钟晨鸣都这么说了,Master 自然没有什么疑虑,又跟钟晨鸣说了说今天训练赛的问题,钟晨鸣也跟他讨论了几句。

回到训练室,这次 Glock 又是一言不发地点排位开练,甚至还喊了陶康

-161-

单挑。

这几天 Glock 的表现大家都看在眼里,大家也没说什么,就尽量跟他多说说话,连可可看着 Glock 这几天的训练,都摇摇头:"这孩子真可怜,都被打自闭了。"

因此可可还特殊照顾了一下 Glock,比如 Glock 打太晚就会有小龙虾奶茶,而其他队友就没有,想吃只有自己掏钱。

不过也没有人不满,最多开两句玩笑,疯子还说过可可不公平,说完就自己掏钱给 Glock 买了盒健胃消食片,把带健胃消食片过来的外卖小哥都要笑死。

这几天他们天天都是训练赛,第二天的训练赛,Glock 看着自己的英雄列表许久,然后问教练:"我能不能玩青钢影?"

Glock 终于说话了,Tristan 哪敢拒绝,何况 Glock 的青钢影也不弱,直接道:"你拿拿拿。"

拿到这几天一直练的英雄,Glock 的青钢影整场表现都十分不俗,压着对面杀,Master 都还没走到上路,他就把对面单杀了,打完还不忘说一句:"太弱了。"

疯子道:"对面上单听到了怕不是想打人。"

Glock 一脸冷漠地补充:"跟 UR 比太弱了。"

过了片刻,他再次把对面给单杀了。

一条消息弹了出来:【哇,Glock 到了你们手上这么厉害了?】

说话的是对面的教练,Tristan 直接打字得意:【也不看看谁教的。】

对面:【跟你有半点关系?不是怎么你们随便捡个人都能捡到宝啊,Glock 以前的风格不是这样吧。】

Tristan 继续打字:【我这是发掘新人潜能,你懂个屁。】

对面:【是是是,你屁都不懂。】

等两个教练吵完,一把训练赛也差不多了,打完 Tristan 还跟可可炫耀了一下自己吵架吵赢了,可可看了一眼他们的对话记录,笑了起来。

为什么随便捡个人都能捡到宝,自然是经过深思熟虑的。

签 Glock 之前他们看中的是他的大赛经验,以及打法稳重。对于 Glock 之前玩伤害型上单表现不错这点,他们也知道,签之前是想着能发掘就发掘,不能发掘就算了,上单就是要稳重。

至于其他人,例如疯子、小凯,那真的是捡来的宝,但这些都是被另外一个人吸引而来的,因为有了让他们相信的中单,所以他们才会来到这个队伍。

可可也十分庆幸自己能在网吧遇到钟晨鸣,不然现在的她,可能真的就结婚了,电竞梦是什么,她说不定会遗忘在日常的生活里。

可可在旁边听着,微笑了起来。

晚上十点,他们一天的训练赛终于结束。钟晨鸣跟Master准备回去睡觉,其他人还想打打排位,可可突然喊住钟晨鸣,问他出不出去吃饭。

养生电竞选手钟晨鸣看了看时间,说道:"有些晚了吧。"

可可道:"Boom(爆炸)来了,他说想见见你。"

钟晨鸣看了一眼Master,问他:"你去吗?"

Master想了想:"是之前你们战队那个上单?"

钟晨鸣点点头:"你记性也是好。"

Master道:"那去吧。"

钟晨鸣转头跟可可道:"走吧。"

Master对之前自己帮忙过的队伍还是记得的,甚至可以说是印象深刻,那个时候钟晨鸣还是战队教练,他也有上心帮他们研究过。那对于他来说是十分痛苦的一段时间,一度想要退役,是钟晨鸣把他拉了回来,而在TD帮忙的时候,让他分散了不少注意力,让他有片刻的时间不会去想战队失利的事。

这次出去吃饭,钟晨鸣发现就他跟可可还有Master三个人去了,Boom只有一个人。

不用问原因也知道,小凯回去准备考试,而Boom在内心里也不会原谅豆汁跟原子,BUG没在上海,看起来像是老队友聚会,其实也就只有他们几人。

他们找的是一家烧烤店,养生电竞选手在碰到烧烤的时候,也是不养生的,该吃吃该喝喝,开始的寒暄之后,烧烤一上,Boom跟可可的话匣子也打开了来。

钟晨鸣是之后加入的战队做教练,至于Master,那就是纯粹的路人,跟过来蹭饭的差不多,所以两个人对战队的历史都不太了解,只知道他们就是自愿聚集在一起,想用比赛奖金养活自己的一个小战队。

听可可跟Boom叙旧,钟晨鸣才知道,当初其实是原子想要进战队,但是没有战队要他,可可也想起了自己不能实现的电竞梦,想帮帮原子,就喊人一起组织了TD,一开始还有点成绩,但是越打越难,终于当时的ADC

忍不了走了，BUG 没钱用出来打网吧赛，这才遇到了钟晨鸣。

这也是一切的开端。

说到钟晨鸣进战队，Boom 还笑着跟钟晨鸣说："其实当初都不太服你，你年纪又不大，还没有打比赛的经验，段位也没到所有人都需要仰望的地步，看起来就跟个好吃懒做的小混混一样，都觉得你干不成什么事。"

Master 听得有些惊讶，看了现在温温和和的钟晨鸣一眼，疑问道："他？小混混？像吗？"

Boom 笑起来："以前挺像的，那个头发就跟乡村'杀马特'差不多。"

钟晨鸣想起了那段时光，也笑了起来，为自己辩解："我觉得还好吧，虽然染的颜色丑了点，但样子还是挺顺眼的，我看很多韩团也染这个颜色。"

Boom 立刻对他进行了惨不忍睹的嘲笑："别人那是颜值高撑得起来，你行吗？"

Master 是打野看中单，越看越顺眼，他说："我看还行，他挺帅的，应该没问题。"

Boom 一脸的不忍直视："你们这种滤镜八百度的人，有资格评价美丑？"

钟晨鸣笑了起来，Boom 道："算了算了，后来我们打得也挺好的，眼看有希望了。"

桌上的气氛突然沉默了下来，Boom 跟可可碰了一杯，一口喝下一杯酒，他们这桌上也就开了两瓶啤酒，他跟可可一人一瓶，知道钟晨鸣跟 Master 明天还要训练，没让他们喝。

可可道："如果没有钟晨鸣，我们也进不了预选赛。"

Boom 也接道："对啊，反正教练的实力我是服的，厉害！"

他还喊钟晨鸣教练，对于战队解散的事情，他始终无法释怀。

再说下去怕就是要在烧烤摊抱头痛哭了，可可岔开了话题："你现在在做什么？"

Boom 道："做点小生意，跟着我爸，一天忙得吃饭的时间都没有，我连电脑都很久没碰了。"

虽然可可故意岔开了话题，但一说起来，气氛又变味了，Boom 继续说着："BUG 上班去了，他爸给他找的活儿，还行吧，他现在有了几个小钱，我累死累活好不容易有个空，就想来上海看看，其实想看你们打春季赛的，可惜那时候没空。"

Boom 独自喝了一杯，看着一桌的烧烤发了会儿呆，又道："可惜了。"

钟晨鸣拍拍他的肩，跟他碰了杯茶水，没说话。

Boom 抬起头，眼神空空茫茫："我还记得曾经说赛场见的，可惜我食言了。"

"没事，不怪你。"可可道。

"教练你要加油啊。"Boom 大概是有点醉了，看着钟晨鸣，"我太菜了，没机会继续打，你还要继续，去帮我打原子、豆汁那两个人，打得他们哭爹喊娘对打职业产生心理阴影，还有要把 NGG 吊起来打，你这么强肯定可以。要杀穿 LPL 还不够，世界联赛也要把 Kiel 打赢，什么 Kiel，教练，你才是中路主宰！"

Boom 一番话说得铿锵有力，仿佛已经预见到了钟晨鸣把 Kiel 吊起来打的未来。光说这些还不够，他又加了句："打赢韩国那些对手，让他们看看我们 LOL 战队的威力，什么韩国统治 LOL，LOL 早就该改朝换代了！"

钟晨鸣就听他讲，也不反驳，听着也笑了起来，笑着笑着又有些落寞。

这时 Master 在桌子底下拍了拍钟晨鸣的手，钟晨鸣转头看他，Master 又低头吃烧烤，仿佛自己什么都没做一般。

可可将 Boom 的酒换成了茶，酒不醉人人自醉，他也不知道自己醉没醉，只觉得现在醉了是最好。

就算是旧友聚会，Boom 喝酒也是点到为止，看起来有了些醉意，借着酒意骂了一通，等到要离开时，他还是清醒的。

今天晚上这顿烧烤，钟晨鸣发现 Boom 比之前成熟了很多，他还记得半年多之前，还是夏天的时候，他们要打比赛，结果 ADC 挂科没来，Boom 还打算要去把 ADC 打一顿。

那个时候 Boom 的脾气不是一般的暴躁，一点就炸，现在 Boom 穿着一身像模像样的衣服坐在他面前，跟他说话，除了借着酒劲骂了一通，看起来竟然有几分生意人的样子了，言谈举止都沉稳了许多，跟之前、跟他们已经大不相同。

"我也想拿冠军。"从烧烤摊出来，钟晨鸣看向 Boom，笑了笑，"这是我打职业的目标，如果不想拿冠军，那打职业还有什么意义？"

Boom 准备打车回去，正好招到了一辆出租车，此刻也笑了起来："我会在电脑前面看着你，一直看到你拿到世界冠军为止。"

钟晨鸣伸手捶了一下他的肩膀，笑道："好好做生意，我退役了吃不起饭就来投靠你。"

"到时候你怕不是直播年入千万。"Boom 说笑着打开了出租车门。他没有立刻上车，想起什么，说了一句"加油"，然后头也不回地钻进车里，强忍的泪水终于夺眶而出。

出租车离去，可可跟钟晨鸣还有 Master 三人在路边站了一会儿，可可招呼他们："走吧，回去了。"

他们的车就停在路边，可可喝了酒，就让 Master 去开车出来，送他们回基地。

路上，可可跟他们说了一下 Boom 的近况。Boom 过得就是忙了些，其他方面还是挺滋润的，跟他爸一起搞了个连锁快餐店，刚有了点成绩，只是还没成规模，所以三天两头到处跑，忙得很，她也投了点钱进去。

可可还说，以后 MW 外出比赛的盒饭可以让 Boom 给包了，算是半个内销。

原本沉闷的气氛活跃了不少，钟晨鸣搭了两句话，聊着聊着就从 Boom 的连锁快餐店聊到了比赛上，可可问他们："打 UNG 几分把握？"

钟晨鸣十分淡定地说："零分。"

可可："你再说一遍？"

Master 认真回答了问题："看发挥，拿不准。"

钟晨鸣道："继续这个训练状态，就是零分。"

可可一脸问号："我觉得训练得还可以啊。"

"不行。"钟晨鸣摇了摇头，他想到最近战队的状态，搓了搓手指，突然就想抽烟了。

他们离基地很近，开车不过十来分钟就回来了，钟晨鸣站在门口说道："我抽根烟再进去吧。"

Master 突然把冻得冰冷的双手塞进了钟晨鸣的衣领："还想抽烟吗？"

钟晨鸣："……"

Master 继续问他："抽不抽了？"

"不抽了不抽了。"钟晨鸣赶紧把 Master 的手从衣领里拉出来，"以后都不抽了，别来突然袭击。"

"你不抽烟就不会有这么突然。"Master 道。

钟晨鸣笑着妥协，转身往大门走："好吧好吧。"

Master 走在钟晨鸣后面，想了半天，终于问出来一句话："今天晚上……"

话说了一半他又不说了，钟晨鸣只得问道："嗯？"

"你回去就睡吗?"Master 又换了一句话。

"看会儿今天训练赛的复盘。"钟晨鸣道,"我录屏了。"

Master 向他挥挥手:"一起看,我也想说最近的比赛打得我睡不着。"

距离春季赛的时间越来越近,MW 的状态也在慢慢回升,此前的德玛西亚杯,Glock 被打得有点怀疑人生,现在也在日常训练中慢慢找回了自信。

就在春季赛开赛不到一个星期的时候,突然一个让他们意想不到的人出现在了基地,小凯又回来了!

最先看到小凯回来的空气问他:"你怎么回来了?不考试了?"

他们跟 UNG 的比赛在 16 日,小凯的考试在 17 日跟 19 日,最近的考试就相隔一天,不管小凯以后会不会跟着他们打,管理层觉得还是先放他回去考试,毕竟他们战队 ADC 也够多,结果没想到他自己还回来了。

这几天可可没事就在基地转来转去,空气一说话,可可立刻注意到了,也问小凯:"你不是 17 日考试?"

小凯点了点头,答非所问:"我想打比赛。"

"考完回来打。"可可道,"一样的。"

小凯沉默了一会儿,这次说话十分坚定:"我想打 UNG,打败他们我再回去考试。"

"那就来来来,打比赛。"疯子将小凯的椅子转了个方向,让小凯坐上去,下午训练赛一起。

可可看向小凯:"没问题?"

小凯:"过不了还有补考。"

这下大家齐齐松了一口气,让他快滚来训练。

不过这个疑问解决了,他们还有新的疑问,钟晨鸣问可可:"疯子是个什么情况?"

能给人补习大学专业课的,怕不是什么人都行吧。

可可看他一眼:"他是个学霸,你们不知道?"

有八卦听,连沉迷练上单的 Glock 都竖起了耳朵来听。学霸打职业这件事,听起来就能吹很久,然而他们跟疯子一起当了一个多月队友了,他们竟然还不知道?!

疯子立刻道:"别了吧,不说了,什么学霸,考了个普通学校。"

可可怒了:"你把一个 985 说成普通学校,你是要我这种二本的怎么活?"

空气道:"真学霸?!"

-167-

疯子说:"还没我女朋友的学校好,我还不如打职业。"

可可突然沉默了下来,好像想说什么又没说。她不说话,话题一下就跑偏了,甚至跑到了疯子可不可以直接帮小凯去考试的问题,然后遭到了疯子跟小凯两人的严词拒绝。

Tristan 还在会议室跟副教练吵架,吵的就是 UNG 的战术问题,还没吵完就听到这边乱七八糟的声音,过来一看,发现竟然是小凯。问清了缘由,Tristan 看小凯对怎么打 UNG 十分有想法,干脆道:"下午的训练赛你打,晚上的训练赛天成来。"

这样安排完,旁边的田螺打了个哈欠,继续直播。弹幕上有人提问,他没说话,打字回答了观众的问题:"训练赛是轮换打,我跟队友磨合没有问题,另外两个新人 ADC 还有点问题,所以他们上得比较多,没有坐冷板凳这回事。"

田螺看了看自己的战绩,3-8-4,又面无表情地继续直播。

他知道自己快凉了,但竞技比赛就是这样,技不如人就得让出位置来,即使他再不服再难过也没有办法,这里就是一个看实力的地方。

空气跟 Tristan 他们吹了会儿牛,坐回位置上接着直播,不管怎么样,直播时间还是需要播完的。他单手握着鼠标,点着游戏界面,另一只手拍了拍旁边田螺的肩膀:"兄弟,加油吧。"

第八章·战之春

春季赛的版本跟德玛西亚杯的版本又不一样，这个版本符文做了一些变动，让 ADC 在游戏里面的地位有了十分巨大的改变。

之前因为符文原因，poke 型 ADC 崛起，大家都靠着符文里面的彗星打伤害，辅助也偏向 poke 流，使得女枪和烬的下路组合成为下路一霸。

现在改动之后，攻速流 ADC 得以登场，上赛季的香炉保 ADC 流派又回来了。

在上赛季，如果要说最强的打团阵容是什么，很多人都会说加里奥中单的四保一组合，加里奥不仅有强大的支援保护能力，还可以作为一个前排在前面为 ADC 扛伤害，让 ADC 可以尽情输出，打出爆炸伤害来。

赛季结束，版本大改之后，这些组合都不存在了，而且上赛季的核心装备香炉也被削弱，多次改动之后，到了春季赛版本，已经成了各个位置都能掌控，节奏极快的打架版本，而 ADC 的能力虽然不如上赛季强势，但也算是一个核心战略点，可以围绕着 ADC 来打。

而小凯所擅长的大嘴、老鼠或者是金克斯，都是攻速流 ADC，正好符合这个版本，小凯对这版本适应得良好，回来当天训练赛，失误一把之后，就开始胡乱胜利，不过这也跟他们的对手有关，他们的对手实在是有点菜，只能说训练赛练配合。

距离春季赛还有两天，MW 的大致阵容已经成型，关于 UNG 的打法 Tristan 也从分分析到秒，自觉自己已经吃透了 UNG，让大家又在会议室复习了一遍 UNG 的套路，然后继续讨论打法。

距离春季赛还有一天，Master 被主办方喊去彩排开场仪式，其他人继续训练。

今天没有人开直播，都在打排位保持手感，下路的双人组在 Tristan 的指导下练着对线。

可可在他们旁边看着他们训练，转了一圈发现自己实在是没事做，就找了一台空着的电脑自己开了把游戏。

当了MW的经理之后，她许久没有打过游戏，每天不是忙着战队的杂事，就是在训练室盯队员训练，还要没事跟大老板沟通沟通，汇报战队现状。

明天春季赛就要开幕了，可可突然就想打一把游戏。

上赛季结束了许久，新赛季16号才开，不能打排位，现在能打排位的服务器只有峡谷之巅，可可手里倒是一堆峡谷之巅的号，但是她都不想上，她上了自己账号，点了匹配，拿了自己玩得最好的辅助位置。

疯子正好没对练，他在看小凯的对线练习，回头就看到可可开了游戏，这还是他第一次看到自己家的经理玩游戏。

"可可姐，你也玩游戏的吗？"疯子好奇道。

可可打着游戏，没有回头，问他："怎么，我不能玩？"

疯子道："没有没有，就是好奇。玩的锤石吗？来来来，我来给你指点指点。"

可可笑了起来："来来来。"

空气作为MW的老辅助，自然是知道可可的，听疯子这么说，忍不住冷笑一声："呵。"

Tristan问他："你在笑什么？你对线被打爆了兄弟！"

空气："……"

是的，他快被小凯"杀"第二次了。

疯子在旁边给可可指点了一通，然后一看可可屏幕，发现可可的锤石十分流畅的一套技能衔接，配合打野把对面中单杀了，她看准时机出去游走杀了中单。

"你这个锤石……"疯子道，"还不错啊。"

接着可可又强行在野区配合ADC跟打野抓到对面打野，杀了。

疯子："有点东西。"

这一把对面十五分钟就投降了，后面疯子也没怎么说话，这个妹子好像不需要自己指导的样子。

打完游戏，可可满意地笑了笑，自己的水平退步还不是很严重，虽然只是一个匹配，但手感还在的，还好。

她转头看一旁的疯子，问他："如何？"

疯子道："可可姐，我觉得你去做主播比做经理赚钱。"

"可可还会缺那个钱吗？"空气跟他隔空喊话，"兄弟，你可可姐就是来玩玩的。"

可可笑道："谁也不会嫌钱多啊。对现在的工资我还是挺满意的，空气你别黑我。"

钟晨鸣听他们说话，也道："我之前跟可可姐相遇，就是打网吧赛，可可姐的辅助很厉害，你问小凯就知道。"

疯子看向小凯，结果小凯认真练着对线，根本没理他。

看了一眼游戏战绩，可可关掉了游戏，没有再打第二把。她笑了笑，说道："曾经我也有一个职业梦，可惜我是妹子，就只能迂回一点实现了。"

疯子也知道电竞对于女选手的恶意，没多说，开玩笑道："有了这么厉害的一个经理，我觉得我还需要努力一点，以后要是连经理都打不过，岂不是太搞笑了。"

可可被他逗得哈哈大笑，虽然看起来她辅助不错，但跟疯子还是有着天壤之别，疯子已经算是现在国内一二流的辅助，他距离顶尖的一流辅助只差荣誉来证明自己，之前在LTG不可能，现在来了MW，才能有机会。

虽然一天之后就要打UNG，但战队的气氛还是很轻松，并没有特别紧张，Tristan看他们还能开玩笑，也觉得挺好的，继续督促着大家的训练。

晚上Master彩排回来，打了两把游戏热手，打完就回去睡了。明天是春季赛第一天，虽然没有他们的比赛，但还是要去参加一下开场仪式，参加完就可以溜回来继续训练。

春季赛的揭幕战是NGG打UP，噱头十足。比赛开始的时候，没去开幕式的几个人都在会议室看起了比赛，而唯一一个去了开幕式的Master，则是在观众席看比赛。

NGG之前德玛西亚杯出师不利，连八强都没进，更是无缘线下赛，搞得微博底下一片骂声，官博都出来道歉说选手状态不好，反正就是不说头铁连续上替补的问题。

这次揭幕战，NGG倒是不头铁了，还是用了上赛季打世界联赛的阵容，看起来是要好好打一打UP了。

UP之前看起来是个弱队，队员状态十分不稳，厉害起来能脚踩UKW拳打LA，丧起来又能常规赛垫底谁都打不赢，真正的上限高下限低，看得人一会儿心潮澎湃连连加油，一会儿又想跳脚骂人。

不过今年开局，UP的势头还不错，一路在德玛西亚杯的表现良好，看

-171-

起来队员的状态都没有什么问题，甚至比以前更好，所以还是一支挺难打的强队。之前在德玛西亚杯上碰到 UNG 的时候，也给 UNG 找了不少麻烦，让 UNG 赢得十分痛苦。

这场比赛钟晨鸣肯定是要看的，不仅要看，还要看直播，虽然明天就是他们的比赛了，Tristan 并没有限制他们看比赛，这个时候看比赛也算是放松心情，而且万一有什么亮眼操作，他们还可以学一学，或者提早有所防备，让他们不至于在赛场上碰到了还看不出来。

比赛开始，NGG 开始了老套路，死保下路滚雪球打法，他们下路 ADC 强势，打起来十分得心应手，完全没有了德杯时候的跟版本不契合的样子，现在又到了攻速流 ADC 发挥的时候了，独孤在这个属于他的版本也十分快乐地变强起来。

独孤用的女警，配合 Miracle 的宝石辅助，三两下点崩对面下路，打野立刻来下配合越塔杀人，UP 显然没反应过来，直接就被击杀 ADC，下塔还被磨掉一半血量。

这只是一个开始，NGG 杀完 ADC 没多久，中路又来支援，对面打野来抓，上单直接传送下路保护，打野分分钟就出现在下路。

NGG 摆出一副"反正我就是围绕着下路打了，你们怎么着吧"的模样，偏偏 UP 的人对他们还无可奈何。

无论是支援还是线上，NGG 都比 UP 做得好了太多，虽然 UP 今年开头很猛，在完全体的 NGG 压力之下，还是被教做人。

看完一把，空气评论道："我感觉我看到了去年的 NGG，哦不，是前年的 NGG，现在都一月了。"

"很强。"疯子说着，不过脸上一副跃跃欲试的样子，似乎很想再次跟独孤还有 Miracle 过招。

孟天成欣慰道："还好跟我们不是一个赛区的，暂时遇不到他们。"

钟晨鸣笑了起来："我倒是很想遇到他们。"

疯子说："我也是啊。"

小凯脸上有些兴奋："他们很强。"

孟天成不解。

空气勾住了孟天成的肩膀，说道："就是强才想在赛场上碰到，跟强队打才有意思，虐菜有什么意思。"

孟天成哭笑不得，想了想道："我估计是对他们的心理阴影太严重了，还需要历练一下。"

第一把NGG打UP，完全是碾压了过去，第二把UP心态没有爆炸，很快调整了过来，没有给NGG再次吊打他们的机会，从开局就体现出小心翼翼稳扎稳打的风格。

"他们是不是打得太小心了一点。"疯子评价道。这样稳健的打法，几乎只有在大赛的时候才能看见，常规赛一般都会随意一点，练战术练磨合比较多，当然，也是在能赢的前提下练。

钟晨鸣道："毕竟是NGG。"

对NGG这个态度，那是十分正常的。

比赛还在进行，就算UP拿出了终极稳扎稳打的战术跟阵容，NGG还是轻松撕烂了UP的稳健打法，这次他们不是从下路打开的突破口，而是从中路。

UP十分针对下路，毕竟独孤算是NGG的核心制胜点，但这一把，NGG就告诉大家，NGG的制胜点可不止独孤一个，不管是中路还是上路，他们都能打出优势来。

从选英雄开始，UP一步一步筑建的稳健阵容在NGG的重压下渐渐崩溃，但是UP也没有就此崩盘，他们立刻采取了自救的方法，想把这一把游戏拖延下去。

"这样打下去……"

"是在给独孤机会吗？"

会议室里响起了议论声，大家都看得明白，拖下去就是给独孤发挥的机会，但不拖下去，他们现在又打不赢。

"NGG是不会怕跟他们拖的。"空气道，"虽然他们看起来很想打架，不过打不打都没什么关系。"

独孤的后期能力是毋庸置疑的，NGG拿的也不是纯前期阵容，后期也有得打。

"现在打必输，拖下去万一NGG一个失误，那不就赢了嘛。"疯子跟空气笑着讨论，"UP估计也就这样能赢了。"

这一把打得惨烈无比，UP的心态一直没崩，就算被推到只剩水晶，他们也在咬牙坚持，冷静地寻找着机会，想要找回节奏。

NGG这边打得也不轻松，只要一松懈，就会被UP的毒牙反咬一口，不死也残。

在这样的打架版本里，两支战队硬是酣战了五十几分钟才分出胜负来，还是 NGG 技高一筹，最终取得了胜利。

春季赛揭幕战，NGG 以 2:0 取得了首胜，拿下了春季赛的第一分。

在会议室讨论了一会儿今天的比赛，Tristan 把大家哄回去训练，明天就要打比赛了，看看这版本的比赛是好事，但一直讨论肯定是不行的。

NGG 跟 UP 的比赛是这赛季第一场比赛，也是版本更新之后的第一场正式比赛，又打了这么久，参考价值还是很高的。

把队员赶去训练，Tristan 自己看了接下来的比赛，是场菜鸟互啄的比赛，Tristan 看完觉得参考价值不高，又去看了两边 NGG 打 UP，有了些新想法，又在战术上做了些小调整。

即使是要比赛了，钟晨鸣依旧是早睡早起，连带着 Master 也跟着早睡早起，第二天他们从床上爬起来，今天没有去健身房，而是去打了两把游戏热热手。

今天的比赛是下午七点开始，距离七点还早得很，现在只需要保持状态就好。

打了两把，钟晨鸣开了训练模式，为了保持手感，他开始练几个英雄的连招。这些需要练习的连招要么很复杂，要么就是需要极快的手速，根本来不及想就要按出来，等思考完再按，那就晚了，所以他得养成一种这一套技能连招就是一个技能的习惯。

钟晨鸣练技能连招，Master 则是在熟悉 UNG 打野的套路，虽然之前 Tristan 根据他说的刷野线路研究了一下，做出了一系列的应对措施，但比赛从来都不是一成不变的，他需要再去想一想 UNG 打野每个举动是为了什么，以做出正确的判断。

也正因为比赛的瞬息万变，才让这个游戏的观赏性更强，更加受欢迎。

大清早，训练室只有他们两个人，他们基地差不多算是在上海的荒郊野岭，这个时候很安静，只有耳机里游戏的声音，以及两人敲击鼠标键盘的声音。

Master 快进着分析了两场 UNG 的比赛，下意识侧头看向钟晨鸣。

钟晨鸣看着电脑，正在专心致志熟悉补刀手感，Master 看着看着，看到钟晨鸣退游戏换英雄，赶紧拉他双排，高高兴兴开了把游戏，用即将要上场的英雄继续保持着手感。

Tristan 也算起得比较早的，上午过来看到自家中野在训练室练习，他十分欣慰，一阵嘘寒问暖，并没有得到自家队员的回应，甚至还觉得他打扰他们训练很烦人，Tristan 对这些毫不在意，继续笑呵呵地研究今天的比赛怎么打。

等队员们都起床，已经是下午了，Tristan 拉着他们开了个短会，主要说一下这次比赛的情况，然后又花十分钟让大家保持平常心正常打。

这次打 UNG，大家都是憋着一股气的，在德玛西亚杯上被 UNG 打败，他们就得在这一把打回来，至于同样也打败了他们的 UP，可惜赛区不同，暂时也遇不上，也就只有期望在季后赛能暴捶他们一顿了。

LOL 的职业联赛春季赛分为东西两个赛区，每个赛区七个队伍，将进行为期三个半月的积分循环赛，最后根据积分情况决定季后赛的队伍。

NGG 跟 UP 的比赛就是春季赛的第一场比赛，也是东部赛区的第一场比赛，而今天 MW 跟 UNG 的这一把，是 MW 的春季赛第一把，西部赛区的第二场比赛。

西部赛区的第一场比赛是他们之前五点开打的，FUF 打 SYG。

在五点之前他们就到了比赛场地，陆家嘴的正大广场，LPL 的主办方也算是有钱，正大广场左邻东方明珠，右邻黄浦江，硬是在这样的地方找了块场地来比赛。

再次以选手的身份来到这里，钟晨鸣还是觉得挺新奇的，有些东西还是一样的，有些东西又不一样了。

钟晨鸣跟在 Master 身后，走进了选手休息室。这个地方说起来是选手休息室，也就几把椅子，看到这些，他突然笑起来，原来这地方还是这么破。

他们到了没多久，FUF 跟 SYG 的比赛就开始了。

休息室没有准备训练电脑，只有一台看比赛的电视。

FUF 在德玛西亚杯状态还不错，斩杀了头铁的 NGG，让 NGG 八强都没进，而今天一开场，就各种失误，好像他们的状态是守恒的，德玛西亚杯透支了状态，现在就不行了，被 SYG 按在地上摩擦。

后台的 MW 队员们一边看一边讨论着，之前他们在德杯把 SYG 淘汰了，因为 SYG 打起来也是一盘散沙节奏全无，现在看起来就明显不一样了。

这半个月 SYG 的成长很大，也有了战术技巧，队员们彼此也能看出信任来，打得像模像样，加上 SYG 每个人的实力也不算弱，打 FUF 还是轻轻松松的。

打完一把，赛场的盒饭送到了，他们又一起吃盒饭一起看比赛，因为他们的比赛是晚上七点，现在不吃，等会儿就要饿着肚子打比赛了。

-175-

Tristan 还在旁边嘱咐他们少吃一点，别等会儿打着打着想睡觉，大家都笑他说吃不饱没力气打比赛。

　　等 SYG 跟 FUF 打完，就到了中场休息环节，主持人这个时候会主持抽奖，钟晨鸣看到这个环节，想到他还中过一次奖，看了看 Master，笑了起来。

　　Master 转头看他，两个人很有默契地没有说话，但彼此都知道想到了什么。

　　抽奖开始，他们也没有继续看屏幕，静音听 Tristan 的战术布置。

　　中场休息也就十来分钟，他们需要在这个时候把自己调整到比赛状态，认真进行下一场比赛的准备。

　　Tristan 说得最多的还是让他们放轻松，不要有压力，谁压力大可以去他那里领口香糖，比赛的时候嚼口香糖可以缓解一下压力。

　　Glock 冷不丁开了个玩笑："能抽烟吗？"

　　Tristan 笑骂："你去试试啊。"

　　Glock 道："我觉得这个最解压。"

　　Tristan 骂道："滚滚滚，有本事你拿烟跟打火机上去，你看裁判会不会把你赶出去。"

　　他们就开了两句玩笑，比赛方就过来说前两队已经下场了，现在他们可以去做准备工作。

　　钟晨鸣抱着鼠标键盘跟着他们出去，在座位上调试鼠标键盘，突然 Master 喊了他一声："你看观众席。"

　　此时舞台上比赛区的光线是暗淡的，所有的灯光都聚集在组织抽奖的主持人身上，让他们正好可以看到观众席上大大小小颜色不一的应援牌。

　　就在舞台前方不远处，有人举着一个写着"钟晨鸣"的应援牌，牌子上还加了一个小小的皇冠，名字亮的是白色的灯光，皇冠是黄色的灯光，看起来显眼又可爱。

　　钟晨鸣心里有些感动，但是他没有说什么，只是笑了笑。

　　Tristan 在耳机里跟他们讲着冷笑话，让他们放松放松，不要太紧张。

　　这次 MW 首发阵容是上单 Glock，打野 Master，中单 18，ADC 天成，辅助空气。

　　下路上天成跟空气主要是为了求稳，Tristan 的考虑是，小凯还是留作底牌，毕竟小凯不是时时都能稳健起来的，坑起来还救都救不回来。

　　而孟天成发挥比较稳定，有多年比赛经验，孟天成跟空气比跟疯子适合，所以上了孟天成跟空气，如果他们两个赢不了，那就上疯子跟小凯搏一搏。

第一把，MW 拿了个"开车"阵容。

上单杰斯，打野皇子，中单瑞兹，ADC 是 EZ，辅助塔姆。

这一套阵容的优势在于瑞兹跟塔姆的开车能力，可以带自己的队友一起传送，优势在于支援，也就是主要打前期运营，快速推塔拿龙。

而 UNG 拿的是中后期阵容，上单吸血鬼，打野猪妹，中单卡萨丁，ADC 小炮，辅助风女。

开局各线都还算平稳，钟晨鸣在中路压线，上路 Glock 用杰斯打吸血鬼也没有任何问题，吸血鬼不小心被他打到一炮，还要伤很久。

Glock 玩输出型上单也越来越得心应手，他本来就是玩输出上单出身的，不过所在版本的原因，以及团队需求下练了稳健型上单，现在重新玩回输出，练习了半个多月，也渐渐找回了当年的感觉，在线上也能跟 UR 打个五五开。

这个前期节奏是 UNG 想看到的，肯定不是 MW 想看到的，毕竟 MW 要打的是前期，而 UNG 想打的是中后期。

Master 先是主动去下路找事，对面警惕性很高，第一阶段只是耗了一点血，随后六级 Master 直接跟着钟晨鸣大招开车进塔，塔杀下路两人。

UNG 的中单赶紧趁这个机会发育了一阵，钟晨鸣回了中路他又要难受了，不过现在卡萨丁也到了六级，有了大招，线上还是好过了一点。

抓完下路还不算完，Master 直接就去了对面野区，他研究了许久 UNG 的打野，随便一猜就猜到了猪妹这次用的刷野路线，直接就跟着走。

反正猪妹走到哪儿他跟到哪儿，他身后有支援，一点都不虚！

钟晨鸣压线，下路六级抓出来了优势，对面下路也是劣势，直接被压在塔下打，这就很难受了，如果不是对面辅助是个风女，六级之后不好越塔，Master 估计还会再去一次。

在野区找猪妹的事儿，卡萨丁觉得自己也不能就这样放着自己队友不管，在自己的兵线跟塔的血量，还有队友的性命之间衡量了一下，卡萨丁还是去了野区帮忙。

卡萨丁一走，钟晨鸣肯定是要跟上去的，对方都去帮队友打野了，他肯定也要去帮自家打野。

一个有大招的卡萨丁，支援速度肯定比瑞兹快，Master 作为一个老打野，也是十分清楚这点的，所以卡萨丁从中路踩着他插的眼过来，他还是稍微退了一下。

猪妹看他一退，立刻就想留下他，毕竟自己中单过来了，而瑞兹的支援肯定要慢一点。

但是 MW 过来的不止瑞兹一个人，空气也偷偷摸摸从下路过来，两方中野刚交手，Master 血量掉得有点吓人，突然塔姆闪现而来，将残血的 Master 吞入腹中，反身就是一舌头舔在猪妹的身上。

塔姆打人，是用舌头舔的，舔了一下猪妹，塔姆又把 Master 给吐出来，Master 技能 CD 好了，反手就是一个连招挑起两人，钟晨鸣收掉猪妹，卡萨丁还想杀 Master，但是没技能了，灰溜溜想跑，塔姆立刻带着钟晨鸣施放大招堵住卡萨丁去路。

这就很难过了，卡萨丁刚刚用了闪现逃跑，结果塔姆就施放大招位移到他身后等着，钟晨鸣闪现跟上，收掉人头。

这一轮打完，MW 打了小龙，雪球立刻滚了起来，中下节奏起飞。

野区遭遇战之后，UNG 的下半野区也被 MW 控制了，猪妹的野怪一个也没留，猪妹自己也很清楚这一点，所以干脆放弃了下半野区，自己老老实实去了上半野区刷野。

UNG 被抓到了这两次机会，前期十分难受，他们努力求稳起来，反正就是不打架，什么野怪兵线塔，不要就是了，只要在不死的前提下拿到最多的资源就够了。

这段时间 MW 推了 UNG 下塔，却没有找到更多的事做，钟晨鸣几次主动找事都被对面规避了，就连上塔都放出来给他们推。

钟晨鸣道："我总觉得有点不对劲。"

Master 道："他们肯定不会一直这样下去，要找机会打回来的，小心点，别被他们抓到机会。"

比赛继续拖着，小龙跟塔 UNG 都很随便，能守就守，不能守就直接让了，二十几分钟，双方开始了大龙视野的争夺，UNG 却好像完全没有兴趣，除了一开始做了一个眼，后面完全都不来看大龙一眼。

MW 这边却不敢直接打大龙，UNG 的人虽然没有过来做眼，但一直在中上晃荡，唯一一个在下路推兵线的，还是有传送的上单吸血鬼。

只要 MW 这边人有点打大龙的倾向，大龙处立刻就会出现一个远程探照眼来看一看。

MW 这边不敢轻举妄动，却又给了 UNG 发育的时间，终于 MW 这边一个没绷住，Master 被 UNG 给抓了。

这也是 MW 等待的机会，Master 被抓，他没有立刻想跑，回头就是一个大招盖下去，钟晨鸣立刻开车带着队友支援 Master，结果一落地，天成莫

-178-

名其妙被杀了，钟晨鸣只能承担起打伤害的职责来。

而 Glock 的进场时机不是很好，一炮落空，后续输出不足，他们也没有特别肉的前排，瞬间只能溃逃。

这一场团战，小炮三个人头，成了比赛的转折点。

UNG 打出了优势，决策果断，直接打了大龙，随后开始进攻 MW 的防御塔。

MW 这边此时突然发现，对面小炮的输出特别高，而且在风女的保护下，以及小炮自身的位移技能和大招击退，他们根本打不到小炮，Master 被小炮点个三两下就要跑路，孟天成要是被小炮贴脸直接就被杀。

UR 所用的吸血鬼此刻也到了最为强势的阶段，装备做得差不多了，带了天赋起风的秘籍，传送换疾跑，就为了打团。

Master 咬咬牙："外塔放了，守不了，等他们大龙 Buff 过去。"

钟晨鸣道："我尽量守一下。"

"你小心。"Master 嘱咐了一声，绕去 UNG 后排，想要找机会打小炮，现在这个团战，如果不打死小炮，就完全没有赢的希望。

到了这个时候，小炮的射程也很远，已经到了他能打到 Master 而 Master 打不到他的地步，钟晨鸣只有 Q 技能随缘打到小炮，但是他不敢去打，小炮身前还有几个大汉矗立着，身旁还站着一个有最强保护辅助之称的风女。

怎么打？

这几乎成了 MW 众人心中都在想的事情，他们选这个阵容就是为了打前期，运营一个失误被反打，太伤了，如果找不到机会打死小炮，完全赢不了。

Glock 道："打到一炮空气你就带我绕后。"

杰斯是一个爆发很高的英雄，可远程可近战，他的意思很明显了，就是要空气带他去后排打死小炮，不管前排。

"试试吧。"空气道。

一开始选杰斯也是为了快速推塔，Glock 的杰斯装备不错，要是一炮轰到后排能直接残血。Glock 在旁边找了找机会，终于找到一个视野盲区，从侧面以一个刁钻的角度一炮轰了过去，正好打在小炮身上，小炮立刻被他一炮打残！

Master 看准这个机会，直接闪现而上，挑起前排，一个大招盖向小炮，风女立刻施放大招吹开 Master 的皇子，也为小炮回血，空气带着 Glock 杰斯紧随而上，硬是在风女的保护下打死小炮，但团战还是凉了。

UNG 能打输出的，可不止一个小炮。

小炮被打死，过来的三个人也回不去了，钟晨鸣疯狂跟 UNG 的前排做着周旋，想要限制前排回头救人，但是没有被限制住的吸血鬼回头就是一个大招，随后就进入了吸血鬼的收割节奏。

这一场团战，MW 这边打了个五换三，一个是强行打死，一个是钟晨鸣限制前排的时候跟孟天成一起弄死了猪妹，还有一个就是钟晨鸣跑时强行要追上来的卡萨丁，两个人技能双双出手，同归于尽。

看着英雄躺在冰冷的地板上，电脑屏幕变成灰色，钟晨鸣总结了一下这把失败的原因："我觉得还是不能跟 UNG 打运营，他们运营比我们好，磨合太久了，我们还有点问题。"

空气也道："我们失误太多了。"

Master 主动背锅："我不应该被抓。"

就在大家的自我检讨声中，UNG 推到了基地水晶之前，空气最先复活，接着是 Master。

但是只有他们两个人，并不能限制住 UNG 推进的脚步，就在 Master 跟空气努力地干扰下，UNG 还是推平了 MW 的基地。

第二把 Tristan 做出换人决定，下路空气孟天成下场，换疯子小凯上场。

疯子小凯在场下看了一整把比赛，这赛季 UNG 的战术又有点不同了，而且这把 UNG 为打他们也做了一些准备，Tristan 在场下跟疯子分析了一番，疯子带着最新分析上场，对下一把击败 UNG 也有了更大的把握。

开局，UNG 直接禁了上一把给他们找了许多麻烦的瑞兹跟皇子，还禁了一个版本强势英雄佐伊。

MW 这边禁了吸血鬼、卡莉斯塔还有牛头。

这一把 MW 在红色方，由 UNG 先选英雄，UNG 首抢沙皇。

MW 的语音里，Tristan 跟他们得意道："我怎么说的，就说他们肯定要拿沙皇。"

"是是是。"Glock 笑着选下了加里奥。

这次 Tristan 的禁选英雄策略，故意不禁版本强势的沙皇，给对面选，而他们并不惧怕沙皇，他们要拿上赛季极其强势的加里奥体系。

Glock 锁定加里奥，Master 锁定猪妹。

UNG 又拿了大嘴跟奥恩，钟晨鸣锁了塔姆。

加里奥阵容里面的 ADC 还是很关键，下一手 UNG 连禁两个 ADC，小炮跟女警，MW 则是针对了对面的辅助跟打野，禁了狮子狗跟宝石。

对于 UNG 的针对，Tristan 只是微微一笑，问小凯："VN？"

小凯点头："VN。"

VN 这个英雄，虽然曾经是一个让亲者恨仇者快的英雄，但是最近版本，VN 在排位里面的表现很是不错，已经成为第一梯队 ADC。

小凯正好玩得还不差，这一把可以拿。

最后双方的阵容拿下来，MW 阵容是：上单纳尔，打野猪妹，中单加里奥，ADC 是 VN，辅助塔姆。

而 UNG 的阵容是：上单奥恩，打野螳螂，中单沙皇，ADC 大嘴，辅助布隆。

"这把怎么打？"游戏还在加载中，Glock 就问了句，跟大家商量商量这一把的套路。

"搞下路。"Master 的回答十分简单。

疯子也道："死搞下路。"

两边下路都是后期英雄，他们还是以 ADC 为核心的阵容，自然是要死养 VN，搞死对面大嘴。

为了贯彻这个方针，Master 两级就去了下路，疯子也十分会来事，跟布隆一阵对战，打残布隆，打出一个治疗来。

猪妹前期确实不太好抓人，Master 这样打了一阵，假意要走，又从三角草丛绕了过去，再次出击。

小凯刚好二级，学了 E 技能，直接闪现定布隆，大嘴走位太靠后不好杀，他们就先杀布隆。

大嘴此时已经走到了塔下，Master 道："我抗塔，杀！"

Master 进塔一头撞了上去，大嘴闪现到塔侧面躲掉这一击，然而 Master 的平 A 却躲不掉了。

见 Master 抗塔，疯子直接闪现舔大嘴，小凯也一个翻滚进塔跟上输出，大嘴逃跑无路，只得回头点 Master，Master 抗的塔，他想至少换掉一个人。

在防御塔跟大嘴的双重攻击下，Master 的血量飞速下降，小凯交出治疗抬了一下 Master 血线，但这只能暂时续命，眼看就还剩一两血了，旁边疯子使用的塔姆突然大嘴一张，直接一口把 Master 吞了下去，让防御塔跟大嘴都丢失了攻击目标，保护住了残血 Master。

这还不算完，塔姆反身就是一个长舌头舔到大嘴身上，大嘴身上已经叠出了塔姆的三层被动，立刻被定身。

虽然塔姆的普通攻击就是用舌头舔，但那是软软地舔，还是一个近身攻击技能，被舔一下就会叠一下被动。而塔姆的 Q 技能也是用舌头舔，不过

-181-

是快速甩出一个长长的舌头，要是舔到叠了三层被动的人身上，就会立刻被定身。

Master 被吞了，防御塔的攻击目标变成了塔姆，塔姆血线还是挺健康的，虽然刚才拼了一轮，他被打到了半血，但嗑着血瓶，攻击了两个小兵，靠装备圣物之盾的被动也回了不少血，现在已经有了四分之三的血，还能抗两下塔。

塔姆定完大嘴就往后退，把 Master 吐到了大嘴攻击范围之外，自己站在防御塔的边缘，等着小凯打死大嘴，这才慢悠悠走出塔的范围。

这一轮越塔，血赚！

疯子大喊："快跑快跑！"

Master 也道："他们打野过来了。"

他们都在下路打了这么久了，对面打野之前没出现，是因为按照他们打野的刷野路线，应该是往上路走帮上才对，所以 Master 出现的时候，UNG 的打野已经快走到了上半野区，看到下路打起来临时折返，结果没打死，于是就近刷了个 F6，那里有钟晨鸣放的一个眼。

也正是看到了对面打野的位置，Master 才会选择直接越塔，何况他身后还有一个塔姆，一看情况不对吃了他就跑，完全不尿！

下路一阵优势，钟晨鸣在中路也还行，能混着走，加里奥前期不好打沙皇，要被消耗得很惨，不过他带着传送，跟沙皇清线就是，清完了线残血就回家传送上线，继续刷兵。

这把他不是主要制胜点，他只要能保证发育就行，并不需要拿很多人头。

钟晨鸣刷得正欢，已经杀完人刷完野补充完状态的 Master 说道："中路。"

"来。"钟晨鸣已经回了一次家又传送上线，身上还是有装备的，而沙皇没回过家，所以现在突然就变成了钟晨鸣打得很舒服，沙皇不敢跟他"硬刚"的情况。

出了两个小装备，加里奥的伤害一下子就起来了，清兵很快，要是被他撞到一下打一套，小半管血就没了。

Master 在野区走了走，直接绕后，沙皇十分警觉，看到猪妹冲出来立刻闪现，随后猪妹一个大招甩到了沙皇脸上，没有了闪现，沙皇想用"灵车漂移"的连招来躲，但太慢了，根本来不及。

沙皇被猪妹的大招冻住，Master 直接走过去，钟晨鸣施放大招接上控制，掐着点击飞沙皇，然后一个冲撞嘲讽，愣是让沙皇大招都没打出来就死了。

"这一套连控。"钟晨鸣笑着说道,"我不知道他怎么跑。"

Master 也跟着笑了笑,不过没有说话,有话回去说,赛场上都说完了,回去就没说的了。

这一把 MW 前期又取得了优势,也是 Master 前期打开的局面。

似乎开局跟上一把差不多,UNG 又开始求稳起来,他们这次拿的沙皇大嘴,这可是纯后期阵容,越往后拖他们就越强,不过 MW 后期也不尿,VN 好歹也是一个后期帝王,他们阵容团战也不会差。

UNG 要跟他们拖,他们也没有急着去找机会,而是开始稳定自己的发育。

中下都进入了平缓期,上路却打得有声有色起来。

Glock 这段时间连话都不说了,苦练上单对线,看了许许多多国内国际的比赛视频,努力研究细节,今天拿纳尔打奥恩,把 UR 的头都快捶飞。

疯子抽空看了一眼各路情况,看到上路,跟 Glock 来了一次商业互吹:"大 G 兄你怎么把 UR 吊起来打了,厉害啊。"

Glock:"一般一般,没有疯兄你厉害,我这个是英雄克制,你下路操作我看了,那才是真的厉害,这次的排行榜上肯定会出现你的名字。"

疯子:"常规操作常规操作——"

"滚来打龙。"Master 一声低喝,打断了这两人没完没了的互吹,疯子听话地过来,跟着 Master 把小龙打了。

上路的 Glock 直觉不对,跑去大龙坑看了一眼,现在大龙还没刷,盘踞大龙坑的是大龙"儿子"峡谷先锋。

打了峡谷先锋可以捡一个装备起来,以后还可以通过这个东西把峡谷先锋放出来,让峡谷先锋帮忙推塔。

这一看,果然看到对面在打峡谷先锋,Master 打小龙,对面打野就想吃峡谷先锋,Glock 转了转,决定去骚扰一下,他们打野不在,抢峡谷先锋的可能太小,骚扰骚扰,让对面打得不那么顺,或者直接阻止他们还是可以的。

纳尔小小的回旋镖丢了过去,Master 却说了声:"让了,不划算。"

他的意思是如果在峡谷先锋那里打起来,他们少人打不赢,不划算,不如回去刷线,不浪费自己的发育时间,结果回旋镖还没飘到龙坑里面,对面打野就撤了。

"他们好尿。"钟晨鸣道。

疯子嘿嘿笑了声:"小龙没眼,他们没看到我位置,怕我开车。"

塔姆可以带人远程支援,看上去他们是少人,要是塔姆开车支援,那他们就是多个人了，只要塔姆大招还在，就算是个无形的威胁。

"他们要拖就让他们拖。"看UNG极力避战的样子，疯子继续说道，"我们这边四个大汉，打团还打不赢？"

四个大汉，他们上中野辅助都是出肉的，打团的时候就是四个肉盾站在前面，保护一个VN的输出，就跟四个大汉一样，虽然准确来说，纳尔是一只可大可小的约德尔人，猪妹还是一个骑着野猪的妹子，并不能算大汉。

Glock笑道："四个大汉带个小妹妹，我喜欢。"

VN是个妹子，其实人设跟小妹妹这三个字一点都不搭边。

对于被喊成小妹妹，小凯是一点意见也没有，或者说他有意见也不会说，毕竟凯爷是人狠话不多的典范。

"都闭嘴。"Master突然说了一句，这下大家都安静了下来，毕竟是在比赛，他们这心态也太放松了一点，Master必须来把他们的心态给拉回来。

结果Master虽然让他们闭了嘴，放松的心态却还是出事了，疯子跟小凯的下路一个不慎，被抓了。

UNG算计许久，终于找到从下路打开局面的机会，先前还缓和的节奏突然就被提了起来，五人打了MW一个措手不及，疯子也被UNG缓和的节奏给麻痹了，一时没反应过来，没有保住小凯，两人双双惨死下路，下塔被推。

Glock想要传送救一救，看了一眼发现对面五个人，还没按出来的传送立刻放弃了，传送下去也是送死，钟晨鸣的大招能快速支援，但是Master来不了这么快，而且五人包下这个节奏，他觉得钟晨鸣怕是还没走到放大的范围下路两人就被杀了。

他的猜测也不错，下路两个人几乎算是被杀，疯子被控制，连塔姆的盾都没开出来就死了，Master立刻做出抉择："Glock推上塔。"

钟晨鸣道："他们要去打小龙。"

这个时候小龙快刷了，他们布置完了小龙区的视野，Master准备去刷野，探探对面野区的路，没想到下路就出了事。

算着时间点，看样子UNG会等小龙刷出来打了再走，Master直截了当："让了，我们打峡谷先锋。"

现在他们去守很大可能要出事，下路减员两人，等小凯疯子复活赶过来肯定来不及了，只有用小龙换上塔，他们争取利用这段时间去打个峡谷先锋。

钟晨鸣连看都没去小龙看一眼，就让他们打，往上半河道的峡谷先锋走去，Master看小凯跟疯子要复活了，做出指挥："换线，Glock去下路带，他还有传送，奥恩没有了。"

小凯跟疯子立刻往上路走，其实Master这样布置还有一层想法，那就是等UNG的几人打完小龙，他们峡谷先锋肯定还没打完，毕竟对面五个人打，他们三个人打，峡谷先锋血量还比小龙厚。

所以等会儿UNG打完小龙，极可能来峡谷先锋看看，就怕被对面抓到时机打团，就让小凯跟疯子来上路，万一打起来他们也有人。

Glock推了线就回城，等他慢慢走到现在，对面早就打完了小龙，出来跟他对线的却是奥恩，看来对面也选择了换线。

而MW的峡谷先锋打得很顺利，UNG可能是觉得来不及了，并没有来骚扰，Master捡了峡谷先锋之眼，继续往上半野区走，控制了一下UNG上半野区的视野，也是为小凯跟疯子在上路提供一些保护。

钟晨鸣打完峡谷先锋就直接回了中路刷线，刚才UNG稍微打回来了一点，但是按照他的经验，现在UNG的金钱应该还是落后于他们的，毕竟他们前期优势，UNG让了不少资源出来。

这之后，他们的前期优势就不存在了，UNG继续给他们让资源也是做梦，只能看机会能不能打回来，至少Master不能再肆无忌惮去吃对面的野怪了。

现在他们的人头比是3:2，MW这边三个人头，UNG两个人头，下塔拆了，小龙打了，峡谷先锋也没了，地图资源也还没刷，两边看起来又要进入平稳发育期。

Master观察了一下局势，决定主动去找节奏，帮MW度过这个时期。

虽然看起来地图资源都没了，但是他还有个先锋之眼，放出来也是可以推塔的，至于推哪座塔，那就中塔吧。

由于他们先选择的换线，所以UNG上塔的血量被他们点得差不多了，先锋之眼用在上路肯定不划算，Master先去上路帮忙推完了塔，回家补充状态，直接说道："找机会中推。"

疯子看了一眼局势，说道："我们清完这拨兵直接往中路走。"

对面上塔也没了，不管是谁都不敢走太出来，就怕被绕后包夹，所以他们可以把兵线稍微多往前推一点，然后去中路帮忙推。

其实他们这个阵容有个很大的弊端，就是手太短不好推塔，所以他们要么团战消灭对面主要威胁再推塔，要么就利用辅助推塔的工具，比如峡谷先锋。

不过峡谷先锋放出来是可以被打死的，所以他们还是要找准了机会再放出来，Master 的意思就是这个峡谷先锋得来不易，对他们而言也很重要，所以要好好利用，不能让撞一头就完事儿了，还要把被撞了的塔推掉，再撞二塔就最好不过了。

大家都领会了这个意思，全都开始往中路聚集，Master 道："我找机会打，开沙皇。"

他作为一个猪妹，开团型打野，肯定是冲在第一线的，钟晨鸣道："我跟大。"

疯子先到的中路，在中路清了一批视野，UNG 的辅助也过来了，应该是看到了他们来中路，不过 ADC 还在上路收兵，看起来没有打的想法，辅助过来就是来保一下中塔。

"开辅助！"Master 见辅助过来跟疯子争夺视野，立刻做出决定，辅助布隆对他们的限制很大，英雄特性在这里，为了防止切入不顺利，先杀辅助也是一件好事。

疯子立刻鼠标一点，键盘一按，一舌头舔上了塔姆。

Master 没有急着交大招，直接撞了上去，布隆被撞了一下，钟晨鸣又过来接上伤害。

布隆是个肉坦辅助，他们三个打布隆并不是很疼，就只有出半肉半输出的中单加里奥打他最痛，尽管如此，一套技能也只打了布隆半血。

布隆立刻开出盾牌往后退，沙皇在清兵，他们的打野螳螂去接了一下布隆，布隆立刻一个跳跃跳到了螳螂身上，这是布隆的位移技能，布隆的位移技能只能位移到队友身上。

看到布隆跑了，Master 立刻一个大招扔了过去，布隆盾牌交了，位移交了，之前下路杀人交了闪现，现在无处可逃，直接被 Master 大招命中！

小凯上去点了两下，没有急着施放大招，虽然布隆的位置已经有些靠前，但有塔姆保护他，无所畏惧！

沙皇立刻过来开出大招，顶走 Master，想要救一救布隆。

"我来了！"Glock 十分愉悦地喊了一声，一只体型变大的纳尔从天而降，一巴掌啪地把 UNG 几个人拍到墙上，在他身下立刻显出了一个法阵，那是钟晨鸣的大招。

Glock 看清了局势，攒好怒气直接传送，此刻正好变成巨型纳尔进场，时机跟怒气都把控得完美无比，堪称教科书级别纳尔。

"嘭"的一声巨响，刚刚被拍在墙上晕晕忽忽的几个人还没反应过来，又被突然跳进来的加里奥震得飞起，Master 也进场打着控制跟伤害，小凯在

Glock 的纳尔出现的那一刹那就开出大招，疯狂输出。

而 UR 也此刻也赶到战场，同样开出大招，一只羊头顶出来，小凯的 VN 熟练地在地上一个翻滚，躲掉了奥恩的大招，VN 施放大招按 Q 技能翻滚还有一个被动效果，那就是可以隐身一秒，虽然只有一秒时间，对于 VN 来说已经足够了。

小凯双眼盯着屏幕，鼠标被他点击得飞快，他的目标只有一个，沙皇！

只要杀了沙皇，他们团战就赢了，距离 UNG 的 ADC 赶到战场还有一小会儿，现在有输出的只有沙皇。

隐身的这一秒，沙皇也找不到 VN 的位置，何况他还被击飞在空中，飞起落下的这么一瞬间，他就变成了一具尸体。

小凯又看向了布隆，这个辅助已经残血。

被 Glock 称为小妹妹的 VN 还有一个名字：“暗夜猎手”。

在小凯猎杀敌人的时候，敌人也已经瞄准了他，奥恩发红的双眼看着刚刚从隐身状态出来的 VN，从险境离开的螳螂也在寻找着机会，想要切死这个 MW 输出最高的点。

螳螂的身影消失在草丛里，他的大招也是隐身。

一个深紫色的身影从虚空中浮现，直冲 VN 而来。

这个速度太快了，疯子根本反应不过来，小凯冲得太前，他要吃小凯也还有一段距离，而大嘴此刻已经走到了团队旁边，就等一个合适的位置打输出。

奥恩黏着小凯打，小凯一开始被螳螂侧面消耗了一下，已经半血，而螳螂的爆发伤害用不了半秒就能打出来，疯子想保他根本来不及。

就在螳螂从空中出现，镰刀一样的双足快要触碰到 VN 的一刹那，VN 突然调转了目标，一支弩箭从她手中射出，这支箭跟她之前射出的箭有所不同，箭上所蕴含的巨大力道直接将螳螂击得倒退几步，直接撞到墙上被震晕。

"漂亮！！！" 耳机里传来几声大叫，其他几个人立刻就扑上去把震晕的螳螂血条瓜分，而大嘴远远观望了一下，放了两下大招，又走了。

UR 也立刻卖了布隆，闪现撤退。

Master 立刻喊住了一个个都要追上去的人："推塔推塔！都给我滚回来推塔！"

于是一群刚刚还猴急要越高地杀人的人乖乖回来，看着 Master 放出峡谷先锋，然后大家跟着推塔。

对面减员三人，这个塔肯定是守不了的，不仅这个塔受不了，二塔肯定也要被推,这一阵推进,MW 血赚!

推完二塔,MW 已经是大优势,疯子甚至还笑了笑:"这把我都不知道怎么输!"

Glock 笑着道:"别高兴太早啊,等会儿要是被翻盘了找你。"

钟晨鸣在旁边吐槽:"这要是被翻盘了,我们都得被找。"

推完二塔,大龙刷了,他们去做了大龙的视野,现在打大龙肯定是不现实的,UNG 的人都复活了,他们刚打完团战状态也不是很好,所以做了视野就完事儿。

一群人回去补充状态,又赶紧往大龙的位置赶,怕对面投了大龙。

MW 做完视野回去,UNG 的人就过来清一批视野,这下 Glock 也没了传送,不敢去下路带,他带下路 UNG 就会找机会打团或者开大龙,好在他们是一开始处理了下路的兵线再过来的,所以兵线还不算坏。

他们也算到对面的 UR 同样没传送,也就是说,这段时间,他们会在大龙中路上路玩很久。

这样的牵扯并不是 MW 所擅长的,他们比较擅长找机会打一轮,如果是做牵扯,他们的默契并不够。

UNG 也正是抓到了他们牵扯时候的破绽,UR 直接施放大招留人,劣势越来越大,UNG 也着急起来,如果继续拖下去,恐怕拖着拖着就输了。

UR 直接开到了疯子,UR 顶在前面,后面的大嘴跟沙皇就疯狂输出,疯子十分顽强,还坚持了两秒,就这两秒,钟晨鸣直接对着疯子开了个大,一头撞过去。

而 Master 看到疯子被开,也扑了回去,喊道:"打!"

既然技能用来杀疯子了,那他们也不客气了。

这一轮团战虽然是 UNG 先开,但是 MW 一回头,UNG 却发现完全无法招架,即使是在 MW 已经减员一人的情况下。

MW 这边的"C 位"太肥了,UNG 谁也顶不住小凯点几下,奥恩在 VN 百分百伤害的英雄面前也就比一张纸好一点,大概算是两张纸。

虽然 VN 严格来说是个后期英雄,但前期太顺,人头拿得不少,装备成型,强行让 VN 提前进入了后期。

如果说前面中路那一轮团战 UNG 是崩了,那么这一轮团战 UNG 是直接炸了,炸穿了。

这次团战 MW 这边也有点惨烈,献祭了疯子跟 Master,他们一个是被抓到开了，一个是打进去回不来，不过换取了一个团灭，小凯拿下三个人头，打完直接拿了大龙。

拿完大龙，MW 还是求稳，又去打了小龙，然后消耗了下路高地塔血量，UNG 守塔能力很强，大嘴沙皇都是手长清兵能力很强的英雄，他们耗到大龙 Buff 结束也没能推掉下塔。

MW 这个阵容手实在是太短，在推塔上完全没有优势，根本点不到塔，Master 就换了思路："等他们出来再打。"

既然不好上高地，那就等对面出来再找机会，UNG 人齐他们不好推塔，UNG 的人出来，那他们就可以推塔了，对面也不可能永远不出来不是？

刚做完布置，UNG 就完美地给他们演示了一下什么叫作我就是打不过，反正我就是不出高地，就算出高地也是看到你们有人在地图其他地方出现了，我们才成群结队出来做做视野。

"稳啊。"Glock 道，"UNG 还是稳。"

"41？"钟晨鸣提出想法来。

"41"是一个战术名称，也就是分带战术，一个人带一条路，其他四人带另外一条路，对面要是去管另外一条路，他们就推，如果来管他们这条路，另外带的那个人就推。

他们推掉了两条路的外塔，正好可以用 41 战术。

"可以。"Master 指挥道，"纳尔下，我们中。"

Glock 立刻就去了下路，钟晨鸣他们几个人就在中路消耗。

刚才他们有大龙 Buff 的时候其实也想用这个战术，但是也没能推掉塔，现在每座高地塔都顶着一半的血量，等着他们的再次推进。

应对 41 战术基本就是清线不让推，UNG 要么分大嘴沙皇去推兵线，要么就分 UR 去守兵线。

两边都在持续磨着塔，打破这个僵局的方式就是看哪边先被消耗残，如果有人被消耗残，那么另外一边就有了开团的机会。

两边都能消耗，MW 这边是钟晨鸣的加里奥还有 Glock 的纳尔，而对面是大嘴跟沙皇。

兵线再一次走到高地塔前，钟晨鸣在高地塔旁边放着技能消耗，突然他后退两步，立刻开出大招。

下路的纳尔跟过去守线的大嘴打了起来，Glock 眼看就要越塔强杀了！

Glock 在麦克风里疯狂喊着话："大嘴要死了大嘴要死了，他们少人你们开！"

-189-

钟晨鸣："我过来帮你了我过来帮你了！"

Master："别开别开，去下路打，去下路打！"

疯子："上上上！"

屏幕上，Master的猪妹直接突进了高地，冲乱了UNG的阵型，钟晨鸣的加里奥一个大招当头砸下，配合纳尔杀掉了ADC大嘴。

VN看到机会，直接闪现上高地狂点沙皇，疯子迫不得已也闪现上去，一口吃下VN，自己受下了沙皇大招，保护住了小凯的VN，随后布隆大招、奥恩大招都砸了过来，疯子想还好自己够硬，不然怕是得被这一连串技能打得当场死亡吐出肚子里的小凯来。

而沙皇大招一开，钟晨鸣的加里奥直接撞了过去，撞飞沙皇，也防止了他们再去追小凯，Glock越塔杀大嘴此刻已经是残血，他还是跟过去杀掉沙皇，随后被奥恩收掉。

另外一边，疯子把小凯吐出来，吐到了高地塔旁，在耳机里大喊："点塔，点塔！！！"

小凯觉得自己耳朵都要被这声吼叫给震麻了，看着那边的战况不情不愿点着塔。

UNG双C都没了，毫无战斗力，但是要去杀也是不好杀的，对面肯定跑，不仅跑还要骚扰MW，所以追着人杀不如推塔来得实在，要是跟对面耗久了，等到死了的复活，那可是塔都推不了了。

推完下塔跟下路水晶，Master看了看，没有更多机会，直接喊了撤退去打大龙。

他们时机把握得很好，UNG没有视野，兵线还进了高地，也不敢出来抢，只敢清兵线守高地塔。

打完大龙，Master道："继续41。"

破了一路高地就容易很多了，Glock带完了上路外塔，又在上路消耗，这下UNG的人就冷静了下来，好好守塔，对面ADC大嘴这次没去收兵线，让沙皇去带上路线，自己就好好守中塔。

中路塔本来就没多少血量，钟晨鸣走过去消耗了两下对面就不得不退。

中路直接被点掉，他们又转去拆上塔，很快上塔也掉了，UNG三路高地全破，只能在家里玩守卫雅典娜——清小兵。

就算这样，Master也没有直接去开，打到这个地步了，他还是力求稳健，指挥道："先退，我们去外面等着。"

疯子立刻领会了他的意思，排了一路视野，然后又倒了回去，就站在高地墙下面,等着 UNG 的人出来。

这个时候远古巨龙也刷了,UNG 的人似乎以为他们都去打远古巨龙了,刚才他们故意让 UNG 的人看到的也是他们往龙的方向走,辅助就想着出来做下视野。

"来了。"Master 看着辅助布隆一步步靠近,螳螂也跟着出来,似乎是想去野区看看。

等走到墙边,Master 立刻冲了出去,后面的纳尔跟钟晨鸣也冲了出来,脆皮螳螂立刻被杀,布隆开出大招也并没有什么用,被小凯几箭射死。

"漂亮!"Glock 大喊一声,"上上上!"

Master 也笑着道:"直接拆门牙,不管沙皇大嘴。"

"扛不住了扛不住了!"Glock 又叫着。

"别叫了,我都把你吃了,自己出来拆塔。"疯子不耐烦地把 Glock 的纳尔吐到了远离危险的方向。

减员两人,还是辅助跟打野,UNG 完全守不住高地水晶,他们四个肉就顶着沙皇大嘴奥恩的输出强拆门牙塔,很快就把门牙塔点掉,就算 UNG 剩下的人用命来保,也是保不住了。

看着水晶爆破,钟晨鸣舒了一口气,看向自己队友:"赢了!"

Master 也笑了起来:"赢了。"

疯子这个时候倒是正经了起来,语气都有个正常人的样子了:"还有一把,加油。"

第九章·钟晨鸣，欢迎回来

后台，Tristan 一个个拍着他们的背，笑着迎接他们回来，说道："打得不错。"

可可也向他们竖起大拇指："可以可以，加油！"

当然，肯定不是光表扬就完了，现在也不是找问题的时候，Tristan 笼统说了个打得好，然后就开始新一轮的布置，给他们说下把比赛要注意的地方。

作为教练，Tristan 看出他们这把比赛打得有点乱，特别是中期有点不知所措，如果不是 UNG 主动来开战又没打过，这次谁输谁赢还真的不好说。

短暂的后台调整之后，就来到了这次比赛的决胜局。

Tristan 没有说什么大家加油啊努力什么的话，而是讲了个冷笑话，在大家的笑声中，开始了决胜局的禁选英雄。

这次是 UNG 选边，他们还是选择了蓝色方，起手禁了皇子、VN、加里奥，而 MW 这边禁了佐伊、瑞兹、沙皇，硬是禁了三个中单，防止对面拿到强势中单。

UNG 就先拿了玛尔扎哈，Tristan 问钟晨鸣："卡萨丁？"

钟晨鸣道："先不用给我选吧，把吸血鬼拿了，放心我英雄池深不可测。"

于是一番衡量之后，MW 这边先拿了吸血鬼、狮子狗、EZ，而 UNG 拿了玛尔扎哈、猪妹、大嘴。

随后 MW 又禁了牛头、青钢影，而 UNG 则是禁了宝石跟卡萨丁。

Tristan 看着对面这个阵容，有点想笑，能玩的中单都禁完了，他问钟晨鸣："岩雀？"

钟晨鸣看了看阵容，说道："发条吧。"

Tristan 有点担忧："发条有点太后期了。"

"还行，这个阵容好配合。"钟晨鸣道，"让 Master 带着发条球进场打配合。"

Tristan 一想也行，就让他拿了发条。

最后拿出来的阵容是 MW 这边上单吸血鬼，打野狮子狗，中单发条，ADC-EZ，辅助巴德；而 UNG 那边上单大虫子，打野猪妹，中单玛尔扎哈，ADC 大嘴，辅助布隆。

开游戏之前，疯子还跟 Glock 开起了玩笑："兄弟第一把 UR 就是用的吸血鬼，你这是要教他玩吸血鬼吗？"

Glock 笑笑，他心态好像已经调整过来了，说道："对啊，我要教他如何用吸血鬼打爆大虫子。"

钟晨鸣也在旁边调侃道："有志气，加油。"

他们开了两句玩笑，又开始讨论这把怎么打，Master 道："我去他们野区转转。"

闻言钟晨鸣先道："前期我压不了玛尔扎哈。"

发条是个后期英雄，前期伤害并不高。

"没事。"Master 道，"猪妹加大虫子，他们野区崩了。"

"我冯哥就是这么自信。"疯子也笑着说了两句。

地图界面加载出来，比赛开始！

这次 Master 说到做到，开局没多久就去了 UNG 的野区玩耍，他先没有抓猪妹，而是将猪妹野区刷了一遍，然后再蹲在上路等着猪妹出来。

他猜猪妹要抓上路，中路前期不好配合，两个人都在对刷线，钟晨鸣眼也放到位了，猪妹想抓也抓不了，而上路正好是机会，因为前期 Glock 有点压制 UR，按照 UNG 打野拿到猪妹的正常刷野路线，他也应该会去上。

这一蹲就正好让他给蹲到了，UNG 那边主要是想针对一下 Glock 的吸血鬼，没办法吸血鬼起来太强了。上路打了个 2V2，UNG 什么好处都没捞着，猪妹直接被杀，大虫子倒是惊险逃命。

"他野区崩了。"Master 说道。

Glock 也笑了笑："上路也崩了。"

他拿到了人头。

"你们这么自信的吗？"疯子还在下路跟小凯对线，他们对线也是优势，他摸出了巴德，把布隆治得服服帖帖的，UNG 两个下路就只能安心补兵，做不了其他。

巴德这个英雄是需要灵性的英雄，并不容易玩好，他完全就是看使用者的发挥，因为巴德的技能很奇怪，攻击不高治疗不强，伤害最高的是有被动

-193-

的平 A，技能几乎全是功能型，需要从比赛开始心里就有个规划，是一个完全不能"混就行了"的辅助。

然而疯子就是一个有想法的人，巴德现在是韩服胜率第一的辅助，不过赛场上很少人玩，他敢拿出来，就已经代表着他很有把握。

下路对线，疯子就是用自己的想法打出了优势，无论是平 A 消耗还是控人时机，都做得很好，打得对面苦不堪言。

"安排安排下路。"既然上路没什么问题了，Glock 就说道，"大嘴起来了不好打。"大嘴是后期英雄，越后期伤害越高，倒是跟发条有异曲同工之妙，所以他们前期就要针对大嘴，最好能直接就让大嘴起不来。

"等六级。"Master 说了一句，继续开始刷野。

等到六级，Master 去了下路，对面猪妹又去了上路，他像是要针对这个吸血鬼一般，还带着中单的玛尔扎哈去了上路。

而 MW，则是打野跟中单去了下路。

到了下路，Master 直接开了大招，陷入隐身状态，UNG 的下路顿时焦躁起来，狮子狗跟发条的配合可不是说着玩的。

狮子狗的大招是隐身跳人，而发条则可以把自己的武器球型玩偶附着于友方英雄上，正好就可以完成一套配合，狮子狗带球跑隐身跳人，发条直接大。

UNG 下路的大嘴跟布隆已经躲到了塔下，但是这并不妨碍 Master 杀人，他直接跳进去，发条大招，EZ 接大，大嘴跟布隆都带了秒表，结果大嘴秒表都没按出来就被杀了，布隆倒是按出了秒表，然后他就发现，在他的金身旁边，围了四个人，而且他们还把兵线带进了塔，没人抗塔，都在静静等着他。

金身状态结束，死。

上路的 Glock 也十分难受，三人抓上，还有个带着压制技能的玛尔扎哈，他也十分没办法，跑也跑了，金身也按了，还是免不了一死。

疯子在下路笑着："没事没事，兄弟你的牺牲是值得的，放心我们已经为你报仇了。"

Master 在疯子说话间隙插进一句："拆塔。"

大家合力把下塔拆了，又去打了个小龙，对面也在跟他们拼速度拆塔，不过肯定是 MW 这边快，毕竟他们四个人，对面三个人，所以拆完塔，对面下路虽然回来了，但是打野跟中没这么快赶过来，他们还能打个小龙。

打完小龙又陷入了一段平稳期，双方都是吃大招的阵容，没有大招的时候就是和平发展时期。

但是 MW 又想搞事了，之前 Tristan 临时给他们补课，说了跟 UNG 打中期怎么打，Master 现在就又有了事情做，他去反野了。

这是他从小安那里学来的，猪妹的野区，不反白不反，只要勇于去反猪妹的野，猪妹就会告诉你，他的野区就是你的。当然，这个情况是要建立在队友有优势能支援他，或者他自己有优势有能力，在野区被抓能走的条件。

这一把就是队友有优势，他也有优势，而且 UNG 的下塔都没了，下半野区不就是他的了吗？

不过同样，他们上塔也没了，好在 UNG 的这个打野并不喜欢反野，好像对面野区有毒一般，不到特别安全或特别需要的情况，他是不会进去的。

所以 MW 这边对上半野区的控制还在，视野都做到位了，不过为了吸血鬼的发育，他们并没有主动换线，而是照常对线。

Master 去对面下半野区逛了一圈，不仅刷了野，还逮到了一次猪妹，把猪妹打到半血，猪妹跑了，跑完还回来看看，做个眼，然后又被 Master 打了一轮，这次才学乖了不过来了。

而 UNG 的下路完全没有过来帮猪妹，他们一过去，疯子跟小凯也会过去，打个团战谁输谁赢还真的不一定。

疯子跟他们吐槽："这是在用生命做眼吗？"

Master 研究了很久 UNG 的刷野套路，此时大概可以猜出原因，说道："眼比较重要，他就是控制视野型打野，这个眼可是防止了我再次入侵。"

既然在这里被抓过一次，那么做个眼，想抓第二次肯定就不行，不仅不行，还防止了 MW 的人往这边走他们不知道。

疯子自然明白视野的重要性，其实他刚才也是在调侃，看 Master 这么认真地回答，他也认真道："等会儿我跟小凯进来清一批视野。"

当然，就算 Master 不认真说，他也会进野区排除一批视野。

"玛尔扎哈过来了。"钟晨鸣提醒他们，"不过我也过来了。"

玛尔扎哈是上个版本十分强势的中单，没被禁就必选的存在，因为其强力控制的大招，配合队友几乎是控谁谁死，控制输出都十分厉害。

而又由于玛尔扎哈上个版本实在是强势，这个版本直接就被削弱了，原本大招一套杀人的伤害被削得杀不了人，不过控制还是一如既往烦人，所以 Tristan 权衡之后，这次才会放玛尔扎哈出来。

既然敢放出来，那么 MW 这边就肯定是做好了准备的，完全不虚。

其实看到玛尔扎哈最好是选个塔姆辅助，玛尔扎哈打谁塔姆吃谁，不过这次他们的阵容，疯子觉得用巴德更好一点，玛尔扎哈不足为惧。

-195-

玛尔扎哈一往野区去，UNG 的下路也赶过去支援，Master 立刻就往后退，钟晨鸣在后面接他，发条的球往野区一横，他又有大招，倒是没人敢继续追，让 Master 得以全身而退。

钟晨鸣掩护完 Master 撤退就往中路走，他还要收兵，既然没打起来，那还是刷兵重要。

刚才那个情况他们也不好开团，对面人多，他又拿的发条，没啥伤害。

就这样，中期虽然 Master 强行去搞事，但他们因为阵容问题，还是没有在中期的时候找到什么节奏来，反而让 UNG 安心发育了一阵。

UNG 的下塔被推了，他们控制了下半野区的部分视野，让大嘴安心缩在二塔发育吃野怪，倒是让 MW 这边有点无可奈何。

这样 MW 就选择了换线，让 Glock 的吸血鬼打下路，然后疯子跟小凯去对线大虫子拆上塔。

MW 这边上下路换线，UNG 那边却没有换，为了保证大嘴的发育，UNG 还是让大嘴一个人在下路吃线，布隆在下路保护大嘴，打野倒是常常往上路跑，毕竟下半野区的野怪他都让给大嘴了。

Master 一看这个形势，立刻做出决定，跟钟晨鸣打了声招呼："我们把上塔越了。"钟晨鸣立刻往上路走。

"猪妹在上路。"疯子提醒了一句，然后跟小凯一起推线。

UR 像是察觉到了什么，往塔后面退去，又像是想到自己有打野在上路，有人给他撑腰，虽然退回了塔后面，却并没有继续往后退，或者在塔下回城。

其实他这个时候回城也来不及了，小凯跟疯子都会打断他，往后退也来不及了，钟晨鸣跟 Master 已经走在了包抄他的路上。

"猪妹在哪儿？"Master 问了句，他跟钟晨鸣从野区过来，愣是没有看到猪妹一点影子，如果猪妹是在野区，他们不碰上基本不可能，或许在野区就要打起来。

"我不知道，反正应该在上路。"疯子其实也没有看见，但是他分析了一下局势，下路他做了视野，现在连一个野怪也没有，小龙还没刷，猪妹去下路实在是没事做，难道要去抓一个吸血鬼吗？吸血鬼又不是能随随便便抓死的存在，何况 Glock 基本推完兵线就撤，完全都不会跟他们打起来，所以他觉得应该是在上路附近。

"没事打得过。"Master 很快做出判断，刚才玛尔扎哈还在中路刷野，就算猪妹来也打得过，四个人越两个人的塔还是轻轻松松。

快到上塔，小凯跟疯子也把兵线推了进去，钟晨鸣把球给了 Master，

Master立刻准备再跟钟晨鸣来次隐身带球跑的配合。

之前他们在下路隐身带球跑十分成功,这次到了上路,Master刚刚起跳,钟晨鸣大招还没按出来,突然一个猪妹从上路靠地图边缘的草丛里冲出来,一个大招扔到了钟晨鸣的脸上。

"我被猪妹大了,大招开不出来。"钟晨鸣飞速说道,这个猪妹也是算计到家了,一般人反蹲都是在野区反蹲,这还是他第一次遇到在地图边缘反蹲的打野,看得他都没脾气,只能说猪妹很会算计。

大虫子是一个肉坦上单,而MW这边都是脆皮,狮子狗是个刺客,自然是出的伤害高护甲低的装备,狮子狗此刻跳进去杀大虫子,一套技能大虫子血线才下一半,而且UR立刻做出了反应,一下就把Master给捶了起来。

Master在抗塔,被塔打两下,加上大虫子技能的伤害,只要大虫子开个大招吃Master一口,他就得归西。

小凯跟疯子也跟上了输出,此刻疯子眼疾手快,一个Q技能配合小兵想晕住大虫子,Master立刻往外跑。

然而UR反应十分迅速,一个闪现不仅躲开了晕眩,还闪到了Master脸上,一口咬死了狮子狗,嚼了嚼狮子狗的尸体给吃了下去。

而钟晨鸣这边,一滴绿色的黏液滴在了被冰封的发条身上,在下路补兵的大嘴早就回家,并且赶了过来,现在还没走到,但是技能范围比较远的大招已经吐到了发条脸上。

Glock此时才做出提醒:"布隆还在这里,我以为大嘴没走。"

布隆在下路自然是保护大嘴的,而大嘴为了发育,肯定是在下路赖线才对,一般都是辅助去游走,哪想到这个辅助还在这边排眼,ADC却跑了的?

不仅大嘴回到家过来支援,玛尔扎哈也在赶来的路上,Glock立刻交出传送来,想要参团。

这个团刚刚开始,他们就减员了一个打野,UR的大虫子咬死Master,却有点顶不住小凯的伤害,立刻在塔下按下金身来。

"要出事啊这个团战。"Glock取消了传送,"我不来了,带线推二塔。"

这是一个正确的选择,钟晨鸣被限制,Master已经死了,大虫子一个金身让疯子跟小凯无法杀他,因为两个人都不能够再次扛塔杀大虫子,之前是Master抗塔,被大虫子一口吃了,后来是疯子抗塔,大虫子一个金身,疯子被塔打几下又只能残血出塔,这下小凯可扛不住塔了。

而钟晨鸣一被抓,也没有逃过,接着被赶来的玛尔扎哈又控制,交出人头。

"中野联动，一死一送。"钟晨鸣念着这句话，尴尬地笑了起来，这一轮真的打得太难看了，对面的这个算计也太难猜了，特别是这个猪妹的算计，他现在还处于一种这都行的状态。

疯子也评价道："圈套啊兄弟。"

他残血跑了，倒是没什么影响，不过 UNG 的人都来守上塔，他跟小凯也只能撤退。

"还行，他们装备人头还是比我们差。"Glock 看了看团队面板，"有得打。"

都去上路了，他在下路把下二塔也拆得差不多，不过就是峡谷先锋让给了 UNG，下路小龙也要刷了，他们又得布置一局小龙团战的问题。

Glock 道："我去上路带线，你们去下路。"

为了小龙团战，ADC 跟辅助还是去下路比较好。

Master 也道："换回来。"

之前换线没捞到好处，现在换回来就是努力捞好处了，钟晨鸣买了个小魔抗斗篷出门，还提醒他们："可以做水银了，一人一个水银吧。"

对面这个阵容，控制太多，刚才钟晨鸣要是有个水银在身，那上路团战的结局立刻就能逆转，就是他没出，很尴尬。

"小心点打。"Master 也谨慎起来，上一轮越塔他们打得太冲动了，他调整了下心态，把 Tristan 说的中期努力搞事宝典扔到一边，决定还是按照自己的节奏来，UNG 打他们又打出想法来了，针对他们的打法做了一些改变，他们也得做出相应的改变才行，之前两局总结的某些东西已经没有了用处。

"稳健稳健。"钟晨鸣也跟着道，"我们后期能打。"

他就是个大后期英雄。

这下 UNG 拖节奏，他们也跟着拖节奏，下路的小龙 UNG 的人并没有过来抢，被 MW 收入囊中，Master 又继续了之前的策略，压缩 UNG 的资源。

在去上路之前，他就是在做压缩 UNG 野区资源的事，去抓完发现 UR 还是厉害，就决定继续压缩 UNG 的资源，这算是在打运营。

MW 之前最怕跟人打运营，Master 又是个新指挥，有很多时候他们还是团队商量着打，但是经过这么多天的磨合，Master 也在空气跟 Tristan 那里学到了很多，连疯子也给了他很多想法，现在他打起运营来，可就不那么让人觉得很好突破了，特别是疯子这次还是用的巴德。

巴德是一个十分好游走的英雄，地图上就会刷新出东西给他提供加速和回蓝，他自己的技能又能打开墙壁之间的通道，只要他打得灵性一点，UNG 那边对野区的视野控制会被无限压缩。

野区视野被压缩，也就意味着野区资源不再让对面掌控。

MW 要打运营，UNG 肯定也不愿意被运营玩死，在努力自救。

想要自救，肯定是要先把视野做出去，而 MW 也会注意控制对面的视野，双方就视野在野区进行了争夺，你做完视野走了我来排一遍，我排完做视野你又来排。

视野的争夺战进行了两次，UNG 主动找机会开了小凯，疯子看着 UNG 的阵型，嘿嘿一笑，一个大招下去，把对面两个 C 位外加一个布隆全都变成了小金人。

巴德的大招跟金身一个效果，把一定范围内的所有东西都变成小金人，防御塔跟大龙都适用，敌人友军都一视同仁，但是变成小金人之后是无敌的，也无法攻击和选中。

UNG 的前排在前面打控制，自然是跟后排阵型有所分开，所以疯子这个大招只框住了后排，没有框住前排，这是他算计之后的结果。

现在前排冲在前面失去了后排的输出，伤害不够杀不了人，只能被动挨打，钟晨鸣直接绕了个路，将自己发条的球放在了疯子的大招中间。

小金人时间一结束，钟晨鸣立刻按下大招，大到中下三人！Glock 吸血鬼进场，Master 施放大招跳大嘴，直接秒杀两个 C 位！

"可以可以，这次血赚。"Glock 看着这个操作，大呼疯子这个大招放得好，"就是辛苦小凯了。"

小凯："……"

这次团战就他死了，因为没人保他，大家都去切后排了，疯子放完大倒是回来保他，就是没保住，UR 的大虫子跟疯狗一样咬死了小凯。

不过小凯还是送上了他的表扬："开得可以。"

钟晨鸣也在旁边给疯子的操作声援："疯子厉害。"

就连 Master 也说道："再开一局。"

这一局 MW 大优势，打完推完了一路外塔，由于小凯死了，而猪妹跑了，他们打大龙太伤，而且距离大龙还远，所以他们选择了推塔。

MW 之前中野连送让 UNG 拉回了一些经济，这下又扩大开来，反而变得更大，UNG 那边的人变得更加谨慎了。

看到 UNG 变得更加尿，疯子就开始入侵野区做视野，他不是一个人去，一般是跟 Master 或者钟晨鸣去，就是为了防止做眼被抓。

然而就算疯子再小心谨慎，身后跟着人，还是被抓到。

-199-

UNG 的玛尔扎哈完全不管自己大招到底值不值钱，看到疯子过来排视野，直接闪现大招控住疯子，随后队友跟上，杀掉疯子，然后布隆大招断后，立刻后撤，没有丝毫停留。

Master 在疯子被大的时候就开启了大招，准备再次带球跑开大嘴，结果大嘴杀完人溜得比谁都快，还在一群人的保护中撤退，钟晨鸣又被布隆一个大招限制在后面，他也没办法开。

"杀完就跑，牛啊。"自己的电脑画面变成了灰色，疯子还在评价，刚才要是打起来，UNG 还真不一定打得赢，但是杀完就跑，布隆断后他们又追不上，这就很烦了。

Master 问疯子："你水银？"

疯子："我军团还没做出来，没钱。"

谁会想到 UNG 闪现大招就为了杀个辅助？

钟晨鸣道："玛尔扎哈没闪没大，可以打一轮。"

疯子也道："等我复活。"

玛尔扎哈是没闪没大，他们这边可是直接减员一人，这也打不起来。

等疯子复活，他们集结人马，UNG 又开始避战，等到玛尔扎哈大招好了，他们又来了一次什么叫作杀完就跑，这次杀的是下路带线的 Glock，Master 直接作出判断："打大龙。"

他们不去支援，用 Glock 的命来换一条大龙。

Glock 叹了口气："我尽量拖。"

现在不是打后期，打大龙的速度并不快，疯子做好了视野，看到猪妹在大龙坑旁边游荡。

猪妹前期被算计，现在已经找到了自己的节奏，队友去抓下，他就来大龙看看，她也清楚 MW 这个时间点可能会打大龙。

"继续打。"Master 道。

只有猪妹一个人在，他们自然不会放弃大龙，还是在打，突然一个传送图标亮了起来，UR 传送！

MW 的人却没有因为这个传送有丝毫迟疑，就算 UR 传送下来，那也是四打二，他们也不慌，继续在打，疯子在外围限制了一下猪妹跟大虫子。

Glock 已经在下路尽力拖了，还是没躲过，此刻凉得透透的，他没事做，看着他们打龙，在旁边说着："不会被抢了吧。"

他刚说完，UR 闪现，猪妹突进，齐齐进入了大龙坑，大龙一千多血就这样突然失踪，最后一击是 UR 的大虫子！

不管是 MW 的语音还是 UNG 的语音，齐齐响起了惊叹声，还真抢到了？

Glock 咋舌："我就是随便说说……"

疯子："他们上野这默契！"

这次 UNG 的抢龙，是上野配合，打野惩戒跟大虫子的大招几乎同时出来，所以大龙一千多血直接就没了，没有给 MW 这边反应时间。

"打一轮。"大虫子跟猪妹抢完龙肯定走不了，他们杀了大虫子跟猪妹，对面只有三个人还活着，虽然大龙是对面的，他们还是准备推进。

他们先去推了上路外塔，看到对面猪妹跟大虫子复活，又不得不撤退。

"防守吧，找机会打。"钟晨鸣说道，对面有大龙 Buff，可以增强身边的小兵，确实不好推进，只有防守。

有了大龙 Buff，UNG 立刻选择了推进，大嘴手够长，加上 UNG 的前排猪妹跟大虫子现在装备成型，还是有点肉，MW 外塔没守住被拆，UNG 直逼高地塔。

疯子看他们推塔阵型觉得时机来了，想要故技重施大招配合，UNG 那边对此也有了防备，除了一个猪妹，其他都躲开了大招范围。

巴德的大招不是即时生效，有一小段时间的延迟才会生效，之前是 UNG 的人专注于团战没有躲过，这次都有防备，就攻击不到这么多人了。

疯子的大招一用，UNG 的推进更加凶猛，钟晨鸣看这样下去不行，想开战，Master 也道："试试带球跑。"

Master 大招一开，UNG 的人急速后退，完全不拆塔了，钟晨鸣没有追上去，Master 也不敢跳了。

他施放大招肯定是跳 C 位，现在 C 位撤了，还是分开走的，他跳大嘴会被玛尔扎哈大招控制，跳玛尔扎哈大嘴不死也难打，最关键的是，钟晨鸣跟不上，他一跳肯定出了发条的范围，但是钟晨鸣要追过来，猪妹肯定第一个开钟晨鸣，很难。

大招的时间结束 Master 也没有跳人，泄愤一般跳到了野怪身上把野怪撕了个粉碎。

UNG 这一次撤退也就算是推进结束了，双方都明白下一次 UNG 的大龙 Buff 就消失了，不会再有机会推进，双方又陷入了平稳期。

平稳期就开始各路带线，控制视野与资源，现在小龙快刷了，他们又开始了小龙处的视野争夺。

现在已经步入后期，钟晨鸣的装备起来了，他还点了个风暴聚集，这是个时间越久伤害越高的符文,现在虽然不是最强势的时候,但伤害也很可观。

在小龙视野进行争夺的时候,同时还有兵线需要处理,Glock 传送好了就开始带上路线,而钟晨鸣趁其他人在小龙焦灼的时候,去带了中路的线。

"18 走!"疯子突然大喝一声,只见原本还在小龙排视野的 UNG 几个人突然调转了方向,齐齐奔向了钟晨鸣。

到这个时候,这一把 UNG 的打法已经很明确了,在劣势的情况下,他们主要针对单点抓人,绝不打团,抓完人就走,放大招断后,一点都不拖泥带水给他们打团的机会。

而这次,他们就把单抓的目标设定成了钟晨鸣。

钟晨鸣立刻按下 W 给发条加速往上半野区的方向跑,小龙是在下半野区,对面的人肯定是从下半野区追过来,Glock 一看形势,也立刻往中路走,准备去接应钟晨鸣。

UNG 这边却跑得飞快,UR 直接开出了正义荣耀,直追钟晨鸣。

正义荣耀是一个可以主动使用的装备,使用效果就是提升追击敌方英雄时候的速度。

眼看着 UR 就要追上钟晨鸣,大虫子脚下一踱,发条脚下一块圆形的土地开始破碎,尖刺从地里冒出来,发条往后走了一步,避开尖刺,继续往前走,同时不忘将自己的武器,原型的魔偶往身后一送。

UR 下意识停顿了一步,想要避过魔偶的伤害,随即就看发条微微跳起,如同芭蕾舞的动作一般优雅,而魔偶底下立刻出现了一圈减速场,大虫子被减速,同样被减速的还有追击过来的猪妹。

这样一减速似乎就追不上了,但在钟晨鸣的前面,玛尔扎哈刚刚好传送结束,只要转过一个角,就可以攻击钟晨鸣。

那里 MW 并没有视野。

玛尔扎哈走了两步,立刻一个大招压制发条。

发条身上亮起淡淡银光,压制状态立刻消失,水银!

因为 UNG 有玛尔扎哈,MW 这边除了辅助人手一个水银,连吸血鬼都出了,辅助的水银也在出的路上,毕竟被抓过一次,疯子还是心有余悸。

几乎在玛尔扎哈打钟晨鸣的同时,钟晨鸣就秒解控制,发条的脚步都没有一丝停留,还给了自己一个盾,继续往前走。

前面是一个草丛,钟晨鸣进了草丛,按了一下 Q 技能。

UNG 的人继续追了过来,玛尔扎哈也在继续打伤害,因为他跟钟晨鸣是迎面撞上的,所以钟晨鸣要是跑,也得从玛尔扎哈的脚底下过去,这就已经等于追上了钟晨鸣，虽然没控到，但是可以继续打伤害，发条要是回头反击，绝对会被 UNG 其他人追上。

虽然 UNG 看起来操作很多，其实从钟晨鸣开始逃跑到现在也不过几秒的时间，钟晨鸣连半个野区都没走过。

UNG 的人走到了发条路过的草丛边缘，还差一步就踏进草丛，发条脚步一顿，机械做的手臂微微一扬。

草丛旁边的空气起了波澜，突然一道波动从草丛里扩散，猛然将靠近草丛的人拉了进去。

藏球！

如果把发条的魔偶横在前面，那谁都不会过来，打团的时候大家也会避开球走，钟晨鸣在逃跑路上将球藏在了草丛里，而玛尔扎哈正在攻击钟晨鸣，UNG 的人不知道是没想到，还是觉得前排都是肉不在意，所以直接走到了草丛边缘，也是球的攻击范围边缘，直接就被击中。

先追过来的全是前排，钟晨鸣一个大招打三个，ADC 大嘴走的最后面所以没被波及，但是 Master 的狮子狗已经盯上了它。

就在钟晨鸣放出大招限制 UNG 前排的同时，Master 施放大招直接闪现跳大嘴，前期的优势让 Master 的装备十分豪华，前排一受限，没有人保护大嘴，大嘴直接被 Master 秒杀，不过大嘴出了个复活甲，过几秒还会复活，从原地爬起来。

而钟晨鸣大招拉到几个前排之后，伤害还是很高的，直接就把几个前排打得只有三分之二血，不过他自己也只有半血了。

虽然秒解大招，还从玛尔扎哈的大招里面走出来，但是玛尔扎哈的小技能打人还是很痛的。钟晨鸣没有着急，再往前走了一步，走出了自己魔偶能控制的范围，魔偶直接回到了他身上。

再一次运球往玛尔扎哈追击的方向而去，他现在的技能 CD 已经十分短，小技能几秒一个，直接 QW 连招玛尔扎哈也下了半血，还受到了减速场的影响。

钟晨鸣又控制球回到自己身上，抵消掉了一些玛尔扎哈的持续伤害，这个时候，他只有四分之一不到的血。他回头看到玛尔扎哈在减速场中艰难移动，好像有点犹豫要不要追，钟晨鸣却不给他犹豫机会，直接回头反打。

玛尔扎哈看到他回头，又只有这么一点血量，立刻反击，这点血量，就算只是给个毒钟晨鸣也死了！

钟晨鸣走位躲过玛尔扎哈沉默技能，却躲不过指向性释放的毒，在血量持续下降的时候，钟晨鸣身边突然出现了一个泛黄的圆圈，这是巴德的大招。

就在圆圈即将把发条变成小金人时，钟晨鸣出手，QW平A（连招），玛尔扎哈被带走！

同时钟晨鸣化为小金人，免疫了剩下的持续掉血伤害。

这个时候钟晨鸣就还剩一丝血，而Glock赶到战场，UNG的前排又反身去救复活甲在身的大嘴，防止大嘴起身再次被杀，完全没有空管他。

"漂亮！"队伍语音中，钟晨鸣笑了起来，大喊一声，他感觉自己手都在抖，但是跟以往不同，他这次是激动的。

"兄弟我这个大招怎么样？"疯子一面打团，一面还在找队友求着表扬。

"厉害厉害！"钟晨鸣也吹嘘了疯子，大招效果一结束，他虽然只有一丝血，却没有离开，他的兄弟还在作战，他怎么可以离开！

大嘴起来又被小凯一个大招刮了一下，Master这次没有大招，没法切大嘴，在旁边观望了一下，Glock到场，直接闪现打大嘴，随后趁UNG的人注意力都在Glock身上的时候，Master再次进去切大嘴，不过这次，他切死了大嘴，自己也没有出来，被UR的大虫子一口咬死。

"他们输了。"大嘴一死，UNG就没了输出，伤害不够，直接被MW这边打死。

UNG被打出一个团灭，到了这个时间点，完全可以直接最后一击。

Glock脸上带着笑容，跟着喊："最后一击！"

UNG是这次德玛西亚杯的冠军，也是德玛西亚杯淘汰了MW两个队中的一个队，这把，算是复仇之战，也是证明之战！

证明磨合过的MW，绝对不会比UNG差！

看着UNG的基地水晶爆炸，疯子欢呼起来，一贯沉默的小凯也笑容灿烂，Glock吐出一口气，他突然觉得自己迈过了心中的一个坎，这个坎迈过去，后面的风光即是云破月出，苍茫坦达。

他突然想给自己队友一个拥抱，一转头，只看到Master在看钟晨鸣。

钟晨鸣也在看Master，他道："UNG最后一局有点失误啊。"

Master盯着他笑："他们都去追你了，着急了吧。"

这两个人开心是开心，怎么看起来不是很激动？Glock看了两个人一眼，觉得两个人之间跟他好像有壁，想了想还是做出了一副沉默思索的样子。

过去与UNG握手，UR却给了Glock一个拥抱，还说了句话："进步很大。"

Glock 愣了一下，有些迷茫地看了 UR 一眼，只看到 UR 转头又去跟下一个人握手，他突然觉得自己之前的心结其实有点莫名其妙。

曾经他把 UR 当作大敌，天天想着超越 UR，现在看来，UR 并没有把他当作敌人，甚至是把他看成一个值得培养的后辈，那句"进步很大"语气虽然平淡，但他知道这是 UR 对他的肯定，对这一场他表现的肯定。

Master 拍了拍他的肩，Glock 回神继续往前走，去到台前跟观众鞠躬，当他看到满场的观众，突然又释然了。

无论如何，他还会继续走下去，他需要超越的不是 UR 一个人，一场 BO3 的胜利也并不能代表他就超越了 UR。

他还有很长的路要走。

后台 Tristan 跟可可都笑着迎接他们，可可还说等会儿采访完了就去吃火锅，大家纷纷要求一家特别贵的火锅，可可也笑着同意下来。

赢了 UNG，吃顿特别贵的火锅又何妨？

他们刚提火锅，主办方的人就来跟 MW 商量赛后采访的事。这个时候其实是 Master 上比较好，毕竟 Master 是老成员，但主办方那边却希望钟晨鸣去，说比较多的人想看他，而 Master 就被邀请去了英文解说那边接受采访。

主持人跟钟晨鸣对了几个问题，防止问到选手不想回答或者不能回答的问题，对完之后，MVP 也出来了，是 Master。这一把无论是前期节奏还是打团切人，Master 都做得十分到位，除了上路中野连送。那一轮在观众的视角，也是钟晨鸣的责任比较大，毕竟是他没跟上。

等 MVP 介绍完毕，就到了选手采访画面，主持人先跟大家打了声招呼，钟晨鸣也打了声招呼，然后主持人问了一些常规问题，比如 MW 的磨合、替补轮换、新选手的适应，对 UNG 的特别战术……钟晨鸣应答自如，对这些采访，他还是驾轻就熟了。

"那么最后一个问题，是个比较私人的问题，也是许多观众好奇的。"主持人是个漂亮的小姐姐，笑得眉眼弯弯看钟晨鸣，"我们都知道 LOL 有两个钟晨鸣，三年前退役的 NGG 老将晨光的名字也叫钟晨鸣，请问这位前辈对你有没有什么影响？大家都说你们俩风格很像，连发条都用得一样厉害。"

钟晨鸣拿着话筒，看向拍摄镜头，露出一抹笑意："晨光前辈对我的影响巨大，如果不是看了他的比赛，我就不会想要打职业，他是我的偶像，能回到赛场……我是说跟他相同的名字来到职业赛场，我很高兴。"

等各种采访弄完，又跑去吃了火锅，他们回到基地都一两点了，这早就过了钟晨鸣跟 Master 平时的休息时间，钟晨鸣准备回去洗洗睡，疯子突然叫住了他们："今天国服开排位啊，你们这就睡了，不打两把再睡？"

钟晨鸣看向 Master，今天晚上比赛打得太兴奋，他感觉还不怎么困。

Master 好像也不想睡，问他："双排？"

两个人又去了训练室，过去一看，竟然没有一个人睡觉，全都在准备打国服排位，空气跟田螺把直播都开了。

见状 Master 跟钟晨鸣也开了直播，反正打国服可以直播，直播时间不混白不混。

等钟晨鸣登上国服账号，疯子突然过来说了一句："兄弟，你上热搜了。"

钟晨鸣疑惑。

疯子也在准备打排位，没多说，只道："自己上微博去看。"

钟晨鸣打开了微博，点进热搜榜，果然在末尾看到了自己的名字，不是"18"，而是"钟晨鸣"。

他愣了一下，有点反应过来自己为什么上热搜，看来之前的自己人气还是挺高的，他动动鼠标，点了进去。

Master 也上了游戏，此刻拉了钟晨鸣，看到他的游戏名字，问道："你这名字是不打算改了吗？"

闻言钟晨鸣看了一眼自己的游戏账号，他的国服账号名字还叫"18 岁中单想打职业"。

现在他都是职业选手了，再顶着这么个账号就不合适了，他笑了笑，问 Master："改成什么？"

"国服第一中单。"

"算了吧，我怕走出去被打，改成垃圾中单好了，做人要谦虚。"

Master 几乎没有考虑："那我就改垃圾打野。"

改名字的时候他们又发现名字已经有了，折腾了一番，最后钟晨鸣改成了"垃圾中单 zzz"，Master 改成了"垃圾打野 mmm"。

改完名字，钟晨鸣又想起热搜的事情，他切到网页看了看，突然一条微博映入了他的眼睛。

"他说他是晨光的粉丝，他也玩发条，今天的操作我仿佛看到那个男人回来了，可能有点不合时宜，但我还是想说一句——

"'钟晨鸣，欢迎回来。'"

第十章 · 踩在浪花上

第二天没他们的比赛，大家都一觉睡到下午才起床。钟晨鸣早就醒了，突然晚睡还是在相同的时间点醒过来，结果就是他一天状态都很差，一点精神都没有。

即使没精神，训练赛还是要打，直播还是要播，钟晨鸣没开摄像头，半合着眼打排位。

Master 倒是能睡，钟晨鸣起床的时候他还在睡，钟晨鸣也没喊醒他，所以现在的排位是他一个人打的。

钟晨鸣打完一把看了眼观看人数，今天直播的观看人数比以往多了几万人，应该是看了比赛之后来看他直播的，而弹幕也变了一些样子。

看了两眼弹幕上的话，钟晨鸣缩小了网页，没有再看，并不是有人在骂他，而是他不能一直活在过去。

打了一上午乱七八糟的排位，等大家都醒了，Tristan 也过来，跟他们说吃完午饭复盘。

打完比赛一般都要进行一次复盘，该表扬的表扬，该批评的批评，然后寻找可以进步的地方。

本来昨天就应该复盘了，但是赢了 UNG 大家都很高兴，吃完火锅 Tristan 还喝了两杯酒，这才拖到了今天。

Tristan 开门见山："赢了是赢了，但是你们昨天打的是什么东西！"

昨天被抓死的疯子不敢说话，中野连送的 Master 跟钟晨鸣也乖乖坐好，落地送钱的孟天成抓了抓头发，想说什么又没说。

然后 Tristan 话锋一转："不过后期虽然打得难看，但是也不至于被吊起来打，还得练练，如果不是他们最后追个发条，这把感觉要完。"

发条，LOL 里面最不能追的英雄之一，追发条被反杀的尸体铺满了召唤师峡谷的每一个角落,不过昨天那种情况,如果不是钟晨鸣藏球,限制了追他的前排,而 Master 又切死了大嘴,钟晨鸣就真的交待在那儿了。

简单发言后,Tristan 先给他们复盘了第三把,然后是第二把,最后才是第一把。

复盘是用的快进,说主要的点就可以了,所以复盘完时间也还早,大家又开始去打排位,要直播的打国服混直播时间,不直播的,直接溜到了韩服去玩,韩服的排位也开了。

钟晨鸣跟 Master 双排了一会儿,把定级赛打完了,他上午打的峡谷之巅,还特地把定级赛留给了 Master 一起双排,打完却发现他们两个一个定在白金一,一个定在青铜五。

定到青铜五的 Master 一脸蒙:"这什么鬼?你定级到什么段位了?"

"白金一。"钟晨鸣还不知道他说的什么,有点奇怪 Master 为什么要这么问,他们不管怎么打都会定级到白金一,因为两个号上赛季段位挺高的,白金一是定级赛能定位的最高段位。

他转头一看,发现 Master 定位在了青铜五,立刻笑得不行:"好玩,青铜五,你是被定位赛系统搞了吗?"

Master:"……"

一听青铜五,其他几个不管在不在打排位都跑过来看,大家一起观摩 Master 的青铜五。

可可刚好过来看看,一看到大家都围在 Master 这里,也好奇问了一句,瞬间笑出声。

等大家都笑完了,钟晨鸣才说:"问客服吧,上赛季王者这赛季定位到了青铜五,这肯定是出错了。"

Master 直接跟可可说:"可可姐,你去问问?"

他们作为职业选手就不用找客服去问了,让可可去问一下就行,可可点了点头,一边憋着笑一边去问。

空气还帮 Master 看了看弹幕,看到弹幕上"23333""666""红红火火恍恍惚惚"还给 Master 念了念,然后终于从弹幕中找到了点有用的东西,跟 Master 说了声:"我看弹幕上很多人都在说定位有问题,几个人都在说被定位在了青铜五。"

疯子在旁边调侃:"这些人怕不是上赛季就是青铜五吧。"

"也有可能。"空气道,"不过冯野这个肯定是有问题的。"

他们在这边猜测了一阵,最后一致认为是定位赛系统出现了问题,然后嘲笑了一番 Master 的霉运，没打完定位赛的就决定先不打了，万一也定到青铜五那也太倒霉了，于是直播的几个纷纷入驻峡谷之巅。

Master 定位到了青铜五，钟晨鸣还是正常定位白金一，两人段位跨度太大，这下也不能双排了，于是两个人都抛弃了电一去打峡谷之巅。

峡谷之巅不能双排，两个人分别排队，结果 MW 竟然有四个人排在了同一把。

空气跟 Master 还有钟晨鸣排一边，疯子一个人一边。

"哇，我感觉压力好大。"疯子补位到了中单，正好跟钟晨鸣对线，他喊道："Master 你别来搞我啊，让我跟 18 在中路刷兵，18 说好了，中路对刷，谁打人谁是狗。"

钟晨鸣："好啊。"

疯子总感觉这个"好啊"听得他背后有点冷，疯子拿了维克托，钟晨鸣拿了劫，一级疯子清兵，钟晨鸣直接走到了他技能上去。

疯子疑惑。

Master 道："狗。"

空气在下路对着线，他玩的 ADC，本来还不知道发生了什么，结果听 Master 一说，一看中路血线，立刻明白过来，哈哈大笑："疯狗！"

疯子不干了："哇，你们这么套路我的吗？恩断义绝恩断义绝！"

钟晨鸣笑起来，这次跟疯子讲了个实话："我状态很差，你在怕什么。"

作为一个中单维克托，疯子一级就开始尿，要不要这样？

"怕被你单杀啊。"疯子道，"你们这把让让我啊兄弟。"

钟晨鸣又道："我现在贼菜。"

疯子："我信了你的邪。"

既然疯子不信，钟晨鸣也没办法，疯子这样玩，那他发育发育就是了。

打了几分钟，空气切出去看了看直播间的竞猜，他的竞猜设置得很朴素，这把主播能不能赢？

空气点了封盘，一看压注的人数，百分之九十都压了他们这边能赢，弹幕上还在刷疯子这次惨了，排到三个队友在对面，空气切回游戏的时候笑了笑——呵，天真，他的 ADC 是能赢的吗？

Master 还是一如既往地抓中路，不过这次，因为疯子实在是太尿，Master 来了两次就决定不来了，完全抓不死不说，还被对面打野蹲了两次，钟晨鸣被杀一次，血亏，他也知道钟晨鸣今天状态很差，所以来多帮帮，就是没想到疯子的中路玩得还行，不对，是挺好。

既然中路不好抓，那就去抓下路，Master 往下路一走，发现空气真的在玩个空气，打得十分的莫名其妙，才几分钟就被压了十刀。

Master："空气你 ADC 怎么还是这么……"

空气："兄弟，打后期啊，我这是后期英雄。"

Master："再见。"

现在 Master 觉得自己能指望的竟然只有一个路人上单，他看了看上路，觉得还有机会，去上抓了一阵，果然上单大兄弟很是给力，一套配合带走对面上单。

看来他就只有养上路了。

Master 专注上路还没有两分钟，突然传来击杀提示，钟晨鸣被疯子单杀了！

疯子哈哈大笑："兄弟我可以吹一年，单杀 18 哈哈哈哈！"

"都说了我状态不好。"钟晨鸣很是无奈。

空气闻言道："18 大兄弟你别这样，我还等着你带我躺赢的——"

就只有 Master 好好问了一句："怎么回事？"

钟晨鸣老老实实道："……失误了，有点累。"

"先不打了，去休息？"Master 问他。

"没事。"钟晨鸣调整了一下坐姿，把椅背调高了一点，"等会儿就吃饭了，打完这把就不打了。"

"那晚上的训练赛？"疯子问钟晨鸣。

"没事。"钟晨鸣道，"我吃完饭去躺十分钟，差不多了。"

他们这边聊着聊着，Master 发现这把除了上路，其他线全劣势，好像要输了。

然后他又去帮了帮上路，希望上路能带他们走向胜利，然而事实证明他想多了，上路并没有拯救世界的实力，所以打着打着，他们就输了。

而疯子那边排到的路人实力十分不错，疯子这个中单维克托也是像模像样，甚至弹幕上都有人开起了玩笑，说 MW 怕是要有两个中单了。

等打完，空气立刻就开始甩锅："哇，我们中单真的贼菜，好菜啊，我要推荐疯子成为新的中单。"

Master："来单挑？"

空气秒怂："不了不了，吃饭吃饭。"

胡扯了两句，空气又结算了一下竞猜的结果，还看了一眼弹幕，不出所料，一片哀号。

"空气你这个 ADC 怎么菜得这么可怕，你赔我营养液！"

"18 这是用脚在打游戏吗，这都能输？"

"求求 18 当个人睁开眼睛打游戏吧！"

"哈哈哈还是我机智，一看空气拿 ADC 就压输。"

"空气玩 ADC，我就没见过赢，全队人带他都带不动。"

空气跟观众吹了会儿牛，一直喊着扎心了，然后干净利落地关了直播，吆喝着一起去吃饭。

他们下一场打一个中下游的战队，VD 战队，Tristan 也做了一些准备，不过就没有打 UNG 那时候那么详细了，这次只是稍微研究了一下他们的打法，感觉不足为惧，就继续常规训练。

既然主教练都没有紧迫感，队员们就更没有了，上赛季 VD 战队也是被他们吊起来打，这次就没有谁重视，这几天的训练都还比较放松。

很快就到了跟 VD 比赛的时间，他们发挥得不错，2:0 拿下了胜利，这次因为不是什么特别的胜利，没有火锅吃，只有普通的小龙虾，等他们吃完小龙虾复盘完，时间也不早了。

打完比赛休息了半天，钟晨鸣又得爬起来直播。他醒的时候还提醒了一下 Master，Master 被他不情不愿地叫起来，想说什么又说不出来，只能带着起床气跟他去直播。

没办法，直播时长在那儿放着，肯定没那么多时间给他们休息。

直播打了一上午国服，下午的时候，钟晨鸣的手机突然响了起来，是懒宝宝的消息，说要来上海看比赛。

懒宝宝也放假了，小凯昨天刚考完，说今天过来，钟晨鸣看了看赛程表，发现明天是打 DSK。

他们跟 DSK 分到了一个赛区，虽然德玛西亚杯上没有交手，但到了春季赛，他们可是要成为一整个春季赛的对手。

懒宝宝接着就道："我要来看你们怎么吊打 DSK 的。"

钟晨鸣笑了起来，没想到懒宝宝竟然还在气这件事，他还是做了下解释："打职业的梦想大概就是世界冠军，有更好的战队邀请，换队也是一件很正常的事。"

懒宝宝不服，反问他："如果让你现在离开 MW，让你进 UKW，你干吗？"

钟晨鸣一怔。

懒宝宝:"我也理解他们的想法啊,但这并不代表我就会接受,兄弟,看到他们这样一步一步打上来,就这样散了,我是真的难过。"

钟晨鸣换了个话题:"你抢到票了吗?"

懒宝宝:"兄弟,好久不见,我找你的原因是什么,你猜猜?"

钟晨鸣:"……我去问问可可。"

DSK 是原子跟豆汁所在的队伍,钟晨鸣早就没有什么特别的看法了,可可这次也没提,看来这件事在可可那里也算是过去了。

他们都不在意,倒是小凯突然去跟 Tristan 商量,说明天自己要首发。

DSK 现在也不强,他们谁上都一样,不过 Tristan 同意之后,还是问了问小凯原因,毕竟平时小凯看起来都挺随便的,除了春季赛第一场打 UNG 挺倔,考试之前都要跑来打了再走,那个时候 Tristan 也知道原因,毕竟年轻气盛,输了肯定不服气。

小凯也实话实说:"我曾经的队友在 DSK,我想跟他们打进 LPL,结果他们跑了,我想教训他们。"

这样也算是合情合理,不过 Tristan 还是提醒了他一句:"现在没有升降级赛了。"

LOL 职业联赛制度改革,现在席位都要用钱买,不再是以前那种有实力就能打进来的情况了,而且席位都还是固定的。

小凯想了想:"那也能打进德玛西亚杯吊打 LPL。"

Tristan:"……有梦想是好事,你先去打训练赛吧。"

关于小凯的上场理由 Tristan 也跟天成田螺说了一下,两个人都十分理解,就让小凯首发,还拍拍他的肩让他打爆 DSK。

到了比赛那天,DSK 让原子跟豆豆首发,结果中路直接被钟晨鸣打穿,原子就是他教的,虽然在 DSK 学习了一段时间,但一些习惯还是改不了的,所以他自然知道应该怎么打原子。

钟晨鸣并没有刻意针对,刻意单杀,但就是这样,原子才更能知道自己跟钟晨鸣的差距。

第一把打完,DSK 惨败,钟晨鸣的压制力让 DSK 的全部人都无力应战,疲于奔命,中路一崩,其他路也打不出优势来,慢慢地就输了。

比赛后台,DSK 教练跟队员说着战术,他们的实力自己也清楚,面对 MW 压力实在是大,上一把 MW 碾压性的优势更是打得他们心态都有点崩了。

但是不管怎样，就算实力差距再大，没有人想着放弃，就算只有微小的可能，他们也要竭尽全力用这微小的可能去取得胜利。

教练分析了一通，最后嘴巴都说干了，连灌了几口水，最后道："好好发挥吧，下把中路换人。"

原子原本低着头听教练讲话，此刻抬头看了一眼，发现教练并没有看他，他又低下头去，拿出手机来开锁又锁上，开锁又锁上，重复两次之后，看向了豆汁。

豆汁也没看他，正在跟ADC说着话，他们下路上把打得还行，至少没被压崩，看来是有了些新的想法，正在交流。

原子继续低头看手机，等到上场的队友们都走了，他这才将头从什么都没显示的手机中抬起来，看向了后台的屏幕。

第二局比赛已经开始了。

这局比赛上场的是DSK的老中单，在钟晨鸣的面前看起来压力没有他这么大，但还是被压制得死死的，钟晨鸣一个人的压制力就算了，偏偏MW的打野Master还住在了中路，这个打法就是明确地表示，我们就是养中路，你们看着办。

DSK教练这次给出的策略也是限制钟晨鸣的发育，反正就针对着中路来，要把中路抓得起不来。

这次DSK这边也做到了教练布置的战术，反正不停去中路，硬是抓死了钟晨鸣两次，限制了他的发育不说，还让自己的中路发育了起来。

如果上把这样帮助我，那我也行。

原子盯着屏幕，眉头微微皱起，这样想着。

很快比赛就进入了中期，虽然被各种针对，但钟晨鸣的补刀并没有落下，甚至依旧压了DSK中单十来刀，很快找到一个机会打出单杀。

原子忍不住笑了笑，抹了一把脸，钟晨鸣……果然是他师父。

此刻的他十分矛盾，一半高兴一半难过，看到钟晨鸣单杀回来，他发现自己由衷的高兴，但是同时又为自己感到难过。

钟晨鸣这样的操作跟意识，他差得太多了，差得根本没有办法去弥补。

当他在LDL打出自信之后，原本以为在LPL他也可以，但事实却是，他在这里只能被吊打，他想起了曾经有人被嘲讽菜，说的是"LPL十四个队伍，他排第十五"，现在他大概就适用于这个说法。

不对，原子望着屏幕出神，他或许连以后上场的机会都没了。

而这场比赛还在继续,钟晨鸣前期虽然被针对得太死,一分钟就要被照顾两次,还不小心被抓死了两次,但 MW 的制胜点不止他一个。

全都来照顾他中路,其他路自然就没怎么管,Glock 跟疯子小凯立刻让 DSK 见识了一下 MW 不只有中路可以制胜,其他两路也行。

看到 DSK 这样针对中路,MW 自然也做出了相应的应对,Master 在中路反蹲,而疯子跟 Glock 也没事就过来支援。

跟 DSK 队里面的紧绷相比,MW 这边的氛围就放松多了,疯子还在问钟晨鸣被如此针对的感受是什么。

钟晨鸣笑了笑:"总觉得他们跟我有深仇大恨。"

"你上把将他们中单打得太惨了。"Glock 说着,"一点面子都不给的。"

"忍不住。"钟晨鸣有点想叹气,"看到他还是这么菜,甚至比以前更菜了,就有点控制不住我这手。"

这个时候小凯终于说话了,他声音冷冷的,好像有一百万个不满:"他活该。"

疯子被小凯逗笑了:"这么不满吗?"

小凯没回答他,专心对线,过了一会儿又说:"下路可以打。"

疯子:"又要杀一次对面这个辅助?"

小凯:"嗯,直接开。"

钟晨鸣提醒 Master:"Master 你去下吧,我估计要出事。"

Master:"好,那你小心。"

下路立刻就打了起来,小凯非要杀对面辅助,其实下路不太好打,能打起来肯定有鬼,毕竟这是比赛,宁愿少补几个兵也不会想线上被杀,少则被黑一天,长则是陪伴整个职业生涯了。

一般打起来,都是身后有人。

这次他们下路打起来,果然是对面有人来了,Master 去得正是时候,小凯先杀了豆汁,打野一来,他接着反打,没有让 DSK 拿到一点好处。

"凯爷好心很重啊。"Glock 往中路走,准备去帮钟晨鸣,这样评价道。

"叛徒。"小凯冷冰冰说出这两个字,点下了回城,他杀完人清完兵,已经到了回城的时候。

Master 抓完人也往中路走,对方这样抓他们中路,他们自然也是要抓回来了。

很快他们越塔杀了对面中单,又把中塔给推了,这一把也进入了中期,开始了团战。

团战时期，钟晨鸣现在并没有装备压制，毕竟被针对得太惨，只能说发育还行，而小凯就不一样了，他这把发育很好，甚至对面有时候辅助跑去中路抓钟晨鸣了，就放下路给小凯发育，他又拿了人头，团战的时候更是伤害更强。

不过就算钟晨鸣现在只是常规装备，但团战时候的切入时机跟打伤害能力依旧不差，团战几乎没怎么打起来，因为 MW 这边属于单方面碾压，就算 MW 没磨合到默契十足的阶段，团战打个 DSK 也还是绰绰有余的。

后台，DSK 的教练已经有些不忍心看了，头靠在椅背上，用手捂住了眼睛。

而原子看着教练，嘴角微微上扬，连眉头都舒展开了，换下他，同样赢不了，他又心酸又幸灾乐祸地想着。

这一把 MW 前期虽然没有建立起太大的优势，中路的钟晨鸣还可以说是被针对得有点惨，但并不能阻止他们团战的时候摧枯拉朽一般碾压对面，让 DSK 完全没有还手之力，游戏很快就结束了。

结束之后，MW 的人过去握手，钟晨鸣跟他们挨个握手。到豆汁的时候，豆汁低着头，根本没看他，下一个就是小凯，小凯却没有伸出手，直接从豆汁面前走过。

豆汁没有任何表示，最后跟疯子握了手，然后转身收拾键盘。

疯子小声提醒小凯："你这样要被黑。"

小凯反问："被黑还可以打比赛吗？"

疯子："……"

"所以跟我有什么关系？"

疯子无奈："算了。"

去舞台前鞠躬完，几个人都回了后台，Tristan 还调侃钟晨鸣："滋味如何？"

钟晨鸣知道他说的是被针对的滋味如何，笑了起来："挺好的。"

是挺好的，如果不是对他实力的肯定，怎么会去针对他，所有人都来中路，正是觉得他实力太强。

Tristan 看他如此想得开，也拍拍他的肩："小伙子，很想得开啊，就是还需要历练历练。"

"大意了。"钟晨鸣实话实说，"没想到他们这么针对的。"

说话的时候还看了看 Master。

Master 转头看他，想了想道："我的错。"

所有人都看向他，等他说出个所以然来，这怎么还主动背起锅来了？

Master接着道："我应该多照顾中路。"

疯子："……兄弟你再照顾下去，你野都不用刷了吧。"

Glock表示赞同："我这两把就不知道我们这边有打野好吗？"

Tristan却突然道："你们要适应。"

Glock："适应什么？"

Master："适应没有打野的日子。"

Glock和疯子疑惑。

接下来几天的训练赛就用事实来证明，为什么他们需要适应没有打野的日子。

德玛西亚杯开赛之前，谁也不知道MW现在是支什么风格的队伍，毕竟队员大换血，虽然教练没换，但变一变风格也是有可能的。

到现在德玛西亚杯打完了，春季赛也已经开始，只要稍微研究一下，就能发现MW主要打中野联动，虽然上下路不算差，但他们的风格还是围绕着中野打前期。

而且MW的中野也确实打得好，只要小瞧他们中野，必定会吃大亏。

优势是中野联动，那如何针对MW就显而易见了，要么针对打野，要么针对中路。

针对打野就是反野或者反蹲，针对中路就是限制中路，要么各个路都来轮流将中路抓崩，要么选优势英雄将中单摁在中路上让他无法游走。

当然，抓崩中路比把MW的中单钟晨鸣摁在中路来得容易，毕竟不是谁都能压制住钟晨鸣的，就算压制住了钟晨鸣，打野也会来帮忙抓，所以还是抓崩来得实在。

对手这样一针对，让Master也不得不一直往中路跑，只Master还不够，Glock跟疯子也会跑来支援，毕竟对面可是都跑去抓中了，他们肯定也要去帮忙缓解中路的压力。

这样一来，MW好像就形成了一套固定的打法，就是全力保中路。

他们打完DSK之后，下次比赛是打BNO，这次的休息时间就比较长，可以休息六天，他们打着训练赛，看着对面的针对性打法，钟晨鸣都觉得头疼。

"感觉没法好好打了。"钟晨鸣看着自己的战绩，他这也被针对得太惨了，这还是训练赛。

他们是西部赛区，打训练赛的时候就找的是东部赛区的人，对面短时间内不会跟他们在比赛上相遇，所以主要使用的还不是针对性打法，只是练兵而已，不过经常是打着打着，就开始针对中路了。

Tristan 在旁边看着，此时伸手拍拍钟晨鸣的肩，什么也没说，不过钟晨鸣也懂他的意思——你需要适应。

训练赛打完，钟晨鸣有些精疲力竭，回到卧室倒头就想睡，Master 把他拉起来催他去洗了澡，等他出来自告奋勇过去给钟晨鸣吹头发，看着他的样子也说出了 Tristan 说过的话："你要适应。"

钟晨鸣抬起沉重的眼皮看了他一眼，"嗯"了一声，然后又道："一点游戏体验都没有了。"

Master 想了想说道："这是对你的肯定，上一个被针对得这么惨的人是 Kiel，再上一个是……嗯，晨光。"

钟晨鸣："……没有。"

Master 还在说着："我觉得你可以去看看晨光的比赛，或者 Kiel 的，他们都十分有经验。"

其实钟晨鸣想说晨光没有被针对得这么惨，他以前打比赛的时候虽然也被针对过，但也不是次次都针对他，而且他以前玩的也是保守型 AP，不太好杀，所以也不好针对。Master 会说出晨光也被针对，肯定是他滤镜太厚了。

不过 Kiel 确实是的，在比赛中的待遇跟他现在差不了多少，每一把都被针对到结束，没办法，太强了，不针对会输。

"你把我跟他们两个比吗？"钟晨鸣笑了起来，吹风机暖暖的风吹过发梢，他也懒洋洋地想要睡觉。

"你以后肯定会比他们更出色。"Master 低头看他，"以后你会让所有看比赛的人都记住你，你会比他们都强。"

钟晨鸣听他讲着，只觉得声音越来越远，随后他慢慢闭上眼睛，意识陷入混沌。

睡着之前，他也想明白了，既然别人都来抓他，他肯定也要给出点表示，一定不能让来抓他的人一点东西都不留下就离开。

而 Master 看着钟晨鸣吹个头发都能睡着，知道他是很累了，晚上高强度的训练赛让他也精神疲惫，他收好吹风机，帮钟晨鸣盖好被子，自己才去睡觉，睡之前还给自己封了一个中国好打野，不仅能在游戏中照顾自家中单，还能在生活中照顾自家中单。

-217-

这天之后，钟晨鸣打排位就开始"坑"了起来，经常是捏着闪现死都不交，几个人来抓他丝毫不退，还要反打。

钟晨鸣最近也挺出名的，一是有实力，大家都挺看好他，关注度高；二是因为名字的原因，毕竟跟之前的晨光同名。

所以他在打排位的时候就十分容易被人认出来，一看到他的这些操作，脾气好点的不会说什么，差点的就直接喷起来了。

钟晨鸣没有管这些人，喷他的他就屏蔽，现在他状态好心态也跟着好，反正他肯定是不会骂回去的，那可是要罚钱的。

就这样打了几天，等到了跟 BNO 比赛的时候，果然 BNO 跟之前的队伍一样，从一开始就针对着钟晨鸣的中路。

小安的打法钟晨鸣跟 Master 都很熟悉，是不要命的进攻式打法，反正不管对面怎么样，拿的什么阵容，他们自己又是什么阵容，反正就是要打进攻，要主动去线上野区找事。

这样的打法其实有自己的节奏，跑来死抓中路反倒让小安自己的节奏出了问题，打着打着总有点心有余而力不足。

这并不是小安所熟悉的打法，打起来总是束手束脚。

而 Master 就不一样了，就算之前死保中路不是他最熟悉的打法，最近的磨合也让这种打法变成了自己最为熟悉的打法，甚至可以说现在这是他最为得心应手的打法。

不是他不会其他的打法，找不好其他打法的节奏，而是他跟钟晨鸣的默契程度到了，这种两人配合起来如左右手一般的默契，肯定是能达到一加一大于二的效果。

跟 BNO 的比赛，第一把小安不太适应新打法，BNO 输得很快，小安虽然战绩漂亮，但是场上的人都知道，他节奏乱了，而且找不回来。

第二把小安就变得乖巧多了，好好抓中路，虽然节奏还是不如之前得心应手，但也慢慢调整了过来，这把 BNO 赢了，这就到了第三把。

"盯好小安。"第三把还没开始，Tristan 在后台做着最后的布置，"上把的问题有点大，别膨胀轻敌，BNO 还是很强的。"

上一把他们确实有点轻敌了，因为第一把赢得实在是轻松，不过第二把算是给他们敲响了一记警钟，让他们记得要稳健，要好好打。

第三把，钟晨鸣拿到了佐伊，Master 拿到了猪妹，而小安拿了瞎子。

"很有想法啊。"钟晨鸣看着对面的阵容，"他们这也是要打快节奏的意思？"

BNO 的阵容打法稳定，虽然有个进攻性很强的小安，但是整体节奏还是比较偏中后期，小安更像是前期给他们建立优势，让他们更好地度过前期好将对手拖入中后期。

而这把的阵容看起来，BNO 就是要打前期的意思。

"以快打快。"疯子道，"有意思。"

既然对面要打前期，MW 自然是不惧怕的，反正他们也是打前期，这次拿到佐伊，前后期也都能打了，佐伊的后期能力也挺厉害，毕竟现在是第一梯队的中单英雄。

开场，小安想要反 Master 的红 Buff，钟晨鸣直接赶过去支援，拿到小安一血。

Glock 在赶去支援的途中，看到钟晨鸣把人杀了，之后又往上路走，边走还边说："他这是干什么？"

"有点奇怪。"Master 也道。

刚才小安进野区，十分让人不解，强行反野，能走不走，明明打不过，却像是他能一打三的样子。

钟晨鸣道："失误了吧，反正我一血，怎么想都是我赚。"

钟晨鸣这句话说得也没错，不管小安是想干什么，他们都是赚了，人头到手钱到手，完全不亏，Master 还可以去对面多吃个 Buff。

小安为了反 Master 这个 Buff，自己肯定有个 Buff 没打，现在小安死了，Master 直接过去吃就是了。

后续小安又为 MW 的人表演了一把什么叫作迷惑操作，中路本来过来抓一套再送人头，钟晨鸣装备一下子就起来了。

看到这个操作，连疯子都奇怪道："18，这对你是真爱吧，这么给你送钱的？"

如果是以前，钟晨鸣不会理这种玩笑的，但对面是小安，考虑到 Master 在意小安的问题，所以他还是回答了一句："状态不好吧，前两把他的节奏就很迷惑。"

Master："嗯。"

疯子："嗯？"

Master 为什么"嗯"？

不过疯子也没有细想，现在还在进行紧张的比赛，他虽然稍微有了点疑问，但很快就抛之脑后，精力得集中在比赛上。

BNO 做了反扑，虽然前几级小安做了两次迷惑操作，但小安怎么说也是大赛经验丰富的人，很快就把自己的节奏找了回来，配合队友抓人拿龙，也是为 BNO 那边找回了点优势，局势一时间变得不明朗起来。

　　毕竟 BNO 中后期强势，MW 这边却是中后期劣势。

　　这个时候，BNO 又做了一个决定，偷偷打大龙。

　　疯子的视野很好地让他们发现了 BNO 的意图，MW 立刻往那边赶，小凯的视野照出大龙还有一半血量，Master 先到，一看形势，现在还早，BNO 选择这个时候打大龙还是有点伤，每个人的装备都不满级，他直接说道："打！"

　　他是猪妹，是肉，直接就冲进了大龙坑，而钟晨鸣绕后，直接利用墙壁传输了一个催眠气泡过来，泡到了对面中单。

　　随后他手指轻动，秒杀！

　　少了一个 C 位，BNO 的状态又不行，直接就在这次团战中溃败，MW 接手大龙，让 BNO 元气大伤，直到这一把结束都没有再拯救回来，正好就印证了一句话：大龙毁一生。

　　赛后握手，小安多看了几眼钟晨鸣，他的队友察觉到了，收拾东西的时候问他："什么情况？"

　　"没事。"小安低头收拾自己的鼠标键盘。

　　"没事你老看他干什么？"队友调侃道，"舍不得？"

　　钟晨鸣以前在 BNO 试训过，跟小安也做过一段时间搭档，后来被 MW 挖走了，当时小安感觉跟钟晨鸣打还挺舒服的，钟晨鸣走了还去问了问教练，后面也表示过遗憾，所以队友才会有此一问。

　　"不是。"小安拿起键盘，笑了，"就是觉得他更强了。"

　　比赛后台，MW 也在商量着这次的比赛，Tristan 对钟晨鸣这次的表现报以肯定的态度，之前钟晨鸣是跟 Master 配合起来十分默契，这次比赛，钟晨鸣却展现出来了自己的个人能力。

　　之前钟晨鸣在中路被针对，还会打得心累疲惫，这次被针对，却很好地做好了该做的，还完成了反杀，被抓死的情况也只发生了一次。

　　钟晨鸣跟 Tristan 说了两句话，就坐到一旁回想刚才的比赛。

　　Master 跟疯子去接受采访了，Glock 打开手机刷微博贴吧，有时候回去看看比赛评论，这一把他觉得亮点槽点都挺多的，所以就去翻了翻。

　　光自己翻还不够，他还要跟钟晨鸣讨论。

Glock："哇，18，他们说你是今年最值得期待的新选手。"

"什么鬼，为什么要说第二把我的失误很大，我们打中野联动关我什么事。"

正在回想着刚才中路被抓死那一轮他应该怎么做才好的钟晨鸣："……"

Glock："为什么都是夸你的，不公平啊，我的表现不好吗？"

钟晨鸣拿起了手机，又开始摸耳机。

Glock："嘿嘿，还是有骂你的，说你太……你要不要听，不听我就不说了。"

这个时候，Glock才终于良心发现，知道问旁边这个人要不要听了。

不过他会问，倒不是觉得自己吵到钟晨鸣了，只是觉得骂得太难听，就这样说出来不好。

钟晨鸣拿耳机的手一顿，又将耳机收了回去，说道："给我看看。"

Glock又犹豫了："还是算了吧。"

"没事。"钟晨鸣看着他的手机。

Glock侧头看了他一眼，见他神色平静，还是将手机递给了他。

钟晨鸣还没看内容，看了看贴吧名字，大概就有了个心理准备，此刻他还转头笑了笑Glock："贴吧大兄弟你好啊，大G哥你上大号？"

"××你上大号"是贴吧金句之一，意思就是怀疑某个发帖人是他们所要评价的某个人本人。

Glock立刻表示："我只看，从来不发帖不回帖，你看我贴吧账号，根本就没有关注这个贴吧。"

他如此迅速地跟贴吧撇清关系，倒不是刷贴吧是战队不允许的事情，而是贴吧里面戾气很重。

钟晨鸣看Glock极力撇清的样子，被逗笑了，也没跟他多说，看了看手机上的内容。

钟晨鸣站了起来，有点想抽烟，找Glock要了一根。

拿了烟跟打火机钟晨鸣准备去厕所抽，刚走到门口，就看到Master采访回来了。

于是钟晨鸣又坐了回来，若无其事地将烟跟打火机还给Glock，摸了摸自己兜，摸出Master给他准备的口香糖扔嘴里，Master给他兜里放口香糖，就是为了让他烟瘾犯了想抽烟的时候有转移注意力的东西。

Master跟疯子回来就代表没他们什么事了，可以收拾收拾回基地。

一上车,钟晨鸣跟 Master 坐在一起,又开始看别的赛区的比赛。

现在春季赛开始了,不止是 LPL 的春季赛开始了,隔壁赛区的春季赛也开始了,钟晨鸣没事的时候就会看别的赛区的比赛学习一下。

"LA?"Master 看到他看的比赛,也跟着看,看到是 LA 的比赛,他还有点讶异。

"他们这个赛季很强。"钟晨鸣也知道他在诧异什么。

Master 道:"有点没看出来,不像他们风格。"

"他们换教练了。"钟晨鸣道,"我很看好他们。"

Master 没有注意这些,问道:"教练是谁?"

"1998。"疯子坐他们后面,听到他们的聊天内容,此刻插了句话。

1998,韩国传奇辅助,总是能想出许多特别的套路,对游戏的理解不是一般的职业选手可以比的,属于用辅助都能一神带四坑的人,这点之前的疯子倒是跟他有点像,疯子对 1998 关注也是正常的。

"他转教练了?"后座的空气也好奇道,他们玩辅助的,对于 1998 总是欣赏的,此刻听到转教练的消息,还是有点遗憾。

疯子表示理解:"年纪到了,很正常。"

"1998 去了 LA,还当了教练,我突然觉得 UKW 要完。"邻座的 Glock 也加入讨论。

"1998 也是有追求。"空气感叹了一句,"这是打算永不退役吗?"

作为职业选手或许 1998 的年龄大了,手速反应跟不上得退役了,但是他选择了让自己用另一种方式留在了赛场上,如果不是极其喜欢这个游戏,也不会做这样的决定,毕竟教练是真的累,比队员累多了。

队员只用管自己的训练,而教练需要注意所有队员的情况,不管是心理情况还是生理情况,还有比赛状态,以及适用什么英雄,然后阵容也要去想,对别的战队也要研究,选不好英雄还没打就输了,选了了弱队也能赢强队。

这样的压力下,就连 Tristan 还算乐观的教练,头顶也都快秃了。

"你退役后准备去做什么?"

不知道怎么回事,突然大家就聊起了这个问题来,他们总是会退役的,而退役之后的生活,或许有人想过,也或许有人没想过。

Glock 道:"开直播吧,如果有人气的话。"

直播行业现在如日中天,人气够了也是挺赚钱的。

孟天成也说:"我估计也会开直播,然后弄弄淘宝店什么的。"

"卖饼吗？"大家都在笑他，因为有职业选手退役之后卖肉松饼赚钱这个梗。

"没有没有。"孟天成赶紧转移了话题，"疯子你想做什么？"

"回老家结婚。"疯子跟大家开了个玩笑，大家都知道他有女朋友，而且感情很好，退役之后结婚好像是理所当然的事。

然后大家又看向空气，这里离退役最近的，大概就是空气了。

空气想了想："大概是回家跟着老爸做生意。"

"你是不是不好好打游戏，就要回去继承亿万家产啊？"Glock吐槽道。

孟天成也跟着开玩笑："没看出来啊空气兄，以后多照顾照顾兄弟。"

"没有没有。"空气笑着道，"你们是在想什么，我家就开了个小馆子，我就是回去看馆子的，哪来那么多钱。"

Master作为MW的老选手，此刻问道："小馆子？"

空气："……也就一个酒楼。"

Master："酒楼？"

空气："……酒店。"

Master："酒店？"

空气："好吧，度假村。"

Master："度……"

空气立刻道："真的就是度假村了，没有别的了！"

大家惊叹了一下空气竟然是隐藏富豪，然后话题又转移到了Master身上，Master如实说："没想好。"

空气第一个不干："你这是什么态度？"

Master认真想了想，还是说："真的没想好，我还没想过退役。"

从Master嘴里也问不出什么来，于是大家又看向钟晨鸣，对于这个问题钟晨鸣还是很好回答："开直播吧。"

晨光曾经的队友3F开直播就挺赚的，他之前也开过直播，做起来也算是驾轻就熟。

不过他说出来，感觉太正经了，又补了一句："也可能回老家结婚。"

疯子笑他："你连女朋友都没有，跟谁结去，别学我啊。"

钟晨鸣也笑着道："跟LOL结婚啊，我要买个发条等身抱枕，给它穿婚纱办婚礼。"

"你可以的。"这下连Tristan跟可可都跟着他们笑，笑完可可还提醒他们，"别光想着退役啊，想想怎么打比赛，别分心。"

"行行行。"

"我们就是随便聊两句。"

等大家又去聊别的事后,小凯突然小声问了句疯子:"你真的要回去结婚?"

疯子点头:"差不多吧,应该退役就去拿证。"

"别人都是说的事业。"小凯提醒道。

疯子沉默了一下,低声跟小凯一个人说道:"会去读研。"

回到基地,时间还早,大家照常复盘打排位,还有几个人在看 LA 比赛的回放。

钟晨鸣在车上就看完了,跟疯子双排了会儿,而 Master 则是去跟 Glock 双排。

时间差不多了,钟晨鸣结束一把,就先回去洗澡,他算着时间,等 Master 打完这一把回来,他差不多也洗完了,不用抢浴室,也不会在浴室耽搁太多时间,完美。

等钟晨鸣洗完澡出来,Master 已经回来了,没说其他的,先问了他:"Glock 说你今天看贴吧了?"

"对啊。"钟晨鸣有些莫名其妙,不知道他问这个干什么。

Master 看起来有些紧张,眼睛一直看着他:"你不要太在意贴吧上说的什么,你打得很好了。"

"不行,我还是有点菜。"钟晨鸣看着他。

Master 看起来更加紧张了:"没有,我觉得你比 Kiel 强,贴吧一群喷子懂什么?"

钟晨鸣看着他笑了起来:"我的实力我还是很清楚的。"

Master 看着他,像是要从他脸上看出点什么来,但能看出的也只有豁然。

钟晨鸣看 Master 放下心来,也没有再多说了。

既然说清楚了,Master 也就没有再问什么,还是照常训练,下一次他们打 SYG,钟晨鸣按照 Tristan 要求练的英雄继续练。

这之前钟晨鸣还跟 Tristan 沟通了一下,询问 Tristan 自己能不能练练新打法,Tristan 同意了,于是现在不仅是在排位,就连训练赛也能看到钟晨鸣各种"丝血"操作。

不是<u>丝血</u>秀人,就是<u>丝血</u>想秀人被反杀。

就连跟他们打训练赛的对手教练都跑来问 Tristan:"你们这个中单有点

浪啊,不管教管教?"

Tristan:"……谢谢啊。"

钟晨鸣现在练,是看到下个对手是SYG。看起来挺好打的,Tristan同意他这么练,也是因为对手是SYG的原因。

结果打SYG就出问题了。

SYG作为一支新队伍,本来成绩还挺不理想的,到了打MW,突然就勇猛起来,加上钟晨鸣转变打法,一时有点没适应过来,SYG突然就从MW这里拿下一分。

大家输得也是一脸茫然,其实不光是钟晨鸣,MW整个队伍也有意识地在往后期转型,他们不能只会打前期,鉴于之前针对UNG打后期还挺能看的,这次也拿了偏后期的阵容,结果跟SYG打后期没打过。

输了比赛,不管是教练还是队员都齐齐回去检讨一番,Tristan还跟钟晨鸣开了个小会,说他最近的情况,问他是不是还是稳点好。

钟晨鸣想了想,回答道:"那我再练练,赛场上还是稳着来吧。"

之前钟晨鸣就发现了自己一个很大的毛病,就算是现在的反应和操作都变好了,他却还是放不开,线上跟团战的风格依旧偏稳健,很多时候其实他可以去大胆发挥,说不定就是另外一个结局,但是他第一时间想的不是去打,而是稳住。

这样下去不行,特别是对面又开始针对他,他能在线上打出优势的机会越来越少,他觉得自己需要突破,如果他能在一些机会下勇敢反打,让对面知道一个人来抓他不保险,两个人来抓他都还需要小心,不然就会被反杀。

他需要打出威慑力来。

这样的操作不是他做不到,而是他的思维没有转换过来。

思维这种东西,说起来很是玄幻,其实也很简单,他就是在找一个度,什么时候可以反打,什么时候不行;反打又要如何反打。如果找到了这个度,打起来也就简单了很多。

跟SYG打完复盘之后,第二天他们就打FUF,这次MW状态调整了很多,或者说FUF有点太菜了,MW算是赢得轻轻松松。

"东西部的比赛就要来了。"打完FUF,Tristan看着下台的队员,这样跟可可说道。

"第一把打UP。"可可笑了笑,"别紧张,也快要过年了。"

打UP,也成了他们年前最后一场比赛。

晚上回到基地，可可也很明确地说了，最后一场比赛，赢了直接放假，输了加训。

就算可可不说，大家也明白这点，输了还想着早点放假？怕不是在做梦。

大概是过年的气氛太浓厚，遮盖了电竞的气息，年前的 MW 整体都有点低迷，又处在团队转型练兵的阵痛期，UP 又不能算是一个弱对手，这次他们也输了。

这次不用复盘总结，大家都知道问题在哪里，阵容不适合，但并不能因此就不练了，一套阵容打天下太容易被针对了，会各种阵容也是一个战队想要取胜所必须的，他们还有两套下路，本来就十分适合换阵容打，只是现在还没练出来。

"要加练了。"打排位的时候，Master 小声跟钟晨鸣说话。

"打太差了。"钟晨鸣也有些头疼，他在排位的时候感觉自己找到了尺度，但打训练赛的时候还是不行。

"提前三天放假，也算是仁慈了。"空气正好从厕所回来，听到他们在讨论，也搭了句话，说完他就戴上耳机继续去打自己的排位。

两人看了空气一眼，见空气没有看这边，就继续小声说话。

Master 道："今天说不放假的时候，我怎么觉得你松了一口气。"

钟晨鸣立刻否认："我有吗？"

Master 点头："有，平时也没见你提到父母，你是不想回去过年？"

这下钟晨鸣沉默了，Master 见他的样子，又说道："你要不要去我家里过年？"

"算了，别。"钟晨鸣确实不太想回家，但去 Master 家过年，还是太过了吧。

"没事我妈很好说话。"Master 又道。

在 Master 的再三要求下，搬出了过年难道还要住酒店，以及基地没人给做饭，大过年待基地不像样等理由，还是把钟晨鸣拐回家了。

钟晨鸣总觉得怪怪的，Master 过年带个队友回去，这也太离谱了吧。

Master 得知他的顾虑后说道："好队友就是要见家长，这是为了巩固中野友谊。"又把钟晨鸣给怼了回去。

不过在担心这个之前，钟晨鸣更需要担心的还是自己战队的成绩。

输了比赛没有假期的肯定不止他们一个队，所以训练赛还是照旧打，钟晨鸣也就继续练习自己在极端环境下的输出能力。

他想了想，觉得自己这个不能叫作丝血反秀别人，而是应该叫极端环境下的输出与反打能力，这样比较专业一点。

第二天 Tristan 就说约到了训练赛，大家正在猜是哪个队跟他们一样倒霉，训练赛的时候就看到一排 UNG 战队的号进来了。

现在循环赛到了东西赛区之间，所以他们暂时不会有交手机会，正好之前 UNG 输给了 BNO，也没有放假，两个战队凑一块儿试训。

训练赛开始之前，UNG 的中单跟他们打字交流：【命苦啊。】

Glock 也打字回：【突然感到很欣慰。】

之前 Glock 就是 UNG 的替补队员，跟 UNG 的人也挺熟的，当即就聊了起来。

UNG 那边：【你也不放假哈哈哈哈笑死。】

Glock：【你们什么时候放啊？】

UNG 那边：【出来吃烧烤啊。】

Master：【……】

这一聊起来，其他人也突然生出了惺惺相惜的感觉，或者说觉得同病相怜，都加入了聊天行列，直到 Tristan 来提醒他们该开局了，他们这才停止了和平友好的队伍间聊天。

打完训练赛，Glock 突然把钟晨鸣拉进了一个群，钟晨鸣一看，发现群的名字是"春节不放假头铁吃烧烤小分队"。

他一看里面的人，发现还挺多，全都是输了比赛加训的人。

钟晨鸣："……"

现在退群来得及吗？

虽然加了群，但钟晨鸣跟这些人实在是作息不同，也没跟他们一起出去吃烧烤，年前的日常还是常规训练。

到了放假前最后一天，群里面终于约了次不那么晚的烧烤，钟晨鸣一想自己也很久没吃烧烤了，还被热情地邀请，就答应了，不过去之前他还问了问，能不能带上 Master，大家也同意了。

这个群里面没有 Master，他还问了问 Glock 为什么，Glock 说 Master 应该不是那种会跟别队出去吃烧烤的人吧，也就没拉。

其实群里面不仅没有 Master，小凯、疯子都没有。说起来群里面也只是一些相熟的人，像疯子、小凯这种跟他们根本不搭边只跟 Glock 熟的，就没邀请进来，而钟晨鸣能被邀请，还是因为 Miracle 和小安也在这里面。

NGG 跟 BNO 已经放假了，不过小安要补的直播时间实在太多了，就留了下来，毕竟每天都在基地，他家里的电脑不是很好，直播估计要去网吧，那还不如待在基地。而 Miracle，不说钟晨鸣也知道为什么，因为回去就会被拉去相亲，Miracle 也算老大不小了，所以干脆就在基地避避，能晚回去一天就是一天。

钟晨鸣也跟 Master 商量了一下吃烧烤的事，他平时给人的印象就是沉默寡言，所以朋友也不是很多，钟晨鸣说叫上 Master 的时候，还有人根本不信，说 Master 根本不会来，结果没想到他真的给人叫来了。

Master 之前就知道了烧烤群的事，虽然这个群没喊他，但是他也挺高兴的，高兴钟晨鸣能交到这么多朋友，而不是只有 MW 战队的这几个人。

而且钟晨鸣要去，Master 自然十分爽快地去了。

吃烧烤的地方选得不是很远，钟晨鸣跟 Glock 还有 Master 去得还算早，提前了十来分钟，结果一去，发现已经有一群人在等着他们了。

小安和 UR 向他们招手，看到他们旁边的 Master，都有些惊讶。

钟晨鸣跟他们也不是很熟，最熟的也就小安，Miracle 是偶尔双排的交情，另外的人也只限于游戏或者比赛的时候遇到。

不过烧烤的精髓在于吃，彼此熟悉不熟悉倒不是很重要，吃得开心就好。

Glock 到了烧烤摊倒是如鱼得水，UNG 也来了几个人，UR 也来了，Glock 直接就跟他们聊了起来，似乎忘记了自己现在是 MW 的人，甚至跟他们一起吐槽 UR。

UR 在旁边听得十分无奈，不过也就笑笑，任凭他们说，展现出了一副老大哥风范。

钟晨鸣也在旁边听他们调侃吹牛，发现现在来的人基本没有晨光之前那个时代的老选手，除了 Miracle 还在顽强地坚持着。

聊了会儿天，Master 突然提醒钟晨鸣："他一直在看你。"

钟晨鸣一抬头就跟 Miracle 对上了视线，他向 Miracle 微微点头。

"我去抽……我去上个厕所。"钟晨鸣临时改口，跟 Master 说了一声。

Master 点了点头，还是说了一句："烟给我。"

钟晨鸣："没带。"

Master 又看了一眼 Miracle。

钟晨鸣："……他不抽烟。"

Master 这才放心让他去了。

钟晨鸣在厕所认真思考了一下，Miracle到底有没有认出自己，答案应该是否定的，因为答案太惊悚了，估计Miracle也想不到。

不过Miracle会多看他几眼，估计就是因为名字的原因吧，钟晨鸣如此想了一会儿，走出厕所，结果就看到Miracle在外面站着玩手机。

钟晨鸣："……你好。"

Miracle戴着无边框的眼镜，看起来斯斯文文的，不过发型跟表情又莫名让人联想到斯文败类这个词。

此刻，Miracle抬头看他，眼镜上反射过一道清冷的光，那是厕所的灯光："钟晨鸣？"

钟晨鸣总觉得这个语气十分熟悉，像是多年前Miracle曾经喊他的那样，他愣了两秒，随即笑了起来："米神。"

米神是Miracle多年前的称呼，至于名称来历，就跟他的账号有关了。

Miracle好像也出了神，不过他很快就看向钟晨鸣，甚至盯着他看了好几秒："你……"

钟晨鸣露出个无害的微笑来。

"你好……你不是他。"

镜片之下，Miracle的眼眶突然红了，他好像有些不知所措，转身就往外走。

"你不可能是他。"

走到一半，他又停住了，察觉到了自己刚才的失态，他这才回头认真道："既然你有跟他相同的名字，希望你能让这个名字让多一些人知道，就像他一样。"

钟晨鸣低头洗手，没看Miracle："我加油。"

"还有……"

"什么？"

Miracle停顿了一瞬，这才说道："来不来NGG？"

钟晨鸣以为自己听错了，一时没有回答。

Miracle又重复了一遍："转会吗？"

"不，算了。"钟晨鸣莫名其妙地看着他，"NGG不缺中单吧。"

Miracle点了点头："是不缺，我就是随便问问。"

钟晨鸣不解。

不过没给钟晨鸣问更多事情的机会，Miracle直接就走了。

钟晨鸣也松了一口气，Miracle一开始似乎对他带着敌意，看他像是在看一个冒名顶替的人,不过他自己也很快调整了过来,最后的邀请大概就是开玩笑。

回到烧烤桌,Master 低声问他:"你们说了什么?他都不看你了。"

钟晨鸣说道:"他邀请我去 NGG。"

Master 点了点头。

钟晨鸣看 Master 一点反应都没有,奇怪道:"你这么放心我的吗?那可是 NGG。"

"你要去早去了。"Master 十分淡定,"不会等现在,转会期也过了。"

"好吧。"钟晨鸣也不逗他了,又开始听别人吹牛。

这个时候如果不说话,大家也不会强迫对方说话,毕竟不是什么聚会联谊,就是一群人跑出来吃东西,有的人还带了女朋友过来,气氛很轻松。

没一会儿,小安凑到了钟晨鸣这边,他们点了几瓶酒,毕竟今天吃完烧烤也没训练赛了,所以可以随便喝酒,教练经理也不会管他们,不过他们也只是小酌几口,助个兴。

他问钟晨鸣:"你最近怎么回事儿?"

钟晨鸣没明白过来:"啊?"

"很迷惑啊。"小安端着杯酒,跟他碰了杯,"你这几天怎么打的?"

钟晨鸣喝的可乐,他看了一眼这个吃烧烤都还要说比赛的人,回了句:"你不是更迷惑?"

"这没法聊天了。"小安只得端起酒去找其他人。

钟晨鸣跟 Master 对视一眼,都笑了,结果有个选手的女朋友看着 Master 笑,立刻拿手机拍,还惊讶道:"我还是第一次看 Master 笑得这么好看!"

她的男朋友立刻把她手机没收了,旁边有人开玩笑:"哇,你带这个人是过来抢我们女朋友的吧。"

"抢女粉丝。"又有人补充了一句。

Master 恢复了镇定的神情,一脸高冷:"不关我事。"

这下周围的几个人都笑了起来,钟晨鸣还在想自家打野这么受欢迎,那他岂不是压力很大,结果刚吃完烧烤,又有两个小姐姐来找他,说要签名。

小姐姐笑着解释:"帮朋友要的。"

"好吧。"钟晨鸣抬手给她们签了,这还是第一次有人找他要签名,他觉得挺高兴的,递给他签名的还是 MW 的明信片,他笑着签完还给她们。

小姐姐又递给他一张。

-230-

钟晨鸣笑容僵了一下,小姐姐道:"十张,可以吗?"

"……可以吧。"钟晨鸣给她们签了,得到了一串谢谢,然后就跟着Master回家,不是回基地,而是回Master的家,他们也是最后一天训练,正好Master的家在上海,他今天就可以跟着回去。

路上Master开车,钟晨鸣还好奇地问Master:"她们没找你要签名吗?"

Master道:"就找了一个人。"

钟晨鸣有些意外:"为什么?"

"估计其他人的都有了,就缺你的。"Master开着车道。

"这个解释也说得过去。"

Master还有一句话没说出来,那就是:你人气也挺高的,粉丝很多,虽然没有我多,但已经甩出了刚才吃烧烤那些人很大一截。

一些人是被钟晨鸣接连打到韩服第一吸引来的,一些人则是被他赛场表现亮眼圈粉的。

Master侧头看了一眼自己身边的这个人,钟晨鸣正在低头看着手机上的比赛,他会利用所有空闲时间来提升自己。

他有预感,钟晨鸣在LOL职业联赛这条路上,走得会比他更远,他需要做的,就是尽可能陪钟晨鸣走这一条路,走久一点,远一点。

钟晨鸣在车里面看着手机,其实比赛他也没有看进去,内心十分紧张。

他要去见他队友家长了,见长辈再怎么都紧张,还是去人家家里过年,现在根本看不进去比赛。

没十分钟,钟晨鸣就把手机放下了:"要不我们去一趟人广?"

Master不解。

钟晨鸣:"还是回基地吧,人广的店应该关门了,明天上午再回去?"

"你在想什么?"

钟晨鸣:"你妈有喜欢的牌子吗?买个包?"

Master:"我妈不缺那些东西。"

"那我应该买点什么?"钟晨鸣拿着手机想了想,"女人应该永远都缺包的吧?"

"你去就可以了。"Master思考了一会儿才跟钟晨鸣说,"我妈应该会很高兴。"

Master这个语气钟晨鸣觉得有点奇怪,琢磨片刻反应过来,问道:"你妈知道我?"

"知道,她还看我打比赛。"Master道,"其实我从小朋友就不是很多,她看到我带朋友回家每次都很高兴。"

钟晨鸣此刻听起来只觉得好玩,又问道:"那她知道中野是做什么的吗?"

Master手指敲了敲方向盘,摇了摇头:"应该不知道。"

钟晨鸣:"应该?"

"不知道吧,他们看比赛不就看个热闹,"Master说道,"你别担心,我妈很好说话,不用带东西。"

Master虽然这样说,但钟晨鸣还是让Master绕了一圈,这个点也没什么服装店开着门了,钟晨鸣就买了只烤鸭给带回去。

Master看着烤鸭直笑,不过也没说什么。

他们这回去都快十二点了,屋子里静悄悄的,Master开门进去,钟晨鸣也跟着进去,屋里面黑漆漆的,没看到人。

"去洗澡吧。"Master说,他俩身上都是烧烤味儿。

钟晨鸣将烤鸭递给Master,然后去浴室洗澡,Master在该细心的地方还是很细心,给他说完家里的各种东西放哪儿,又拿了套睡衣给他。

钟晨鸣看着印着轻松熊的橘色睡衣,上面还有毛茸茸的熊耳朵,对Master说道:"看不出来,你原来还很有童心。"

Master一开始还没反应过来钟晨鸣说什么,后面钟晨鸣这么一说,他赶紧解释说:"我妈买的,跟我没关系,你看我都没穿过所以拿出来给你穿。"

钟晨鸣感觉自己发现了新大陆,拿着睡衣笑着关上了浴室门,等他洗完澡一边擦着头发一边想着Master家里是不是没人,结果就听见黑暗中一个幽幽的女声传出来:"回来啦?"

钟晨鸣吓了一跳,看向黑暗中的房门,声音就是从那边传出来的,Master却十分习惯:"回来了,马上睡。"

"朋友也来啦?冰箱里面有水果酸奶,你们吃。"那女声又说道,钟晨鸣反应过来了,那应该是Master的妈妈。

"阿姨好!"钟晨鸣赶紧说。

"你好你好。"Master的妈妈声音听起来挺高兴,"宝贝好好招待你朋友,妈妈就不出来了。"

Master则是打开冰箱拿出酸奶扔了一盒给钟晨鸣。

钟晨鸣接过来,Master的妈妈又说:"那我就跟你爸先睡了。"

Master这次没说话,不过看钟晨鸣的眼神,跟钟晨鸣说了句:"我妈懒得起床,别管他们,我们自己睡觉。"

第二天晚上钟晨鸣才见到了 Master 的妈妈,现在还是工作日,长辈都还要上班,而他们去上班的时候也没有叫醒还在睡觉的钟晨鸣跟 Master。

跟 Master 妈妈交流了一会儿,钟晨鸣发现果然如 Master 所说,十分好说话,爸爸虽然话不多,但看起来很和蔼,也很好相处,也没有问钟晨鸣这个那个,更没有问钟晨鸣为什么要来他们这里过年,就说辛苦他照顾自家孩子了,然后开始跟钟晨鸣讲 Master 的臭毛病。

钟晨鸣在旁边听着一直发笑,Master 努力绷着脸,摆出一副讲的不是我,跟我没关系的样子。

晚上吃饭,钟晨鸣发现桌上还有两个自己喜欢的菜,有些惊讶。等吃完饭,他一问 Master,Master 就坦白了是他自己说的。

"阿姨真热情,我怎么感觉阿姨对我比对你还好?"钟晨鸣感到受宠若惊,不然谁没事跟儿子的朋友吐槽自己儿子的臭脾气。

Master 面色如常道:"她就是无聊,而且她好像脑补了很多。"

钟晨鸣不解。

Master:"过年还不回家,在她看来也是够可怜了。"

"其实这样也挺好。"钟晨鸣突然想到了自己的爸妈,他们过年应该也很开心吧,所以过年他也不应该伤心。

Master 突然反应过来:"这个……不好意思,我不是故意的。"

"没事。"钟晨鸣笑了起来,"现在不是也很好?"

第二天两人很晚才起床,Master 的爸妈最后一天上班,也没有喊他们起床,只留了早饭,看得钟晨鸣一直在那儿感叹:"真好啊你爸妈,这也太好了。"

Master 十分大度的样子:"以后你想来就来,当自己家都没事。"

钟晨鸣听得直笑,摇了摇头什么也没说。

等到中午 Master 的妈妈打电话回来,问他们年夜饭想吃什么,会做的她就做,不会做的就出去买,吃得开心就好。

钟晨鸣听得有些恍惚,真的就过年了。

他低头看了看自己的双手,一年前枯黄的双手变成了现在骨节分明的双手。

听着阿姨继续说话,他突然微微笑了。

越来越适应了,或者说现在已经是完全接受了,他的新身体、新身份。

年夜饭的菜是钟晨鸣跟 Master 的妈妈一起出去采购的,钟晨鸣负责拎包付钱,妈妈负责买买买,看到钟晨鸣付钱如此爽快的样子,妈妈也没多客气,只是越看钟晨鸣越觉得高兴。

吃过年夜饭,Master 的父母在客厅看春晚,钟晨鸣跟 Master 就在房间里看电影聊天。

他们选的是去年的一部贺岁片,挺欢乐的,两个人嘻嘻哈哈看了一阵,从客厅突然传来了倒数声。

客厅的电视声不大,但钟晨鸣还是听到了,他看了看手机,马上就零点了。

Master 也看了看手机,见时间到了零点,转头跟钟晨鸣说道:"新年快乐。"

接着,Master 就愣住了,他看到钟晨鸣已经泪流满面。

"新年快乐。"钟晨鸣笑着擦眼泪,解释道,"我不是难过,这是高兴,高兴你懂吗?"

Master 把纸巾丢过去,然后转过头,说:"我懂,我也很高兴。"

钟晨鸣不解。

Master:"咋?"

钟晨鸣:"你哭什么,我第一年打职业哭一下,你这是第一年打职业?"

Master:"泪腺旺盛,你懂吗?"

钟晨鸣也不笑他了,只道:"好好好。"

除夕过后,虽然 Master 说他们家是初三才开始走亲戚,但初一初二也有人过来串门,串门的很多还是年轻人跟小孩,多是邻居,其中有一半都是来围观钟晨鸣跟 Master 的。

这种待遇 Master 也不是第一次,钟晨鸣也被迫被围观,两个人干脆就逃去网吧打游戏开直播,他们还有很多直播时间没播完。

在网吧待了两天,Master 也要跟着爸妈去亲戚家,钟晨鸣这次没去,他去也不好意思,就自己在网吧待了一下午。

Master 他们回家,妈妈还关心地问他去哪儿了,怎么这么晚才回来,钟晨鸣笑着说:"补直播时间,一不小心太久了。"

妈妈也理解他们,就让他以后早点回来,别太晚,然后又问他吃没吃饭,要不要吃零食,饮料要吗。

钟晨鸣挨个回答,妈妈还是给他煮了碗小馄饨端过来,让钟晨鸣跟 Master 一起吃,说现在晚了,当夜宵也好。

睡觉之前，钟晨鸣还跟 Master 说"你妈妈真好"，Master 听他说完，说道："没事，以后也让我妈照顾一下你。"

钟晨鸣笑了，年味渐去，他却感受到了更多烟火的气息。

第十一章·在巅峰相遇

年还没过完,他们的比赛就要开始了,第一场比赛就在初九,他们放假到初四,回来训练几天直接打比赛。

放了个假,过了个年,好像战队的状态又变了一些,至少钟晨鸣过完年,好像是想通了很多东西,打训练赛突然就状态好了起来,颇有势不可当的意思。

但 LOL 毕竟不是一个人的游戏,钟晨鸣一个人状态好,却不代表 MW 整体状态就好,他们年后的第一场比赛,又输了。

"很迷惑啊。"这是可可对他们比赛的评价。

Tristan 很是头疼:"我只是要求他们会打后期,不要求后期打得很好,不被后期队伍拖死就行,他们怎么现在连前期都不会打了。"

Glock 也在进行赛后总结,他看着最近的战绩道:"好像都是输给东部赛区,是不是那边的队伍太强?"

钟晨鸣:"……你是想说我们弱?"

Glock:"不是,算了。"

疯子在旁边提醒他:"又不是在西部赛区称王称霸就可以了,我们的目标是什么?"

"冠军。"Glock 喊得有气无力。

"小凯是不是也要开学了?"钟晨鸣突然想了起来。

不知道在想什么的小凯转头看他们:"还有几天,开学我回去申请休学。"

疯子:"你爸妈同意了吗?"

小凯道:"同意了。"

他们队员的问题倒是解决了,但是成绩的问题却还没解决,一时间战队的氛围都有些愁云惨淡。

更加令他们觉得愁云惨淡的是,没几天他们就要打 NGG 了。

又打了两轮比赛,状态也慢慢调整了一些,接着就是打 NGG。

Tristan 过年的时候就在研究 NGG 的打法,本来想着年后打的几个队都不太厉害,直接研究 NGG 就行,结果现实给了他迎头一棒,最近几天的战绩打得他头发都白了几根。

比赛就要开始了,Tristan 知道自己现在说什么都没用,选择英雄结束后的最后一句话也变成了:"打出风采来就行,压力别太大。"

带着 Tristan 最低期待的 MW 就这样开始了跟 NGG 的比赛。

钟晨鸣这一把拿到了瑞兹,而 Master 用的皇子,对面的中野是玛尔扎哈跟瞎子。

开局他们下路劣势,小凯还是太青涩,而上路打了个五五开,Glock 状态还不错,或者说跟 UNG 打完比赛之后,Glock 的状态一直稳步上升,在状态低迷的 MW,Glock 突然就成为大腿。

这一把 MW 拿的不算是特别后期的阵容,考虑到打的是 NGG,Tristan 还是让他们拿比较拿手的阵容。

钟晨鸣拿个瑞兹打玛尔扎哈,这次是打不出压制性了,毕竟是 NGG,对面中单也不是吃素的,所以两人算是在中路和平刷兵发育。

打了没多久,NGG 的打野就来照顾中路了,他们好像也研究过 MW 的打法,知道怎么针对,开局抓中。

这一轮钟晨鸣被打残血,不敢再赖线,直接回城,喊 Master 来守塔吃兵。

打野来抓钟晨鸣,那其他两路可以舒心一点,Glock 还开起了玩笑:"我们都这么惨了,NGG 还来研究我们怎么打吗?死抓中哈哈哈哈。"

钟晨鸣幽幽道:"没办法,谁都知道我们怎么打。"

等钟晨鸣补充完状态,回到线上没多久,NGG 那边又开始对他动手动脚了。

这次来的不是打野,是辅助 Miracle。

Miracle 用的慎辅助,直接来中配合玛尔扎哈,看样子就是要强行嘲讽到他打一轮。

钟晨鸣刚跟玛尔扎哈打了一轮,状态不满,要是被嘲讽到,肯定就得交待在这儿,钟晨鸣第一反应就是交闪跑,按照他的一贯作风,也是稳住先走。

闪现?不——

看着 Miracle 过来的方向，钟晨鸣心里一动，他熟知 Miracle 的打法习惯，如果要嘲讽，他会……这种情况下应该会偏左一点！

钟晨鸣往右轻轻走了一步，Miracle 的技能打过来，正好是偏左，技能空了！

慎技能一空，钟晨鸣立刻回头就是一套技能扔上去，边打边退，防止玛尔扎哈靠近，他现在装备还不行，好在慎的装备也不是很好，被他一套技能打了三分之一的血，他控制一用，慎用蛇皮走位躲掉了他的一个 Q 技能，想要撤退。

皇子的长枪突然挑出，断绝了慎的退路，逼得慎交闪逃跑，为了保慎，玛尔扎哈交了技能给皇子，钟晨鸣一看他技能交了，立刻闪现就是一套。

玛尔扎哈状态本就不满，一套技能也没能打死皇子，皇子立刻反手就是一个大招，配合钟晨鸣的伤害，玛尔扎哈卒。

这个时候，NGG 的打野瞎子才姗姗来迟，想要收钟晨鸣的人头，这次钟晨鸣再次梦幻走位，躲过瞎子的贴脸技能，施施然离去。

"漂亮！"赛场上的话痨 Glock 跟疯子都还没说话，Master 就先吹了起来。

而赛场也沸腾了，欢呼声更是透过隔音耳机传到了他们耳朵里，听不到赛场上具体喊的什么，但是他们知道肯定是在为钟晨鸣的表现欢呼。

钟晨鸣笑了起来，这次笑得无比畅快，就是这种感觉，他知道应该怎么打了！

这把比赛打到最后他们还是输了，NGG 只要不头铁，按照现在他们的实力，就算状态很好，也很难赢，输倒是在意料之中。

回到后台，Tristan 十分激动，直接一把揽过钟晨鸣的脖子，笑着道："可以可以，你那套操作怎么想的？"

"哪套操作？"钟晨鸣觉得他每一招都打得挺不错。

"就团战反杀两个，杀了独孤。"Tristan 道。

钟晨鸣这一把在中路找到了感觉，后面的团战这感觉也没有丢，打出了好几招漂亮的极限操作，可惜的是他们团队能力不如 NGG，所以还是输了。

"这个啊……"

钟晨鸣在想我难道还要跟 Tristan 讲个一二三四吗？结果 Tristan 下一句就是："打得很漂亮，快去休息，等会儿商量下一把的打法，状态要保持保持。"

钟晨鸣："好吧。"

终于把自己的脖子从 Tristan 手里拯救了出来，钟晨鸣找了把椅子靠了会儿，一边想着自己刚才的操作，一边听着 Tristan 说话。

Master 就坐在他旁边，靠在他边上一起听，大家对中野之间的各种举动早就习以为常，此刻也没有人觉得奇怪，甚至连可可都懒得拍照了。

第二局，MW 这边拿到了加里奥阵容。

这个阵容虽然名字是加里奥，让加里奥打中单，但输出核心其实是 ADC，这次 NGG 也在针对下路的小凯。

之前他们也跟 NGG 打过不少训练赛，小凯对 NGG 的下路算是很熟悉了，虽然他有股冲劲，但打不过就是打不过，好在和平补刀没问题，要是拿到强势点的下路组合，有时还能打出压制效果来。

而小凯跟疯子这把没有拿到强势下路组合，所以打起来也就没那么冒进，倒是让 NGG 的打野没那么多机会能抓到。

NGG 的打野四级来转了一圈，没找到机会，六级又来转了一圈，这次看起来是不管有没有机会的问题了，要直接越塔强杀。

疯子看到打野过来，已经撤退不及，赶紧大喊："传送传送传送！"

Glock："传送回线了，还没好。"

钟晨鸣慢悠悠道："就在塔下待着，我施放大招。"

疯子跟小凯尽力撑了一会儿，就在小凯只有几十点血的时候，突然一个庞然大物从天而降，捶起塔下的 NGG 三人，小凯却没有后退，立刻反打。

疯子："要死了要死了！"

小凯："死不了死不了！"

抗塔的打野被杀，小凯的血量也回上来了一些，他没想着退，还想着找机会杀 Miracle 跟独孤。

"别上了！"疯子大喊一声，小凯冲到一半停住了，然后灰溜溜往后退。

这都是跟 NGG 打训练赛死出来的经验。

Master 也已经赶到，绕后想要留下 NGG 下路两人，他们下路还没打完，上路突然情况告急。

下路打成这个样子，NGG 的中单却突然去了上路，或许是觉得自己支援也来不及了，所以杀上路。

Glock 在上路被打得到处逃窜，一边跑一边还在喊："这什么鬼！"

喊一句话的工夫，下路也打完了，Miracle 卖了自己让独孤跑了，钟晨鸣直接就在塔下点下传送。

-239-

作为一个支援型的加里奥,他召唤师技能带的就是传送。

由于是打的支援,还是塔下支援,钟晨鸣的加里奥血线还很健康,此刻传送去上路,对面中单也没有再追 Glock,算是把 Glock 救了下来。

钟晨鸣就吃了几个兵,也没全吃完,帮 Glock 一起推着兵线,Glock 道:"如果 18 能少吃我几个兵,我就更开心了。"

Master 在旁边冷不丁说了一声:"这叫帮你推兵线。"

Glock:"我真是谢谢了啊。"

收完过路费跟保护费,钟晨鸣这才慢悠悠点下回城,然后再回中路。

他从中路离开之后,对面中单推线才离开,兵线被塔吃了一拨,所以钟晨鸣才会在上路要点过路费,弥补一下自己亏的兵线。

现在回家再到线上,他算计着时间,正好兵线对他很友好。

回到线上,对面中单也差不多时间回线,两人继续在中路对线。上一轮击杀了 NGG 的打野跟辅助,血赚,对于 MW 来说算是一个很好的开局,接下来,就是看如何把这个优势扩大了。

Master 去了对面野区,打野死了一次,他又在下路拿了辅助人头,去对面野区简直可以为所欲为。

一开始,Master 还没有明目张胆地去反野,在对面野区刷了几个小野怪,又观察了一下几条线的情况,发现下路他们打得有点强势,因为小凯拿了人头,装备好点,还有点压制 NGG 的下路,这个点又正好是对面的 Buff 刷新时间,Master 几乎没有考虑,直接就去了 NGG 的下半野区。

钟晨鸣在小地图上看到他的动向,直接道:"我可以过来,大招好了。"

Master 等的就是这个时候,只要钟晨鸣有大招,他在野区被抓也丝毫不虚,只要对面不是五个人一起上,他都有自信反打,或者坚持到队友的支援。

这次 Buff 刷新的时间,NGG 的劣势也不算太大,看到 Master 这样肆无忌惮地跑来野区,NGG 也不是吃素的,立刻中下都去支援。

"下路过去了。"疯子提醒 Master,他们也在往对面野区走,准备过去支援。

"中路也过去了。"钟晨鸣倒是没动,还在中路清着兵。

"上路 TP 了。"Glock 也来了一句,"我也 TP 了。"

NGG 上单传送绕后,绕的是 ADC 的后,而 Glock 则是传送到了对面野区,准备直接支援 Master。

钟晨鸣一看情况提醒他们:"疯子小心,先别过来,我们先开。"

说着,钟晨鸣一个大招跳向了 Master,Master 刚好被对面抓住,不过他没跑,直接反打,这就给了钟晨鸣一个完美的进场机会。

后面,疯子限制住了传送过来的上单,小凯完全没有管疯子跟上单,直接过去打团,疯子周旋了两三个回合之后,看野区打得差不多了,这才跑了,然后NGG的上单预言家看了一眼团战情况,根本没过去,直接溜了。

另外一边的团战已经打完了,NGG发育良好的上单没有机会进场,这次团战自然没打赢,而且MW的加里奥进场时机完美,还很好地保护了后面过来的ADC小凯,上中野三人为小凯提供了完美的输出机会。

本来钟晨鸣跟Master还有Glock都把对面打残了,小凯一来,在他们保护下直接收割,打了野区遭遇战,不过Master也被独孤击杀。

Master被杀,而NGG死了三个,打野跑了,算是打了个二换三,然后NGG野区的资源被MW一扫而空,经济差距再次被拉大。

得快点结束掉这一局,MW的几个人心里都十分清楚,之前他们跟NGG打后期,虽然拿到了加里奥阵容,但谁输谁赢还真不好说。

毕竟NGG的队友都是经过大赛洗礼的,而且打后期的经验丰富,在后期这种一个小细节就可以决定成败的时间点,MW很可能会翻船。

就算MW现在拿到了优势,也没有一个人松懈,他们都想着如何将优势扩大,不被NGG打回来,如何在NGG发力之前,就快速结束掉这一把。

Master看着局势,决定去打峡谷先锋推塔,现在他们优势过大,只要小心一点,不要做出什么错误的判断,稳着峡谷先锋。

拿了峡谷先锋,这次没有爆发小型团战,NGG也稳健起来,知道前两次小团战让他们劣势太多,错误的判断让他们这把十分不好打起来,所以开始了拖后期的打法,没有百分之百打赢团战的机会,就绝不打团。

让MW拿到峡谷先锋,Master的决定就是靠着峡谷先锋找机会推进。

Glock在上路过得十分舒爽,现在他装备比预言家好,可以压着预言家打,下路也是优势线,Master看了一眼,选择了从下路打开突破口。

中路线太短了,而且很容易支援,钟晨鸣又是用的加里奥,手有点短,提前开很容易被躲,不太好搞事,而下路他们优势有了,NGG那边没有快速支援的技能,但是他们有能支援半个地图的加里奥,正好就推下路。

不仅是下路优势,还有一个原因就是Master想要限制NGG主要制胜点独孤的发育,以及拿下路的小龙,如果他选择上路,下路河道的小龙大概就是拱手让人了。

前期是NGG想越他们下路塔,到了这个时候,就成了他们要越NGG下路塔。

Master 直接去三角草丛，疯子先开抗塔，钟晨鸣一个大招下来，直接把 NGG 下路两个人都捶了起来。

这次 Miracle 还想卖自己保独孤，但是晚了，NGG 的中野支援都来得太迟，他们已经杀完了人，中野来看了一圈只能离开。

"推塔推塔。"疯子喊着，Master 放出了峡谷先锋。

"二塔二塔。"小凯嚷嚷着。

"二塔就算了，打小龙。"钟晨鸣道，推二塔对面中野都会去守，现在又不是后期，NGG 下路两人虽然死了，但一会儿就活了，二塔一半都推不到，NGG 的支援就能赶到，不如直接让峡谷先锋撞一头二塔完事儿，他们就去打小龙。

Master 的想法也是如此，看着峡谷先锋撞上二塔，Master 已经走到了小龙旁边，小凯虽然还是想去推塔，但是大家都走了，他也只能跟着离开。

这次打了小龙，优劣势再一次拉大，Master 再次主动找节奏，抓死一次对面中单，直接就上了 NGG 高地，这一把，NGG 也在二十几分钟的时候就输了。

看着胜利的字眼，疯子率先喊了出来："我们赢啦！"

Glock 吐出一口气，笑起来："哇，赢了 NGG！"

"这把打得不错啊。"钟晨鸣也笑着，他看着比赛之后的战绩图，又看了看伤害，独孤的伤害没怎么打出来，前期就被压制住了，所以他会说，这把打得很好，因为很好地压制住了独孤的发育。

舞台底下是观众的欢呼，他们也听到了，钟晨鸣看着场下亮着的灯牌，笑了起来，这次亮着他名字的灯牌又多了一些。

回到后台，Tristan 十分激动地拥抱了一下第一个下台的 Glock，然后道："这把赢了！不要高兴太早！还有最后一局！"

虽然 Tristan 嘴上说着让他们不要高兴太早，但他自己却已经笑得合不拢嘴，今天 MW 的状态整体有了质的提升，他自然能看出来。

Tristan 又做了一些布置，讲了一些战术，说了很多注意事项，然后再次送 MW 的几个人上了舞台。

可可在旁边看着赢了比赛十分高兴的大家，跟 Tristan 道："我感觉今天大家的状态都有点不一样了。"

Tristan 转头忧心忡忡道："他们这几个人，遇强则强。还是之前的训练不够，之前打几个队打得也太难看了，今天遇到 NGG，总算是激发了点潜能。"

可可沉思着:"感觉有必要加训。"

"没用的。"空气没有上场,也听到了他们说话,作为 MW 元老级队员,他此刻自然清楚队员心中的想法,在管理层他也能说上话,"让他们慢慢调整吧,还是对队友的信任不够。"

比赛上,对队友的信任也是默契的一种,相信队友会如何配合自己,相信队友能做到,从而可以放开了手脚去打,这样配合起来,才算是完美。

MW 的几个人现在个人能力是有了,但是对队友还是不熟悉,没有到能完全信任队友的状态,这也是他们现在一直在磨合的点。

到现在,他们磨合了两三个月,差不多也到了成型的时期,这个时候正好大家都有点开窍了,也算是让 Tristan 十分欣慰。

跟 NGG 的比赛已经到了决胜局,这次 NGG 没有再给他们拿到加里奥这种漏洞阵容的机会,认真选了英雄,这次的 MW,拿到的阵容就不算是很好,当然,Tristan 也没让 NGG 拿到十分舒心的阵容。

"这把怎么打?"英雄刚刚选完,Glock 就开始问大家的意见。

"随便打,杀穿就是。"疯子笑道。

"还是主抓下路。"Master 道,"限制独孤发育。"

钟晨鸣也道:"我感觉我中路要遭殃了。"

Glock 笑着说:"18 你苟住我们就赢了!"

钟晨鸣:"争取争取。"

这一把钟晨鸣中路不仅苟住了,还打出了优势来,甚至在打野辅助上单的连番抓中套路下,依旧打得很好,还反杀了一次,可惜的是反杀并不能赢 NGG。

这次 NGG 也是十分有想法,看得出对待这局比赛很是认真,前期根本没让 MW 这边捞到太多好处,后期就不提了,根本打不过。

输了比赛,他们等着 NGG 过来握手,独孤看起来很烦躁,就算是赢了比赛也没什么好脸色,不过握手的时候还是强行露出了笑容来,就是笑得凶神恶煞的让人怀疑是不是被抢了几百块钱。独孤虽然凶是凶,但是因为本来就比较小,脸长得可爱,总让人害怕不起来,反倒让人觉得更加可爱了。

握手的时候小凯谁都没看,就只盯着独孤,脸上没什么表情,但是看着独孤的眼神就像是猎手看到了猎物。等独孤到了小凯面前,疯子看着这两个小孩,看得心惊肉跳,这表情看起来就跟一言不合要打架一样,他连自己用何种方式拉架都想好了。

不过两人还是虚虚握了手,做了个样子,他们身后,就是 Miracle 跟钟晨鸣。

"加油。"Miracle握手的时候，跟钟晨鸣说了一句话，"我在季后赛等你。"

钟晨鸣笑了起来："到时候别失误。"

他指的是今天第二局，下路送两个人头的错误指挥，Miracle是NGG队内指挥，到底怎么回事，钟晨鸣还是很清楚，Miracle计算失误，差几十滴血杀掉小凯，造成了NGG的崩盘。

交谈是短暂的，两人没有再说更多的话，Miracle若有所思地看了他一眼，镜片底下的眼睛露出几分战意来，走向了舞台中间。

而MW这边，则是收拾自己的装备走下舞台。

钟晨鸣抬头看了一眼舞台上，Miracle的背影还是一如往年，虽然已经距离他们打比赛的时候很久了，钟晨鸣却依旧能记得自己的队友。

刚才Miracle的话，是真的在鼓励他，他能听出来。

毕竟是曾经同吃同住，十分熟悉的人，连Miracle说这句话的心态，钟晨鸣都能想象出来。

"加油，季后赛见。"

加油，用他的名字打出最好的成绩，重新站在巅峰，让他们在巅峰相遇。

Miracle想要看着钟晨鸣这个名字打出成绩来，而不是变得碌碌无为，正好，他也想，即使没有Miracle的期望，他也会打出成绩来。

钟晨鸣只看了一眼，就收回了目光，拿起自己收拾好的键盘鼠标，露出个微笑来。

Master在旁边看着他，此刻问道："怎么了？"

"Miracle跟我下战书了，你听到了吧。"钟晨鸣道。

Master这才反应过来，刚才的那句简单的交谈就是战书。

旁边的Glock道："我们季后赛还是没问题的，不要这么看不起我们啊。"

"不是那个意思。"Master解释了一句，"Miracle的意思，是决赛。"

钟晨鸣道："决赛之前，不要被其他战队淘汰。"

Glock："对我们期待很高啊。"

疯子听他们交谈，此刻道："哇，你觉得我们决赛都进不了吗？"

Glock："没有没有，我的意思是我们肯定能夺冠！"

胡扯了一通，他们也下了舞台，这次打得还行，可可没有说什么，虽然输了比赛，气氛也还算轻松，可可更是点了外卖让直接送到基地，他们回去就正好吃。

　　在车上，Tristan抓紧时间对今天的比赛进行了总结，就是大家都有进步，再接再厉。

　　他可以看出，这次确实已经打得很不错了，但他们的脚步不能就此停住。

　　他们才打完NGG，第二天Tristan就告诉他们："我约了NGG打训练赛，开心不开心啊？"

　　"……快打吐了。"疯子脸上表情波动，他们打训练赛最多的就是NGG了，一开始是NGG德杯翻车跟他们打，后来又因为不在一个赛区，所以好约，没想到这下Tristan又约到了。

　　可可看着他笑："打吐了，你赢了吗？"

　　疯子只好闭嘴听安排，没办法确实没打赢，他就不能说什么了。

　　"哪天要是赢了NGG，你再说这句话。"可可说道。

　　疯子："……哦。"

　　他们这次在赛场上跟NGG交手之后，下次交手就只有在季后赛，所以他们才再次约了NGG。

　　约到NGG打训练赛，小凯十分高兴，想着去捶爆独孤，然而结果是被独孤按在地上摩擦，独孤好像心情不太好，打得十分暴躁，疯子要是一转眼不看小凯，独孤一准冲上来干。

　　不过独孤这样暴躁，对于NGG来说却不是一件好事，因为太过于冲动，让Master找到好多次机会狠捶下路，带起节奏来。

　　打了两把之后，独孤才学乖了，钟晨鸣想估计是被Miracle喷了个狗血淋头，这才好好补兵乖乖听话不乱冲，而MW这边换上天成之后，独孤就打得更加稳健了。

　　跟NGG打了两天训练赛，他们的比赛还在继续。

　　这次跟NGG打完之后，Tristan有很明显的感觉，整个MW的战力都有了质的提升，接下来两场比赛，MW就跟刚刚尝到甜头的猛兽一般，直接打了两场2:0下来，其中还有一个队伍并不算弱，就这样他们再次遇到了BNO。

　　这已经是循环赛的第二轮，BNO在这期间也调整了很久的状态，这次遇到MW，他们又是一个全新的面貌。

　　比赛开始之前，Tristan也研究了一下BNO最近的情况，然后信誓旦旦地说："能赢。"

　　钟晨鸣看他如此有信心，有些奇怪："教练你确定？"

-245-

Tristan 道："BNO 他们要打前期，前期打得赢我们？怕不是在做梦！"

钟晨鸣："……"

Tristan 又给他们讲了一些 BNO 的战术布置，大家都有关注比赛，对 BNO 最近的战绩也知道，连胜，打前期十分凶残，小安是进攻性打野，符合前期凶残的配置，配合起来很是完美。

看完了几场典型战术分析之后，Glock 说道："我怎么感觉我们打不赢。"

Tristan 语气冰冷冷道："闭嘴行不行。"

Master："小安……又进步了。"

"你也闭嘴。"Tristan 调出召唤师峡谷的地图来，一拍屏幕，"来，看地图。"

于是几个人排排坐，听 Tristan 讲怎么打 BNO。

这次 Tristan 对 BNO 的研究还算透彻，加之 Master 之前对小安也很有研究，几个人还真的商量出了一套针对 BNO 的打法来。

很快就到了比赛日，双方都拿到了常规阵容，而 BNO 的打法依旧是抓中。

小安第一次来中，被钟晨鸣躲开了控制，毫发无损地退回安全位置，疯子笑道："他们也这样打，我们中路真的没有游戏体验。"

Glock 在旁边说道："朋友你还没习惯吗？"

当事人钟晨鸣："……习惯了。"

小安再次来中路，钟晨鸣施展"蛇皮走位"大法，愣是没有让小安摸到一下，然后回头就打了小安半血。

BNO 语音里，小安一顿乱叫："这什么鬼，这样都不中？这个人怕是开挂了吧，帮我挡个技能，我走了走了！"

BNO 的队员："……"

小安从中路离开，看着自己的血条很是不爽，是他去抓人，怎么反倒被打残了，就准备搞事："跟上我兄弟。"

BNO 中单："你不先手我怎么上啊兄弟？"

小安："你不演一下？"

BNO 中单："我演技不行，你看他就从来不上当。"

小安思考了片刻，还没说话，辅助就道："18 比以前更强了啊。"

小安："好像是？"

辅助："等会儿我们两个一起去，一个人抓不死他。"

小安刷着野，叹了一口气："好怀念以前随便就能抓死中路的时光啊。"

-246-

辅助:"你在开什么玩笑?"

小安:"以前抓不死自己不会出问题,现在是抓不死自己也可能会躺在中路,可怕。"

结果下一轮,钟晨鸣就看到小安带着辅助来中了。

钟晨鸣不慌不忙,十分淡定地走位躲着技能,反手还控了一下打野,而Master的支援随后就到。

既然对面要抓中,Master肯定是要蹲的,这一蹲,就蹲来了两个人,Master衡量了一下,本来觉得打不过,结果钟晨鸣躲掉了控制,Master直接就上了。

BNO一开始还想反打,结果打了一会儿,发现打不过,直接把辅助交待在了中路,中野两人跑得飞快。

这种时候,自然是能卖就卖,损失能减少一分是一分。

"跑得好快。"刚刚赶过来的疯子只能无奈地往回走。

疯子是看到辅助消失之后,预测到辅助可能去中路,才往中路走,所以他来得晚了点,结果一来,还没摸到一下对面,对面就撤了,搞得他也很无奈,只得又往下路走。

而BNO那边,对于这次中路GANK也进行了讨论,辅助:"我觉得不行。"

小安:"大意了。"

中单:"抓不死啊。"

小安:"换个时间再来,没问题。"

于是小安重新计划了一下,这次终于带着辅助来中路,把钟晨鸣给抓死了。

钟晨鸣:"杀心好重。"

"我看出他们的决心了。"Glock在上路吐槽道。

虽然终于把钟晨鸣抓死了一次,但等钟晨鸣再次复活,MW也不跟BNO打对线了,Master在下路保护下路推了下塔,然后换线进入了小型团战时期。

进入小型团战时期,这把才爆发了两个人头,钟晨鸣死一次,BNO的ADC死了一次,打得十分胶着。

Master这个时候就开始主动找节奏,当然,小安也在主动找节奏,按照小安的个性,直接就来MW的野区玩了,想要侵蚀掉MW的野区资源,顺便看看能不能蹲到路过的脆皮,偷个人他们就可以开小龙或者峡谷先锋。

小安想得好，但是 MW 这边的视野还是很到位的，眼看着小安进来偷资源，不过因为小安是看到他们大部队都不在所以才进的野区，MW 这边也对小安这种行为十分无可奈何，干脆就没管。

　　换个方向讲，BNO 打野不在，MW 可以开团！

　　Master 说开就开，BNO 那边只能逃跑，没办法，少人，他们想要等小安到了再打，可惜小安赶过去的时间里，团战就打完了。

　　MW 收了两个人头，打了个〇换二，美滋滋地走了。

　　两个人头都是小凯的，小凯很满意，回家买了装备回头团战又是三杀。

　　现在 BNO 突然发现，钟晨鸣不亮眼了，这个小凯怎么又厉害起来了，好气啊！

　　MW 这边将小凯养了起来，然后保护着小凯来打，钟晨鸣都没想着打输出，保护小凯就完了，然后大家就一起看着小凯直接杀完。

　　钟晨鸣作为一个可进可退型中单，在保护这件事上也做得十分不错。

　　功能型中单主要就是看选手的团战意识跟大局意识，加里奥就算一个功能型中单，主要打支援跟控制，这一把钟晨鸣虽然没有拿到加里奥，同样也打出了加里奥的效果。

　　由于大家用加里奥阵容打得还不错，所以他们打四保一阵容也莫名其妙地慢慢有些开窍了，加之之前的磨合有了效果，一手四保一，竟然让小凯一次都没死，直接就护着小凯推掉了对面高地。

　　ADC 装备好起来是一个很恐怖的存在，两三下点死一个人，谁都承受不住，就是自己有些脆，不过脆也没关系，在这一局里面，他们可是四个人保他。

　　最后小凯杀超神，其他几个人的战绩因为没有拿到人头，显得不太好看，但至少是赢了！

　　第一把赢了，Tristan 十分高兴地表扬了一下大家，这次他还没有用出针对 BNO 的打法来就赢了，他一开始选阵容的时候就没想着选四保一阵容，没想到他们根据比赛的实际情况调整了出来，让 Tristan 乐了半天，跟可可也吹了半天。

　　跟大家讲了一下注意事项，第二把 MW 这边也没有换人，毕竟小凯的表现很好，BNO 那边一套老阵容打了很久，也没有说换人，就这样继续打了下去。

　　第二把 Tristan 乐得得意忘形了，把佐伊给放了出来，钟晨鸣十分无奈地问 Tristan 怎么打。

Tristan：" ……卡萨丁？"

钟晨鸣只能道："那就卡萨丁吧。"

选完阵容，钟晨鸣道："我觉得他们还会抓中。"

毕竟他们中路是卡萨丁打佐伊，佐伊实在是强势，能把佐伊养起来，BNO 这把差不多就赢了。

Master 一看阵容也有了几分想法，就道："我来蹲。"

他们这边算得很好，结果没算到小安二级就抓下。

小安打完红升到二级，来到线上，下路四个人都是一级，就这样小安还强行打了一轮，BNO 三个人都交了闪现，抓死了小凯。

小凯低头看着键盘，一个字没说，不过熟悉小凯脾气的队友们都知道，他这时有点烦躁，估计等会儿就要想办法打回来了。

小安去抓了下路，Master 看情况知道救不回来，自己去也杀不了人，十分干脆地选择了按照常规线路继续刷野，这个常规线路，就是对面打野二级抓下应该怎么打的常规线路。

Master 直接去了小安的野区，把小安的蓝 Buff 给吃了，然后回到自己野区吃自己家的红 Buff，这算是正常开局，打完红，Master 选择了回家，然后去下。

刚才下路都交了闪现，他自然是要去照顾一下了。

由于没有闪现，BNO 的下路突然就尿得要死，把兵线控得死死的，完全不往前走一步，小凯跟疯子就放线，努力给 Master 找着机会。

Master 看情况还行，有点机会，直接就上了，他刚刚出现，BNO 那边也突然冒出来一个人，原来小安蹲在这里！

作为一个强势打野，虽然他喜欢入侵，但算计对面打野这种事情还是很有必要的，小安就算到了 Master 会来 GANK。

不用去看，他也知道他上半野区的野被 Master 给刷完了，既然上半野区野怪都没了，他就继续照顾自己的中下路，而中路虽然容易被抓，但是有闪现能跑，下路没闪现了，被抓的可能性呈直线上升，小安就来蹲着了。

小安事先算计，BNO 也是有备而来，下路怎么演怎么打都算计到了，MW 过来抓的情况在他们计算之中，所以 MW 被反蹲完全打不赢，Master 正想退，小凯却突然来了句："打。"

Glock 也在喊着："我传送了传送了！"

Master 咬咬牙，直接上了，小凯在后面输出，疯子尽力保护，钟晨鸣则是在中路岿然不动——现在时间太早了，他走下去，早就打完了，他没有带传送，还是继续打对线。

传送的光速亮了一半，Glock 无奈道："我被打断了。"

他本来就是在线上看情况不妙传送，都没有找到一个肯定不会被打断的地方，现在被打断了也很正常。

"没事，能赢。"小凯自信满满，边走边 A，疯狂输出。

小凯一说话，疯子立刻反打，Master 也选择了回头。

虽然他们觉得不可以打，但是小凯上了，小凯说能打，他们选择相信队友。

前一局他们先开，已经把对面两个下路打得残血，辅助半血，ADC 更是两三下就能死的血量。

他们都没有了闪现，无法摸到残血的 ADC，小凯就一边回撤一边打辅助，Master 直接上去帮小凯扛小安的伤害。

"杀辅助，杀辅助！"小凯喊着，疯子立刻帮他限制辅助。

小安的进场让他们的状态也不好，特别是小凯，BNO 这次下路就是看着小凯打，小凯大概也就比 BNO 的 ADC 多几十血，就在这样的情况下，他在 BNO 打野跟辅助的限制中，辗转腾挪，愣是多活了三四秒，点死了对面辅助，然后被小安收掉。

这下下路少了一个 ADC，Master 之前顶在前面，也被对面 ADC 点残血了，小安状态还算好，他们摸不到 ADC 不说，就这几秒的时间里，BNO 的 ADC 已经靠平 A 回了不少血，能摸到也打不死，只能撤退。

一次打了个一换一，不过是 ADC 换辅助，对于 MW 来说肯定是不赚的，只能来个强行不亏。

"稳点吧。"疯子道，他们已经不能再出问题了，要是再出问题，这把就算是输了。

小凯也还算听话，疯子一说，他就稳健了起来，没有再打得激进。

现在装备也出了，如果不想打，也是打不起来的，基本就是一边推一拨兵，两边都没有选择养兵线，大概是都想在下路搞事，如果让兵线进了自己的塔，太容易被越塔强杀了，所以选择了把兵线推出去。

这之后算是平稳了一段时间，虽然 MW 跟 BNO 都在主动搞事，但都没有搞出特别大的动作来，没有出现决定性的节奏点。

比赛进行到十五分钟，小安强行来野区反野，MW 这边终于找到了机会。

他们之前开会商量的战术就是，反正小安喜欢反野，他们就利用小安喜欢反野的性格，来进行战术布置。

看到小安来到野区，钟晨鸣跟疯子都围了过去，想要在野区抓一批。

MW 这边有野区支援，BNO 也有，小安察觉到 MW 都来围他，千里奔袭，BNO 的中单佐伊跑来接应，直接一个催眠气泡隔墙远距离砸到 Master。

"完了。"小安回头，佐伊远距离放大招，Master 直接被杀。

BNO 的下路此刻也来了，这团战还没开打，MW 就减员一人，现在是完全打不了，Master 也做出抉择，让野区。

这就像是佐伊杀人的一个开端。

在中路，佐伊已经压了钟晨鸣十几刀，这不是个人实力的问题，完全是英雄问题，佐伊在这个版本实在是强势，让人根本没法打。

比赛继续进行，佐伊带给了 MW 很大麻烦，佐伊作为一个能摸奖（随缘控人）、能 poke、又灵活，还能杀人的英雄，让 MW 一不小心就会减员一人，打着打着，佐伊伤害上来，几乎是打谁谁死。

在佐伊的伤害压制下，MW 这边节节败退，加之前期节奏也有点小崩，MW 完全就失去了回转之力，只能看着自己这边被慢慢磨死。

其间 MW 也想过要救，主动开团攻击，然而打不赢，BNO 的装备好，打团也正是他们所擅长的，一不注意佐伊就能杀掉他们一个 C 位，根本没法打，这一把就这样输了。

这样这场比赛就拖入了决赛局，最后一把，Tristan 也没有多说什么，打到现在，也就看哪边心态好能稳住了。

下一把换了空气跟孟天成上场，这把选英雄一开始，耳机里齐齐响起几个声音："禁佐伊啊！"

不等别人说话，连 Tristan 都没说禁谁，Glock 直接就把佐伊禁了。

Tristan 这时候才说出英雄来："禁佐伊……个鬼，我们蓝色方。"

Glock："……"

强的不是人，是英雄，而他们在蓝色方，有优先选英雄的权利，如果不禁佐伊，那就是他们能拿到。

Tristan 拿着手里的本子就照着 Glock 头顶来了一下，气势看着十分可怕，但落到 Glock 头上还是轻轻的，只是象征性地表达了一下自己的愤怒："下次别犯了。"

Glock 缩缩脖子点头："嗯嗯嗯，下次等你先说，我以为是你说的，我一定听清楚。"

英雄的选择上，像佐伊这种没被禁就必拿的存在，肯定是不禁的，他们自己禁了，就等于是自己禁了自己的强势上单，少了一个可以针对性禁对面英雄的机会。

出现这种蓝色方禁佐伊的情况，连解说都觉得莫名其妙，还在旁边说着："18这个选手佐伊不是玩得挺好的吗？怎么自己把佐伊禁了，这手看不明白啊。"

另外一个解说强行圆场："MW这把有战术安排吧，大概是要首抢船长、吸血鬼？难道是想拿个佐伊不好打的阵容？"

赛场上，Tristan也在做衡量，算计着他们应该拿什么阵容，最后他们拿了个比较稳健的阵容，这样的阵容让天成也比较自在，天成的后期能力还是没问题，只是相比小凯让人感觉少了一些惊喜。

这一把MW这边已经做好了准备，让小安进野区就有来无回，结果小安这把突然稳健，什么野区，他不知道，他就刷野做视野，愣是把自己擅长的进攻型打野打成了功能型。

钟晨鸣看着Master几次找机会没找到，突然说了句："我有种不好的预感。"

孟天成一听就很慌："你别说话，你一说我就觉得要输了。"

钟晨鸣笑了起来："要不要这样，你们小心点，这把小安打得很认真。"

比赛进行到十来分钟，双方都没有爆发一个人头，小安好像开窍了一般，这把视野做得十分好，反蹲也很到位，主动GANK很少，但是总能给队友提供很好的帮助。

不过MW这边也不是吃素的，决胜局都打得认真，所以就算有交火，但一个人都没死，被抓的都跑掉了。

其实在MW最近的比赛，只要天成上的局，基本上前十五分钟爆发不了几个击杀，而小凯上的局，前十分钟都要打个死去活来，MW这两组下路的风格也是很明显了。

MW拿的稳健阵容，换句话说就是打中后期的阵容，所以他们并不害怕跟BNO打后期，唯一有点怵的，估计就是BNO的后期能力了。

前期虽然没有爆发人头，但经济还是倾向MW的，前期小安虽然视野做得很好，但毕竟不是他最熟悉的打法，还是让MW找到两个机会，虽然没杀掉人，但逼得BNO的人回家，然后收野区资源打小龙，也算是优势。

在比赛里面，并不只有杀人才能建立优势，这样靠运营建立起优势也是一样的，毕竟杀人是会得奖金，奖金可以买装备，装备好就打得过。但补兵刷野也有钱，小龙有属性加成，让别人不能补兵刷野，也是让对面的装备落后于自己。

不过 BNO 也没有落后太多，两边只有一两千的经济差，差不多等于四五个人头。

到了这个时候，Master 决定主动找节奏。

这个节奏点，就找在峡谷先锋吧。

想要打峡谷先锋，Master 看了看，要么杀上路，要么偷偷打。偷偷打还是有难度的，毕竟这把小安打的功能型打野的风格，视野控制方面肯定没的说，Master 走到峡谷先锋旁边，放了个真眼在坑里面，果不其然在这里看到了 BNO 做的视野。

既然偷偷打不行了，他就去抓死上单。

"抓上单。"Master 说了一句，钟晨鸣立刻会意，跟他往上路走。

这个点，在线上抓死基本不可能，只能试试越塔强杀了，两个人越塔强杀还是太勉强了，三个人靠谱一点。

这把是钟晨鸣压线，所以钟晨鸣一走，BNO 的中单不能第一时间跟上，钟晨鸣先配合上野把人杀了，BNO 的中单才到，他也没有强打，做了一下野区视野，继续去收自己的中路兵线。

他现在做什么都无能为力，还不如多吃几个兵捞点钱。

MW 打完了峡谷先锋，直接就去了中路，准备推中塔，空气跟天成也往中路在走，他们下路推了一拨兵线，所以来中路找节奏，最好能越塔强杀。

说干就干，Master 没有先手，钟晨鸣直接闪现强开对面中单，天成和空气跟上，秒杀对面中单，直接推中塔。

"厉害。"Glock 作为一个上单，已经回家随时准备传送支援，现在只能在旁边声援，钟晨鸣这次开得太漂亮了，他都听到隔音耳机外面观众的欢呼了，没办法，欢呼太大声了，隔音耳机都防不住。

这次杀完对面中单，钟晨鸣又在野区蹲守，此时蓝 Buff 要刷了，他料想对面中单会过来拿蓝，真的就让他蹲来了孤孤单单一个人过来拿蓝的中单，直接打了一套，对面中单交了所有技能才逃走，跑掉的时候就剩下几十血。

钟晨鸣也没有硬追，他要追也追不上，自己就把对面蓝给吃了，还对 Master 说了句："蓝你拿，我不用。"

Master 看都没看自家蓝 Buff 一眼，说道："没事，你这个蓝完了再过来打。"

孟天成在下路补着兵，疯狂感叹："哇，这么好的吗？那冯哥这个红……？"

　　Master："你拿啊。"

　　孟天成高高兴兴去拿红，空气在旁边吐槽："这个点了红肯定是你的，又不是两个红都是你的，你在高兴些什么？"

　　孟天成："……"

　　好像是这样？

　　不过在孟天成去拿属于他自己的红之前，下路先搞事，钟晨鸣打了BNO的蓝，BNO的下路肯定是想要去支援的，小安因为在其他地方搞事，一时来不及，不然也不会让自家中单一个人打蓝。

　　BNO来支援，MW下路肯定也要来支援，BNO一看他们过去就是二打三，又缩回了塔下补兵，一看钟晨鸣打完蓝，他们感到不妙，赶紧后撤。

　　这个时候钟晨鸣已经走到了下路，打野不在，中路被他撑回家了，现在下路不就等着被他们越塔强杀吗？

　　不过BNO的下路已经有所警觉，虽然被打了一套，但撤得飞快，完全没有给MW追上他们的机会，不过跑了也没事，MW选择了推塔。

　　人头跟塔都是钱，既然BNO的人跑了，塔总是跑不了的，推塔也行。

　　慢慢打着，钟晨鸣跟Master节奏也带得飞起，虽然BNO打得小心翼翼，没有送出几个人头，外塔却都被MW拆了，BNO那边也找机会把MW的下路外塔拆了。

　　不过就是这把节奏实在是慢，三个外塔拆完，时间都到了二十几分钟，在这个快节奏的版本，算是打得异常缓慢。

　　"他们不想打架。"空气观察着局势，拆完外塔，他们视野也慢慢入侵BNO野区，压缩着BNO的视野，BNO也在找机会清视野，拿回野区的控制权。

　　"不一定。"Master看着现在的地图，虽然他们有优势，但对野区的控制还是不够，BNO那边的视野控制做得好，他们也不敢轻易去对面做视野。

　　现在不能轻易被抓，有人被抓就意味着给了对面机会。

　　"第一次见小安打得这么尿。"Glock在上路带着兵线，又去做视野，跟他们说着。

　　"下路！"Glock刚做完视野就喊了一声，空气跟孟天成也在带线做视野，他们现在就是兵线争夺战，空气跟孟天成把兵线带出去，BNO立刻就利用这个机会，来下路抓两人！

　　"传送传送传送！"空气在下路喊着。

　　Glock也焦急道："眼眼眼！"

传送是传送到友方物品或者小兵身上，现在下路兵线是往对面推的，而空气跟孟天成都在往后退，传送小兵离他们有点远。

"没有！小兵！"空气的眼都用完了，带线肯定是要做眼位的，其实BNO这个抓人节奏他们也看到了，但就是后撤来不及。

Glock只得传送小兵，钟晨鸣跟Master都赶去支援。

这个时候BNO的抓人就很明显了，五人抓下，就是想要从此打开局面。

BNO的上单也交出了传送，围住了逃跑的空气跟孟天成，MW下路两人殊死反抗，然而并没有什么用，还是被几个人杀了。

Glock也传送落地，想要过去支援，然而下路两人死得太快，他只能边缘OB一下，做下牵扯，BNO并没有跟他们玩，直接开始推塔。

下路两个人死了，MW肯定守不住塔，只能拱手相让。

这一让，直接就让到了高地，MW还活着的三个人勉强守了一下，让下路高地塔就剩了个血皮摇摇欲坠，如果BNO再来一击，他们就完全守不住了。

BNO也没有着急过来推塔，而是选择了去打大龙。

MW这边下路兵线太差，钟晨鸣处理了一下下路兵线才赶去大龙坑，这个时间点BNO打大龙已经很快，他们没有回家直接转道大龙，就算MW知道他们打大龙，赶过去也已经来不及。

"我去抢一下。"Master赶到的时候大龙还有两三千血量，他闪现进龙坑，惩戒！小安的惩戒同时出来！

系统提示弹出来："红色方已经击杀了纳什男爵。"

"我的天！"Glock大喊一声。

Master喊道："打！"

BNO的状态并不满，大龙打人还是有点伤害的，他们人都到了，可以打！

血量不行，BNO肯定不会想打，看到Master进场，他们打完大龙立刻集中攻击Master。

Master立刻留人，MW这次团战很好打，直接让BNO减员两人，其他人见打不过，赶紧溜了。

对面减员，MW就推进，不过BNO有大龙Buff，小兵难清，连一座塔都没推下来，对面的人就复活了。

人都活了，有了大龙，BNO气焰嚣张地推进，破了MW下路高地水晶，然后转道中路，推了中路外塔，用这个大龙Buff做了能做的所有事，这才退回去发育。

BNO想要发育，Master就开始主动找事。

因为大龙 Buff，他们损失惨重，原本的经济差距被拉了回来，如果再不主动找事，那就只有等输了。

大龙还没刷新，但是小龙刷了，这里就是下一次团战的争夺点。

与小龙纠缠了一会儿，Master 主动开团，这一次团战，MW 突然发现，他们打不赢了。

BNO 的经济领先于他们，团战配合领先于他们，所以到了这时候，是真的打不过了。但是打不过 MW 也会继续找机会，团战打不过那就打单带，单带不行就找机会抓单。

即使这样，他们也并没有救回这把比赛，最后比赛结束在第四十七分钟，MW 被 BNO 团灭，BNO 最后剩一个 ADC，孤孤单单推完了高地。

看着屏幕上的"失败"字眼，钟晨鸣还蒙了一会儿，随后 Master 转头看他："你好像没想到会输？"

钟晨鸣点点头，随后想了想又摇摇头："意料之外，情理之中。"

他会蒙，其实是累，这一场比赛，真的太耗费精力了。

收拾完东西回基地，Tristan 给他们开了个会，总结今天比赛，复盘讲转折点。

讲完之后，Tristan 做了个总结，说他们慢慢在开窍了，但还不够，还需要继续加油。

这把比赛之后他们有一个星期的休息时间，下一把比赛是打 DSK，虽然下一次的对手在他们看来还算轻松，但是对 BNO 的失利却让他们放松不起来，继续着之前的训练。

就在紧张的训练之中，可可突然给他们找了个事情做，给赞助商拍广告。这个事情可是推不掉的，毕竟是赞助商，还是要好好应对。

MW 的队服上印了一溜的赞助商名称，像是晋江 TV、车厘子键盘这些图标都印在队服前面，他们用的键盘鼠标也都是车厘子外设赞助的。

这次让他们拍的广告也很简单，就是取几个外景，说几句话，用不了一下午的时间就能完成。

第一个外景地就是在他们基地外面，赞助商那边的设计是让一个队员走几步站到大门口，然后配个旁白，要十分有气场。

鉴于"气场"这两个字，他们一致推荐小凯去，小凯一脸迷茫地被他们推出去，然后一脸迷茫地走完了，还没搞清楚情况，导演就告诉他："很棒，气场很合适，要的就是这样，走，下一个。"

小凯不解。

疯子一拍他的头："好了，你可以回去训练了。"

随后他们又去了黄浦江边，拍了孟天成看江的画面，然后又是西餐厅，空气跟疯子穿着西装碰杯。

由于一个地方只去一个人，他们在外面拍的时候，其他人就继续训练，等到了他们，就会提前通知，空气跟疯子拍完，Master 就接到通知跟钟晨鸣一起出门，有车来接他们。

这次是内景，拍钟晨鸣跟 Master 一个抬头的动作，然后握拳一碰。

导演告诉他们："气场，气场，你要想象对面是你的杀父仇人，你就这样盯着他。"

到拍的时候，钟晨鸣还在想着那个杀父仇人，结果一抬头，就看到 Master 的脸，忍不住笑了，Master 看着他笑，也露出微笑来。

导演："……"

这个打野的职业选手平时不是挺高冷的吗，怎么突然就笑场了？

"杀气，朋友，杀气！"导演觉得自己的要求已经很低了，考虑到大家都是没有什么演技的职业选手，所以就拍一两个画面，要求就只是他们没有表情，这都难做到吗？

钟晨鸣点点头："嗯嗯，杀气杀气。"

又过一次镜，导演在旁边说着："杀气，杀气！憋住不要笑，对就是这样，冷漠一点，对面杀了你全家，不要笑……憋住憋住！"

然后两个人一抬头，看到对面的人，又笑了。

导演脾气还是很好："没事，再来。"

钟晨鸣转头跟导演商量："能不能换个说法……"

导演："行行行，我换换。"

再一次开始，导演看着他们："绷着不要笑，你相信他抢了你的世界冠军。"

钟晨鸣："……"

导演："朋友你眼神不对了，这不是杀气了，这是要……你别笑啊！你怎么又笑了！"

这下是 Master 跟导演商量："你不说话再来一遍？"

导演点点头，比了个"OK"，这次总算没问题，两个人都没笑，不过导演回头看了一眼镜头，总觉得两个人的眼神还是不对。

作为一个拍广告的，还是让职业选手来拍，他也知道要求不能太高，所以这样也可以了,不过他看着看着,总觉得这种眼神可以拍出另外一个样子。

"等等,再拍一条。"导演叫住了准备回去的两个人,"你俩并排站着,然后 Master 转头看 18,两人握拳碰一下。"

钟晨鸣笑笑问导演:"这次还要想象他是我的杀父仇人吗?"

导演:"……不用了,你俩就按照自己的想法来就行。"

这个动作很简单,Master 转头看钟晨鸣,钟晨鸣也转头看 18,两人相视一笑,轻轻碰了一下拳。

"可以了。"导演说了一声,这条倒是十分自然,他很满意。

可可在旁边看着,问了没有其他要拍的,就开车把两人接了回去。

回到基地,其他人都在打排位,钟晨鸣跟 Master 也坐下打两把热手,准备晚上的训练赛。

Master 刚开了游戏,突然转头问钟晨鸣:"我总觉得他们忘记了什么。"

钟晨鸣已经在想游戏了,闻言道:"有吗?"

Master 也没想出来忘记了什么,就道:"打游戏吧。"

基地里,Glock 还在跟可可说话:"他们拍了什么?"

可可简单说了一下,Glock 又道:"就这么简单吗?这是要拍什么啊?这广告一定很难看吧。"

可可笑笑:"等成品吧。"

想了想,Glock 点点头:"也是,估计会剪辑很多。"

过了一会儿,Glock 往训练室门口看了好几眼,可可也走了,他问旁边的陶康:"没人来了?"

陶康在打游戏,根本没注意 Glock 在说什么,就点头:"嗯嗯嗯。"

Glock:"……算了。"

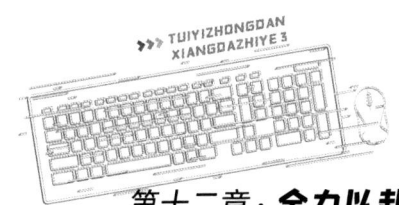

第十二章·全力以赴

这几天,钟晨鸣还上贴吧看了看帖子,自己输了比赛,不知道为何,他总想看看贴吧是怎么点评他的。

Master 也注意到他在刷贴吧,就问了句:"他们说了什么?"

钟晨鸣表情有点奇怪,有点不想说的样子。Master 又问了一遍,钟晨鸣才说了:"让我跟你注意点,别搞人心态影响比赛。就这个最显眼。"

Master 一挑眉:"搞人心态?"

"好像是说我们女粉很多,"钟晨鸣抓抓后脑勺,"不太懂,女粉多影响状态?"

"开玩笑吧。"Master 跟他道,"这些人就只会口不择言,男粉女粉不都是人,有什么区别?"

钟晨鸣想了想,皱着眉说道:"不知道为什么这些人对女粉有偏见,这也太奇怪了。难道是怕女粉多会谈恋爱?你想谈恋爱?"

Master 转头看电脑,说道:"想吧。"

钟晨鸣表情略微有些严肃,Master 又补充了一句:"但是我觉得他们都没我好看,男的女的都是,看不上。"

钟晨鸣:"你也挺自恋的。"

Master 笑了:"要谈恋爱也是偷偷谈,我不想成为别人的谈资。"

钟晨鸣回望着 Master:"我也不希望你受影响。"

"退役之后再考虑。"Master 问他,"还说了其他的没?"

钟晨鸣这次表情就正常多了,甚至还笑了笑:"说你打得菜,乱指挥。"

Master 听了一点影响都没,直接问:"没说你?"

"这点就很奇怪,我都要怀疑这个贴吧名字叫'钟晨鸣'吧了。"钟晨鸣道,"全都在吹我啊,真的很奇怪,我跟你讲,还有人说我是'一神带四坑',这些人怕是有点问题。"

Master:"恭喜恭喜。"

钟晨鸣笑骂:"你还觉得很好听吗?其实还有人说Glock'一神带四腿'的,然后又说小凯将'神经刀'发挥到了极致,让我们把小凯供起来,天天给他烧香祈求他不乱上……"

过了一个星期,MW又一次打DSK,之前就轻松碾压,这次更加轻松,DSK那边没有上原子,豆汁现在倒是稳定首发了,原子却已经很久没上场。

钟晨鸣对他们的首发也没有在意,打完一场之后,还是Master提醒他,他才发现这个事情。

这次比赛小凯也没上,他好像也没什么想法了,之前还在想着自己首发打爆DSK,现在却十分淡定,他的目标已经变成了干翻NGG跟BNO,最近一直研究的也是NGG跟BNO的打法。

不过他们常规赛已经不会再跟NGG与BNO打,后面的比赛安排也紧凑了很多,一周打两场,很快就又跟UNG相遇了。

春季赛常规赛已经接近尾声,他们与UNG的排名不相上下,这次比赛,很有可能是决出最后名次谁高谁低的一场比赛。

再次遇到UR,Glock的心境也不同了,之前他想着要打败UR,一定要用UR的方式在线上压得他喘不过气来,现在他却觉得,只要能为团队考虑,能赢,他什么打法都可以。

这次打UNG,Tristan还是让Glock拿了输出型上单,考虑的只是版本因素,因为这个版本上单强,输出型上单打上野联动也好打。

原本只想让Glock拿着输出型上单发育等Master去抓,没想到Glock一个人就把UR单杀了。

击杀提示跳出来,全队人都在为Glock庆祝,搞得Glock都不好意思了,他笑着道:"都坐下都坐下,正常操作。"

"现在大G哥也开始正常操作了哈哈哈。"这次上的是孟天成,开始跟他们开起了玩笑。

钟晨鸣也笑着:"有前途啊,大G哥,靠你带赢了。"

结果Glock虽然单杀了,但带赢这种事情,还是得钟晨鸣来的。

钟晨鸣用的沙皇,中期局势胶着的时候,一招灵车漂移灵性开团,直接将UNG五个人送回了泉水,UNG血崩,完全没办法打。

到了下一把,钟晨鸣又拿了瑞兹,一手灵性开车绕后,抓得UNG生活不能自理，野区都给抓烂了，让 UNG 从头到尾被压着打，打得反抗都反抗不了。

打 UNG，他们用 2:0 拿下了比赛，赢得十分迅速，甚至让人有种 MW 其实比 UNG 实力高上很大一截的感觉。

赛后分析，Tristan 却道："UNG 这次打得不好，你们还是注意点。"

疯子在一边做了思想总结："不是我方太强，而是敌方太弱？"

Tristan 严肃点头："是这样。"

疯子嘴唇动了动，好像准备再说什么，最后也没说，倒是 Glock 问了问："还要怎么进步啊？"

Tristan 就开始给他们复盘，每个位置都挑出来说了下，怎么做更好，然后又以 UNG 的角度给他们分析了一番。

钟晨鸣就在旁边笑着听，也没怎么说话。

复盘结束，大家又开始了日常的排位训练，钟晨鸣点了排队，等选英雄的时间里有些无聊，他又拿出手机看了看贴吧。

Master 看到他在玩手机，问了句："他们说什么了？"

钟晨鸣笑了笑："没说什么，赢了吹，输了骂，反正就那些。"

Master 也就没有再问了，继而专心打游戏。

最近的赛程十分紧凑，两天后他们打 FUF，这次是没有悬念地碾压获胜，FUF 一个小局都没有拿下，这也是本次春季赛常规赛的倒数第二场比赛，最后一场，是 UNG 打 SYG。

打到现在，名次已经出来了，UNG 这把赢不赢都是第三名，第一是春季赛前期失误中期却突然发力的 BNO，第二是春季赛前期势头猛，春节前后失误，中后期又开始发力的 MW，跟 BNO 有两分之差。

这一把不是决定性的一把，但 MW 的几人还是留下来看了，毕竟季后赛他们的对手很可能就有 UNG，看看自己对手怎么打的还是有必要。

UNG 这一场的表现也还不错，SYG 在最后一场也有所挣扎，但是并不能拯救自己，还是输给了 UNG。

到了这个时候，季后赛的参赛队伍也出来了，东西部排名前四的队伍将获得季后赛参赛资格，西部排名第二的 MW 自然也进了。

季后赛的赛程安排得很紧凑，秉承着休息为零的理念，同一个战队两场比赛的间隔时间最短只有二十一个小时。

不过在常规赛打完后，他们倒是有一个星期的休息时间去准备季后赛。

-261-

MW季后赛第一场的对手还没确定,要等到西部赛区第四跟东部赛区第三决出胜利来,他们的对手就是胜利方。

不过Tristan觉得这都不是事儿,不管是谁他们都能赢,所以现在不如研究NGG。

如果他们的第一场比赛获胜了,下一个对手就是东部赛区排名第一的NGG。

因为排名原因,他们并不是在冠亚军赛上遇到NGG,而是之前一场就遇到。

休息了一个星期,LPL春季赛季后赛开始,第一场是三四名的淘汰赛,这场比赛打完之后过一天才是MW的比赛,Tristan跟他们说,想看直播就来会议室,不想看就算了,也不重要。

比赛下午两点开始,钟晨鸣吃完饭回来打了两把游戏,正好看时间差不多了,想了想,还是去了会议室,过两天就要打淘汰赛中的胜者,去了解了解自己的对手也是好的。

钟晨鸣去了,Master也跟着去了,他们过去看到两个小孩已经在会议室等着了,另外空气、疯子也坐在了Tristan旁边,Glock在低头玩手机。

其实就算他们不看,Tristan肯定也会跟他们做一次复盘,不过是挑重要的部分说,不会用这么多的时间。

等他们刚刚坐好,开场的广告出来,画面一切,就是孟天成站在黄浦江边,他手一伸,黄浦江里面出现钟晨鸣跟Master并排站着的身影,一边是红色的灯光,一边是蓝色的灯光,然后两人相视一笑,抬手击拳。

孟天成不在还好,此时钟晨鸣跟Master在,大家都转头看他们,两人立刻低头看手机,装作没看见。

接着画面一闪,疯子跟空气端着红酒杯轻轻一碰。

大家又看向疯子跟空气。

空气不自在道:"……好傻。"

疯子则是笑着:"我觉得挺帅的啊,导演加鸡腿!"

镜头拉近相碰的红酒杯,红酒杯之间的缝隙无限扩大,里面是小凯的身影,小凯走到MW的大门前,给了队标一个特写,然后画面一转,是Glock在打游戏的画面,用的比赛录像。

Glock很明显吓了一跳。

广告的旁白还在继续,镜头特写先是Glock,然后移到Glock使用的键盘上，随后跳出来广告词。

几个人都看向 Glock，这里就他反应最大。

Glock："……"

他决定装死，天知道他还想了很久为什么不拍他，到他都快忘记了的时候，突然就来了个广告解密了。

广告之后是精彩回放，回放完又播了 BNO 队员参与的广告。

这次他们就十分有默契一句话没说，就当没看见。

他们在这边看得尴尬，却不知道这个广告造福了多少剪辑鬼才，这个广告素材几乎成为每个剪钟晨鸣和 Master 视频鬼才的排面。

广告时间过去，比赛总算是正式开始，这次比赛第三名还没打就先得一分，赢两把就能晋级，结果愣是让 SYG 打了回来，连下三局，赢了第一轮淘汰赛。

看完这次比赛，大家心里也有了点想法，他们下一把的对手就是 SYG。

而现在的 SYG，看起来跟常规赛的时候有点不一样了，强了很多，这一周估计也是经过了魔鬼训练。

Tristan 也研究了一下 SYG 的打法，到了比赛那天，大家十分慎重，然后又把 SYG 碾压了，季后赛是五局三胜，他们直接三比零结束战斗。

打完比赛，Glock 还问 Tristan："不是说很强吗？"

Tristan："这次他们发挥不好。"

Glock："行吧。"

跟 SYG 打完，Tristan 又要准备跟 NGG 的比赛了，这再次让 Tristan 的头发白了几根。

其实跟 SYG 打之前，Tristan 就在想怎么跟 NGG 打了，毕竟打 SYG 还是挺容易的，研究了好多天，又综合了之前跟 NGG 交手打训练赛的经历，Tristan 只能想着狂压 NGG 下路。

NGG 其他几路不差，但下路特别强势，如果不压着下路打，不管是把 Miracle 放出去游走，还是让独孤发育起来，都是一件十分可怕的事情。

到了比赛那天，Tristan 在英雄选择上就开始针对独孤，NGG 那边自然有所准备，独孤在比赛里面的待遇就跟钟晨鸣在比赛中的待遇差不多，反正就是要来抓你，独孤被抓习惯了，Miracle 也对独孤被抓有了些想法，Tristan 发现其实下路也不是那么好针对的。

但是没事，他研究了那么多场 NGG 的比赛，对 NGG 的英雄选择套路已经十分清楚，完全不畏惧。

第一把,孟天成跟空气上场,NGG先拿沙皇,MW这边选择了女警,瑞兹。

一来女警线上压制能力很强,二来孟天成也擅长女警,综合起来,女警是MW的最佳选择。

NGG那边却没有急着拿ADC,现在版本ADC强势的都被MW这边禁了,相对的,NGG那边禁了强势中单,既然最好的选择都没了,他们就先拿了其他几个位置还能拿的强势英雄。

最后两边的阵容都偏中前期,虽然NGG的核心是ADC,但并不是不会打前期,相反他们前期也能打得很强势。

英雄选择结束,钟晨鸣看着加载界面上对面熟悉的名字,突然笑了起来。虽然没有笑出声,Master依旧注意到他在笑,问他:"你在笑什么?"

钟晨鸣:"没事,在想他们会不会继续抓我。"

打了这么多的训练赛,钟晨鸣现在碰到NGG还是有些别样的感觉,就是这种感觉也很淡了。

现在的NGG是一支他陌生又熟悉的队伍,就连Miracle都跟他以前所了解的有些不同,熟悉的队友已经变了很多,他自己也变了很多。

最大的改变恐怕就是从朝夕相伴的队友,变成了赛场上的对手,但无论过去如何,现在的他站在赛场上,便会全力以赴。

短暂的感慨之后,游戏加载结束,比赛正式开始。

这一把钟晨鸣瑞兹打沙皇,前期是捞不着什么便宜的,他也没有主动去找事,就在中路补兵发育,等着去支援或者队友来搞事。

他还没等到自己队友来搞事,或者自己去搞事,NGG先来搞他了。

这次好像就跟之前的比赛一样,NGG主动抓中,来的不止打野一个人,而是野辅都来了。

Miracle用的洛,这次钟晨鸣看着他们过来的行动轨迹,没有丝毫迟疑,直接交了闪现。

这次他靠走位是躲不掉的,不过他也惊奇于Miracle六级不到就要来搞他,下路独孤不难受吗?本来下路就是劣势组合。

然后他往下路看了一眼,发现孟天成拿个女警也没能压住独孤。

钟晨鸣:"……下路你们在干吗?"

孟天成专心对线没有回答,空气说道:"他有点屄,没事,很正常。"

Glock笑着吐槽:"心理阴影,理解一下。"

上次打NGG没上孟天成,Tristan就是考虑到孟天成的心理阴影,结果打了这么多次训练赛了，Tristan 想着孟天成应该适应了才对，没想到心理阴影这种东西，不到关键时候还真的看不出来。

孟天成十分紧张，从开打到现在，咬着牙一句话都没说，此刻想说什么，张张嘴牙齿却抖了抖，感觉自己憋着的这口气一吐出来，状态就绷不住了，又赶紧咬住牙不说话。

这种遇到一个对手就紧张的情况，他们也没办法，只能让孟天成自己慢慢克服了。

这次钟晨鸣躲掉了 GANK，跟 Master 沟通了一下，让 Master 来中路蹲着，对面打野肯定还会来，毕竟他没闪现，瑞兹又是个没有位移技能的英雄。

结果这一蹲，果然就蹲到了对面打野。

估计是想到中路没有闪现，这次打野是一个人来的，皇子长枪一挑，就想挑飞钟晨鸣，结果钟晨鸣灵活地往旁边走了一步，长枪挑空，钟晨鸣回头就打，Master 直接出来接应，皇子看情况不对，立刻后退，沙皇原本过来跟伤害，此刻也往后退。

他们要退，Master 自然要追，逼得皇子交了闪现，这才安然离开，钟晨鸣也就继续在中路刷线，Master 则是去了 NGG 野区。

一轮交手，两边都没死人，不过皇子残了，NGG 野区的野怪自然就是 Master 的了！

Master 研究了小安的打法之后，现在已经做到了无孔不入，只要有机会，他也会去对面野区玩玩，给对面打野找点麻烦。

不过他还是没有小安那么凶，Master 是拿到优势之后十拿九稳才去入侵，而小安是我管你什么优势，我就是要去你野区，你的野区就是我的野区，我的野区——我就不刷你能怎样？

这一场初次交锋之后，解说还吹了一句："不得不说 18 这个选手的个人能力很强，对时机的把握快要做到极致，而 NGG 的团队能力十分不错，这一轮算是强者交锋，互相试探，就是不知道他们试探出了什么来。"

另一个解说笑道："就像是两个武林高手，打架之前先用小招试试对面实力如何，我觉得是 MW 这边略胜一筹，NGG 的野区看起来要出问题了。"

比赛画面中，Master 在野区一个刁钻位置留了个眼，比赛之前他们还特地复习了一遍眼位，还有各种刁钻的眼位该怎么做。

这次他入侵 NGG 是知道的，他们肯定也会在他离开之后，确保安全的情况下进野区排一次眼。

Master 这个刁钻角度的眼不仅没被排掉,还让他们看到了 NGG 打野的走向,于是 MW 这边立刻根据对面打野的动向找事情,Master 去下路搞事,Glock 就开始后退防止接下来被抓。

钟晨鸣也跟着去了下路,现在都过了六级,直接开车绕后抓 NGG 下路。

虽然孟天成十分紧张,但女警基本能做的还是有做到,跟空气一起推线进去,直接塔杀 Miracle 跟独孤,杀完人他们又拿了小龙,今天的召唤师峡谷还是很暴躁,第一条就刷了小龙。

节奏被掌握到了 MW 的手中,下塔他们还没推,下一次就不是四人包下了,而是直接五个人来捶下路。

解说看到这里,笑了:"大家都知道 NGG 的下路强势,就都按着下路打,MW 这也是把如何针对下路做到极致了。"

另一个解说也笑着道:"其他队打 MW 都是针对中路,之前 Miracle 也往中路跑得很勤,可惜没抓到。"

之前的解说又把话头接了过去:"这赛季打到现在,我们发现 18 这个选手表现得越来越好,现在大家都知道,前期去一个人是抓不死他的,都要叫上小伙伴一起。"

解说在旁边狂吹,这一把就看着 MW 把 NGG 碾压了过去,虽然中期 NGG 有打回来一点,但并不能挽回颓势,最强势的下路被抓崩,NGG 也很无奈。

打完第一把,钟晨鸣下场时还往观众席看了几眼,发现台下大多数亮着的是 NGG 的灯牌,但是 MW 的灯牌也占了一些位置,其中他的灯牌也不少。

钟晨鸣笑了起来,这次 Master 知道他在笑什么:"看到自己的灯牌了?"

钟晨鸣点点头,没说话。

"你的灯牌都快超过我了。"Master 说着,却是在笑。

钟晨鸣转头看他:"还是想想下一把怎么打吧,天成太紧张。"

下一把,NGG 直接禁女警,不给 MW 拿到女警的机会,孟天成拿了个 EZ,EZ 是个十分灵活的英雄,按理说孟天成应该没那么紧张了,结果孟天成握到鼠标的时候,发现自己的手有点抖。

空气递给他一个口香糖:"吃点吧,没那么紧张。"

孟天成接过来吃了,比赛的时候想到空气说的吃口香糖就没那么紧张,突然有了点心理安慰,但这点心理安慰并不能起决定性作用——他的下路被打崩了。

不是被压制,也不是简单的劣势,是直接崩了。

独孤这个选手大家也知道，脾气不太好，上一把被抓崩，这一把十分暴躁，Miracle 也没有选择出去游走，直接跟独孤打线上，打得十分强势，直接就把空气跟孟天成的下路打炸，开局五分钟对线拿一血，击杀孟天成。

这样快就送了双杀，是大家都始料未及的，连解说都愣了一下，Master 也皱了下眉："你们下路是怎么回事？"

孟天成手指疯狂按着键盘，在键盘的啪啪声中，他道："没事。"

空气道："没算好。"

到了这个时候，孟天成的心态彻底炸了，虽然咬牙打完了这一把，但全场梦游，根本没做什么事，就等输。

独孤打得强势，NGG 的全体也都围绕着独孤来打，打得强势就意味着会被抓，但 NGG 的全体都有支援准备，愣是没有让 MW 这边在关键点抓到独孤一次。

打着打着，独孤伤害就爆炸了，MW 打团就切独孤，然而在四保一的打法下，根本就没有抓死独孤的机会。

这把钟晨鸣也没有救回来，他们跟 NGG 打了个 1:1，Tristan 让他们好好调整心态，然后下一把，让小凯疯子替换了空气跟孟天成。

第三把，Tristan 依旧往强势下路的方向选，这次 MW 跟 NGG 下路就强行打了个五五开，下路稳住了，MW 的其他路都放开了去打，钟晨鸣的个人实力绝对不输 NGG 中单，而且他也熟悉 NGG 的打法，知道什么时候该做什么。

前期 Master 的节奏也不错，这次他没有针对 NGG 下路，他知道 NGG 肯定继续四保一的打法，他去下路有一万个壮汉在等着他，所以他决定先不去，他先去把壮汉给解决了。

首先解决的壮汉是中单，在钟晨鸣的配合下，解决得十分迅速，接着要解决的上单，不过看对面打野的动向，他觉得上野可以一起解决了。

这次解决上野，是钟晨鸣跟他一起去上路解决的，因为他们上路 2 打 2 不一定打得过，钟晨鸣就去了，直接越塔强杀。

这样来了一圈之后，Master 才选择了去下路。

这次去下，他就是带着自己的兄弟去的，Glock 做好了支援准备，钟晨鸣跟着走，他们还没到位，发现 NGG 换线了。

Miracle 跟独孤去了上路，预言家换线到下。

"再抓一次上单。"Master 看到 NGG 的选择，直接做出决定。

-267-

Glock 笑了一声："可怜的预言家。"

预言家再次被抓死，不过 Glock 也没有好过，他被 NGG 打野配合下路双人组越塔杀了，Glock 看着自己的黑白屏幕，又补了一句："可怜的 Glock。"

MW 的下路已经在推塔拿龙了，疯子闻言笑道："大 G 哥你是想笑死我好继承我的黑粉吗？"

这轮打完，预言家已经处在爆炸的边缘，下塔还被拿了，他只能缩在二塔发育，而且还要看 MW 这边给不给他发育的机会。

Glock 倒是还好，他就被抓死了一次，前面抓预言家的时候他还有人头，发育没被压制。

"换线。"Master 做出选择，上路上一塔没了，双人线过去安全一点。

不过这个安全只是理论上的安全，小凯刚刚在上路冒头，NGG 五人个人都从上路冒了出来，疯子赶紧往回跑，还骂了声脏话："支援！"

钟晨鸣："撑一会儿，马上就到。"

Glock："我传送了传送了！"

Master："我在你们后面。"

疯子观察了一把局势，一咬牙："小凯你先走，我牵制！"

小凯："我……"

疯子："快走快走！"

小凯看了一眼疯子，还是离开了，他其实想说回头可以换，但这个时候他也知道还是要听指挥，以前没好好听指挥可都是血的代价。

疯子孤单战死，Master 在旁边观察了一下，并没有去救，现在去救他就等于去送死，NGG 杀了疯子还想追，此时 Glock 传送落地，钟晨鸣也赶到，Master 冷静道："反打。"

疯子虽然死了，但 NGG 为了留人交了两个大招一个闪现，并不是不能打。

Glock 立刻扑进了人群，Master 在限制前排给小凯输出机会。

而从地图另外一边赶来的钟晨鸣没有立刻参团，他先观察了一下阵型，对面好像没有注意到他，如此一来没有管想要切小凯的前排，而是看向了在后排安全打着输出的独孤。

他这一把拿的辛德拉，这是一个爆发英雄，大招一套伤害爆炸，直接杀脆皮。

钟晨鸣直接绕后，闪现一套，秒杀独孤，然后按下金身。

这一套看起来行云流水，不过在团队语音里，钟晨鸣就不怎么淡定了。

"救我！救我！"

他闪现切后排，虽然杀了独孤，但自己也是个脆皮，他的伤害也不是立刻打出来的，按金身之前就被反应过来、立刻回头的独孤打成了半血，现在技能都用了，按个金身跟等死没什么差别。

不过 NGG 输出最高的被他杀了，这次团战就不难打，小凯疯狂输出打得 NGG 其他人连连后退，钟晨鸣金身出来，Glock 立刻闪现救他，钟晨鸣打出两个技能，虽然还是被拍死，但是在死之前好歹换掉了一个人。

"不要让我失望啊，兄弟们。"钟晨鸣死了之后，还笑着说道。

没有人回应他，大家都在专注地追击敌人，过了片刻，跟他一同躺着的疯子笑了笑："可以啊，舍生取义？"

钟晨鸣也笑道："你不也是？"

疯子想了想，觉得不管是为了保队友卖自己，还是为了团战孤军深入，以命换命，都差不多了。

这次团战剩下的残局让小凯收了，他跟 Master 追着对面打，斩获双杀，MW 这次团战二换四，直接起飞。

Master 看着现在两方的装备情况，说道："打团吧。"

虽然独孤的能力在，但双方装备的差距太大，这样的差距已经让他无法拯救这把比赛，最后在 MW 的强势进攻之下，将比赛的胜利让给了 MW。

拿下比赛，MW 的人还是很兴奋的，现在比赛 2:1，他们得了两分，如果再赢下一把，那就直接晋级决赛。

后台里，Tristan 的笑容都要憋不住了，但还是努力摆出严肃的表情来，认真跟他们说道："认真打认真打，虽然我们拿到赛点，但 NGG 的实力很强，稍微松懈一点就会出事。"

Tristan 跟他们说了半天，就是想让他们不要这么膨胀，结果开打的时候，大家还是有些放松。

而 NGG 这一把调整了状态，战略上也针对 MW 做了很多改变，打得更为小心谨慎，并没有让 Master 前期找到机会，反倒是让独孤发育了起来，还发育良好。

MW 完全没有找到翻盘的机会，大龙团战失利，这一局就这样没了。

2:2，比赛进入决胜局。

Tristan 这一场也根据 NGG 上一场做了一些改变，下路依旧拿强势组合，为了下路的强势，MW 是最后才拿的中单，NGG 对他们的中单也很针对，到了 MW 拿中单的时候，版本强势的中单已经被禁完了，不然就是让 NGG 拿了。

不过 Tristan 相信自己的队员，他能让钟晨鸣最后拿，就是知道钟晨鸣英雄池够深。

"发条？"Tristan 征询着钟晨鸣的意见，他知道钟晨鸣虽然发条玩得少，却很强，而且发条可以补充一下中后期的伤害。

"我能玩劫吗？"钟晨鸣问了一句。

"劫？"Tristan 看着阵容，陷入了沉思，"嗯……好像……"

钟晨鸣抬手就锁下了发条。

Tristan 拿小本本敲了敲他椅背："皮。"

钟晨鸣笑了笑，快速点好符文，最后跟 NGG 的决胜局就此开始。

"我觉得我们可以一级入侵。"看着双方的阵容，疯子说了一句，他拿的布隆，一级团无敌。

"走。"Master 一声令下，直接去了野区。

五个人对面野区转了一圈，终于逮到个人，双方一级就打团战，NGG 出现了失误，直接被 MW 杀了打野跟中单。

一级人头两个都是小凯的，对面打野死了，Master 直接反了 Buff，小凯上线补了一会儿兵回家，直接摸出来一把暴风大剑。

等小凯再次回到线上，独孤还是出门装多兰剑，拿着暴风大剑的小凯直接肆无忌惮地压着独孤打，没办法，装备压制，实力虽然差点，但是有装备啊。

不同于孟天成的稳健，小凯一有优势，打得贼凶，凶得大家不得不围绕着他来打，因为打得凶就意味着容易被抓。

一开始 Master 就往下跑，保护小凯，Glock 的传送也很快交了，也是为了保护小凯，钟晨鸣也往下路去了一次，看到大家都不能及时支援，Master 就提醒小凯："下路稳。"

小凯："没事。"

疯子嘿嘿一笑："来一个能打。"

他话音未落，NGG 打野就从野区冒了出来，小凯面容严肃，集中精力疯狂走位输出，打野直接被打退，如果再往前走两步，人头就会被小凯收下，不过 NGG 的打野还是很有经验，看情况不对立刻就跑了，没有交待在下路。

看到残血逃跑的打野，疯子笑了笑："他们要是一个人来抓下路，就是找死。"

小凯之前是比独孤多了一个小件，经过这几次下路交锋，小凯快比独孤多了一个大件了，装备压制，让 NGG 想要抓下路也有些没办法。

　　NGG 也很快就调整了战略，没有再急着抓下路，将下路放养，开始在上中搞事。

　　不过在 MW 找上中的碴不是那么容易，一不小心就要被反杀，NGG 的中单还想杀钟晨鸣，结果直接被反杀，一个技能没中，钟晨鸣反杀之后血量还十分健康。

　　赛场因为这个反杀沸腾了起来，解说都在惊讶，而 MW 队内十分淡定。

　　"他这是要干吗？"钟晨鸣杀完人，一边清兵线一边问，对面这个中单，在他看来，上得也太莫名其妙了。

　　Glock 道："送人头吧。"

　　倒是 Master 给出了正确答案："应该是打野在旁边，他上早了一点，自信过头。"

　　果不其然，片刻后就看到打野从中路离开，估计是想过来 GANK，结果自己队友先送了，就只能离开。

　　而 NGG 那边，队友也在问："你在干吗？"

　　中单笑了笑："我就想试试能不能杀，差点就杀了。"

　　Miracle 严肃下来："好好打。"

　　中单也认真了起来："好好好。"

　　然后下一轮，等打野来的时候，他没有失误，配合打野把钟晨鸣抓死了。

　　这下换成疯子问："18 你在干吗？"

　　钟晨鸣："……我想多了。"

　　他有些诧异地看了眼对面中单，这个选手，成长很快啊，这么快就不乱上知道怎么打他了？

　　钟晨鸣也稳健了起来。

　　现在比赛也进行到了快第二十分钟，钟晨鸣一死，中塔不保，好在下塔已经被 MW 推了，不是一塔，这点还让 MW 好受了一些。

　　推完中塔，NGG 并没有其他的事情可做，只能继续发育，但 NGG 中单就好受了很多，因为钟晨鸣背后没塔，就不太敢推线到 NGG 中塔下面去。

　　NGG 中路得到了发育机会，上路也还好，很快大龙团战，小凯再次完成了收割。

　　虽然 MW 中上都没有大优势，但小凯这个时候站出来了，用事实证明他要是能发育起来，还是十分有用的，MW 也不只有中路。

现在 MW 大优势,小凯伤害爆炸,钟晨鸣基本都不需要什么伤害,他在后面保护小凯,给小凯盾,必要时施放大招保护小凯就够了。

大龙团赢了,因为状态太差,他们也打不了大龙,只能去拿了中塔,然后等待下一个机会。

虽然是劣势,但下一轮 NGG 主动开团,MW 立刻反打,这次 MW 却没有打赢,独孤装备刚刚成型,伤害虽然比不上小凯的,但依旧能打出伤害来,在团战的时候愣是用个人实力扭转了战局,打了个一换三出来。

"切独孤。"Master 做出了团战部署,虽然独孤并没有被养起来,但个人实力依旧很强,所以他们的首要目标还是杀独孤。

Glock 却有了另外一个想法:"他们只能打团,我去单带。"

Master 只考虑了一秒,就让他去带,Glock 发育还不错,只有一个上单管不住他,NGG 也不敢随便开团,他们可以打牵制。

于是很快局势就变成了四个人在中路牵制,然后 Glock 一个人在上路疯狂清兵推塔。

只要 NGG 敢去管 Glock,他们四个人就开团推进,Glock 跑,或者绕过来支援。

只要他们小心一点,NGG 就不太好开团,就算开到了,稍微拖一下也能拖到 Glock 赶过来。

NGG 肯定不会就此坐以待毙,他们选择了去抓 Glock。

得到消息,Glock 直接传送到了中路,他们要来抓他,他自然是要来推中路了。

Miracle 率先赶到,闪现打断 Glock 传送,疯子看到这里疯狂喊:"坚持一下坚持一下!"

Glock:"你们拆中拆中!"

Master 冷静道:"我们打大龙。"

Glock:"好好好!大龙大龙!"

最后 Glock 以自己的命换了大龙,NGG 杀完 Glock 再转去大龙已经晚了,NGG 打野还尝试着抢了一下,但是没抢下来。

有了大龙 Buff,MW 又继续推进,Glock 死了没吃到大龙 Buff,还没传送,这次他就不去单带了,而是跟团推进,有大龙 Buff,不单带也能推进。

这次 MW 转线推塔,正在牵制的时候,Master 突然说:"球给我。"

钟晨鸣立刻将球给了他,他看到独孤过来,Master 直接闪现越塔开独孤,钟晨鸣大招接上,独孤反应十分迅速,闪现躲掉了钟晨鸣大招,但是钟晨鸣的大招却打到了塔下的其他人，这个时候，钟晨鸣的伤害已经很高，一套技能中野直接半血。

"打！"Glock 大喊一声，直接冲了上去跟 Master 黏着独孤打，限制独孤的输出，小凯在后面接上输出，疯子并没有冲上前，而是选择了限制切过来的前排。

最后 Master 跟 Glock 被击杀，NGG 只剩一个 Miracle 残血逃跑，独孤在团战的时候把自己秀死了，虽然尽力打出了伤害，但是并不能赢得团战，毕竟小凯比他装备好，同是切前排，还是小凯快。

这一次团战也宣告了这把游戏的结束，Miracle 作为一个辅助无力守住基地，在基地的爆炸声中，MW 的人都愣了一秒，随后立刻欢呼起来。

Glock 直接跳了起来，疯子笑着狂摇小凯肩膀，钟晨鸣转头看了眼 Master，Master 也看着他，两人笑了笑，钟晨鸣突然想到什么，握拳抬手，Master 也伸过手来，握拳轻轻一击。

击败 NGG，MW 全体上下都十分高兴，Tristan 还在问最后一局是谁喊的打一级团，打得好打得好。最后一把，真正让他们建立起优势的，就是那一级团，不然独孤的下路也不会被压，NGG 也不会打得如此难受。

虽然赢了 NGG，但是他们还有一战，另外一组的成绩出来，晋级的是 BNO，春季赛季后赛决赛，他们的对手就是 BNO。

在之前的常规赛中，他们输给了 BNO，所以这次准备就更加充分，正好 BNO 之前的比赛也可以用来做研究，Tristan 每天都在研究这个，感觉自己研究得都快秃顶了。

除了研究 BNO，Tristan 还在给 MW 的众人灌输一个思想，那就是我们很弱，赢 NGG 就是运气问题，是疯子的灵光一闪打一级团，反正无敌弱，肯定打不赢 BNO，你们都给我认真训练。

经历了一个星期的苦练之后，终于到了决赛的那天，Tristan 差点彻夜未眠，天快亮了才勉强睡过去，没睡两个小时又被急吼吼地吵醒。

在车上补了会儿觉，Tristan 一到场馆，什么困意都没了，精神抖擞地开始分析 BNO 的战术来。

比赛还没开始，Tristan 在给他们复习 BNO 的特点，拿着小本子跟他们讲："BNO 还是团队型队伍，他们团战美如画，但是线上能力其实不是特别强，争取线上打崩，让他们没有团战期。"

疯子听着在旁边笑："如果打不崩呢？"

Tristan 看他一眼:"那就拿出你们特训的成果来吧。"

他们特训了一个星期的团战,各种阵容,开训练模式,调等级装备,只打团,跟青训打,除了团战特训,他们的训练赛也没有落下,还是跟 NGG 打。

没办法,春季赛尾声,淘汰的队伍都放假了,也只有约还要打三四名比赛的 NGG 了。

等 NGG 也打完了,他们就真的只有队内跟青训训练。

很快就到了比赛的时间,MW 这边第一把算是常规打法,拿前期阵容,争取线上打出压制来。

第一把用这种打法很是成功,完全没有给 BNO 表演美如画的团战机会,连小安都没把节奏带起来,就快速结束了。

看到比赛结束的画面,连解说都愣了一下,才说:"恭喜 MW 拿下第一场的胜利,这个节奏也太快了一点,不得不说 MW 对这次比赛的准备也十分充分啊。"

第一把 MW 上的 ADC 跟辅助是疯子跟小凯,最近小凯的表现越来越稳定,虽然线上依旧激进,但乱七八糟上的情况少了很多,也听得进去话了,所以这次获得了首发。

赢了 BNO,小凯十分高兴,脸上都是笑意,连疯子都在夸他表现,还给他糖吃。

糖还没吃完,Tristan 做了些简单的总结,第二把就开始了。

第二把 MW 依旧表现良好,虽然比赛被 BNO 往后拖延了很长一段时间,但前期建立的优势还是让他们很好打团,选阵容的时候也考虑到了后期问题,没有选中后期完全不能打的阵容,所以他们也算是打得十分顺手,用 MW 的风格结束了这场比赛。

现在的比分就到了 2:0,Tristan 在后面跟他们异想天开:"如果下把赢了,我们就剃了 BNO 光头,小伙子们加加油,让我出去吹个牛啊。"

小伙子之一的疯子:"嗯,加油。"

之二的小凯不解。

之三的钟晨鸣在跟 Master 讨论:"小安现在的习惯是不是……"

Tristan:"……我们还是来说一下下一把怎么打吧。"

下一把,BNO 在英雄选择上针对了钟晨鸣,又拿了强势下路跟打野,小安更是拿到了自己十分拿手的挖掘机。

这次 BNO 的开局跟之前不一样了,Master 去野区蹲小安,都没有蹲到人。

之前 MW 的数据分析师得出了一个分析结果,就是每一把有七次机会,小安都会在特定时间到特定地点做一个眼，上一把 Master 就蹲到了，这次没蹲到，Master 突然有了种不妙的感觉。

果不其然，下一秒，小安就出现在了下路。

下路本来就是弱势组合，在下路发育就好，BNO 有些推线，此刻小安看到情况，想要越塔强杀。

Master："走！"

小凯："打！"

看到小安过来，小凯不退反进，大有要三杀的意思，不过他还是没能打得过，毕竟是弱势下路组合，对面还有个打野，完全没有秀起来就死了。

Master 觉得自己的不祥预感更加强烈了。

果不其然，接下来的小型团战印证了这一点，小凯飘了。

前两把都是强势下路，压着对面打，这一把突然弱势，小凯心态没转换过来，还想强行打，这就跟送没有什么区别了。

小凯去送了两次，钟晨鸣还想拯救一下，但是并没有拯救起来，其实 Glock 的发育都还很好，然而打团的时候 ADC 伤害不足，是致命的。

打到中期，小凯终于认清现实，想要好好发育，但是现在已经晚了，在他发育起来之前，BNO 已经推到了高地。

就这样，BNO 都还没急着结束这一局，他们没有打高地团，力求稳健，拿了大龙小龙再做最后推进，此时的 MW 完全就无力抵抗，只能对这局拱手相让。

下台之后，Tristan 拿小本子敲敲小凯的头："飘了啊，都打膨胀了。"

小凯低着头，也知道这局是他的错，任 Tristan 敲。

等 Tristan 挨个敲打完，小凯张张嘴，想说什么又没说。

疯子斜眼看他："想让崔哥给你一次上场机会？"

小凯转头看疯子，点点头。

"我来教你吧。"疯子看着他，语气依旧不正经，眼里却带着温和的笑意，"机会不是别人给的，是自己争取的，首发是你的，现在为什么会换人？"

小凯看了他一下，没再说什么，在他旁边坐了下来，看向了后台的屏幕。

第四把比赛开始，小凯就眼睁睁看着疯子从座位上站起来，走向了前台。

小凯看着疯子的背影，有点蒙，一向是他跟疯子绑定替换的，空气这把不打了？

疯子走了，空气就在小凯旁边坐了下来，看着屏幕说道："你好像有什么问题想问？"

"你不打？"小凯直接就问了。

"让疯子上，国际赛只有一个替补，我们现在就要适应。"空气道。

小凯："但是……"

空气弯起眉眼笑了笑："我打了这么多年，终于到了说告别的时候了，我要回去继承我家的小饭馆了。"

"啊？"小凯呆呆地看着他，又转头看可可，气氛突然就伤感起来。

可可在旁边捶了空气一下："瞎吹，夏季赛的教练名单给他定了一个。"

空气脸上温柔的表情立刻变了："可可姐你别拆我台啊，你看他们正伤心呢，就不能让他们多伤心一会儿嘛！"

可可又捶了他一下："我比你小！"

后台嬉笑了一会儿，等比赛开始，又都安静了下来，全都看向了屏幕。

这次 Tristan 选择英雄依旧认真，他研究了这么久的 BNO 可不是研究着玩的，不过他也知道，对面的 BNO 也研究了很久他们，这是一场博弈。

开局，BNO 直接禁了发条，这倒是让钟晨鸣始料未及。

"这……"

"估计他们也研究出来了。"Glock 笑道，"我们决胜局就喜欢用发条，还能打出出其不意的效果。"

这句话倒是事实，钟晨鸣看到发条暗下去的图标，笑了笑："也算是强行占一个禁英雄位。"

发条被禁了，钟晨鸣就拿了沙皇出来，其实对面不禁发条，他也要拿沙皇，毕竟沙皇版本强势，所以说发条是强行占了一个禁英雄位。

最后英雄选完，MW 这边拿了个四保一的阵容，上单杰斯，打野豹女，中单沙皇，ADC 维鲁斯，辅助宝石，全是脆皮。

连解说看到 MW 这个阵容，都震惊了一下，说道："他们这是要打全 poke 吗？维鲁斯出消耗装？"

而 BNO 那边就稳健多了，拿了个有肉有输出的常规阵容，上单纳尔，打野武器，中单瑞兹，ADC 霞，辅助塔姆。

解说看着双方的阵容，想说又怕被打脸，犹犹豫豫道："BNO 只要开团，MW 就完了啊，我是说正常情况下的话，当然不正常的情况也是有的，比如什么线上就崩了。"

另外的解说笑他："谨慎，谨慎。"

开始的解说点点头："确实要谨慎，还是看 MW 怎么打吧，我还是觉得打团要完。"

就在解说的"祝福"声中,比赛开始了。

中路算是和平刷线,上路也算是打得有来有回,而野区……Master直接去了对面野区。

武器打野,前期被他标到一下,那就直接没了。

但是用武器的是小安,Master去对面蹲小安,小安却跑来MW野区蹲Master,结果对刷野区,都没有看到对面人。

等Master看到小安从自己野区走出来,纳闷道:"武器前期也敢反野?"

武器可是一个真正的后期英雄。

孟天成道:"毕竟小安。"

这次对面的ADC跟辅助不是独孤跟Miracle,他一点都不紧张,甚至还有闲心跟Master开玩笑。

Master想了想平时小安刷野的线路,又回到了自家野区去蹲他,还安排了一下围追堵截小安的路线,这一蹲,就把小安给蹲到了。

小安作为一个入侵经验丰富的打野,进入别人野区之前就把逃跑路线想好了,当然,也想好了如何反野杀人,一见情况不对,他溜得飞快,完全没有给MW抓到他的机会。

"真滑。"疯子堵人没堵到,往回走刚说了一句,突然小安就回头对着他当头一棒。

疯子:"……"

小安回头,是因为他们下路的支援也来了,不过这一轮打得友好和平,互换召唤师技能,但是谁都没死。

疯子记录了每个人的召唤师技能的时间,嘿嘿一笑:"继续来下路。"

Master跟钟晨鸣接下来就去了下路,因为对面没有召唤师技能了,肯定要去抓一批。

然后又是和平友好的技能交换,依然谁都没死残血撤退。

解说:"这就是高手过招,兵不血刃。"

而在MW的语音里,钟晨鸣说道:"这个打得有问题啊。"

孟天成:"很迷惑,我是说BNO。"

"他们有点尿,不过很正常。"疯子道。

这把输了就结束了,肯定是要小心谨慎的。

这样看来,他们前期打崩是不可能了,打了快二十分钟,拢共就打出了一个人头,还是在小龙争夺战时小安太过激进走不了了,所以被MW杀了。

"他们应该是想拖后期。"疯子分析道。

Master："嗯。"

对面的阵容就是偏中后期的，肯定是想拖后期。

"我们也不怕打后期啊。"Glock 道，他们可是有大后期英雄沙皇，维鲁斯后期伤害也不低，杰斯更是一炮一个人头，而且大后期装备起来，肉也很快被秒杀，他们的阵容还是有得打。

拖到了二十几分钟，BNO 好像是终于觉得时机成熟了，主动开团，他们也是不得不开团了，MW 在大龙看了很久，要是找到机会，肯定大龙。

BNO 想开孟天成，纳尔绕后主动开，钟晨鸣直接施放大招把纳尔推了出去，然后 Glock 一炮，Master 一标，BNO 后面跟上来的人直接就残了。

而孟天成反身就是一个大招，宝石大招也开了起来，在宝石大招生效的时间里，他们是无敌的！

虽然是脆皮，但是有无敌，完全不尿，立刻就倒回去追着对面打，先打纳尔，Master 在旁边 poke 对面 C 位，找机会扑上去秒杀，小安的武器也看准机会跳了进来，一个 E 技能晕了三个。

但是并没有输出接上，他们的输出都被打残血了，没法上，MW 的人还顶着无敌呢！

不过小安晕完就跑，绝不纠缠，他就是为了掩护队友撤退才去晕一下。

纳尔交待在了大龙处，其他人倒是撤退了，但状态不好，MW 立刻就开了大龙。

大龙打下来，又加上 MW 这个消耗型阵容，没消耗几下 BNO 就残血了，不得不回家，要是不回家一不小心吃个技能就得交待，完全没有办法守塔，直接就被推到了高地。

推完高地又拿小龙，MW 节奏控制得十分好，丝毫没有给 BNO 机会，BNO 节节败退，最后退到了门牙塔，也没有找机会打回来。

这一把 MW 赢得几乎没什么悬念，每个人的表现都很好，节奏也没断，压得 BNO 根本没有喘息机会，慢慢推进就赢了。

打完之后 MW 这边还有点没搞清楚状况，就这样赢了？BNO 完全没有反击啊！

指挥的时候 Master 还紧绷着神经，就怕被反打，让 BNO 拿到优势，结果没想到 BNO 完全没有反打回来。

"赢了，乐啊！"Glock 喊了一声，还在发蒙的几个人这才笑了出来。

3:1，他们赢了！他们是冠军！

跟 BNO 握了手，他们站到了舞台中间，Tristan 冲上台来跟他们拥抱，等乐完了，Glock 突然问了问 Tristan："我们真的很弱吗？"

Tristan 看看他，笑了："弱不弱你心里没点数吗？"

Glock 似懂非懂，想了想突然就笑了起来。

舞台前面放着 LPL 春季赛的奖杯，他们向观众鞠了个躬，将手放在了奖杯上，脸上皆是笑意。

女主持的声音还在继续，天上飘下彩带，钟晨鸣在舞台的灯光中看向台下，粉丝的欢呼响在耳畔。

冠军，是比赛的结束，也是另一场比赛的开始。

新的比赛，他也会全力以赴！

番外·加冕

"上海怎么一年比一年热。"

打完春季赛，气温一天天升高，MW 的训练室里开着空调，倒是很凉爽，钟晨鸣出去拿了个快递，热得满头是汗，感叹了一句。

"你以前来过上海？"Master 听他感叹随口问了问。

"来过，"钟晨鸣笑得十分淡定，随手放好快递，"几年前来玩过，那时候感觉没这么热，至少不用五月份就开空调吧。"

"确实越来越热了。"空气在旁边附和，"所以要保护环境，减少温室气体的排放，低碳环保人人有责。"

Glock 招呼他们："比赛开始了，你们看不看？"

所有人："看看看！"

LPL 的春季赛已经打完了，但是其他赛区的春季赛还没打完，他们要看的就是 LCK 的春季赛决赛，LA 打 UKW。

这两支队伍都是 LCK 的强队，UKW 更是有三个冠军在手，统治了整个世界赛三年时间，在 LOL 世界赛的宣传片里，他们就是那个坐在王座上等着被勇者战胜的恶龙。

而越过千山、跨过荆棘险阻去挑战恶龙的勇者，则是每年去参加世界赛的队伍，每一支队伍都被拳头刻画得勇猛无畏，每一年却都以 UKW 捍卫冠军，继续坐稳王位而结束。

这次 LCK 春季赛决赛的另外一支队伍 LA，是 UKW 之后的新兴队伍，集合了 LCK 每个位置评价特别高的几位选手，被称为 LCK 的银河战舰。

LA 的中单选手 Kiel 是一个特别的存在，是无数中单玩家心中神一般的存在，也是所有玩中单的选手想要击败的对手。在比赛上被 Kiel 单杀，那大家会觉得很正常，如果能单杀 Kiel，那就可以吹三年！

Glock 喊他们的时候 LCK 春季赛季后赛决赛第一场刚好开始，他们陆续走进训练室旁边的小会议室，可可已经打开了里面的大屏幕，正好是 UKW 与 LA 的禁选英雄画面。

空气一进来就先左右看了看，找了个距离零食最近的位置坐下，还招呼疯子过来坐他旁边，疯子又招呼小凯还有俩新人小孩过来坐旁边，直接霸占最佳位置。

看 LCK 的比赛，一边学习一边吃瓜，领队小于就给他们准备了些小零食跟水果，他们也都自己带着自己的水杯饮料进来，做好了在小会议室待几个小时的准备。

——LCK 的比赛，就没有速战速决的说法。

队员们差不多都来了，Master 从空气那儿顺了几颗荔枝递给钟晨鸣，坐他旁边一起看比赛。

钟晨鸣毫不见外地接过荔枝剥起来，说道："这个禁选英雄有点东西的。"

空气坐他们前面一点，此刻侧头说道："LCK 嘛，只会运营。"

这次 UKW 跟 LA 都选了一个"很 LCK"的阵容，双方的阵容都很全面而传统，有开团有保人，能进攻能防守，全都是中后期阵容。

"以前我觉得他们就是版本。"空气说道，"毕竟 LCK 嘛，这赛季我总是在怀疑，他们是不是完全没注意到这赛季节奏变了。"

上赛季因为 ADC 的强势，所以比赛节奏都偏中后期，先运营养 C 位，然后打团定胜负。

这样的比赛或许每个战队都有自己的想法，而且打运营的时候也会很紧张，但是对于观众来说，实在是太不友好，更多的观众喜欢看的是不停打架的比赛，而不是盯着屏幕上方的数字去看哪边经济好哪边运营出了优势。

所以在新赛季更新的时候，拳头就调整天赋符文，让这个游戏可玩性更高，降低了 ADC 的强度，让其他位置可以更多的表现。

这样的调整之后，比赛节奏确实快了很多，不过是除了 LCK 赛区之外的赛区节奏快了许多。

LCK 的每一把比赛，还是在四十分钟往上。

"拳头要被他们气死。"疯子说道，"我先点杯咖啡。"

其他人纷纷举手："给我也来一杯。"

可可在前排打着哈欠："我请你们，我也要一杯，不知道为什么，比赛还没开始我就先困了，洗把脸去。"

"我也觉得他们游戏理解有问题，"钟晨鸣一边吃着荔枝一边说，"这种打后期的方式，像是在上赛季，但是就这种理解，我觉得也很难打。"

Master 又从疯子那儿顺了一盒酸奶，问他："怎么说？"

钟晨鸣言简意赅："龙。"

这赛季的小龙 Buff 变得十分重要，如果运营得好，小龙 Buff 叠起来，到了后期也挺无敌。

Master 撕开酸奶盒子说道："先看看他们怎么打。"

屏幕里，解说正在对双方阵容进行评价，他们还是把 LCK 捧得很高，话里话外都在吹双方的英雄选择，毕竟是公认的最强赛区，就算跟 LPL 的打法不同，那也是 LPL 有问题，肯定不是 LCK 的问题。

比赛很快开始，大家终于精神了起来，开始就双方的打法进行讨论。

开局五分钟，大家依旧很有热情，小会议室里吵吵闹闹；开局十分钟，小会议室里声音已经少了很多；开局二十分钟，已经变得十分安静，这个时候空气发出了灵魂疑问："什么时候能爆发一血？"

疯子慢吞吞地动手给樱桃去核，又把去核樱桃扔酸奶里，说道："快了快了，下一次龙团吧。"

而 Master 跟钟晨鸣这边，则是在讨论另外一个问题，钟晨鸣说道："UKW 这把没了。"

Master 靠在椅背上，手里拿着咖啡，看得很认真，这种运营局对他的打野来说，是真的有很多值得学习的地方，闻言他说道："确实，LA 两条龙了，还有一条是火龙。"

钟晨鸣："小龙团的处理有问题。"

Master："我倒是觉得是前期视野的问题，Gin 被压了，丢了主动权。"

钟晨鸣想了想："确实。"

Gin 是 UKW 的中单选手，也很强，不过这把明显没有 Kiel 敢打，所以线上被压了，丢失前期野区视野。

他们聊着局势，疯子已经去找 Glock 打赌了："说吧，几分钟结束，卡密尔皮肤。"

Glock："卡密尔皮肤全了，小龙虾，四十五分钟。"

疯子："行，小龙虾，那我就赌五十分钟。"

坐在最前面一边看比赛一边处理工作的可可："……"

大家说归说，看得还是很认真的，第一把打完就开始分析问题跟两边的打法，由于 LCK 比赛服使用的版本落后现在使用的版本，所以他们讨论更多的是双方的思路跟习惯。

LCK 还是很强。

这是大家讨论的结果，虽然打得慢，前期很少打架，但以 LCK 的打法，就算是进攻型阵容也很难打开局面，如果被他们拖下去，那肯定会输。

到了第二场，这种情况就更加明显。拖节奏，抢资源，控龙，之前 LCK 的运营是拉开双方经济来建立优势，这个赛季，LCK 的运营更多的是围绕小龙来进行，谁前中期能拿到更多小龙谁就占优势，在后期不犯大失误的情况下，基本就赢了。

"这也太稳健了。"第三场一开始，疯子就吐槽了一句。

小凯在旁边补充："拿卡莎也能打成这样，建议玩 VN。"

虽然大家已经习惯了小凯的态度，空气还是忍不住说道："人家有两个世界冠军。"

这一把 UKW 拿到了卡莎，而 UKW 的 ADC 跟随 UKW 征战了两年世界赛，拿了两个世界冠军。

小凯："这个版本的卡莎就是乱杀，他根本不行。"

像是为了让小凯舒服一点，后期卡莎确实乱杀，直接打崩 LA，UKW 乘机拿大龙推平 LA 高地。

小凯："早就可以这样打了。"

疯子在旁边附和："是的是的。"

空气只能无奈道："好好好。"

现在比分是 2:1，UKW 拿了两分，LA 拿了一分。

"调整过来了。"这时候钟晨鸣说了一句。

果不其然，第四场，UKW 打得更加稳健，运营得也更加漂亮，让 LA 毫无还手之力，直接输了这次决赛。

打完之后钟晨鸣看了一眼时间，四场比赛，算上中场还有休息时间，五个小时过去了，他又看了眼小会议室里，大家打哈欠的打哈欠，伸懒腰的伸懒腰，看起来很累的样子。

可可转头一看大家这个样子，问他们："咋回事，不够好看？"

"东西挺多。"疯子评价，"但是看看真累，我去睡觉了。"

"我也去睡了。"空气也说了声。

随后大家都打了声招呼，一大半的人都要去睡觉，这群少年从来没有这么早睡过。

Tristan 刚走进小会议室就看到大家这副样子，蒙了一下，试探性问道："我们 MSI 对手是 UKW，你们都不兴奋一下？"

Glock 擦了下打哈欠流出来的眼泪："我好兴奋，兴奋得快要睡着了。"

Tristan："……"

疯子也说道："今天放假！"

可可："对，给你们放假看 LCK。"

Tristan："行吧，明天训练赛都打起精神来，MSI 打 UKW 了！"

队员们："好，睡了。"

MSI——英雄联盟季中冠军赛，是连接春夏两个赛季重要的国际性赛事，邀请世界各大赛区的春季赛冠军队伍参加，角逐冠军，算是世界赛之前的一次试刀，也算是在春夏之交比赛贫乏时，燃起了一把火。

这次 LCK 的春季季后赛决赛，不仅是 LCK 决出冠军的比赛，还是决定哪一个队伍会去征战 MSI。

LCK 春季赛是结束得最晚的赛区，而其他赛区，NA（北美赛区）的出战队伍是前两年崛起的战队 GOE，EU（欧洲赛区）为拿过世界冠军的老牌强队 RE3。

除了这四支队伍，MSI 小组赛还有两个名额是给外卡赛区机会，外卡的几个赛区打完入围赛之后，再和 LMS（港澳台赛区）、VCS（越南赛区）打，最后获胜的两支队伍进入小组赛。

MW 最为关心的肯定就是 LCK 的队伍，毕竟是统治了 LPL 好几年时间的赛区，肯定是他们夺冠路上最大的阻碍。

有一半人都选择了去休息，也不是他们不看重即将到来的 MSI，而是明天就要开始准备 MSI，在那之前，肯定是要先休息好，才有更加充沛的精力去面对即将到来的特训还有比赛。

钟晨鸣并没有去睡觉，他看到是 UKW 赢了的时候又有点想抽烟，不过也就一想，随后就吃了颗糖，然后去训练室打排位。

Master 也跟着他去了训练室，拉他排位前还问了句："期待吗？"

钟晨鸣："我要报仇。"

Master 不解。

钟晨鸣："报钟晨鸣的仇。"

Master 听在耳里，只觉得他是要为晨光报仇，跟着说道："我也要给钟晨鸣报仇。"

钟晨鸣笑了笑，没继续说下去，而是道："中单刀妹？"

Master："你开心就好。"

钟晨鸣："好。"

打了一会儿排位，到了钟晨鸣通常睡觉的时间，Master 也没打算继续了，跟他打了声招呼，为了不抢浴室，先回去洗澡。

等 Master 走了，钟晨鸣又坐了一会儿，他好像想了很多，又好像什么都没想。以前，他会再开一把排位，然后回去洗澡，今天他看了看韩服界面，将游戏关了，转而打开了网页，点进了三年前的世界赛页面。

那一年，是晨光离世界赛冠军最近的一年，也是他最为痛苦的一年。

世界赛决赛最后一场，NGG 对战 UKW，一个失误的闪现，一个按错的技能，葬送了他的冠军梦，也让他从此一蹶不振。

现在，MSI 又将面对 UKW。

钟晨鸣关掉了比赛页面，轻松地笑了起来，今时不同往日，他曾经失去的，会在这次的 MSI 上拿回来！

看完 LCK 比赛的第二天，Tristan 就安排了训练赛，春季赛打完各大战队也没急着放假，虽然其他战队没有 MSI 要打，但还有德玛西亚杯要准备，而且还有各种商业活动跟直播时间要补，MW 约训练赛还是能约到。

何况 MW 要参加的是 MSI，这不只是 MW 的战斗，也是在各个赛区面前展现 LPL 实力的机会，很多战队自告奋勇来跟 MW 陪练，也是为了 MW 能在 MSI 为 LPL 赛区争光。

MW 的训练赛时间直接拉满，从 NGG 打到 BNO，又从 BNO 打到 NGG。

最为离谱的是，他们甚至还打过现在 LPL 最为梦幻的配置：UNG 的上单、BNO 的中野、NGG 的下路。

疯子评价："我们这比季后赛累多了。"

空气则是笑道："天天打季后赛，猛啊。"

Tristan 则是每天都在思考：LA 更靠近 LPL 的风格，但是他们输了，到底谁才是版本答案？

不管大家怎么想，做了多少准备，MSI 总是会来的。

最后一天的训练赛，NGG 的打野选手"逸"突然在房间里打字：【感觉 UKW 还活在上个版本。】

打了这么些天训练赛，大家也算是挺熟了，Glock 当即就敲下一个"？"。

Glock 曾经是 NGG 的队员，还和逸做过队友，所以和 NGG 的人聊起天来，他丝毫不会见外。

　　钟晨鸣看着这行字说道：【我也有这种感觉，他们节奏太慢了，LA 也有点不敢开团，是被拖死的。】

　　疯子也道：【感觉他们和 LPL 玩的是两个版本。】

　　一直没怎么说话的 NGG 的 ADC 独孤也打过来一行字：【是他们版本理解有问题，不是我们有问题。】

　　看到这句话，钟晨鸣突然就笑了起来。

　　他其实不太知道独孤是一个什么样的性格，虽然一起出去吃过烧烤，但两人几乎没有交流，现在来看，这也是一个敢说的孩子。

　　NGG 的上单预言家也打字说道：【我还是觉得这个版本要打架，打前期，不过还是不能缺了运营。】

　　人齐了，训练赛即将开始，对话框里又跳出来了预言家一句话：【但我还是相信你们。】

　　如果不是希望 MW 能夺冠，他们这些人也不会聚集在这里，做 MW 的磨刀石。

　　孟天成看着这些话，突然动容，他快速打字道：【谢谢兄弟们！】

　　训练室里安静了一会儿，孟天成突然觉得有点尴尬，转头看了看他们："我不应该说这个吗？"

　　钟晨鸣笑了一下："没有，说得很好。"

　　他也快速打字说道：【谢谢兄弟们！】

　　不一会儿，整个公屏上都是 MW 的队员打的字：【谢谢兄弟们！】

　　Tristan 和可可在旁边看着，一开始也笑了起来，不过很快 Tristan 就进入了状态，提醒他们："一级团！还搁这儿打字呢？之前练的都是什么？"

　　大家纷纷回神，赶紧去接一级团。

　　今年的 MSI 在欧洲举办，临上飞机的前一天，可可给大家都放了一天假，说训练辛苦了，让大家放松一下。

　　Master 回家去了，钟晨鸣选择了在基地打排位保持手感。

　　令人意外的是疯子也没有走，他也留在了基地。

　　钟晨鸣问他："你不陪你女朋友？"

　　疯子摇了摇头："平时时间很多，现在还是要保持状态。"

　　钟晨鸣点了点头，表示理解："那来双排吧，我上小号。"

-286-

疯子也上了小号，说道："我还是觉得要玩强开辅助，这赛季软辅改成这样，不太行。"

钟晨鸣："试试。"

……

Master 回了家，正在家里和父母吃饭。

他的父母其实并不太懂春季赛冠军意味着什么，在他们看来，Master 依旧是在不务正业地打游戏，但孩子喜欢，并且能赚的钱比他们多很多，他们也就不说什么了。

这次 Master 回家看起来很开心，他们也就明白，这次的比赛很重要，妈妈准备了许多吃的，还有一些 Master 的同学来串门，都在说着他们儿子有多厉害，爸妈也就跟着开心了起来。

做饭的时候，妈妈突然想到什么，转头问在为了躲避社交在厨房帮忙的 Master："你的那个队友怎么没跟着过来？他放假去哪儿啦？人家没有地方回，你要照顾着的呀，把人带来我们家，热闹一些的呀。"

Master 倒是没想到他妈还记挂着钟晨鸣，他愣了一下才解释道："他留在战队训练，要比赛了。"

"那你就一个人回来了？"妈妈数落他，"人家都知道努力训练，你不知道的？你休息都不拉着人家休息？队友间要相互照顾的呀，你怎么知道人家是想训练，还是没地方去？你问了他没有呀？"

Master："……"

妈妈："你也给我早点回去训练，你们不是还要打那个什么冠军赛，要为国争光懂不懂！"

Master："季中冠军赛。"

妈妈："对对，打完你记得把队友带来我们家，别让人家没地方去。"

Master 无奈："下次放假我把他带回来。"

MW 虽然不用打入围赛，但为了调时差，可可大手一挥，直接让他们早几天去了巴黎。

长途飞行十分累人，钟晨鸣在飞机上睡了几个小时，等他醒过来，一转头发现大家都没睡，看起来都很兴奋，只有 Master 一脸冷漠。

他理解，在外面嘛，Master 得维持一下高冷人设。

下了飞机，踏上异国土地，队友们都开始说笑起来，他们没有讨论比赛的事情，都在说着一些好玩的事情，比如之前的国外比赛经历，法国有什么好吃的之类的。

在队友玩闹的声音中，钟晨鸣也在笑着。

国际赛的舞台，他来了！

等他们在主办方安排的酒店安顿好，MSI 入围赛的结果也出来了，外卡赛区遗憾地全都落败，最后两支参加 MSI 的队伍是 LMS 的 TTS 战队与 VCS 的 QDD 战队。

"又是 TTS。"钟晨鸣都已经见怪不怪了，TTS 是 LMS 赛区的老牌强队，其实 LMS 赛区曾经也很强，甚至拿过 S 赛的世界冠军，后来其他赛区发展起来他们就没落了，最后赛区里最强的几个人组成了 TTS 战队，算是 LMS 赛区的最强战力。

"这个 QDD 去年表现也很好。"Master 评价说道。

QDD 也是越南赛区的强队，越南赛区作为一个新加入的赛区，能获得资格就是因为 QDD 去年在世界赛表现十分亮眼，敢打敢上，和其他赛区磨磨叽叽的比赛节奏形成了鲜明的对比，被网友们称为最有血性的队伍，作为第一次打 S 赛的队伍，他们还打进了十六强，所以有了与 LMS 同等的待遇。

"都不弱。"Tristan 听着他们讨论，说道，"加油吧兄弟们。"

钟晨鸣笑道："加油。"

可可倒是问他们："去哪儿玩？"

Glock 说道："这么真实的吗，这就开始去哪儿玩了？"

小凯念叨了一句："赛前旅游，算是传统。"

Glock 也是有世界赛经验的人，他想了一想，还真是，转而说道："巴黎铁塔？"

空气也道："输了就没心情玩了，所以要先玩了再打比赛，走吧，巴黎铁塔。"

说着要旅游，大家也很清楚，就是地标拍照留念，连东西都不能乱吃，万一吃坏了，后面的比赛可就糟了。

大家进行了巴黎半日游，钟晨鸣还是比较悠闲的，像疯子，就拍了很多照片发给女朋友看，其他人也拍了些照片。

看钟晨鸣悠闲的样子，可可问他："不拍点纪念照？"

钟晨鸣跟他们拍了战队合照，说道："有合照就够了，我想发照片的人也在，没什么好拍的。"

可可则是说道："不要太紧张了。"

钟晨鸣点头："放心。"

可可对第一次出国比赛的人，比如疯子小凯都很照顾，到了钟晨鸣这儿，她就莫名其妙地觉得放心，不过作为经理，她还是会说两句。

回酒店的车上，大家正在分享今天拍的照片，突然就听到Tristan咳了一声，说道："训练赛队伍我约好了。"

大家照片也不选了，全都看了过去："谁？哪支队伍？"

现在能约到训练赛的，就是这次MSI比赛的队伍了，Glock有些兴奋地说："UKW吗？"

Tristan望了望车顶："啊……那还是没约到，约的LMS。"

钟晨鸣想了想，其实MSI一共就没有几个队伍，看Tristan的样子，应该试图约过UKW。

钟晨鸣试探着问了一句："UKW拒绝了？"

Tristan有些遗憾地说着："他们说被越南队约走了。"

钟晨鸣点点头，表示理解，毕竟UKW可是这次比赛的夺冠热门，全都想约他们训练赛也正常。

可可倒是在旁边想了一下说道："他们好像不太想和我们打训练赛。"

空气说道："为什么？"

可可摇了摇头："不知道。"

他们打训练赛的时间并不多，说是调时差，其实也就早了三天到巴黎，除了第一天的休息，也就只有两天时间。

Tristan第一天安排了和LMS赛区的TTS打，第二天约的欧洲赛区的RE3战队。

不过训练强度都不高，与其说是训练赛，更不如说是为了保持手感所以练一下，打完之后，他们发现，这两个战队的打法都偏稳健，虽然RE3冲劲看起来很足，但还是在框架之中运营。

这到底是谁的版本？

每个人心里都有了一个疑问。

"还是先稳着来吧，"Tristan最后做出决断，"我们有一个小组赛的时间来试错。"

短暂的熟悉时间结束，MSI开始了。

小组赛采取双循环赛制，一共六支战队，每个战队打两场，最后积分最高的四支战队出线进入淘汰赛，积分最低的两支战队淘汰。

MW的比赛是在下午进行，他们早早就去了赛场准备，第一场比赛，就是 MW 对战来自越南赛区的 QDD。

由于是第一把比赛，他们进行了一次尝试，用偏防守的阵容来打，而且 QDD 的实力总的来说并不是很强，但这第一场，他们就被 QDD 用强开团阵容冲烂了。

【膨胀了。】

【输越南队，真丢人，赶快滚回国吧，直接走回来！】

比赛的直播间，弹幕评论十分难听，解说也在不理解地说着："MW 这个阵容是不是前期太弱了，他们看起来想打后期团战，但是 QDD 让他们直接没有了后期。"

后场的气氛也有些严肃，Tristan 在后台说着："这把我的问题，没选对英雄，不想了，打起精神来准备下一把！"

距离下一场比赛，只有两个小时的时间，他们要面对的是欧洲的传统强队 RE3。对于欧美战队，Tristan 很有研究，不止 Tristan，参加过世界赛的队员们，对他们都很有研究。

RE3 每个位置擅长的英雄，他们的打法，会拿出的阵容，他们都烂熟于心。倒不是因为他们到底有多强，而是因为 RE3 太出名了，所以梗也多，RE3 的中单被称为欧洲法王，ADC 被称为欧洲第一 ADC，上单被称为欧洲最强上单，辅助是欧洲神级辅助，每个人都不是第一次来世界赛，MW 的老队员们看着也没有什么惊喜。

Tristan 要做的调整，也不是告诉他们 RE3 怎么打，这种事情在来巴黎之前就做好了准备，他要做的，是让队员们不要把上一场的失败情绪带到这一场来。两场比赛的间隔时间太短了，根本不给他们调整情绪的机会。

"我们就常规打法，之前训练赛那样打。"Tristan 尽量放缓了语气，用在国内打比赛时的语气说道，"之前针对 RE3 的训练赛怎么打的，你们还记得吗？"

"针对下路。"钟晨鸣第一个回答了 Tristan 的话，这也是让大家尽快进入状态。

Master 也道："中野联动，推下。"

大家说了一下看法，之前 RE3 打过一场比赛，Tristan 又说了一些针对性调整，最后又单独问钟晨鸣跟小凯："有没有什么想法？"

钟晨鸣和小凯都是第一次来世界赛，Tristan 关心得最多的，还是这两人。

闻言，钟晨鸣笑了："法王老了。"

小凯也道："他操作不如以前。"

Tristan 听着他们的回答,跟着笑了:"那现在就是你们证明自己的时候了,从 RE3 开始!"

跟 RE3 的比赛开始,钟晨鸣看着对面熟悉的账号,笑了起来,都是老朋友,他们还在赛场上,老朋友见面,当然要问候一下。

"崔哥,我想玩发条。"

Tristan 本意是想钟晨鸣抢佐伊,他还思考了一下,犹豫说:"发条你支援可以吗?"

钟晨鸣亮了一下发条,没点锁定,他道:"还是佐伊吧。"

对面都把版本强势的佐伊放出来了,这么看不起他们,他不得让对面看看什么叫作你敢放版本英雄?

Tristan 立刻敲定:"拿!"

在钟晨鸣亮出发条的时候,全场掌声,连直播的弹幕都炸了,解说也在开玩笑:"这一手发条的意思就是,我在告诉你们,晨光回来了!我会跟晨光一样,接管比赛!"

英雄选择结束,游戏加载的时候 Glock 说道:"18,像晨光一样打爆他们!"

钟晨鸣:"好!"

这一局钟晨鸣的佐伊表现得非常亮眼,三路游走不亏线,带着欧洲法王跟在他屁股后面跑,还一点好处没捞到。

但 RE3 也拿出了他们欧洲强队的实力,硬生生地将这把战局拖到了 40 分钟往后,但 MW 本来最近就在注重运营和打团能力,即使拖到第 40 分钟,依旧是 MW 的节奏,RE3 还是输了。

"这把运营打得不错。"刚回到后台,Tristan 就表扬他们,"控了三个龙,看来我们冯哥已经学到了精髓。"

Master:"……"

钟晨鸣则是问了句:"下一把 UKW 的比赛?"

空气说道:"看看?"

钟晨鸣:"看看。"

下一场是 UKW 打 QDD,结果 UKW 输了。

所有留下来看比赛的人不解。

弹幕评论也是一片欢呼:【越南第一赛区! QDD 称霸 MSI!】

"看起来确实很厉害。"钟晨鸣说道,既然一天的比赛都结束了,失误还是真菜要总结一下。

"他们这打法也太猛了，期待他们拿出第三套阵容来。"Master 也说道。

QDD 能赢他们主要就是阵容没人见过，他们现在也没时间去查证在越南赛区打的时候他们用没用过这套阵容。不过没见过不代表阵容强，这种套路只能打个措手不及，对手有防备了，就完全不会赢。

而且他们也发现，QDD 很熟悉他们的打法，或者说，很熟悉这一套运营打法，早就想好了破解的方法，就等着他们选这个阵容，所以 Tristan 才会说，是他的错，他掉进了 QDD 的英雄选择陷阱。

"这就是他们和 UKW 练出来的东西吗？"疯子说道。

钟晨鸣则是道："我感觉他们这样打……有点东西。"

这下 Tristan 和空气还有疯子就立刻看了过去："什么东西？"

"嗯？"钟晨鸣本来撑着下巴在思考，见大家齐刷刷地望过来，他愣了一下才说道，"就这个打法，要人头不要线的打法。"

疯子也摸了摸下巴："我们还在控龙为重。"

小凯则是不解："把他们都杀了，龙不就是我们的了？"

Tristan 笑了起来："确实。"

QDD 与 UKW 的比赛是当天最后一把比赛，打完就休息。

小组赛的赛程十分紧凑，连续打五天，每天两场比赛，Tristan 只是简单地做了一个总结，大意就是多在前期找一下突破口，不是非要按部就班地打节奏。

大家也都点了点头，第一天他们和 UKW 都选择了往常的运营打法，但都输在了 QDD 这支莽夫队上，说明 QDD 的打法是真的有可取之处。

简单的总结之后大家就解散，各自休息养精蓄锐，准备明天的比赛。

回去房间，由于钟晨鸣是第一次参加世界赛，Master 就问了问："还行吧？"

钟晨鸣看着他笑："我还会不行吗？"

Master 说道："看到你这么淡定我反而紧张了。"

钟晨鸣："还有这种说法？"

Master："不过你状态没问题就好。"

钟晨鸣也知道大家都是在关心他，毕竟在别人眼里他是第一次参加世界性赛事，他放松地躺在床上，看着 Master："放心，我比你们想象的都要轻松一点，比赛就只是比赛，不去想国内国外就没问题了。"

Master 也松了一口气："能这样想就最好。"

休息了一晚，钟晨鸣睡得还挺好，他爬起来洗了把脸，就去准备接下来的比赛。

小组赛第二天，他们的对手是北美赛区的 GOE，以及港澳台赛区的 LMS。

这天的比赛没有什么悬念，MW 每把都是碾压赢下，赛后总结的时候，Tristan 依旧很淡定，用跟昨天一样的语气进行了总结，不过还是鞭策了一下，让他们赢了也不要膨胀，马上就要打 UKW 了。

比赛还没开始，贴吧倒是先评论起来了。

乐观的看好 MW，说 MW 现在的实力可以碾压 UKW，悲观或者讨厌 MW 的，又说 MW 新晋内战幻神，要是输了就跪着回来给 NGG 道歉。

说到这里，又有讨厌 NGG 的人出来说了，NGG 世界赛两败 UKW，也好意思出来让 MW 道歉？

当然，远在千里之外的 MW 是关注不到这些消息的，就算这比赛在国内打，为了不影响选手的心态，也会让选手不去看社交平台对于他们的评价。

小组赛第三天，MW 与 UKW 第一次相遇。

禁选英雄刚结束，LPL 的解说就开始给观众们打预防针了："我觉得这把 MW 不好打，不是说我们弱，而是 UKW 真的太强了，他们对这个版本的理解跟我们就不一样。"

另外一个解说也说道："UKW 这次有备而来啊，看他们拿的阵容是有针对性的。"

如果钟晨鸣听到了解说的话，他肯定嗤之以鼻，UKW 这阵容就是他们的常规赛阵容，他看 LCK 春季赛的时候看了无数次他们用这个阵容，根本就不是为了针对他们。

他们打比赛的时候不会想这么多，他们眼里只有这局比赛，不过他们这一把，并没有打出什么亮点来。

在 UKW 的极致运营下，他们输了。

这是小组赛第一轮的最后一场比赛，输了这一场，他们第一轮的战绩是 3-2，小组赛积 3 分，虽然不至于在淘汰的边缘，但总的来说并不乐观。

回去酒店的大巴上，气氛却并不凝重，空气和疯子说着这一把 UKW 的打法，钟晨鸣也在和 Master 讨论中野是不是可以做一些更多的事。

就连 Tristan 都在问可可明天吃什么，不过这不是他想问的，是旁边小凯问的，他帮忙传达一下。

他们一开始也有些自闭,还是钟晨鸣说了一句:"我们这么多新人,能走到国际赛的舞台就已经很不错了,不要有心理负担,尽力打就行,就当为 S 赛积累经验。"

Glock 当场来了一句:"你已经开始研究世界赛的对手了?"

这下大家都笑了起来,春季赛冠军是保送世界赛的,所以他们如果真的在研究世界赛的对手,那也没有半点问题。

气氛自此轻松了起来,回去酒店,Tristan 又开始约训练赛,这次 UKW 他们还是没约上。

"他们说和 NA 还有 GOE 约了。"Tristan 如此说道。

"这么偏爱越南大兄弟吗?"Glock 当即就问道。不过这次比赛 QDD 确实给了他们很多惊喜,还打败了一次 UKW,从战绩上来看,确实很不错。

就是他们只赢了这两场,仿佛就是为了暴打 LPL 和 LCK 来的,其他赛区都输了。

"其实我们研究过很多遍 UKW,打法也在和他们靠拢,"钟晨鸣思考着说道,"这是否就是问题所在?"

Tristan 猛然抬头看他,疯子和空气也都看了过来。

钟晨鸣也看向他们:"其实,QDD 一直知道怎么打这样的阵容,所以 UKW 一直选择了和他们打训练赛。"

有了钟晨鸣这一番话,第二天,空气和 Tristan 是顶着两个巨大的黑眼圈出现的,他们连夜研究了 QDD 的打法,以及 UKW 和 QDD 的对战,一晚上几乎没睡。

"我们还是太保守了。"训练赛之前,Tristan 如此说了一句。

接着,MW 全体队员开了一次短会,Tristan 简明扼要地说下了一下今后的方向——解放自己,用 LPL 的方式来打!

小组赛第二轮,全世界关注 MSI 的观众们突然就发现,MW 换了个打法。

从小组赛第一轮的唯唯诺诺不敢开团,变得敢打敢拼,就是要上。

第二轮小组赛,他们更是拿了个全胜的成绩,虽然过程并不是十分完美甚至可以说得上是惊险,甚至打 UKW 是钟晨鸣带 TP 偷塔赢的,但,赢了就是赢了!

小组赛最后一把结束,解说激动地说道:"MW 他们打完第一轮小组赛突然就悟了,这才是赢比赛的打法!让我们恭喜 MW,小组第一出线!"

社交平台上,粉丝们也欢呼,而此时的 MW,又在开会。

小组赛之后,休息三天就是淘汰赛,另外出线的三支战队分别是

UKW、TTS、GOE。越南大兄弟勇猛归勇猛，但硬实力还是差了点，大家熟悉了他们的打法之后，他们在后面的比赛就没赢过，所以被淘汰了。

作为小组第一，MW 有选择对手的权利，那他们肯定是选弱的，于是他们 MSI 半决赛就选了积分第四的北美大兄弟：GOE。

GOE 作为一个前两年新崛起的北美战队，可研究的资料不如 RE3 或者 UKW 那样多，可也绝对不少。不过时间不允许 MW 挨个去研究，之前的游戏版本也不一样，所以 MW 的教练组就只对这次的 MSI 进行了分析。

研究的结果就是……战术上没有什么可以研究的，每个人的英雄池还挺有意思，拿到某些英雄会有出人意料的表现。而且这些出人意料的英雄也都还挺神奇的，比如快乐风男亚索，又比如混分巨兽石头人。

"我总觉得他们的版本理解跟我们有点不一样。"这是空气看了分析之后说的话。

疯子说道："这个 MSI，我觉得每个赛区的版本都不一样。"

"我觉得这就是世界赛的乐趣。"钟晨鸣说道。

北美赛区的风格是什么？看 GOE 就知道。

这赛季，GOE 的打法也变得激进起来，不得不说，在 UKW 统治世界赛的时候，大多数战队都在摸索学习他们的打法，他们就是以稳健的运营为主的，只是这赛季，拳头为了比赛的观赏性进行大改版之后，各个赛区的打法就变得五花八门了起来。

就小组赛交手来看，钟晨鸣发现每支队伍都偏向于使用打架阵容，在前期就依靠打架建立优势。当然，每支战队的打架方式、使用英雄以及侧重点不尽相同，只是前期就搞事情这点上是一致的——除了 UKW。

UKW 一如既往地打运营。

但是 UKW 在春季赛的季后赛却赢了打法更激进的 LA，钟晨鸣想，这可能让其他战队一开始，就陷入了版本陷阱。

全世界的战队都会关注 LCK 的比赛，在 LA 落败的那一刻，肯定有不少人都认为运营才是版本出路，但世界赛上一交手，发现大家都可以变成最强的打法。

这个版本，百花齐放。

GOE 就是那朵开得特别野的奇葩。

"我们并不知道 GOE 到底会拿出什么阵容来跟我们打，"在训练赛最后一天，Tristan 如此说道，"但我觉得我们实力并不比他们弱，用我们常规打法就能碾压他们。"

大家都听得笑了起来。

比赛一开始，GOE 就十分乐于展示他们的赛区风格，给了他们一个大大的惊喜，他们掏出了 LOL 最为快乐的英雄之一：亚索。

一看到亚索，Glock 就有了一个疑问："这个亚索是走中呢、还是走上呢……总不可能会是辅助吧？"

接着就发生了让他们大跌眼镜的一件事，英雄选择结束，亚索被换到了辅助的位置上，他真是辅助！

"我觉得吧，这版本不要 ADC 也可以的，但是吧，也不能这样玩吧？"这一手亚索辅助让大家都沉默了起来，只有疯子在念叨，"这难道就是他们压箱底的撒手锏吗？"

小凯冷不丁来了一句："你昨天才玩过，我是受害者。"

这一把，GOE 拿了快乐风男阵容，石头人配亚索走下，瞎子打野，连中单都是带有击飞的加里奥。

"这仿佛拿了个排位阵容。"Glock 说道。

钟晨鸣后知后觉地说了一句："其实我也想……"

"不，"疯子赶紧制止了他罪恶的想法，"你不想！"

GOE 这一把打得十分快乐，亚索大招无数次，但是都被疯子还有钟晨鸣的虚弱给制裁了。

虚弱——每个人都可以携带的召唤师技能，降低敌人的伤害和速度，是爆发型英雄的克星。

第一把 GOE 的亚索看起来是快乐了，但输了那就不快乐了，MW 并不觉得处理 GOE 的这个亚索有什么问题，而且这英雄通常也上不了场，所以没有考虑过禁亚索。

结果第二把，这英雄又出现在了 GOE 的英雄选择界面里。

不过这次，他们选择了上单亚索。

比赛开始，这次 GOE 的上单亚索确实有点东西，在线上完全不虚 Glock，两人在线上打了个五五开，到了打团期的时候，就开始看双方表现了。

第一次小龙团还没打起来，亚索已经在伺机传送支援，疯子突然就冷笑了一声："他们可能不知道国服是什么样的。"

其他人不解。

"亚索这种东西，在国服再正常不过了。"疯子继续说道。

说着，亚索传送落地，准备 E 小兵赶路，刚 E 出去，就落到了疯子的控制上，疯子卡着视野对着亚索的落点放控制。

疯子："这个亚索还是太年轻。"

小凯："傻——"

亚索卒。

Master 拿下小龙。

疯子继续评价："这些亚索，刀刚抬起来我就知道他们要 E 哪个兵，需要送哪个精神病院。"

其他人："……牛！"

GOE 万万没想到，这一把是他们的亚索被针对了，打到最后亚索全场梦游，毫无作用，成为分推工具人，关键这个分推工具人装备还没起来，打不过 Glock。

虽然 GOE 经济落后还没拿到小龙，但他们还是顽强地拖到了第四十分钟才结束游戏。

第三场，不知道是不是玩够了，GOE 突然就不乱玩了，没有再拿奇奇怪怪的阵容，而是规规矩矩地拿了版本热门阵容，用的卡莎体系。这个版本卡莎很强，他们中单拿卡尔玛保卡莎，中后期卡莎能打出爆炸伤害，支配团战。

MW 这边用了 EZ 应对，打卡莎体系，让卡莎起不来以及早点结束比赛才是最好的打法。

这次 MW 也进行了人员更换，小凯换成了孟天成，打 GOE 他们还是比较有把握，就让大家都上场历练一下。

地图加载结束，虽然没交流，大家却很有默契地直接去了对面野区，一级团！

在 GOE 野区转了一圈，蹲到一个落单来做眼的上单，直接拿下一血，然后直接回城补充装备。

在看比赛的 LPL 观众很多人都觉得这个一级团很眼熟，这不就是平时打排位的时候他们自己打出的一级团吗？在比赛里也打出来，这个一级团挺随意的，一血也拿得挺随意的。

很多人都在说，MW 把这一把打成了排位赛。

MW 当然不是打排位赛，拿到一血之后 Master 就开始运营了起来，这几天总结之后，他的运营跟常规说的运营也有点不一样，他的运营并不是控视野拿资源，而是打架拿资源。

上路去了一拨，打！

中路又来一拨，打！

GOE 反正打不过，MW 直接将一血拿到的优势无限扩大。

这一场观众看得很开心，因为一直在打架，MW 打得也很开心，因为这种打架的节奏让人觉得很舒服，而 GOE 就很难受，打架打不赢，运营又拖不住，还要等卡莎有装备了才能打团，但是卡莎的装备根本起不来。

每个看这场比赛的人，用 GOE 的视角去考虑，就只能想到一个词——难受。

是真的难受，根本不知道如何翻盘，就算拿到了一个好阵容，但是运营不过 MW，前期打架也打不过 MW，完全没法玩。

这一场比赛结束得很快，三十分钟不到就结束了。

打完之后 MW 整体看起来都比较轻松，钟晨鸣更是笑着跟 Master 说话。

钟晨鸣："我好像有点懂了。"

Master 思索着点点头："嗯。"

比赛以 3:0 结束，MW 这边的气氛十分轻松，大家笑着讨论这一局的内容，而 GOE 那边，也并没有露出失望或者痛苦的神情，他们看起来也挺开心的。

MW 的队员过去握手的时候，GOE 的人还在笑着和他们打招呼，中单更是问钟晨鸣能不能给签名，钟晨鸣听懂了，找工作人员要了一支笔签在了他的队服上。

他们仿佛并不是来打比赛的，是来 MSI 玩的。

不过在最后的采访环节，GOE 的选手还是说出了他们的心里话，就如同第三场他们用常规阵容打，也打不过 MW，还被碾压，他们一早就知道了他们和 MW 的差距，那并不是简单的努力就可以跨越的，所以他们选择了在比赛上展示属于他们 NA 赛区的东西，那就是他们的亚索。

那是在他们赛区所向披靡的打法，但最后他们也在世界赛上证明了，这个打法，并不是当前版本的最优解，但他们也再无遗憾。

送走了来自北美的对手，第二天，就是 UKW 和 TTS 的比赛。

在小组赛结束到半决赛开始这期间，TTS 一直在和 MW 打训练赛，两个队就如何针对 UKW 还进行了交流，现在就到了验证他们交流结果的时候。

MW 全员都在关注着这场比赛，都想看看 TTS 会打得如何。

"TTS 节奏好快。"钟晨鸣跟 Master 说道。

他们讨论的时候都在说，如果想要冲破 UKW 这种近乎完美的运营，就得用快节奏的进攻去打破 UKW 的节奏，TTS 这把也正是这样做的。

Master："他们每一场时间都很短，但是都能打出效果来。"

钟晨鸣也说道:"我觉得他们打法没问题,但是他们的个人实力不够。"

Master:"确实。"

这游戏不仅拼理解,还拼个人实力。

TTS 与 UKW 打了个 2:3,UKW 赢了比赛,MW 的决赛对手也出来了,跟他们预料的一样,是 UKW。

TTS 确实很有想法,但是在个人实力上,UKW 胜了 TTS 太多。

输了比赛,TTS 就得收拾东西回家了,此时 MW 正在训练室训练,突然,训练室的门就被敲响了。

钟晨鸣回头看去,是 TTS 的队长来了,给他们带来了礼物,是 TTS 的队标徽章,队长也是一个老选手了,他努力笑着和大家说道:"感谢你们这段时间陪我们练习,可惜我们问题太大了,没能战胜 UKW。"

MW 也和他们交换了礼物,还礼是 MW 的钥匙链,礼物虽轻,却是两个队友谊的证明。

空气也和 TTS 的队长郑重说道:"我们会努力帮你们赢回来!"

TTS 的队长闻言笑了起来,和他们说道:"加油!世界赛见!"

大家都和他挥手,钟晨鸣更是说道:"你说我和晨光比还是差了点,那到时候记得教我玩发条。"

TTS 离开了,带着他们未尽的梦想,他们将这份梦想留给了 MW。

"我觉得,他们的打法可以,但我们也不用全学。"望着 TTS 队长离开的背影,钟晨鸣突然说了一句。

"是的。"Tristan 拿着他的战术小本子,顶着黑眼圈,捏了捏自己的鼻梁,"运营是什么?是将拿到的优势扩大化,UKW 就十分精通这点。"

空气也说道:"对啊,UKW 十分擅长用线权抢优势,然后开始滚雪球。"

Master 说道:"LCK 的节奏慢,就是因为他们只想创造优势,不想打架,他们想优势足够大的时候,打一场必胜的团战,赢得这局。"

钟晨鸣突然说道:"既然都是滚雪球,杀人不比补兵来得赚?"

疯子突然笑了下:"我觉得也是这样。"

"谁说打架就不能运营了?"Tristan 说出这句话,整个人都轻松了不少,他立刻拍板,"就这样打!"

MSI 决赛当日。

场馆门口热闹非凡,支持两支战队的粉丝从各地涌来,就为了看这一场决赛。国旗、队服、脸上的队标贴纸,粉丝们毫无保留地展示着自己的喜爱。

在决赛开始之前，主办方开始进行队伍介绍，炒热场馆气氛。钟晨鸣站在舞台上，听着各种语言的欢呼，微笑着向镜头挥手，他看起来十分从容，解说也在说着，这是自信的微笑，看来钟晨鸣对和 Gin 对线这件事非常有信心。

关注着这场比赛的也不止粉丝和解说，远在上海的各个战队，也在关注着这场上半年唯一的世界性赛事。

NGG 基地里，教练猫哥坐在经理旭哥旁边，感叹了一句："又看到这个名字出现在赛场上，四年了……复刻啊。"

旭哥也叹了一口气："希望他能过得好点吧，想通了就主动和我们联系，我们谁也没有怪过他。"

说话间，MW 和 UKW 的第一场比赛开始！

第一场，MW 拿出了十足的诚意，拿出了他们打 LPL 春季赛时最为经典的阵容，就打前期节奏，但是这把他们却输了。

第一场打完 MW 迅速开始总结：太 LPL 了，UKW 肯定也研究过他们，吃透了他们这个打法，很明显选了针对性阵容，前期做好了十足的避战准备，让 Master 的几次前期 GANK 都成了空，没有获得优势，所以输了。

这样打不行。

"用 TTS 那套阵容，"第二场，Tristan 迅速做出调整，"前期争取抓中。"

在担心着这场比赛的也不止在场上快速做出调整的 MW 队员，三岔口网吧里，也有人在关心着这场比赛。

老板在网吧里弄了个投影仪，组织了 MSI 的观赛活动，今天来到网吧的人游戏也不打了，大家都坐在一起看比赛。

第一场 MW 输了，就有人在抱怨："第一年打比赛就对上 UKW，这也太倒霉了吧，和 Gin 对线，18 还是太年轻了。"

"你在说 18 坏话？"突然，他就听到旁边有一个声音响了起来。

懒宝宝一手可乐一手瓜子，看着前面的大兄弟："你行你上啊？不行你在这儿评价职业选手？白银都没上吧？"

"我评价个冰箱还要会制冷吗？"前面的人当即就不干了。

"那你是觉得 18 被压刀了还是被单杀了啊？你就说 18 不行？"懒宝宝将瓜子一扔，站了起来。

"他行他赢了吗？他就行了？"

眼看着这场骂战分分钟就要进行到真人 PK，突然一个冷冰冰的声音插了进来:"别吵。"

旁边一个穿着拖鞋的男生也懒洋洋说道:"两个菜鸡,吵什么?看比赛。"

两个人看起来都不好惹,懒宝宝和另外一个人立刻选择了闭嘴。

过了好一会儿,懒宝宝才抓了一把瓜子过去,说道:"来,嗑瓜子,我们一起看 TD 教练乱杀。"

比赛已经来到了 MSI 决赛的第二局。

第二场的英雄选择结束,赛场直接沸腾了,许多观众都在高喊着 TTS 的名字,因为 MW 拿出的阵容和之前 TTS 拿出的阵容一模一样,不过 UKW 的阵容有所不同。

看到这样的阵容,解说第一个期待:"这是要为 LMS 的兄弟们报仇啊!"

另外一个解说知道一点内幕,十分理性地说道:"据我所知,在半决赛之前,MW 一直在和 TTS 打训练赛,他们肯定是商量过怎么打 UKW 的,这套阵容肯定是双方都商量过可以用来打 UKW,所以他们才会拿出来。"

这个解说猜得还真没错。

这套阵容看起来是 TTS 曾经用过的阵容,但绝对不是由 TTS 一个战队开发的,是 MW 和 TTS 共同研究出来的。之前 TTS 输了,是因为个人能力不足,线上对线就打不过,更别说打团了。

说得直白点,就是:我给你创造强势打弱势的机会,你还打不过,这游戏你能赢?

但是,这套阵容在 MW 手里,那就是另外一回事。

"跟我去野区。"不过三级,Master 就开口说道,"他们视野看到我了,应该不会觉得我会入侵。"

"好。"钟晨鸣说了一声,处理好兵线立刻往野区走。

在下路的疯子也说道:"我也过来,你尿一下。"

小凯:"去。"

就在 UKW 已经做好打运营的准备的时候,MW 三级却突然一起去了野区,抓死了打野,Master 拿到一血。

疯子提醒:"眼。"

Master 立刻在对面野区极其刁钻的位置留了一个眼。

等对面打野重新出来刷野,直接暴露在了 Master 的视野里。从这里开始,这把比赛的节奏就握在了 Master 手里。

——"我研究过他们很多场比赛。"赛前的采访里,Master 这样说道,"UKW 一直是我们学习的对象。"

　　现在就是 Master 展示他研究成果的时候。

　　"打野会去龙。"每次对面打野在地图上消失,他就会报出对面打野的位置,有时候是确定位置,有时候会说个大概给队友提示。

　　——"虽然大家都说我是进攻型打野,但我也希望可以打运营,只不过是 LPL 式的运营。"报完位置还不算,他还会带着队友 GANK 对面打野,让对面打野无处可去,直接接管对面野区。

　　——"我觉得他们的打法可能不太适合这个版本,二十分钟才爆发一血,这不合理。"赛前采访里,Master 声音平淡地说着,"我想让他们看看 LPL 式的比赛。"

　　不过二十分钟,Master 拿到了六个人头,UKW 已经崩得完全救不回来,第三十三分钟,比赛结束,MW 胜利。

　　"赢了!"看着屏幕上跳出来的胜率字样,Glock 率先蹦了起来,结果他一转头,发现大家都很淡定,又有些尴尬地坐了回去。

　　空气长舒了一口气:"给 TTS 的兄弟们报仇了。"

　　Master 念叨着之前他们说过的话:"完美的运营,就是要用出其不意的攻击来打破。"

　　钟晨鸣提醒他:"你这个不叫出其不意,你这个也叫运营。"

　　BNO 训练室,队员们已经放假回来了,MSI 期间,他们也凑在一起看比赛。看到 MW 这场的发挥,他们的辅助说道:"我们输得不冤。"

　　中单也说道:"要是之前 MW 打我们是这个实力,我们一场都赢不了吧?"

　　他在问打野小安,而小安则是思考了一下,随后说道:"我觉得 Master 还是太谨慎了,刚刚二级就可以去抓,不过这种打法,明显更适合他……不过他们是不是在说 TTS 不行啊? TTS 确实不行!"

　　中单:"……"

　　小安:"TTS 打野换成是我,半决赛就给 UKW 按回韩国去!"

　　中单:"好了我知道了。"

　　教练听他们讨论了半天,最后才说道:"有点期待他们还会拿出什么阵容来。"

　　第三场,MW 又拿出了之前和 TTS 研究过的阵容,不过这次 UKW 并没有看过，而且 MW 也做了一点点变通，加了一点北美兄弟喜欢的东西进去——比如亚索。

这个亚索是 Glock 玩的，玩得也很溜，属于做了很多事情，但就是没什么用。

UNG 的训练室里，队员们都看向自家上单 UR："Glock 还会这个？"

虽然同为上单，平时的训练赛双排都凑不到一起，但 UR 就是和 Glock 挺熟的，Glock 还在 UNG 的时候两人关系就不错。

UR 实话实说："我不知道。"

谁没事儿去练一手亚索啊！是要秀一手绝活，还是要给对方送温暖呢？

大家也充满了疑惑："他不玩这个吧？"

"我记得他剑姬是挺强，春季赛拿出来也很亮眼，但是亚索？"

"他们也要学 GOE 快乐吗？"

MW 这个亚索是快乐了，就是快乐过头了。

一开始确实打了 UKW 一个措手不及，但是 UKW 调整得很快，并没有让 Glock 的亚索逮到搞事的机会，虽然 MW 也一直在寻找机会，但是 Glock 有点急躁了，断送了翻盘点，他们也就输了。

此时的比分是 1:2，MW 只赢了两场，再输一场，他们的 MSI 之旅就结束了。

但是镜头画面一给到他们，解说都惊了："他们看起来好快乐，好像根本没觉得这是赛点局！"

"是因为玩了亚索吗？"另外一个解说说道。

MW 确实很快乐，不只是看起来，他们可不是傻乐。就是这把将 UKW 打慌了，UKW 竟然把亚索给禁了，这是让他们始料未及的，虽然 Glock 的亚索确实给 UKW 造成了不小的麻烦，但是他们输了，输了还禁？

Glock 直接就笑开了："看来我的风男得到了认可。"

Master 说道："确实。"

疯子则是学着武侠高手的模样喊了一声："破绽！"

第四局比赛英雄选择结束，MW 又恢复了之前的 LPL 式阵容，但是又有一点不一样，而钟晨鸣拿到了佐伊，版本强势中单。

"我感觉，这是 LPL 在打 LCK。"比赛进行到第十五分钟，解说突然说出了这句话，"你看，MW 主动求团，UKW 努力运营，这都是两个赛区的打法。"

另外一个解说激情澎湃:"验证谁才是最强赛区的时候到了!"

前期对线,钟晨鸣跟 Gin 进行换血,双方都没有讨到什么好处,MW 并没有找到打破 UKW 式运营的机会。

UKW 也调整了自己的打法,他们很多时候都能一套技能秒杀对面的时间。这个时候也进入了中期团战期,然而他们眼中,仍然只有彼此,并不是两人打对线打上了头,而是打团的时候,都觉得对方是需要优先处理的存在。

"我去偷一下 Gin。"小龙团还没开始,钟晨鸣的佐伊捡到个点燃,就说了一声,开始往对面野区走。

疯子:"别别别,你给我回来,我眼做不了这么深!"

钟晨鸣:"没事,我能回来。"

疯子:"你死了我们要丢龙。"

钟晨鸣:"不会死。"

而 Master 则是快速地在对面野区的眼位上晃了一下,意思打野在这里,快来抓我啊!

果不其然,UKW 上当了!

——"UKW 的每次团都会做衡量,基本都是多打少,或者装备好的时候才打。"这是之前他们对 UKW 的分析。

而 Master,就给 UKW 创造了一个多打少的环境。

UKW 的中下野都往这边靠,而 MW 的 ADC 还在线上,肉眼可见地支援不了,就是佐伊的位置看不到,所以他们走位的时候十分小心,绕着佐伊可能出现的地方走。

"没有机会。"钟晨鸣说了一句。

"等等。"Master 突然说道,同时,他突然回头,冲进了 UKW 的阵型里,直接开辅助!

这种突如其来的强开是 UKW 始料未及的。就一个人,冲进对方四个人的包围里,还想一打四吗?

UKW 迅速做出应对,但就在这一瞬间,UKW 之前小心维持的阵型乱了!

一个气泡突然穿过下方长长的墙吧唧一下在韦鲁斯的脚下炸开,韦鲁斯当场中了催眠气泡,这个催眠气泡的角度十分刁钻,如果偏一点点,击中的就是 UKW 的辅助,或者直接不能利用催眠气泡在墙里面不算距离的特点,穿过如此长的墙。

看到自家 ADC 被击中，UKW 辅助立刻回头想保，但是在 Master 的控制之下，他根本无法过去，自家的打野更是跟着中单在走，没办法照顾到 ADC。

不过半秒钟的时间，他们眼睁睁看着一个小小的彩色洞口出现在韦鲁斯面前，一个小女孩从洞口里钻出来，她的手一指，一颗漂亮的星星飞了过来，落在了韦鲁斯的身上，随后小女孩又跳进了那个彩色洞口，消失无踪，只留下了一具尸体。

ADC 被杀了。

这个操作让弹幕跟解说都炸了，钟晨鸣这一招卡视野偷 ADC 实在是太漂亮了，比赛还在继续，ADC 被杀了之后 UKW 也想打，但是他们的伤害不足以杀掉 Master，疯子赶到，保了 Master 一手，让 Master 残血跑了！如果继续下去，MW 的 ADC 也到了，辅助还满血顶在前面，钟晨鸣的技能 CD 好得很快，那还是 MW 的优势，UKW 立刻选择了撤退，不接团，让小龙。

这是 Master 一早就预料到的局面，UKW 不打没有把握的团战，他们缺人，就选择了避战。

"这把结束了，"钟晨鸣说了一句，他轻轻笑了一下，"没有偷到 Gin，偷到 ADC 也不错。"

后续 UKW 还想按照一贯的打法，从控制野区到线权去运营重新滚雪球，但 MW 根本不给他们这个机会。

MW 现在的打法是什么？

以击杀作为运营，只要对手死了，MW 拿到人头拿到击杀奖赏，那 MW 装备就会比对手好，这，就是运营！

第四场以钟晨鸣击杀 ADC 为转折点，后续 UKW 毫无招架之力，一路溃败，在第三十分钟就结束了这场比赛。

这是一场精彩的比赛，LCK 式的运营，与 LPL 式的开团，进行了精彩的碰撞，打完之后整个赛场都欢呼了起来。

"漂亮啊！"

"你们这些喷子不要在我这里黑他，他和钟晨鸣就不一样，他的打法比钟晨鸣激进太多了。"

"不要在我这里拿两个人来比较，18 就是 18，晨光就是晨光。"

3F 的直播间里，3F 一边看着弹幕一边说着话。

这种比赛，他一般都会一边看一边解说，既是为了热度，也是响应了粉丝的要求。"

今天和他一起看比赛的,还有 NGG 曾经的老选手,老夜和翅膀哥,他们都曾经在世界赛的舞台上遇到 UKW,又遗憾退场。

"其实晨光早期也曾经这样锋芒毕露过。"老夜说着,"后来嘛,只能说岁月不饶人。"

他这句话像是在感叹晨光,也像是在感叹自己。

"你们别看晨光是个大学生,看起来成熟稳重的,刚进队的时候和 3F 还打过一架。"翅膀哥回忆着往昔,笑了起来。

"我拿了他一个蓝嘛,我 ADC 怎么就不能拿蓝了!"3F 说道。

老夜也跟着笑了起来:"我还挺看好 18 的,希望他这次能夺冠,也算是弥补一个遗憾……嗯?刀妹?"

第五场比赛已经开始。

艾瑞莉娅被放了出来,MW 秒锁定了这个英雄。

刀锋舞者艾瑞莉娅,简称刀妹,在改版之后一直是一个强势英雄,没被禁就必选的存在,对面既然放出来这个英雄,MW 直接就抢了。

"摇一摇。"Glock 选完之后就笑着说道。

摇一摇,就是摇摆一下位置,刀妹可中可上,可以让对面猜不到 MW 的阵容,不好针对。

而 UKW,最后锁定了一手玛尔扎哈,这是一个大招是强力控制的英雄,看来是想针对机动性强的刀妹。

而 MW 这边,最后一手是青钢影卡密尔。

这阵容就十分明确了,Glock 卡密尔上单,而刀妹则是中单,打的就是中前期节奏。

这一把一开场,MW 这边就察觉到了一点不一样的地方,UKW 针对他们再次做出了调整!

"他们不上当了。"Master 说了一句,按照以前,他在对面眼上晃,UKW 看到了 Master 的位置,就必定要做点什么事,但这次,UKW 毫无所动。

"下路有机会,"疯子这样说了一句,随后标记了一下地图,"眼在这里。"

"好。"Master 应了一声,直接往下路走,现在虽然才三级,但这就是 MW 抓人的时间。

钟晨鸣望了一下小地图,他也往下路靠了一点,对面打野现在应该也在下半野区，支援应该会很及时，他刚好收了一拨兵，此刻可以往下路靠，进行支援。

在他往下走的瞬间，下路小型团战爆发，UKW 的打野果然在下，就等着 Master 过去！

就在下路爆发激烈团战的时候，钟晨鸣在半路上遇到了一个 UKW 的中单：Gin。

Gin 并不想让他去下路支援，现在下路局势是 UKW 占优势，如果钟晨鸣及时赶到，因为英雄特性正好可以收尾，而他赶路比钟晨鸣会慢一点，才三级的他并不能做太多的事情。

所以刚一见面，Gin 的玛尔扎哈就放出了虫子，去咬刀妹，钟晨鸣并没有理那只小虫子，继续往下路走。

玛尔扎哈并不放弃，又放了一个沉默，想骚扰一下。

但是他这个沉默技能刚发出来，突然就发现刀妹回头了！玛尔扎哈并不着急，刀妹因为是个近战，在线上为了补刀，被他消耗了一些血量，现在血量并不满，只要他注意一下刀妹的 E 技能，他就可以打得过刀妹。

刀妹的 E 技能需要放两段，每一段放出一把利刃，两柄利刃连成的直线刮到的英雄或者小兵就会被晕眩，留下一个印记，但这个两段技能放出来的时间，玛尔扎哈有自信能躲开。

围绕在刀妹身边飞舞的利刃突然转了一圈，刀妹直接闪现到了玛尔扎哈旁边，一柄利刃出现在了玛尔扎哈身后，玛尔扎哈直接被晕眩——刀妹早就在草丛里放了一柄利刃，她并不是想去下路支援，就是在这里等着杀他！

在玛尔扎哈被晕眩的同时，刀妹已经与她身边的飞刃一起，化为了一柄银色利刃，快速冲向玛尔扎哈，飞舞的剑刃切割着玛尔扎哈的身体。

刀妹的晕眩时间很短，并不能直接击杀掉玛尔扎哈，晕眩结束玛尔扎哈并没有直接跑，而是且战且退，刀妹还有一段突进，这个时候交闪逃跑，根本不明智。

玛尔扎哈放出的虫子啃咬着刀妹，一团紫色的幻境在刀妹身上炸开，侵蚀着刀妹的精神，让刀妹血线明显下降。

但继续拼下去，肯定是玛尔扎哈先死，玛尔扎哈十分清楚，刀妹在等着那个斩杀的血线。

玛尔扎哈退到了一个安全的位置，直接一个闪现准备往塔下走去，果然，刀妹二段突进跟上，但是这个突进，并没有斩杀掉玛尔扎哈，伤害还差一点点，但是再往前一步，就是防御塔，刀妹已经残血，如果跟着他进塔，必死无疑。

更何况，这时候玛尔扎哈的沉默也好了，一个沉默封住了刀妹的去路，让她无法再追。

刀妹果然在防御塔前停了下来，甚至为了不吃沉默，退后了半步，但是半秒后，一道金色的剑刃残影于空中划过，那剑刃的剑尖只出现了一瞬间，那一瞬间，刚好划过了玛尔扎哈的身体。

一声惨叫，玛尔扎哈死在了自己的防御塔下。

刀妹并没有回头，她知道玛尔扎哈必死无疑，她直接冲向了中路的小兵。

这是刀妹的 W 技能，Gin 最后放那个沉默，就是防止钟晨鸣用出这个技能来，他甚至以为自己已经走到了安全距离，但那其实是 W 技能的极限距离，W 是一个类三角形的攻击范围，距离越远，越难命中，但钟晨鸣就是中了，玛尔扎哈进塔的时候甚至还细节走位了一下，但是并没有躲过这个 W 技能。

他死在了那个细如针尖的技能范围内。

此时下路也打出了结果，虽然一开始 UKW 占优，但是 UKW 却并没有取得优势，他们打了个 2 换 2，小凯灵性走位回身收人头最后还跑了给他赢得了不小的掌声，这使得大家看到中路击杀提醒的时候，都蒙了一下，不是下路在打架吗？还记得如此精彩，为什么中路也传来了击杀提醒？

导播立刻给到了回放，现场都沸腾了，单杀！在国际赛舞台上，有人单杀了传奇战队 UKW 的中单 Gin！

"18 单杀了 Gin！比赛才刚刚开始！"直播平台里，解说惊讶得吼了出来，"这就是韩服第一中单的实力，这就是我说韩服第一就韩服第一的实力！我 18 今天就告诉你，中路该变天了！"

赛场的激情澎湃并没有影响到比赛的人，虽然他们的耳机里已经传出了现场观众的呐喊，但他们根本没有理会，心思还是在比赛上。

"单杀，漂亮啊 18 哥哥。"疯子作为第一个死的人，有幸躺在地上看完了钟晨鸣的单杀全程。

钟晨鸣笑了一下，说不开心是假的，他笑着说道："中路没闪。"

"好嘞！"等疯子一个鲤鱼打挺从泉水里爬起来，立刻就喊着 Master 来了中路。

钟晨鸣在中路拿到了优势，那他们就把这个优势继续扩大！

Gin 刚回到线上，就被突然出现的 MW 辅助还有打野包围了，这次强行越塔杀死了他，没有十分钟，Gin 就死了两次，可以说是开局血崩。

UKW在这个时候拿出了他们LCK之王的实力来，在开局劣势的情况下开始运营，一点点开始找回自己的节奏。

但是Master并不会让他们这么轻易地找回节奏，既然中路优势，那他必然要带着这样的优势入侵对面野区，利用UKW打不赢会避战的特点，去侵占UKW的野区资源，并且找机会抓死对面打野。

很快，Master就在对面野区找到了打野，这次UKW的打野却没有急着走，而是立刻回头反打。

Master迅速做出判断，他身后应该有人，不然他不会打，随后选择撤退，就在这时，下路UKW突然也发起了进攻。

UKW擅长运营，却并不意味着他们不会打架，UKW每个位置都是韩国顶尖的职业选手，在这时候，他们突然想通了一般，放手一搏，以LPL的方式，与他们打架！

这次野区抓Master他们早有预谋，而下路突然的进攻也让MW的下路无法支援Master，Master被击杀在了野区，UKW也没闲着，立刻选择了拿龙。

这一局的MW的优势变小了一点，但并不是没有，下一次Master就带着钟晨鸣去对面也找回了优势，UKW又不甘示弱地打了回来。

这是一场极其精彩的比赛，在外人看来，这甚至不像是中韩大战，而是某个韩服高端局的大乱斗，他们看起来都抛弃了曾经刻在骨子里的运营方式，却又每处都透露着运营的细节。

到了二十多分钟，这一场对局终于显得平静了那么一点，自然不是因为他们不想打了，而是因为大龙刷了，这个时候如果减员，丢了大龙那这把可能就真的没了。

UKW明显是想按照以往的方式，控制大龙附近的视野，等待机会偷龙或者开团再打龙。

但是在MW这里，机会从来不是等来的，而是自己创造的。

在焦灼的拉扯中，钟晨鸣向后退了几步，引诱UKW上前，Gin看到机会，闪现控他，而Master一早就看好了绕后路径，绕了半个野区，直冲UKW后排！

银色的光圈在刀妹的身上亮起，玛尔扎哈的大招压制效果还没出来，就已经被提前预判解除，刀妹驾驭着飞舞的利刃动了起来！

玛尔扎哈大招已用，刀妹再无顾忌，如战神一般杀进了战局，银色刀锋在空中飞舞，如同她的名字"刀锋舞者"一般，身着血色衣衫的艾瑞莉娅在战场上跳起了一段死亡之舞。

那舞蹈是优美而灵动的，艾瑞莉娅像是一把无形的利刃在敌人间滑动游走,速度快得只留下一道道残影。

——那是带来失败与死亡的残影。

钟晨鸣的刀妹从三级单杀 Gin 开始,经济就开始领先,到现在更是比对面所有人多出一个大件的装备,这也是 Gin 着急开团先杀他的原因,只要处理了钟晨鸣的刀妹,其他人都好说。

但是他们并不能处理掉这个刀妹,反而让刀妹操作了起来,同时 Glock 的卡密尔也进场,配合着小凯打出的高额伤害,UKW 溃败得非常迅速,直接被打了个零换四,打完 MW 直接打了大龙。

接下来,UKW 就再也没有接团的余地,不过五分钟后,UKW 的高地就被推平,钟晨鸣的刀妹站在 UKW 的高地上,手中利刃舞动,完成了对水晶的最后一击。

胜利!

水晶爆炸的声音刚在耳边响起,Glock 已经摘下耳机跳了起来:"我们赢啦,我们赢了 UKW,那个 UKW!!!"

Master 抹了把脸,站起来给钟晨鸣一个拥抱,钟晨鸣拍拍 Master 的背,笑着欢呼:"冠军!"

疯子好像还有点不敢相信,他平时吹牛最凶,这个时候却蒙住了,还是小凯踹了他一脚:"赢了。"

疯子转头看小凯,小凯脸上也挂着笑容,小凯很少笑,笑起来却带着少年的活力,极能感染人。

"赢了!"疯子站起来和他们拥抱,Tristan 从后台冲过来,跟他们笑作一团。

MSI 的奖杯立于舞台正中,几人齐齐捧杯,赛场上的欢呼声终于从震耳欲聋的"UKW"变成了"MW"。

光线从四面八方照射而来,将 MSI 的奖杯映照得璀璨夺目。

这是旧王的陨落。

这是新王的加冕。

(全文完)